Het paradijs

Van dezelfde auteur

All-inclusive
De vlucht
Zomertijd
Cruise
Après-ski
De suite
Zwarte piste
Bella Italia
Noorderlicht
Bon Bini Beach
Het chalet
Route du soleil
Winterberg
Goudkust
Mont Blanc
Costa del Sol
Sneeuwengelen
Hittegolf
Lawinegevaar

Suzanne Vermeer

Het paradijs

A.W. Bruna Uitgevers

Omslagbeeld
Wil Immink Design / iStock
Omslagontwerp
Wil Immink Design

ISBN 978 94 005 0770 8
NUR 332

Disclaimer
Dit verhaal is fictie. Namen, personages, plaatsen en gebeurtenissen zijn een product van de fantasie van de auteur of zijn gebruikt in een fictionele omgeving. Elke gelijkenis met bestaande personen of organisaties berust op toeval.

Proloog

De oude witte Fiat Panda hobbelde stapvoets over de slechte, onverharde weg en Alisha Christou hield haar handen stevig aan het stuur. Ze had eerder de afslag genomen naar Issos Beach in het zuidwesten van Corfu en was op weg naar de parkeerplaats bij het strand. Ook al was het weggetje tot haar eindbestemming nog maar vierhonderd meter lang, voorzichtigheid was geboden. Argus hijgde intussen al enthousiast in haar nek. Als het even kon, trakteerde ze de labradorkruising elke avond op een flinke wandeling op het lange en brede zandstrand van Issos Beach. Ze rende met hem mee en gooide eindeloos ballen en stokken in het water tot hij helemaal was uitgeraasd.

De rit naar het strand toe was elke keer weer een feestje. Corfu werd niet voor niets het groene eiland genoemd. Door de onophoudelijke regenbuien in de winter en de extreem zonnige zomers kreeg de vegetatie alle kans om volledig tot wasdom te komen. Ze kon nog steeds geen genoeg krijgen van de olijfbomen die ritselden in de warme wind, de kleurige oleanders met hun zoete geur, de statige cipressen en andere begroeiing die het in de basis rotsachtige landschap rijk was.

Alisha zette de raampjes aan de bestuurderskant open zodat Argus de zeelucht vast kon opsnuiven. De hond blafte uitgelaten en stak zijn kop naar buiten. Ze stuurde haar auto het parkeerterrein op en nam dankbaar een schaduwplek onder een boom over van een vertrekkende automobilist. Argus stond te popelen om naar buiten te gaan en blafte ongeduldig om haar aan te sporen de deur open te maken. Ze kroelde hem over zijn kop, pakte haar werpstok en bal van de passagiersstoel en stapte naar buiten. Argus sprong heen en weer op de achterbank en vloog als een komeet de warme auto uit toen ze hem eindelijk bevrijdde.

Uit ervaring wist ze dat een poging om hem bij te houden geen enkele zin had. Hij kende de weg naar het strand en zou haar zo hijgend staan op te wachten. Op haar dooie akkertje liep ze hem achterna door de hoge duinen, waar zandverstuivingen een unieke serie duinrozen herbergden. Bovenaan bleef ze even staan om te genieten van het uitzicht op het zoutmeer en het cederbos die in de verte lagen. De stevige wind die kenmerkend was voor Issos Beach, speelde met haar haren en waaide ze in haar gezicht. Ze pakte de weerbarstige plukken stevig vast en rende naar beneden.

Toen ze hijgend het strand had bereikt, floot ze op haar vingers. Grof, plakkerig zand schuurde langs haar in sandalen gestoken voeten. Een groepje Engelsen die ze van de week ook al had gezien, passeerde haar luidruchtig. Argus was druk in de branding en reageerde niet op haar gefluit. Dat gaf haar mooi de gelegenheid om iets te bestellen bij de mobiele snackkar. Haar maag knorde toen de geur van frituur haar neus binnendrong. Ze kocht een broodje hamburger, een frietje en een flesje ijskoud water en plofte met haar avondmaaltijd neer in het zand, niet ver van Argus vandaan. Ze riep hem bij zich, maar haar anders altijd zo gehoorzame hond reageerde niet en bleef compleet gefocust op iets wat in de branding lag. Hij sprong eromheen en duwde zijn neus ertegenaan. Alisha kon niet goed zien wat het was, maar ze geloofde het wel. Eerst eten voordat het koud werd. Als Argus nog een hapje wilde, moest hij snel zijn.

Genietend kauwde ze op de ongezonde hap terwijl ze luisterde naar het kalmerende ruisen van de zee. De frietjes waren lekker zout en lieten vettige kristalletjes achter op haar vingers. Ze likte ze eraf. De hamburger op het kleffe broodje was rijkelijk bedeeld met saus. Toen haar honger was gestild, stond ze op en veegde haar mond en handen af aan een servet. Ze kon er weer tegen. Ze liep naar Argus toe en klapte in haar handen in een zoveelste poging om zijn aandacht te vangen. Deze keer tilde hij zijn kop even op, en toen nam hij het witte ding in zijn bek en wierp het voor haar voeten. Zijn lichaamstaal liet niets te raden over. *Gooi het weg, baas!* Alisha bukte om aan zijn verzoek te voldoen, maar haar hand bleef boven het voorwerp zweven. Argus blafte een aanmoediging en danste rond haar benen. *Waarom gooi je het nou niet weg, baas?*

Een vlammende steek ging door Alisha's maag en ze kromp in elkaar terwijl haar hamburger en friet rechtsomkeert maakten. Kokhalzend draaide ze zich om en leegde haar maag. Ook al wist ze dat ze het goed had gezien, een morbide neiging dwong haar om zich om te draaien en nogmaals te kijken naar dat afschuwelijke witte ding. Ze bukte zich en krijste zo hard dat zelfs Argus stilviel.

Op het strand voor haar lag een witte sportschoen. Het zwarte Nike-logo was flink aangetast door het zoute water, maar nog wel zichtbaar. Het was een rechterschoen. Een rechterschoen met daarin de overduidelijke resten van een voet.

1

24 jaar geleden

Met een sierlijke duik sprong Rose van de zeilboot. Ze sloot haar ogen vlak voordat haar naakte lichaam het koele water doorkliefde. Het water omsloot haar en trok haar mee naar beneden de duisternis in. Even waande ze zich in het niets. Toen haar longen begonnen te branden en schreeuwden om zuurstof, zwom ze met krachtige slagen weer naar de oppervlakte. Proestend kwam ze boven. Haar lange bruine haren plakten op haar hoofd en schouders. Ze pakte een elastiekje van haar pols en bond haar haar in een slordige staart voordat ze rustig naar de baai voor haar zwom. Toen ze de branding had bereikt, draaide ze zich hijgend op haar rug. De hemel was zwart. De enige verlichting kwam van fonkelende sterren en een vollemaan. Ze kruiste haar armen achter haar hoofd en slaakte een gelukzalige zucht. Dit was vrijheid! De wereld was van haar en ze kon alles doen wat ze wilde. Haar oude leven leek mijlenver weg. Geen gezeik, geen verantwoordelijkheden en verplichtingen. Niet nadenken over wat ze later wilde worden als ze groot was. Ze kon dit nog heel lang volhouden. Natuurlijk zou ze eens terug moeten naar het 'gewone leven', maar als het aan haar lag zou ze dat zo lang mogelijk uitstellen.

Het meest genoot ze van de spontane en bijzondere ontmoetingen die haar leven de afgelopen tweeënhalve maand hadden verrijkt. Ze was niet de enige die allergisch was voor sleur en keurslijf. Het leven moest gevierd worden! Ze keek naar de zeilboot die voor de kustlijn zachtjes heen en weer dobberde op de golven. Haar reisgenoten waren al in diepe slaap toen zij besloot een nachtelijke duik te nemen. Ze voer nu twee weken mee op The Dolphin, samen met twee Australische jongens en hun vriendinnen. Steve, de eigenaar van de boot, had ze in een haventje ontmoet, waar hij die ochtend was aangemeerd. Ze had iets met havens. Als er ergens een in de buurt was, ging ze altijd even kijken. Ze had met bungelende benen op de kade gezeten, uitkijkend over de schepen, de een nog groter dan de ander. Steve stond in zijn korte broek het dek van The Dolphin te schrobben. Toen hij zich oprichtte en het zweet van zijn voorhoofd veegde, had hij haar gezien. Ze had haar duim naar hem opgestoken.

'Ziet er goed uit!' had ze in het Engels gezegd.

'Ik of de boot?' had hij lachend gevraagd.

'Allebei.'

Hij had zijn werk gestaakt en was met twee koude biertjes naar haar toe gelopen. 'Ik kan wel een pauze gebruiken.'

Dankbaar had ze het biertje van hem aangenomen. Ze was dorstig door het warme weer. Als vanzelf was er een geanimeerd gesprek op gang gekomen. Steve vertelde dat hij met zijn '*mate*' Paul en hun vriendinnen een zeiltocht rond de wereld maakte. Ze waren nu een halfjaar van huis. Zijn enthousiaste verhalen over de ultieme vrijheid die het zeilen bracht, sloegen op haar over. Vol verlangen had ze naar The Dolphin gekeken. Haar blik was Steve niet ontgaan. 'Zou je een tijdje met ons willen meevaren?' had hij haar gevraagd. 'De anderen vinden het vast goed. Ze zijn nu even naar de supermarkt, maar kunnen elk moment terug zijn.'

Steves reisgezelschap had het inderdaad geen probleem gevonden als ze een tijdje aanhaakte. En zo behoorde ze twee weken geleden ineens tot de crew van The Dolphin, die verder bestond uit Paul, Emma en Holly. Ze had de kneepjes van het zeilen snel onder de knie gekregen en draaide nu al geroutineerd mee. Er waren enkele taken aan boord waarbij ze onderling rouleerden en een van die taken was een nachtdienst. Er moest altijd iemand wakker zijn om de boot in de gaten te houden. Vannacht was zij de klos. Omdat The Dolphin de enige boot was die hier voor anker was gegaan en er nauwelijks wind stond, had ze het verantwoord gevonden om even een frisse duik te nemen. Voordat ze in het water was gesprongen, had ze de ladder laten zakken, zodat ze straks geruisloos en zonder problemen weer aan boord kon klimmen. In eerste instantie was ze niet van plan geweest om naar het strand te zwemmen, maar wanneer kreeg je nou de kans om in je eentje op een maagdelijk wit en compleet verlaten strand te liggen? Als ze iets had geleerd de afgelopen tijd, dan was het wel dat je altijd je kansen moest pakken. Je wist namelijk nooit of de gelegenheid zich nog een keer zou voordoen.

Ze sloot haar ogen en ademde diep in door haar neus om de zilte zeelucht waar ze zo van hield op te snuiven. Verbaasd ging ze zitten toen een zoete geur haar neus binnendrong. Hoe kon dat nou? Rook ze nou wiet? Ze was toch alleen? Ze snoof nog eens. Ja, ze had het goed geroken. Deze geur kwam onmiskenbaar van een joint af. Ze keek achter zich en zag op een paar meter van haar vandaan de oranje puntje van een brandende sigaret oplichten. Een gestalte kwam op haar aflopen en ze wist niet hoe snel ze op moest staan. Aan de vorm van het silhouet kon ze zien dat het een man was. Ongemakkelijk hield ze haar handen voor haar lichaam om haar borsten en kruis af te schermen.

'Gymnó na kolympoún?'

'Do you speak English?'

'Skinny dipping?' De man klonk als de Griekse neef Balki uit de serie *Perfect Strangers*. Hij liep dichter naar haar toe en de maan verlichtte zijn gezicht. Onderzoekend keek ze naar hem en probeerde in te schatten of ze iets van hem te vrezen had. Zijn wenkbrauwen waren net als zijn halflange haren pikzwart. Het licht van de sterren weerkaatste in zijn eveneens donkere ogen. Hij had een open en heldere blik. Zijn volle lippen plooiden zich in een betoverende lach. Hij droeg alleen een zwemshort. Zijn platte buik, zijn volmaakte taille en brede gespierde schouders benamen haar de adem. Hij nam haar geamuseerd op en liet zijn ogen zonder gêne over haar lichaam gaan. Nadat hij een hijs van zijn joint had genomen, stak hij zijn hand naar haar uit en stelde zich voor.

'Angelos.'

In een reflex pakte ze zijn hand aan, zich te laat realiserend dat Angelos daardoor vol zicht op haar borsten had. Vlug trok ze haar hand weer terug om haar lichaam te bedekken. 'Ik heet Rose.'

'Aangenaam kennismaken, Rose.' Hij ging naast haar in het zand zitten. 'Kom je bij me zitten?'

Angelos klopte op het zand en bood haar de joint aan. Ze zocht een houding die zo min mogelijk bloot onthulde en pakte de joint van hem aan. Ze inhaleerde zo diep als ze kon. Haar keel brandde en een aangename lichtheid steeg naar haar hoofd. Zwijgend keken ze uit over zee terwijl ze om de beurt een hijs namen. Hoe meer de wiet bezit van haar nam, hoe meer de schaamte voor haar naaktheid verdween. Ze ontspande.

'Weet je hoe ze deze plek noemen?' doorbrak Angelos hun zwijgen. Ze schudde ontkennend haar hoofd. Op dit moment was ze zo rozig dat ze zich amper haar eigen naam wist te herinneren.

'Het Paradijs.'

Ze keek hem met half toegeknepen ogen aan. Angelos haalde een zakflacon uit zijn broekzak en draaide de dop los. Hij nam een grote teug en gaf de flacon aan Rose. Ze nam een bescheiden slokje. De drank in haar mond smaakte verrassend zoet en fruitig met een frisse, krachtige afdronk.

'Lekker, wat is dit?'

'Het is mijn favoriete cocktail. *Greek Passion*, gemaakt van rum, limoensap, suikerwater en verse aardbeien. Veel suiker en nog meer rum,' grinnikte Angelos. 'Neem nog wat.'

Rose zette de flacon weer aan haar mond en sloeg een ruime hoeveelheid achterover. De combi van wiet en alcohol maakte haar zweverig.

'Ik wil dansen,' hoorde ze zichzelf ineens zeggen. Moeizaam kwam ze overeind, spreidde haar armen uit en begon langzaam rondjes te draaien. Angelos keek met open mond naar haar naakte lichaam, maar ze had het niet eens door. Na drie rondjes begon ze te wankelen en Angelos ving haar nog net op tijd op voordat ze languit in het fijne kiezelzand viel. Ze sloeg haar armen om zijn hals en leunde zwaar tegen hem aan. Hij tilde haar op en droeg haar verder het strand op.

'Waar gaan we heen?' vroeg ze.

'Dat is een verrassing.'

'Ik moet terug naar de boot.'

'En hoe dacht je dat te doen?'

'Zwemmen natuurlijk.'

'Dat lijkt me niet verstandig, je hebt gedronken.'

Hij liep verder en ze liet hem begaan. Ze deinde soezerig op en neer in zijn armen. Hij nam haar mee naar een rots waar een opening in zat. Voorzichtig manoeuvreerde hij haar langs wat uitstekende scherpe punten naar binnen. Ze voelde dat ze werd neergelegd op een matje.

'Waar ben ik?'

'Op een veilige plek.'

Angelos kroop naast haar en drukte zijn warme lichaam tegen het hare. Hij boog zich over haar heen en kuste zacht haar lippen. Ze liet hem begaan. Zijn hand daalde af naar beneden, tussen haar borsten door en bleef liggen op haar buik, naast haar eigen hand. Zijn vinger streek over de tatoeage van een rode roos op haar pols die ze een week geleden had laten zetten in een obscuur tentje vlak bij een haventje waar Steve The Dolphin had aangemeerd.

Ze trok haar hand terug. 'Het is nog steeds een beetje gevoelig.'

'Pas gezet?'

Ze knikte.

'Roos, net als je naam.'

Ze voelde hoe zijn hand verder naar beneden ging en hoorde dat zijn ademhaling zwaarder werd. Ze probeerde hem van zich af te duwen en overeind te komen, maar haar spieren leken niet te willen gehoorzamen.

'Zo ben ik niet.'

Hij kuste haar opnieuw. Het was duidelijk waar hij op uit was en als ze nu niet ingreep, zou ze hem niet meer kunnen stoppen.

'Zo ben ik niet,' zei ze nog een keer.

Deel I
Een jaar geleden

2

Van: Mark Roozenboom <markiemark@gmail.com>
Aan: Liza Roozenboom

Onderwerp: Van alles

Lieve mam,
Beetje uit te houden daar in Nederland? Hier op Lesbos schijnt de zon volop, maar ik krijg er niet zo heel veel van mee. Het is zes uur 's ochtends en ik ben in het vrijwilligershuis in Mytilini, de hoofdstad van Lesbos. Over een uurtje moet ik weer aan de bak. We hebben hier een computer met internet die meestal bezet is. Wonder boven wonder zat er nu niemand achter, dus ik dacht: ik mail je even een update. Ik weet dat je dat wel kunt waarderen ;-).

De meeste tijd breng ik door in de medische tent in kamp Kara Tepe. Van 's ochtends vroeg totdat het 's avonds donker wordt, verzorg en hecht ik wonden, zet ik eenvoudige botbreuken en verbind ik verstuikingen. Tijd om te eten is er amper, maar het voelt ook niet goed om uitgebreid te gaan zitten lunchen met drieduizend hongerige mensen om je heen. Eigenlijk is er maar plek voor tweeduizend man in het kamp, dus je kunt over de hoofden lopen. De hygiëne is slecht en de sfeer uiterst gespannen. Het gehuil en geschreeuw gaan de hele dag door.

Fedde zit bij een van de teams die boten binnenhaalt aan de kust en mensen uit het water vist, maar het gaat helaas vaak mis. Vandaag zonk er vlak voor de kust weer een boot met ruim vijfhonderd mensen. Er zijn er slechts drieënveertig gered. Ik kan aan Fedde merken dat hij het zwaar heeft met die dagelijkse confrontatie met de dood en het verwerken van alle ellende. Met de dag wordt hij steeds stiller en trekt hij zich verder terug in zichzelf. Hij overweegt zelfs om te stoppen met zijn studie. Voor hem is het goed dat we over twee dagen het kamp verlaten en naar Corfu gaan om nog wat vakantie te vieren.

Vandaag redde Fedde een meisje dat tijdens de overtocht in de verdrukking had gezeten. Ze was er slecht aan toe en is meteen naar het ziekenhuis gebracht. Later hoorden we dat ze aan inwendige bloedingen is overleden. Haar broer Amal heeft het wel overleefd. Zijn zusje was zijn enige familie. Hij is nu helemaal alleen en niemand ontfermt zich over hem. Ik vind het moeilijk om hem hier achter te laten. Het liefst zou ik nog een tijdje blijven om hem op weg te helpen, maar Fedde trekt het echt niet om langer te blijven en ik laat hem niet alleen naar Corfu gaan. Samen uit, samen thuis, en ik maak me echt zorgen over hem. De realiteit heeft een dikke streep gezet door de heldenfantasie waarmee we op pad gingen. Je voelt je hier heel klein en nietig. Vaak ook nutteloos, omdat je nooit genoeg kunt doen om de problemen op te lossen. De toestroom is te groot en we rennen elke dag weer achter onze eigen staart aan.

Maar alle ellende die ik zie, heeft me alleen maar gesterkt in mijn wens om na mijn studie bij Artsen zonder Grenzen te gaan werken. Ik wil mensen helpen die normaal gezien geen kans maken omdat ze verstoken zijn van medische hulp. Waar ik kan, wil ik het verschil maken tussen leven en dood.

Ik moet weer gaan, mam. Maak je verder maar geen zorgen (maar dat doe je toch wel), je hoort gauw weer van me!

Knuffel,
Mark

Met vochtige ogen staarde Liza Roozenboom naar haar beeldscherm. Ze was ongelofelijk trots op haar zoon, maar maakte zich ook grote zorgen om hem. Mark kon wel zeggen dat ze zich niet druk hoefde te maken, maar natuurlijk deed ze dat wel. Met een knoop in haar maag had ze hem samen met zijn boezemvriend Fedde anderhalve week geleden naar Schiphol gebracht. Het was prijzenswaardig dat jongens van begin twintig zoveel oog hadden voor het leed in de wereld en ook daadwerkelijk hun mouwen wilden opstropen om een steentje bij te dragen. Ze offerden een gedeelte van hun kostbare vakantiedagen op voor het goede doel.

Mark had er nooit doekjes om gewonden: hij wilde geen brandweerman of piloot worden, maar dokter. Dat riep hij al toen hij nog op de kleuterschool zat. Na twee keer te zijn uitgeloot, kon hij vorig jaar eindelijk aan zijn droomstudie beginnen. Hij was heel erg gemotiveerd en haalde torenhoge cijfers, en Liza wist zeker dat hij een geweldige arts zou worden. Ze had stiekem gehoopt dat het vrijwilligerswerk en de barre omstandigheden in Lesbos Marks wens om na zijn studie bij Artsen zonder Grenzen te gaan werken op een laag pitje zouden zetten. Ze wist dat het een egoïstische gedachte was, maar ze kon er niets aan doen. Er waren heel veel hulpbehoevende mensen op de wereld, maar zij had hem ook nodig. Ze dacht niet dat ze ooit nog rustig zou slapen als ze wist dat haar zoon in oorlogsgebied of in een verre rimboe verbleef. Alle gevaren! Ze verfoeide haar bange hart, maar ze was nou eenmaal niet zo nobel als haar zoon. Waarom kon hij niet gewoon in een Nederlands ziekenhuis gaan werken of voor haar part in een privékliniek?

Hoewel het haar veel moeite had gekost, had ze haar angsten en bedenkingen nooit naar hem uitgesproken. Wie was zij om hem te belemmeren en aan banden te leggen? Mark was geen kind meer. Hij had de volwassen leeftijd bereikt, was nu een man die zijn eigen keuzes maakte. Ze moest hem loslaten, elke dag een stukje meer. Maar hoe deed je dat? Ze was er nog niet achter. De stilte in huis sinds hij met Fedde een kamer had in Utrecht – ze kon er nog steeds niet aan wennen. Nu Mark op Lesbos zat, leek hij verder weg dan ooit. Het liefst stapte ze nu op het vliegtuig om hem te redden. Hem weg te halen uit de ellende, hem te beschermen tegen de harde realiteit. Maar hij zag haar al aankomen.

Liza klapte haar laptop dicht en schoof haar stoel naar achteren. Ze kon zich nu toch niet meer op haar werk concentreren. Eigenlijk kon ze zich geen break veroorloven. De deadline voor haar vertaalklus was volgende week en ze liep al achter. De volgende opdracht lag alweer te wachten. Ze was een veelgevraagd vertaalster van romans en thrillers en zat nooit zonder werk. Alle grote uitgeverijen in Nederland behoorden tot haar vaste klantenkring. Liza hield van haar werk en kon haar ei er goed in kwijt, maar het verlangen om ooit zelf nog eens een boek te schrijven werd steeds groter. Ooit, op een dag zou ze die droom laten uitkomen.

Ze pakte haar halfvolle mok koffie op en liep ermee naar boven, naar Marks oude slaapkamer. Ze liep naar het houten bureautje en keek naar het prikbord van kurk dat erboven hing. Het was behangen met tientallen foto's die een mooi beeldverslag van Marks leven gaven. Vertederd keek ze naar een foto van haarzelf met Mark in haar armen. Hij was toen een maand of drie. Ze was zelf nog een kind toen ze hem kreeg, amper negentien jaar oud. Zittend op Marks bed met de donkerblauwe overtrek dronk ze de rest van haar lauwe koffie op. Ze hoopte dat hij snel weer eens thuis kwam slapen als hij terug was uit Griekenland. Toen ze dacht aan de omstandigheden waar hij nu in verbleef, liepen de rillingen haar over de rug.

Ze sloot Marks kamer af en liep weer naar beneden. In een opwelling trok ze haar jas aan en pakte haar fiets uit het schuurtje. Regendruppels geselden haar onbedekte hoofd toen ze de straat uit reed. Binnen een paar minuten was ze zeiknat. Ze draaide de trappers steeds sneller rond tot haar benen zwaar waren van verzuring. Langzaam voelde ze de spanning in haar lijf en de zorgen in haar hoofd verminderen. Alsof de zondvloed waar ze doorheen reed alles van haar afspoelde.

3

'Heb je met haar gezoend?' Fedde keek Mark verontwaardigd aan.

'Eén keertje maar. Gisteravond. Jij sliep al. Ik vind haar echt leuk, Fedde.'

'Voor het geval dat je het nog niet doorhad, ik vind haar ook leuk.'

'Ze heeft met mij gezoend.'

'Ben je verliefd?'

'Ja, dat denk ik wel. Enne... ik wil haar beter leren kennen.'

'Wat bedoel je?'

'Ik heb haar gevraagd om mee te gaan naar Corfu.'

'Wat? No way. Ik ga niet de hele tijd zitten kijken hoe jij en Thera lopen te kleffen.'

'Hoorde ik mijn naam?' Thera kwam lachend aanlopen. Ze bezweek bijna onder haar overvolle rood-zwarte trekkingrugzak.

'Is dat ding wel ergonomisch verantwoord?' vroeg Mark.

'Ach, wat maakt het uit, ik ben nog jong. Gaan we?'

Fedde schraapte luidruchtig zijn keel.

'Wat?' Thera keek hem vragend aan. Fedde wierp een vlugge blik op Mark.

'Eh, ja, Fedde is er niet zo enthousiast over dat je met ons meegaat naar Corfu.'

Thera sloeg haar arm om Fedde heen en hij kreeg een ongemakkelijke rode kleur. 'En waarom dan niet? Vind je me niet meer aardig?'

'Mark en ik zouden samen verder reizen. Mannen onder elkaar,' mompelde hij.

'O, maar je zult van mij geen last hebben, hoor. Jullie hebben plenty tijd voor mannendingen. Ik kom Mark alleen af en toe even van je lenen.'

Thera liet Fedde los en zoende Mark vol op zijn mond. Mark liet haar even begaan en duwde haar toen zachtjes van zich af terwijl hij verontschuldigend naar Fedde keek.

'Ah, Fedde, je bent jaloers. Wat schattig. Maar helemaal niet nodig, joh. We hebben voor jou zo een leuk chickie gevonden.' Thera liet haar hand over zijn brede schouders gaan en kneep in zijn gespierde bovenarmen. 'Moet je dat lichaam zien. Genoeg vrouwen die daar aan willen zitten hoor.'

'Ja, zo kan-ie wel weer.' Mark trok Thera bij Fedde vandaan. Ze glimlachte zelfvoldaan.

'Ik begrijp niet hoe jij zo vrolijk kunt zijn na alles wat we deze week hebben meegemaakt,' zei Fedde verwijtend.

'Niemand heeft er wat aan als ik de rest van mijn leven ga lopen sippen, toch? Bovendien heb ik voornamelijk blije, dankbare mensen gezien bij de eettent. Het gaf echt een goed gevoel om die mensen te kunnen helpen.'

'Waarom ben je hier eigenlijk naartoe gekomen? Om jezelf op de borst te kunnen slaan? Kijk mij eens goed bezig zijn? Ben jij ook zo'n vrijwilligerstoerist die dit hele gebeuren als een attractie ziet?' Fedde had een rode kleur in zijn gezicht gekregen.

'Rustig, jongen, wind je niet zo op. Je mag van mij denken wat je wilt, daar lig ik echt niet wakker van.'

'Jongens, zullen we het even gezellig houden? We zijn allemaal moe en aangeslagen, laten we dat niet op elkaar afreageren,' probeerde Mark te sussen.

'Aangeslagen? Komt zij aangeslagen op jou over?'

'Fedde, kappen nou. Dit heeft geen enkele zin.'

'Sorry hoor, dat ik die knop niet zo snel kan omzetten als jullie. Dat ik geen vakantiegevoel heb overgehouden aan de afgelopen twee weken. Ik dacht gewoon dat wij dit samen deden, dat jij en ik samen iets wilden bereiken en daarna nog wat zouden chillen, maar kennelijk vergis ik me daarin.'

'Wat denk je nou, dat ik jou laat stikken of zo?'

'Ik ga echt niet het derde wiel aan de wagen zijn.'

'Dat ben je toch ook helemaal niet,' bemoeide Thera zich

ermee. 'Ik kan ook echt wel serieus doen, hoor. Je hoeft niet bang te zijn dat ik de hele dag aan Mark ga lopen plukken. Ik ga graag mijn eigen gang en kan me uitstekend zelf vermaken. Maar hé, als het zo'n probleem voor je is, dan wil ik jullie niet in de weg zitten. Ik ga wel naar Corfu, want dat was ik toch al van plan, maar dan trekken we vanaf daar niet langer samen op.'

'Ho, ho, heb ik daar ook nog wat over te zeggen? Ik wil helemaal niet dat je alleen verdergaat,' greep Mark in.

'Dan ga je toch lekker samen met haar op pad? Dan vlieg ik wel naar huis of zo.' Fedde keek Mark met felle ogen aan.

'Jemig, Fedde, je lijkt wel een verongelijkte kleuter. Hou eens op. We gaan gewoon met zijn drieën naar Corfu en dat wordt hartstikke leuk. En zo niet, dan zien we wel weer verder.'

'Whatever.' Fedde stampte langs Mark en Thera heen het vrijwilligershuis uit.

Mark keek Thera aan en haalde zijn schouders op. 'Normaal doet hij niet zo. Hij is echt heel aardig. Al vijftien jaar mijn beste vriend door dik en dun. Hij heeft gewoon te veel ellende gezien de afgelopen weken en dat grijpt hem enorm aan. Iedereen gaat daar op zijn eigen manier mee om.'

'Laten we het er maar op houden dat Fedde niet helemaal zichzelf is, oké. Hij is vast de goede jongen die jij beweert dat hij is.' Thera pakte zijn hand en trok hem mee. 'Kom, voordat hij te veel voorsprong krijgt.'

4

Liza legde geconcentreerd de laatste hand aan de vertaalopdracht die ze de volgende dag moest inleveren. Opgelucht vertaalde ze de slotzin van de epiloog. De klus was haar deze keer zwaar gevallen. Niet omdat het een ingewikkeld boek was – de zoete chicklit blonk juist uit in luchtige teksten en eenvoudig taalgebruik – maar Liza's gebrek aan focus was het probleem geweest. Waar ze zich door de bank genomen volledig kon afsluiten voor de buitenwereld en helemaal op kon gaan in het boek dat ze vertaalde, was dat deze keer niet goed gelukt. Haar zorgen om Mark waren de reden geweest. Haar gedachten dwaalden de hele tijd af naar haar zoon die daar ergens op een Grieks eiland zat. Na zijn laatste mail had ze nog een appje gehad met twee foto's en daarna was het stil geworden. Die stilte duurde nu al een week. Hoewel ze begreep dat Mark niet de hele tijd aan zijn moeder dacht, was hij meestal wel zo attent om in elk geval om de dag een teken van leven te geven. De radiostilte bezorgde haar een onaangenaam gevoel in haar onderbuik dat met de dag erger werd.

Liza schoof haar laptop aan de kant en pakte Marks laatste bericht erbij. Ze las zijn woorden voor de zoveelste keer, al kon ze ze intussen dromen. *Heerlijk hier, voel me helemaal thuis. Heb interessante ontmoeting gehad. Ga ik je later alles over vertellen.* Op de stralende selfie die hij had bijgevoegd zag hij er blakend en gelukkig uit. Geen enkele reden voor zorg. Ze bekeek de foto nog eens goed. Achter Mark was een stuk mast te zien van een zeilboot. Vlak naast hem zag ze een stukje arm waar een pluk lang blond haar overheen hing. Zou Mark een meisje hebben ontmoet op wie hij verliefd was geworden? Was dat die bijzondere ontmoeting waar hij haar over wilde vertellen? Maar waarom had hij dan geen foto gestuurd waar het meisje ook op te zien was? Was hij bang dat zijn moeder het zou afkeuren? Een vriendinnetje was toch niks om je voor te schamen?

Achter de zeilmast waar Mark voor stond, was nog een andere boot te zien. Geschilderd in het blauw en wit van de Griekse vlag. Aan de mast wapperde een vlag in de kleuren rood, goud en blauw met in het midden een gouden logo van een boot waar tekst omheen stond. Ze zoemde in en zag dat het Griekse letters waren. De boot was leeg. Op het strand erachter stonden wat mensen. De tweede foto die Mark had gestuurd was een overzichtsfoto van een stad bij zonsondergang. '*Sunset over the city*!' stond erbij. Van Fedde was op beide foto's geen spoor. Ze dacht terug aan Marks woorden in zijn e-mail: *ik maak me echt zorgen over hem.* De boezemvriend van haar zoon was zichzelf niet en leed onder de verschrikkingen die hij had gezien in het vluchtelingenkamp. Haar hart ging uit naar Fedde, naar die lieve jongen die ze al zo lang kende dat het af en toe was alsof Mark en hij broers waren. Nu was hij nergens te bekennen, terwijl de voorgaande foto's die Mark had gestuurd bijna allemaal door hem waren gephotobombd. De jongens zouden toch geen ruzie hebben gehad? Ach, waarschijnlijk haalde ze zichzelf weer van alles in haar hoofd. Ze zou die fantasie eens moeten aanwenden voor dat boek dat maar niet van de grond kwam. Commentaar leveren op werk van anderen ging haar gemakkelijk af, maar zelf een letter op papier krijgen, ho maar.

Ze opende het bestand met de veelzeggende naam *Project X*. Het was slechts één pagina groot. Ze kon de naam beter veranderen in *Project Nix*. De pagina waar ze naar keek, was helemaal wit. Tot nu toe had ze alle zinnen die ze had getypt ook net zo snel weer gewist. Niet de juiste woorden, te cliché, te vergezocht, verkeerde tone of voice... er was elke keer weer een reden om opnieuw te beginnen. Het leek wel of ze monopoly speelde en steeds de kaart 'Ga verder naar start' trok.

De lege witte pagina begon pijn te doen aan haar ogen en ze typte wat willekeurige letters in. Dan stond er tenminste wat.

Echt weer iets voor haar om al een writer's block te hebben voordat ze überhaupt begonnen was. Ze staarde nog even naar het scherm en sloot toen haar computer af. Dit schoot niet op. De woorden wilden niet komen en de ideeën waren ver te zoeken. Ze besloot Mark een berichtje te sturen. Ze had behoefte aan een levensteken. Op haar vorige bericht van een paar dagen geleden had hij niet gereageerd en dat was eigenlijk niks voor hem. *Hij zit waarschijnlijk nog op die zeilboot, verstoken van alle moderne gemakken zoals een wifi-signaal.* De jongens hadden wel iets gezegd over zeilen voordat ze uit Nederland vertrokken. Ze waren echte waterratten en zeilden regelmatig met een groep vrienden in Friesland. Misschien maakten ze nu een meerdaagse tocht? Ze wist dat je geweldige zeiltochten kon maken op de Ionische Zee langs de idyllische Griekse eilanden.

Met een hart vol liefde keek ze weer naar de blije foto van Mark op de boot. Ze was vast weer veel te ongeduldig en bezorgd. Zij was ook jong geweest en had haar ouders ook vaak veel te lang in het ongewisse gelaten als ze op reis was. Ze moest niet zo zeuren. Als ze Mark nu een appje stuurde, kreeg ze vast snel een reactie. Ze kauwde bedachtzaam op haar lip toen ze het bericht typte. Het was neutraal van toon. *Ha schat, al enig idee wanneer en hoe laat ik jullie van Schiphol moet halen? Liefs, mam.* Ze drukte op VERZENDEN en zag al snel dat het bericht was afgeleverd. Dat was in elk geval iets. Nu nog een leesbevestiging. Ze bleef naar het scherm kijken totdat het op stand-by sprong. Misschien moest ze maar even ter afleiding een boodschapje gaan doen, anders bleef ze maar naar dat scherm staren. Ze had nog niks in huis voor het avondeten en voor de derde keer in een week chinees was niet echt aanlokkelijk. Ze stopte haar iPhone en portemonnee in haar tas en stond net met de deurklink in haar handen toen haar telefoon ging in haar tas. Vlug ritste ze haar tas open en nam op zonder te kijken wie het was.

'Mark?' Teleurgesteld luisterde ze naar de stem van haar moeder aan de andere kant van de lijn. 'O, *hi* mam, ik verwachtte eigenlijk een telefoontje van Mark.'

'Hoe gaat het met hem?'
'Wel goed, denk ik.'
'Denk je?'
'Ik heb al een paar dagen niets van hem gehoord.'
Het bleef even stil aan de andere kant van de lijn. 'En nou maak jij je zorgen.'
'Nou, eerlijk gezegd zit het me inderdaad niet helemaal lekker. Zijn laatste bericht ging over een bijzondere ontmoeting waar hij me meer over wilde vertellen en toen werd het stil.'
'Goh, waar kennen we dat van? Zoon van zijn moeder zeker?' Liza hoorde haar moeder grinniken. 'Ik kan me nog een zeker meisje herinneren dat twee weken met vrienden op vakantie zou gaan en pas vijf maanden later terugkeerde. Dat meisje was ook niet heel royaal met berichtjes aan het thuisfront.'
'Fijn dat je me daar weer aan herinnert, mam. Ik zal nooit genoeg excuses kunnen maken om dat recht te trekken.'
'Kind, dat vraag ik helemaal niet van je. Ik wilde alleen maar zeggen dat je je niet zo druk moet maken. Mark is een verstandige jongen, die komt wel op zijn pootjes terecht. Net zoals jij op je pootjes terecht bent gekomen.'
'Ik denk dat hij misschien een meisje heeft ontmoet.'
'Nou, daar heb je je antwoord al. Die jongen heeft dan toch helemaal geen tijd voor zijn moeder? Die is met totaal andere dingen bezig en dat is heel gezond op zijn leeftijd. Loslaten is moeilijk, Liza, daar weet ik alles van. Maar geloof me, je houdt je kind alleen dicht bij je in de buurt als je hem of haar de ruimte geeft om zijn of haar eigen pad te kiezen. Hoe meer je vader en ik zich met jou bemoeiden in je tienerjaren, hoe meer je je van ons afkeerde. Waar of niet?'
'Helemaal waar. Ach, ik weet het ook wel. Ik weet ook niet waarom ik zo onrustig ben sinds Mark in Griekenland zit. Dat hele vluchtelingengedoe zat me van begin af aan al niet lekker. Ik ben hartstikke trots op hem hoor, daar niet van, maar ik heb me steeds zorgen gemaakt om zijn veiligheid. Je hoort zoveel wilde verhalen over die kampen. Ik weet ook niet meer wat ik moet geloven.'

'Je mag ook heel trots zijn op Mark. Hij is voor zijn leeftijd al heel zelfbewust en wereldwijs. Ik heb hem nog nooit kunnen betrappen op een onverstandige keuze, terwijl zijn moeder in het verleden...'

'Ja, ho maar, mam. Ik heb een hoop dingen gedaan waar ik niet trots op ben...'

'... maar het is allemaal goed gekomen met je en daar zijn je vader en ik heel trots op.'

'Door schade en schande wijs geworden, zullen we maar zeggen. Maar waarom bel je eigenlijk? Ik stond net op het punt om boodschappen te gaan doen.'

'Dan bel ik precies op het goede moment. Je vader en ik gaan vanavond barbecueën en we vroegen ons af of je zin had om een vorkje mee te prikken. Als toetje hebben we zelfgebakken appeltaart met vanilleroomijs.'

Het water liep Liza in de mond. Het was wel erg aanlokkelijk om zelf niet te hoeven koken, en een avondje op de knusse veranda van haar ouders stond haar ook wel aan. Ze had de afgelopen week veel te veel binnen gezeten achter haar computer.

'Gezellig mam, hoe laat gaan de hamburgers op het vuur?'

'Als je om een uurtje of vijf hier bent, dan kun je me nog even helpen met het maken van een meloensalade en de wijn vast voorproeven.'

'*Count me in.*'

5

'Fedde, ga je mee het strand op? Wie er het eerste is.'

Mark stond al klaar om het water in te springen, maar hij wachtte op zijn vriend. Thera duwde hem opzij en dook het water in.

'Hé, dat is niet eerlijk, nu heb je een voorsprong.'

'Ik ben van het zwakke geslacht, je haalt me vast wel in,' lachte Thera hijgend.

'Fedde, kom nou!' Mark werd ongeduldig. Hij stond te trappelen om achter Thera aan te gaan die in een rustige schoolslag naar de baai zwom. Fedde kwam sloom uit de kajuit tevoorschijn.

'Ik lag te slapen, man.'

'Slapen kun je ook op het strand. Kom op, mattie.'

'Gaan jullie maar. Ik pas wel op de boot.'

'Zeker weten?'

'Ja, ga nou maar.'

Fedde keek hem met een ernstig gezicht aan. Mark had gehoopt dat het zeilen zijn zorgen wat naar de achtergrond zou laten zakken, maar het humeur van zijn vriend was er de afgelopen dagen niet beter op geworden. Fedde was stil en de dingen die hij zei, kwamen er grotendeels chagrijnig uit. Mark vroeg zich af of het alleen met Thera te maken had of dat er meer speelde. Misschien was het verblijf op de boot wel traumatisch voor Fedde omdat hij de afgelopen weken veel boten had gezien waar het niet goed mee afliep. Hij zou hem er eens naar vragen.

'Oké, tot straks dan.' Mark klom op de boeg en sprong het water in.

Vier dagen geleden hadden ze gezamenlijk besloten om deel te nemen aan een flottielje-zeiltocht langs de Ionische archipel. Het idee om zelfstandig te varen in een groep van meerdere schepen had vooral Fedde aangesproken. Dat derde-wiel-aan-de-wagending zat hem nog steeds dwars.

Na een uitgebreide briefing van de leiding, die op een eigen boot meevoer, was het startpunt van de meerdaagse tocht Gouvia Marina geweest, een haven aan de oostkust van Corfu. In totaal voeren er acht boten mee. Elke dag deden ze een eiland aan, maar het was ook toegestaan om een eigen route te varen. Vandaag waren ze na de ochtendbriefing met zijn allen van het groene en bergachtige schiereiland Lefkas naar het idyllische Kefalonia gezeild. Het was een tocht geweest van minder dan vijftien mijl. Ze waren van start gegaan met een zachte zuidoostelijke wind die gedurende de middag was aangetrokken en gedraaid naar het noordwesten met een kracht van vier beaufort. Mark, Fedde en Thera waren met hun boot als enigen afgebogen naar de baai van Myrtos, waar het mooiste strand van Griekenland zou liggen. De andere boten waren alvast verder gezeild naar de haven van Assos, waar ze gezamenlijk de nacht zouden doorbrengen. Volgens de begeleiders van de tocht was het een charmant vissersplaatsje met zandstrandjes, witte huizen en een mooie kade. De volgende dag stond snorkelen bij het eiland Paxos op het programma. Mark hoopte dat het water daar net zo helder zou zijn als in Kroatië, waar hij zich twee jaar geleden met Fedde had vergaapt aan de prachtige onderwaterwereld. Hopelijk was Fedde morgen van de boot af te krijgen. Tot nu toe was hij behoorlijk lusteloos en dwars.

Mark keek om naar de boot om te zien of Fedde nog bij de boeg stond, maar er was geen spoor te bekennen van zijn vriend. Waarschijnlijk was hij net als de afgelopen dagen weer in de kajuit gaan zitten. Mark en Thera hadden de afgelopen dagen hun uiterste best gedaan om Fedde overal bij te betrekken, maar niets leek te werken. Hij deed niet meer dan het hoognodige op de boot en leek nergens van te kunnen genieten. Thera was er inmiddels wel een beetje klaar mee – ze had geen zin om haar vakantie door Fedde te laten verpesten – en eigenlijk was Mark het wel met haar eens. Hij keek nog een keer om naar de boot, dompelde zijn hoofd toen onder in het zoute water en zwom vervolgens met grote slagen naar Thera, die de kust al bijna had bereikt. Vlak voor de branding haalde hij haar in en greep haar bij haar enkels. Vliegensvlug draaide ze zich om en trok hem mee onder water. Ze sloeg haar benen om zijn middel en haar armen om zijn nek en kuste hem vol op zijn mond. Proestend kwamen ze samen boven. Mark tilde Thera uit het water en droeg haar het strand op. Hij voelde de zon branden op zijn schouders toen hij haar op haar rug op de ragfijne kiezeltjes legde en er zelf op zijn buik naast ging liggen. Hij leunde op zijn ellebogen en schudde zijn natte haren uit boven haar gezicht. Lachend duwde ze hem weg en begon hem te kietelen. Met gemak trok hij haar graaiende handen weg bij zijn middel en zette ze klem boven haar hoofd terwijl hij half boven op haar ging liggen.

'Wat had je nou?'

Ze keek hem alleen maar aan met die helderblauwe ogen waar hij voor was gevallen vanaf het eerste moment dat hij haar zag. Het contact met haar blote huid deed zijn hele lichaam tintelen. Thera's lach veranderde in een spottende grijns.

'Zeg me nou eens waar je vandaan komt.'

'Wat doet dat ertoe?'

'Misschien kunnen we contact houden als we terug zijn in Nederland. Ik vind je leuk.'

'Wie zegt dat ik van plan ben om terug te gaan naar Nederland? Dit zwervende bestaan bevalt me prima. Ik denk dat ik dit nog heel lang vol kan houden.'

Mark keek haar teleurgesteld aan, hij kon er niets aan doen. 'Dus Thera zonder vaste woon- of verblijfplaats, over een paar dagen scheiden onze wegen?'

'Als jij dat per se wilt.'

'Wat bedoel je?'

'Je zou natuurlijk ook een tijdje met me mee kunnen reizen... Avonturen beleven. Vandaag niet weten waar je morgen bent en met wie.' Ze keek hem stralend aan.

'Ik kan er niet zomaar een paar maanden tussenuit piepen. Ik heb verplichtingen.'

'Verplichtingen? Waarom? Je bent maar één keer jong. Je leeft maar één keer.'

'Dat is waar, maar ik kan niet zomaar een paar maanden wegblijven van de universiteit.'

'Natuurlijk kan dat wel! Je kunt daarna toch weer gewoon verder studeren?'

Mark schudde zijn hoofd. 'Ik ben dolblij dat ik eindelijk ben ingeloot voor geneeskunde. Als je zo'n kans krijgt, dan kun je daar niet lichtzinnig mee omgaan.'

'Je moet jezelf eens horen, je klinkt als een oude man. Een beetje meer spontaniteit kan geen kwaad, hoor!'

'Impulsiviteit, bedoel je. Daar ben ik niet zo van. Ik heb gewoon graag mijn zaakjes op orde en denk de dingen goed door. Ik heb ambitie, een toekomstplanning. Heb jij die dan helemaal niet?'

Thera haalde haar schouders op. 'Ik weet nog niet wat ik wil worden als ik later groot ben,' zei ze ernstig. 'Ik betwijfel of ik het wel in me heb om volwassen te worden, verantwoording te dragen. Als ik aan mezelf denk in een stoffig kantoor, dan kan ik gewoon niet meer ademen.'

'Eigenlijk ben je dus gewoon voor jezelf op de vlucht.'

'Ja, misschien wel. Maar is dat erg dan?'

'Nee, maar er komt een moment dat je jezelf toch tegenkomt.'

'Nou, ik hoop dat moment nog heel lang uit te stellen. En nou wil ik dat je me kust, dokter Mark.' Ze tuitte haar lippen en zoals altijd kon hij daar geen weerstand aan bieden.

Er vloog iets tegen zijn hoofd. Zijn tanden boorden zich onbedoeld in Thera's lippen en ze slaakte een gedempte kreet. Achter hen klonk schamper gelach. Mark kwam geschrokken overeind en trok Thera omhoog. Naast hem lag een voetbal. Hij keek op en zag dat vier spierbundels hun richting op liepen. Ze hadden allerminst vriendelijke gezichten, vooral degene die het clubje aanvoerde had een duistere blik.

Mark pakte de bal en schopte hem in hun richting. Een van de jongens ving hem op, maar het groepje bleef dichterbij komen. De voorste jongen begon druk met zijn handen te gebaren en schreeuwde onverstaanbare Griekse zinnen tegen hen.

'Wat is het probleem?' vroeg Mark in het Engels.

'Jij bent het probleem,' antwoordde de leider van het stel. Hij maakte zich breed en spande zijn aanzienlijke armspieren aan.

'Anabolen,' fluisterde Thera. 'Hoop agressie en opschepperij, maar in bed krijgen ze niks klaar.'

Mark moest onwillekeurig lachen om haar opmerking en de Griekse Hulk vatte dat op als een belediging.

'Vind je het grappig?'

'Nee, helemaal niet. Rustig nou maar,' probeerde Mark te sussen. In gedachten vervloekte hij Fedde dat hij op die stomme boot was gebleven, want hij had zijn hulp nu heel goed kunnen gebruiken. Mark was best sterk, maar in zijn eentje tegen vier man was echt te veel van het goede.

'Ga je me nou vertellen wat ik moet doen?'

'Ik zou niet durven,' mompelde Mark. 'Kom op, man, laat ons met rust.'

'Weet je wat jouw probleem is? Jij bent te lelijk voor dat meisje.'

'Is dat zo? Misschien moet dat meisje dat zelf bepalen.'

'Fout antwoord. Als ik het meisje wil, krijg ik het meisje ook.'

Thera stapte naar voren en wilde zich er ook mee bemoeien, maar Mark hield haar tegen en duwde haar naar achteren. Ze verzette zich. 'Hé, het gaat over mij, dus dan heb ik ook wat te zeggen.'

'Maak het nou niet erger. Ik ben degene die de klappen moet opvangen als het uit de hand loopt.' Thera bond in en ging achter zijn brede rug staan. Hij richtte zich weer tot het groepje.

'Oké, jongens, laten we het gezellig houden. Ga nou maar lekker voetballen en doe net alsof wij er niet zijn. Wij zijn hier zo weg.'

De voorste jongen knakte met zijn vingers en balde daarna dreigend zijn vuisten. Toen stormde hij plotseling op Mark af.

Thera kon nog net gillend opzijspringen voordat de spierbundel vol tegen Mark aan klapte en hem meenam in zijn val. Met geheven vuist zat hij boven op Mark, klaar om toe te slaan. Mark probeerde zijn gezicht te beschermen met zijn armen en handen, maar hij wist dat hij klappen zou krijgen. Hij zette zich schrap, maar de klap kwam niet. Niet voor hem althans. Voor de jongen die op hem zat, liep het minder goed af. Vanaf links verscheen een forse houten stok in beeld die de Griekse jongen vol in de nek raakte. Meteen daarna volgde weer een klap. Deze keer vol op de jongen zijn rug en hij schreeuwde het uit van de pijn. Hij probeerde een nieuwe slag af te weren, maar slaagde daar maar gedeeltelijk in. Het slaghout schampte zijn wang en liet een rood spoor achter op zijn kaak. De jager was nu prooi geworden en de jongen probeerde bij Mark vandaan te kruipen toen de stok weer zijn kant op suisde. Even dacht Mark dat hijzelf de volle lading zou krijgen, nu zijn belager uit de weg was, maar het houten voorwerp bleef boven hem in de lucht hangen.

Mark keek op en zag een kranige oude man boven hem staan wiens ogen glinsterden van woede. De man stak Mark zijn hand toe en hielp hem overeind. Tot Marks verbazing stond het vriendengroepje van een afstandje toe te kijken zonder dat ze de moeite hadden genomen om in te grijpen of hun maat te helpen. De jongen strompelde naar hen toe, snauwde iets en meteen draaiden ze zich om en liepen samen met hem weg. De oude man keek hen met een hatelijke blik na en ging toen hijgend in het zand zitten. Thera, die op veilige afstand was gaan staan, rende op Mark af en vloog hem om zijn nek. Hij zag dat haar bovenlip nog steeds bloedde. Ondanks haar gebronsde huid zag ze bleek en haar ogen waren wijd opengesperd.

'Ik was zo bang dat hij je helemaal aan gort zou slaan.'

'Dankzij deze held is dat niet gebeurd.' Mark stak de man zijn hand toe. 'Ik weet niet wie u bent, maar heel erg bedankt.'

De oude Griek knikte en pakte zijn hand. Mark voelde de rimpelige, door een leven in de zon gedroogde huid, onder zijn vingers. De man keek hem diep in zijn ogen en knipperde iets weg wat op tranen leek. Hij leek nu pas te beseffen hoe heldhaftig hij had opgetreden en hoe goed iedereen ervan af was gekomen dankzij zijn ingrijpen. Toen Mark de hand van de oude man losliet, greep de Griek naar het medaillon dat tussen zijn grijze borsthaar hing en gaf er een kus op. De tranen in zijn ogen waren nog niet weg. Mark voelde de sterkte behoefte om zijn arm om de man heen te slaan en hem te troosten. Geen gebruikelijke reactie, want normaal was hij niet zo aanrakerig met vreemden. Het bracht hem in verwarring en om zichzelf een houding te geven, stelde hij zichzelf voor. 'Ik ben Mark, uit Holland, en dit is Thera.'

De man pakte zijn hand. 'Aangenaam kennis te maken, Mark uit Holland en Thera,' zei hij lachend. 'Ik ben Kyrios, de Griek.'

6

Fedde lag languit op het dek toen Mark en Thera druipend van het zoute water weer aan boord klommen.

'Hé makker.' Mark hing boven zijn vriend en gaf hem een vriendschappelijke stomp. 'Heb je je een beetje vermaakt zonder ons?'

Fedde spande zijn strakke buikspieren aan en ging zitten. 'Je staat in mijn zon.'

'Ah, nog steeds een humeurtje. Misschien moet je even een duik nemen, fris je van op,' pareerde Thera.

Fedde keek haar met samengeknepen ogen aan. 'Wat is er met je lip gebeurd? Je bloedt. Heeft hij je gebeten?'

'Jij hebt ons misschien niet gemist, maar wij jou wel.' Mark negeerde het gemopper en praatte op overdreven vrolijke toon verder. 'We hadden je hulp goed kunnen gebruiken.'

'Volgens mij kunnen jullie het heel goed af zonder mij.'

'Hoe kom je daar toch bij? Wat moet ik toch doen om mijn vrolijke beste vriend weer terug te krijgen?' Mark woelde door zijn donkere haar. Fedde keek hem aan, maar gaf geen antwoord.

'Wat is er gebeurd?' vroeg hij afgemeten.

'Er waren een paar gasten op het strand die ruzie zochten. Van die opgepompte sportschooljongens.'

'Anabolengebruikers, zeker weten,' vulde Thera aan. 'Eentje was al op Mark gedoken, toen een of andere oudere vent met een houten stok hem te hulp schoot. Daarna dropen ze af.'

'En jij hebt een klap op je lip gekregen?'

'Niet helemaal. Mark en ik lagen te zoenen op het strand toen die gasten een bal tegen ons aan schopten. Door de klap schoten Marks tanden door mijn lip.'

'Moet je ook maar niet liggen vozen,' mompelde Fedde.

‘Jemig, jij hebt echt een beurt nodig hoor, hé. Vanavond in Assos ga ik op zoek naar een leuke meid voor je. Knap je vast van op en je humeur hopelijk ook.’ Thera liet haar blik nog eens over zijn strakke buikspieren gaan. ‘Ze staan voor je in de rij vanavond.’

Fedde werd rood in zijn gezicht, maar zei niets.

Thera lachte en trok een pijnlijk gezicht toen haar lip daardoor weer openscheurde. Het geronnen bloed mengde zich met het verse en ze likte het ongeduldig weg.

‘Als jij met ons was meegegaan, hadden ze ons vast met rust gelaten,’ zei Mark.

‘O, dus het is mijn schuld?’

‘Nee, natuurlijk niet. Dat bedoel ik toch helemaal niet. Waarom vat je alles wat ik zeg steeds negatief op? Ik wilde juist zeggen dat je onmisbaar bent.’

‘Ach, er is altijd wel iemand die voor jou in de bres springt, of niet? Is het niet je moeder, dan wel een of andere wildvreemde vent met een knuppel. Je hebt mij echt niet nodig om je weer eens uit de brand te helpen.’

‘Waarom haal je mijn moeder er nou weer bij?’

‘Dat is toch zo? Je bent toch haar prinsje?’

Mark keek Fedde hoofdschuddend aan. ‘Wat is je probleem toch, man? Waarom ben je zo chagrijnig de hele tijd? Ja, ik heb een sterke band met mijn moeder, so what? Misschien is dat wel omdat ik geen vader heb, zoals jij die wel je hele leven hebt gehad.’

Fedde mompelde iets onverstaanbaars.

‘Wat zei je?’

‘Ik zei: niet meer,’ antwoordde Fedde.

‘Hoe bedoel je, “niet meer”?’

‘Mijn pa is ervandoor met een ander, een of ander jong mokkel. Mijn ouders gaan scheiden.’

‘Wat?! Hoe lang weet je dit al?’

‘Een paar weken.’

‘Waarom heb je niks gezegd?’

'Omdat ik me schaamde voor mijn vader. Die trut is zwanger en hij wil een nieuw leven beginnen zonder "ballast" uit het verleden.' Fedde was even stil en keek toen Mark aan. 'Dat ben ik dus, die ballast.'

'Shit, man, dat is echt klote.'

Fedde knikte. 'Het is maar de vraag of ik ooit nog iets van hem hoor. Ik dacht in eerste instantie dat hij nog bij zinnen zou komen, maar die hoop heb ik inmiddels opgegeven. Ik heb de afgelopen week geprobeerd contact met hem te zoeken, maar hij gaf me te verstaan dat ik hem met rust moest laten. Ik mocht zijn "prille geluk" niet verstoren, zei de lul nog.'

Mark wilde wat zeggen, maar Thera was hem voor: 'Nou snap ik heel goed dat je niet goed naar Mark en mij kunt kijken. "Pril geluk", "ballast"... Je ziet natuurlijk de hele tijd je vader voor je.'

'Fedde, jij bent voor mij nooit ballast geweest en dat zul je ook nooit worden.' Mark sloeg een arm om zijn beste vriend heen. 'Had me dit maar eerder verteld, dan had ik er rekening mee kunnen houden. Ik vind het echt ongelofelijk klote voor je.'

'En hoe had je dan rekening met me willen houden? Was je dan niks met Thera begonnen?'

'Eh, nou, dat niet per se, maar...'

'Zie je wel, aan jou heb ik ook niks. Sodemieter toch op met je gelukkige leventje. Rot lekker op!'

Fedde vloog met een rood hoofd overeind en verdween benedendeks. Mark wilde hem achterna gaan, maar Thera hield hem tegen.

'Ik denk niet dat het nu veel zin heeft, laat hem eerst maar even afkoelen. Hij ziet vanzelf in dat hij niet fair is naar jou toe.'

'Denk je?'

'Ja, zeker weten. Een scheiding is nou eenmaal heftig, maakt niet uit hoe oud je bent, dus logisch dat hij zo van slag is. Alles valt nu wel ineens op zijn plek. Hij had vast gehoopt afleiding te vinden in Griekenland...'

'... en in plaats daarvan heeft hij meer vluchtelingen zien doodgaan dan dat hij er heeft kunnen redden, en zijn beste vriend loopt te flikflooien met een meisje. Je hebt gelijk: het is in dat licht niet zo vreemd dat het hem allemaal te veel is geworden.'

'Ik weet zeker dat hij er erg tegen opziet om naar huis te gaan. Hij is ineens nergens meer zeker van, weet niet meer wie hij kan vertrouwen.'

'En nu?'

'Ik denk niet dat er veel is wat wij kunnen doen, wij hebben op dit moment het effect van een rode lap op een stier. Laten we dus maar naar Assos varen, misschien dat hij in de groep weer wat opknapt. De vorige avonden leek dat te werken.'

'Oké, doen we dat. Haal jij het anker in, dan hijs ik de zeilen.'

Thera knikte en geconcentreerd gingen ze aan de slag. Fedde liet zich niet zien, hoewel hij aan het gerommel op het dek moest kunnen opmaken dat ze de boot klaarmaakten om verder te zeilen. Hij was de meest ervaren zeiler van hun drieën, maar ook zonder zijn hulp wisten Mark en Thera de boot weer op gang te krijgen. Mark stuurde de boot een beetje bij en keek met weemoed naar het serene witte zandstrand dat maagdelijk afstak tegen de uit het water oprijzende rotspunten. Hij was graag nog wat langer gebleven om verder te praten met de oude Griek, maar die was allang in geen velden of wegen meer te bekennen. Jammer. Hij maakte nog een laatste foto en concentreerde zich toen weer op de boot.

De wind stond vol in de zeilen en de boeg doorkliefde het aquamarijnblauwe water. Mark verheugde zich al op de komende avond, als de zonsondergang het water weer roze zou kleuren. Hij zou er deze keer niet met Thera, maar met Fedde naar kijken. Zijn vriend had hem nodig en moest ervan doordrongen worden dat Mark altijd voor hem klaar zou staan. Met een diepe ademteug snoof hij de zeelucht op en hij likte over zijn zoute lippen. Op naar Assos!

'Ik heb dus concurrentie van je moeder.'

'Hè, wat?'

Thera kwam achter hem staan en sloeg haar armen om hem heen. 'Nou, omdat Fedde zei dat je haar prinsje bent. Je weet wat ze zeggen over de speciale band tussen moeders en zonen, toch?'

'Ik heb inderdaad een heel goede band met mijn moeder, maar dat zal een relatie nooit in de weg staan. Dat zou ik niet toestaan en mijn moeder ook niet. Ze wil dat ik gelukkig ben, dat is het belangrijkst voor haar.'

'En je vader, wil die dat ook?'

'Mijn moeder heeft me alleen opgevoed met hulp van mijn opa en oma.'

'Dus er is geen vader in je leven?'

'Nee.'

'Weet je wel wie hij is?'

'Ik weet niet meer dan dat hij Rick heet en dat mijn moeder heel kort een relatie met hem heeft gehad.'

'Nooit een poging ondernomen om hem te zoeken?'

'Weleens aan gedacht, maar uiteindelijk niet gedaan. Ik merkte dat mijn moeder het heel moeilijk vond om over hem te praten. Hij heeft haar niet zo goed behandeld. Toen heb ik besloten het te laten rusten.'

'Voor altijd?'

'Voorlopig, maar misschien wel voor altijd.'

'Wat niet weet, wat niet deert?'

'Zoiets, ja. En stel dat ik hem wel weet te vinden, dan kan hij natuurlijk enorm tegenvallen. Als ik mijn moeder moet geloven, kan ik daar ook maar beter van uitgaan.'

'En je opa en oma zijn dus ook heel belangrijk in je leven?'

'Zeker. Zij ondersteunden mijn moeder zodat zij kon studeren. Ze is vertaalster.'

'Lijkt me een leuk beroep. Wat vertaalt ze zoal?'

'Thrillers en chicklit. Beetje van alles en nog wat.'

'Cool! Ik ben dol op boeken.'

'Is dat zo? En waar ben je nog meer dol op? Vertel eens wat meer over jouw leven, over waar je vandaan komt en zo.'

'Daar is helemaal niets interessants over te vertellen.'

'Natuurlijk wel. Ik zit hier voor jou toch ook de complete geschiedenis van mijn familie uit de doeken te doen.'

De golven klotsten tegen de romp van de zeilboot en de zeilen klapperden, maar verder bleef het stil.

'Thera?'

'Nou goed, Mark-met-de-complete-familiegeschiedenis, als je er daarna maar over ophoudt. Ik zal je het allerbelangrijkste uit de doeken doen wat je over mij moet weten.'

Thera liet Mark los en ging voor hem staan. Vol verwachting keek hij haar aan. Toen zoende ze hem vol op zijn mond.

7

Het noodweer van de avond ervoor had de broeierigheid en dikke wolken uit de lucht gehaald. Strakblauw was ervoor in de plaats gekomen. De horecatenten in de Alkmaarse binnenstad hadden hun terrasstoelen en -tafels weer drooggemaakt en maakten zich op voor een drukke dag.

Liza was net als een handjevol mensen neergestreken op het zonnige terras van lunchcafé ECHT. Er waren weer twee dagen verstreken zonder dat ze iets van Mark had gehoord. Ook op haar laatste bericht had hij niet gereageerd. Vanochtend had ze Mark proberen te bellen omdat ze met appen niet verder kwam. De telefoon ging wel over, maar er werd niet opgenomen en Mark had zijn voicemail uitstaan, dus ze kon geen bericht achterlaten. Na een aantal belpogingen was ze dus maar weer overgegaan op appen. Ze kon zelf zien dat de toon in haar berichten steeds wanhopiger werd. Het was simpelweg niets voor Mark om haar totaal te negeren. Er klopte iets niet, daar raakte ze steeds meer van overtuigd. Gek werd ze ervan. Geen enkel levensteken van haar zoon!

Misschien kan hij wel niet reageren op je berichtjes.

Ze probeerde het stemmetje in haar hoofd te negeren, maar dat werd steeds moeilijker. Zoals ze de afgelopen dagen al vaker had gedaan, ging ze naar Marks Facebook-pagina om te zien of hij daar nog iets geplaatst had. Niets. Zijn laatste post was nog steeds van ruim vier weken geleden, geplaatst voordat hij naar Griekenland was vertrokken. Shit. Toen bedacht ze ineens dat Fedde waarschijnlijk ook op Facebook zat. Misschien had híj recent nog iets gepost. Waarom had ze daar niet eerder aan gedacht? Sukkel die ze was! Ze was niet bevriend met hem, maar hopelijk had hij zijn tijdlijn op openbaar staan.

Mark had het destijds gênant gevonden dat zijn moeder hem had uitgenodigd om vrienden te worden, maar hij had haar geaccepteerd onder voorwaarde dat ze niet zou gaan rondneuzen op de pagina's van zijn vrienden. Of erger nog: hen zou uitnodigen. Tot op de dag van vandaag had ze zich daaraan gehouden, maar nu brak nood wet. Sowieso werd ze overmorgen geacht Mark en Fedde van Schiphol op te halen, maar ze wist niet eens hoe laat. Sterker nog, ze had geen flauw idee of de jongens de terugvlucht al hadden geboekt. Hij en Fedde waren heen gevlogen met een enkeltje omdat ze nog niet precies wisten wanneer ze naar huis zouden gaan. Ze wilden de vrijheid hebben om eventueel langer in het vluchtelingenkamp te blijven dan de oorspronkelijk afgesproken week. Misschien zouden ze er ook nog een paar dagen vakantie achteraan plakken. Maar waartoe ze uiteindelijk nou hadden besloten, daar had Liza geen weet van. Weer keek ze naar haar telefoon. *Misschien kan hij wel niet reageren op mijn berichtjes.*

Haar vingers vlogen over het scherm en even later had ze de vriendenlijst van haar zoon voor zich. Jemig, Mark had meer dan duizend 'vrienden'. Zonder verder nog te twijfelen, typte ze Feddes naam in de zoekbalk in. Ze klikte op zijn profielfoto en werd doorgeleid naar zijn persoonlijke pagina. Haar oog viel meteen op zijn laatste post. Het bericht was van gisteravond. Een foto en tekst. Op de foto stond Fedde in zijn voetbaltenue op een veld met Nederlandse reclameborden. De tekst die erbij stond was: *Een dag om nooit te vergeten. 3-1 gemaakt!* Haar ogen werden groter.

Was Fedde in Nederland?! Wat?! Ze begreep er nu helemaal niets meer van. Als Fedde in Nederland was, waar was Mark dan? Het angstzweet brak haar uit. O mijn god, wat was er gebeurd? Was het dan toch geen toeval geweest dat Fedde op Marks laatste foto's nergens te bekennen was? Hadden ze ruzie gehad en waren ze afzonderlijk van elkaar verder gereisd? Ze kon het zich niet voorstellen. Mark was geen ruziezoeker en Fedde ook niet, voor zover ze wist.

Ze dacht weer aan de arm en de pluk lang blond haar op de foto die Mark haar had gestuurd. Overduidelijk een meisje. Hadden Mark en Fedde achter hetzelfde meisje aan gezeten en was dat uiteindelijk geëscaleerd? Meisjes van die leeftijd waren er vaak heel bedreven in om jongens tegen elkaar uit te spelen. Ze hoefde alleen maar aan haar eigen 'wilde' tijd te denken – ze had in haar puberjaren heel wat afgeflirt en menig jongenshart gebroken. Maar de vriendschap tussen Mark en Fedde was tegen zoiets toch wel bestand? Ze kenden elkaar al zo lang.

Oké, Liza, even dimmen, riep ze zichzelf tot de orde. In plaats van allerlei scenario's te bedenken, kon ze natuurlijk veel beter de feiten checken, te beginnen bij Fedde, die volgens zijn Facebook-bericht weer in Nederland was. Ze bekeek het bericht opnieuw. Zou het een oude foto kunnen zijn? Zou Fedde gisteren een mooie herinnering hebben gepost en dus nog gewoon in Griekenland zitten met Mark? *Een dag om nooit te vergeten.* Het kon, maar Liza had haar twijfels en er was maar één manier om erachter te komen. Ze had Feddes nummer niet in haar telefoon staan, maar wel ergens in een adresboekje op haar werkkamer.

Ze haalde tien euro tevoorschijn en legde die op tafel onder de asbak. Gehaast stopte ze haar telefoon in haar tas en spurtte naar haar fiets die ze tegen een lantaarnpaal had gezet. In volle vaart racete ze weg. Het feit dat ze nu een concreet doel had dat wellicht naar antwoorden kon leiden, gaf haar extra energie. Een auto toeterde toen ze een rood verkeerslicht negeerde. Verontschuldigend stak ze haar hand op, maar vaart minderen deed ze niet. Normaal gesproken week zij uit voor andere weggebruikers, vandaag was het eens andersom.

Nog nahijgend van het harde fietsen stampte Liza de trap op naar haar werkkamer.

Het leek wel alsof er een bom was ontploft. Haar bureau lag bezaaid met allerhande prullaria. Talloze kladblokpapiertjes met vage krabbels en aantekeningen, paperclips, elastiekjes, pennen, potloden, post-its, postzegels, een agenda die ze nooit gebruikte en stof. Veel stof. Ze had alle lades in haar bureau omgekeerd in haar zoektocht, maar het was een misrekening geweest om te denken dat het boekje zo voor het grijpen lag. Uiteindelijk vond ze het in haar boekenkast waar ze alle boeken in bewaarde die ze ooit had vertaald. Hoe het daar terecht was gekomen, was haar een raadsel. Het deed er ook niet toe, ze had het gevonden en het mobiele nummer van Fedde stond er inderdaad in. Het adres dat erbij stond, was van zijn ouders. Nu maar duimen dat het telefoonnummer nog steeds klopte.

De knoop in Liza's maag trok strakker toen ze Feddes nummer intoetste en de telefoon hoorde overgaan. Haar mond was droog en ze nam vlug een slok water uit het glas dat tussen de troep op haar bureau stond. Ze had het water net doorgeslikt, toen ze contact kreeg.

'Fedde.'

'Ja, eh, dag Fedde. Je spreekt met Liza Roozenboom, de moeder van Mark.'

'O...'

'Hoe gaat het?'

'Eh, prima.'

'Zeg, ik probeer Mark te bereiken maar hij neemt niet op. Is hij bij jou?'

'Mark? Nee, die is even niet in de buurt. Naar het toilet.' Was dat een hapering in zijn stem?

'O. En wanneer is hij weer terug?'

'Weet ik veel. Hij zou ook nog boodschappen gaan doen.'

'Aha. Zeg eens, waar zijn jullie nu?'

'Wat is dit, een kruisverhoor of zo? U weet toch waar we zijn. Ik lig te bakken op een Grieks strand.'

'Een Grieks strand?' *Had ze dan toch de verkeerde conclusie getrokken?* 'Dus je bent niet in Nederland?'

'Nee, we keren van het weekend toch pas terug?'

Ze besloot het spelletje mee te spelen. 'Dat is ook zo. Ik wilde even weten wanneer en hoe laat ik jullie van het vliegveld moet halen.'

Wat ging hij zeggen? Zou hij tegen haar liegen?

'O, heeft Mark dat niet gezegd? Een studiegenootje van mij komt ons ophalen. We hebben 's avonds een feestje in Amsterdam.'

'Nee, daar heeft hij niks over gezegd. Eigenlijk krijg ik al ruim een week geen contact met hem. Hij reageert niet op mijn berichtjes en telefoontjes.'

Het was even stil aan de andere kant van de lijn.

'Fedde, ben je daar nog?'

'Ja, sorry, u viel even weg. Wat zei u?'

'Ik zei dat ik Mark niet te pakken kan krijgen.'

'Nee, dat klopt. Zijn telefoon is gestolen.'

'Wat? Wanneer?'

'Nou, rond die tijd waar u het over hebt. Ruim een week geleden.'

'Maar waarom heeft hij dat dan niet even laten weten aan me?'

'Dat weet ik niet, dat moet u hemzelf vragen. Misschien kende hij uw nummer niet uit zijn hoofd? Hij is al zijn nummers ook kwijt nu zijn toestel is gestolen.'

Was Marks toestel echt gestolen? Vertelde Fedde de waarheid? Was hij ook eerlijk geweest toen hij vertelde dat hij nog in Griekenland was? Of waren het allemaal leugens?

'Is Mark al terug van de wc?'

'Nee, nog niet.'

'Hij kan dus niet aan de telefoon komen?'

'Nee, dat zeg ik toch?'

Het klonk kribbig. Voelde hij zich in het nauw gedreven?

'Kan het zo zijn dat Mark niet aan de telefoon kan komen omdat jij helemaal niet in Griekenland bent?'

'Wat? Wat bedoelt u?'

'Heb jij gisteren niet een voetbalwedstrijd in Nederland gespeeld, Fedde? 3-1 was het toch?'

'Hoe... Waarom denkt u dat?'

'Facebook.'

Stilte.

'Waar is Mark, Fedde? Is hij ook in Nederland?'

‘Ik moet gaan.’

Liza hoorde een klik en toen de kiestoon. Fedde had opgehangen. Ze bleef even in stomme verbazing zitten. Wat was dit? Wat was er in vredesnaam aan de hand? Dat verhaal van Marks gestolen telefoon zou kunnen kloppen. Als dat echt was gebeurd, was het logisch dat ze hem niet te pakken kreeg en ook niet vreemd dat hij haar niet had gebeld. Wie wist tegenwoordig nou nog een telefoonnummer uit zijn hoofd? Maar hij had haar ook kunnen mailen, zoals hij eerder had gedaan. Er was vast wel ergens een internetcafé in de buurt geweest waarvandaan hij een kattebelletje had kunnen sturen. Hij had alleen niet de moeite genomen en dat was niet des Marks.

Maar de hamvraag was of Fedde nou wél of níét over zijn verblijfplaats had gelogen. Was hij inderdaad terug in Nederland, zoals Liza dacht, of was hij toch nog in Griekenland? Want als Fedde had gelogen over waar hij was, hoe betrouwbaar was zijn bewering over Marks telefoon dan? Ze belde Fedde terug, maar kreeg zijn voicemail. Hij zou haar nummer nu herkennen en niet meer opnemen, dus blijven bellen had geen zin. Er zat dus nog maar één ding op: naar Utrecht gaan en kijken of ze Fedde kon vinden. Mark en hij woonden in een studentencomplex op De Uithof, dus daar zou ze hem opzoeken. Het was natuurlijk maar de vraag of ze Fedde daar zou aantreffen als hij inderdaad in Nederland was, maar ze moest het proberen. Ze had nog steeds een sleutel van Marks kamer, daar zou ze wachten tot Fedde zou komen opdagen. Als Fedde kwam opdagen. En dan zou ze hem recht in zijn ogen kijken als ze hem nogmaals vroeg waar Mark was.

De gedachte aan wat hij haar dan zou kunnen antwoorden, deed haar rillen.

8

Liza draaide de sleutel om in het slot en stapte Marks kamer binnen. Ze bleef even op de drempel staan voordat ze verder liep en de deur afsloot. De kamer rook muf en er hing een benauwde atmosfeer. Ze zette de ramen open en haalde haar vinger door een dikke laag stof op de vensterbank. De ronde houten eettafel die nog in haar eigen studentenkamer had gestaan, maakte nostalgische gevoelens los. Ze ging zitten op het tweepersoonsbed dat ze samen met Mark bij IKEA had gekocht. Het in elkaar zetten ervan had nogal wat voeten in de aarde gehad. Net als thuis in Alkmaar had Mark ook in zijn studentenkamer een prikbord hangen met een keur aan foto's. De meeste ervan had ze nog nooit gezien. Weer overviel haar dat lege gevoel dat zich in haar buik was gaan nestelen op de dag dat Mark het huis uit ging. Geen deel meer uitmaken van zijn dagelijkse leven was op sommige momenten nog steeds even slikken. Maar dat was haar probleem en niet iets waar ze Mark mee lastigviel. Het was alleen maar goed dat hij zijn vleugels uitsloeg en zijn eigen weg zocht in het leven. Bovendien had ze absoluut niets te klagen, want de band tussen haar en Mark was onverminderd sterk. Juist daarom klopte het ook niet dat hij niets van zich liet horen en niet reageerde op haar berichten en telefoontjes. Dat, in combinatie met de vervroegde terugkeer van Fedde naar Nederland, gaf haar een heel unheimisch gevoel.

Ze liet haar tas in Marks kamer staan en liep naar die van Fedde. Zoals ze al verwachtte, werd er niet gereageerd op de roffel die ze op zijn deur gaf. Terug in Marks kamer checkte ze Feddes Facebook-pagina, misschien had hij nog iets gepost waaruit ze kon afleiden waar hij uithing. Dat was niet het geval. Met een kop koffie maakte ze het zich dus gemakkelijk op Marks bed en ze pakte het boek dat ze vanaf volgende week zou gaan vertalen. Voordat ze aan een nieuw project begon, las ze het boek altijd een keer zorgvuldig door om zich de stijl goed eigen te maken. Nu was daar een mooie gelegenheid voor, ook al betwijfelde ze of ze zich zou kunnen concentreren.

Na ruim twee uur had Liza zich met grote moeite door twintig pagina's heen geworsteld en elke zin wel tien keer herlezen voordat deze beklijfde. Ze was stijf van het lange zitten en wilde net even haar benen strekken toen ze op de gang een deur luidruchtig hoorde open- en dichtgaan. Ze vloog zo snel overeind dat haar boek op de grond viel, maar ze nam niet de moeite het op te rapen en rende naar Feddes kamer. Achter de deur klonk harde muziek. Zo hard mogelijk klopte ze aan, in de hoop dat hij het boven de muziek uit zou horen. Pas na drie pogingen van haar kant ging de deur open.

Fedde.

Hij heeft gelogen. Ik wist het.

Nieuwsgierig keek Fedde op naar wie er had aangeklopt en toen hij haar zag staan, werd hij bleek.

'O shit.'

Hij wilde de deur dichtgooien, maar Liza kon net op tijd haar voet ertussen steken. Ze duwde hem de kamer in en sloot de deur.

'Zet die herrie uit,' commandeerde ze.

Hij aarzelde even, maar gaf toen toch gehoor aan haar verzoek.

'En nou ga je me de waarheid vertellen. Waar is Mark? Hij is niet bij jou. Zijn jullie samen teruggekomen? Wat is er aan de hand?'

Fedde keek haar verslagen aan, alsof haar spervuur aan vragen hem had verlamd. Liza had hem het liefst bij zijn T-shirt gepakt en door elkaar gerammeld.

'Fedde, geef antwoord! Waar is Mark?' Ze keek hem woedend aan.

'Weet ik niet.'

‘Hoezo, weet ik niet? Ben je eerder naar huis gekomen zonder Mark? Jullie waren toch samen in Griekenland, of niet?’

‘Ja, dat wel, maar...’

‘Maar wát, Fedde? Geef antwoord.’

‘Nou, u geeft me nou niet bepaald de kans. Ik kan er bijna niet tussenkomen.’

Liza zag Feddes ogen zenuwachtig heen en weer bewegen, alsof hij koortsachtig nadacht over wat hij haar nou weer op de mouw kon spelden.

‘De waarheid, Fedde,’ was ze hem voor. Haar stem klonk ijzig kalm.

‘Oké. De waarheid is dat ik niet weet waar Mark op dit moment is. Hij is aan het backpacken met zijn nieuwe vriendinnetje. Ik heb zelf ook al een paar dagen niks van hem gehoord.’

‘Welk nieuw vriendinnetje?’

‘Ze heet Thera. Ze was ook vrijwilliger in het vluchtelingenkamp waar wij zaten en is daarna met ons verder gereisd. Mark en zij vonden elkaar nogal leuk. Na onze zeiltocht wilden ze nog verder reizen, maar toen ben ik afgehaakt. Ik had geen zin meer om het derde wiel aan de wagen te zijn. Daarom ben ik naar Nederland gekomen. Wat heb ik in mijn eentje in Griekenland te zoeken?’

‘Maar als het waar is wat je zegt, waarom heeft Mark me dan niet even op de hoogte gebracht? Even een berichtje sturen kan makkelijk tussen het verliefd zijn door.’

‘Weet ik niet.’

‘Dat weet je niet.’

‘Nee, misschien... Zijn telefoon is gestolen, dat had ik u toch al verteld? Daarom heeft hij niks laten horen. Hij wist uw nummer niet uit zijn hoofd.’ Het klonk haast opgelucht.

‘Er zijn nog andere manieren om contact te zoeken. E-mail, bijvoorbeeld?’

‘Misschien zit hij wel ergens in de rimboe zonder internet? Weet ik veel. Ik ben zijn oppas niet.’

‘Zo praat je anders nooit over Mark. Hebben jullie ruzie gehad?’

'Nee.' Het kwam er aarzelend uit.

'Echt niet, Fedde? Je klinkt niet heel overtuigend.'

'Waarom laat u me niet met rust? Het is toch niet mijn probleem dat Mark niks van zich laat horen? Misschien wil hij wel even met rust gelaten worden en even geen gezeur aan zijn kop hebben van zijn bezorgde moeder?' Fedde keek haar uitdagend aan.

'Heeft hij zich over mij beklaagd bij jou?'

'Misschien.'

'Geef nou eens fatsoenlijk antwoord! Ik maak me zorgen om mijn zoon. Het is niets voor hem om zomaar te verdwijnen zonder me daarvan op de hoogte te stellen. Zo gaan wij niet met elkaar om.'

'Mark is een grote jongen, hoor, u zoekt er veel te veel achter. Hij is gewoon in een verliefde bui met die meid meegegaan. Ik heb zelf gehoord dat ze hem vroeg nog een tijdje met haar mee te reizen. Ze heeft zoveel enthousiaste verhalen verteld over dat backpacken dat Mark het op zijn heupen heeft gekregen. Hij verlangde gewoon naar de vrijheid waar zij hem lekker mee maakte, denk ik.'

Liza kromp ongemerkt ineen. Had Mark dan toch haar avontuurlijke genen geërfd? Ook zijzelf had na een vakantie in Griekenland nog maandenlang rondgezworven voordat ze naar huis ging. Spijt over wat ze haar ouders destijds had aangedaan overmande haar. Ze was een egoïstische puber geweest die compleet haar eigen gang ging en steeds de grenzen van het toelaatbare opzocht. Soms was ze over die grenzen heen gegaan. Nu ze zelf moeder was, kon ze pas voelen hoeveel verdriet haar ouders gehad moesten hebben. De zorgen die zij om haar hadden gehad, had zij nu om Mark en dat voelde ronduit klote. Met tranen in haar ogen keek ze op naar Fedde.

'Jij denkt dus dat hij veilig is en dat ik veel te bezorgd ben?'

'Ja, dat denk ik.' Zijn stem klonk zacht.

'Maar je bent het toch met me eens dat Mark veel te bedachtzaam is om impulsief met een wildvreemd meisje te gaan backpacken?'

'Die jongen is verliefd, mevrouw Roozenboom. Dan zit je verstand in je...' Fedde keek naar zijn kruis. Liza trok een ongemakkelijk gezicht.

'En wie is dat meisje dan, met wie hij op pad is?'

'Haar naam is Thera. Veel meer dan dat weet ik niet van haar. Ze hield zich nogal met Mark bezig en niet met mij.'

De jaloezie was hoorbaar in zijn stem. 'Was jij soms ook verliefd op haar?'

Feddes rode hoofd sprak boekdelen.

'Ja dus. Dan vraag ik je nogmaals: hebben jullie ruzie gehad?'

'Om een meisje? Pfff. Er lopen wel meer meisjes rond op de wereld, hoor. Mijn leven stort echt niet in omdat ik Thera niet kon krijgen. Aan elke vinger een schatje, hoor, geen enkel probleem.'

'Het zal wel.' Liza keek hem doordringend aan. 'Volgens mij ben je eerder vertrokken vanwege Mark en Thera.'

'En wat dan nog?'

'Is dat de reden dat je tegen me loog? Dat je zei dat je in Griekenland was, terwijl je al lang en breed hier terug was? Was je bang dat ik boos op je zou worden omdat je Mark had achtergelaten?'

Fedde zweeg.

'Ik weet zeker dat Mark je niet heeft laten barsten.'

'U denkt wel meer zeker te weten. Hij is toch ook met haar vertrokken zonder dat u dat wilt geloven? Nou, geloof het maar. Misschien zit uw zoon wel heel anders in elkaar dan u denkt.'

Het was duidelijk dat het hele geval Fedde hoog zat. Hij was zichtbaar gekrenkt en aangedaan door de situatie. Dat was in elk geval geen toneelspel, dacht Liza. Maar het bleef een vaag verhaal.

'Heb je een nummer van die Thera? Dan kan ik proberen om via haar met Mark in contact te komen.'

'Nee, heb ik niet. Ik noteer niet het nummer van ieder meisje dat ik tegenkom. Zo leuk was ze nou ook weer niet, maar daar komt Mark vanzelf nog wel achter.'

'Wat bedoel je daarmee?'

'Niet meer dan wat ik zeg. Ze is helemaal niet zo leuk als Mark denkt. Als zijn ergste verliefdheid voorbij is, dan gaat hij dat zelf ook wel inzien.'

Liza pakte haar telefoon en zocht de foto op die Mark haar had gestuurd vanaf de boot.

'Is dit die Thera?' Ze wees op de arm en de pluk blond haar die naast Mark te zien waren. Fedde boog zich naar haar toe.

'Ja, dat is zij.'

'Heb je een foto waar ze helemaal op staat?'

'Weet ik niet, moet ik even naar kijken.' Fedde pakte zijn telefoon en scrolde door zijn fotoalbum heen. Hij klikte op een foto en draaide het scherm naar Liza toe. 'Deze is genomen in de eerste week dat we in het vluchtelingenkamp waren.'

Liza keek naar het knappe meisje met sprankelende ogen. Ze droeg een zeeblauwe bandana om haar hoofd waar lange plukken blond haar onderuit piekten. Met een brede lach gaf ze een bord eten aan een jongetje dat tot net boven haar navel kwam. Het contrast tussen het gezonde westerse meisje en het broodmagere vluchtelingenkind was enorm. Het greep Liza meer aan dan ze had verwacht. En nu ze deze foto had gezien, kon ze zich nog beter voorstellen dat Mark het moeilijk had gevonden om het vluchtelingenkamp weer te verlaten en zijn normale leven weer op te pakken. Was de vlucht met Thera misschien een reactie geweest op alle verschrikkingen waarmee hij was geconfronteerd? Had hij wellicht het gevoel gekregen dat hij meer bij de dag moest leven en kansen die hem voor zijn voeten werden geworpen moest grijpen? Meer spontaniteit, minder gepieker en geplan. Was dat het geweest? Er zat wel een zekere logica in, maar toch stond het nog steeds haaks op de Mark die zij door en door dacht te kennen.

Was het waar wat Fedde zei? Had ze een beeld van Mark dat niet realistisch was? Kende ze haar zoon toch niet zo goed als ze dacht? Ze probeerde zich Mark voor te stellen, samen met dat meisje ergens in een zonnig berggebied of dobberend op zee in een zeilboot, maar de beelden beklijfden niet. Haar moederinstinct was nog steeds niet gerustgesteld. Het gevoel dat er iets niet klopte, bleef. Ondanks Feddes verhaal. Hij hield iets achter, maar wat? Ze moest erover nadenken, op dit moment kwam ze niet verder met hem.

'Kun je me die foto van Thera even appen? Dan kan ik alvast wennen aan mijn toekomstige schoondochter.' Ze probeerde luchtig te klinken.

'Wat is uw nummer?'

Liza dreunde het op. In een mum van tijd piepte haar telefoon en kwam de foto binnen.

'Zeg, als u het niet erg vindt?'

'Ja, ja, ik heb je lang genoeg opgehouden. Als je iets van Mark hoort, wil je me dat dan laten weten? Dan zal ik hetzelfde doen.'

'Ja, dat is prima. Maakt u zich nou maar geen zorgen. Mark is een volwassen man.' Fedde klopte haar onhandig op haar schouder. Nu ze op het punt stond om hem met rust te laten, liet hij zijn afstandelijkheid wat varen.

'Misschien heb je gelijk. Nog een laatste vraag: waar heb je Mark en Thera voor het laatst gezien?'

Fedde zuchtte diep, maar gaf toch antwoord. 'Op Corfu, nadat we de zeilboot hadden teruggebracht bij het verhuurbedrijf.'

'En hoe heette dat bedrijf?'

'Ilios Sailing.'

'Oké, bedankt. Als je iets van Mark hoort, laat je het me direct weten, hè?'

Ze stapte achteruit en Fedde sloot meteen de deur. Alsof hij bang was dat ze zich weer zou bedenken en nog meer vragen op hem zou afvuren waar hij duidelijk niet op zat te wachten.

In een opwelling besloot ze Mark tegen beter weten in nog een berichtje te sturen. *Mark, hier mama. Hoop dat alles goed met je is. XXX*

Liza drukte op VERZENDEN, op hetzelfde moment dat Fedde zijn muziek weer aanzette. De bassen dreunden door de deur heen en een rilling trok door haar lijf.

Met een katterig gevoel fietste Liza aan het einde van de middag van het station richting haar huis aan de Koggewaard in Alkmaar-Noord. Hoe meer ze nadacht over haar gesprek met Fedde, hoe vreemder ze het eigenlijk vond. Fedde en Mark waren altijd zo close geweest. Was het werkelijk mogelijk dat een meisje met een rugzak hen uit elkaar had gedreven? Als Mark inderdaad met die Thera was gaan backpacken, dan begreep ze wel dat Fedde naar huis was gekomen. Maar waarom eerder dan gepland? Hij had toch best zijn vakantie vol kunnen maken?

Ze dacht weer terug aan de laatste mail van Mark. Fedde was erg aangedaan geweest door alles wat hij had meegemaakt in het vluchtelingenkamp, had Mark geschreven. Was het hem in de week erna misschien niet gelukt om de traumatische beelden van zijn netvlies te krijgen en hoopte hij dat het in Nederland beter zou lukken? Afgeleid door het dagelijkse leven en simpele beslommeringen als voetbalscores en harde muziek? Tot zover kon ze het verhaal nog wel volgen en erin meegaan. Maar dan bleef nog steeds overeind dat de impulsieve Mark die Fedde beschreef, niet de Mark was die zij kende. Het ging er bij haar niet in dat haar zoon onder invloed van het eerste het beste meisje als een blad aan de boom was omgeslagen. Dat zat gewoon niet in zijn aard, wat Fedde ook mocht beweren.

Liza trapte stevig door en nam de bocht van de Koedijkerstraat naar Zeswielen. Feddes ouders woonden in deze straat in een huis dat ruim twee keer zo duur was als het hare. Ze had Mark er in het verleden vaak genoeg heen gebracht om te spelen, maar nu Mark en Fedde ouder waren, was ze er al jaren niet geweest. Feddes moeder was altijd aardig geweest, herinnerde ze zich. In elk geval hartelijk. Zijn vader had ze altijd een beetje een zelfingenomen bal gevonden, die zijn neus voor haar ophaalde. Uit zijn blikken kon je altijd makkelijk opmaken wat hij dacht: simpel vrouwtje, niet in staat om een man aan zich te binden, maar wel een kind om alleen op te voeden.

De lucht begon te betrekken en in de verte klonk gerommel. De eerste regendruppels volgden niet veel later en in een opwelling kneep Liza in de remmen. Misschien kon ze even schuilen tot de ergste bui voorbij was? Misschien was Fedde tegen zijn ouders opener geweest over zijn vervroegde terugkeer dan tegen haar? Ze maakte haar fiets vast aan de lantaarnpaal voor het huis, streek haar linnen broek glad en belde aan.

9

De eens zo sfeervolle woonkamer zag er kaal en verwaarloosd uit. Er zaten grote lege plekken tussen de rijen boeken in de wandkast. Een aantal boeken waren omgevallen en hadden nog maar een klein zetje nodig voordat ze op de grond tuimelden. De televisie stond aan, op een of ander spelletjesprogramma. Susan Jonkman lag op de bank met een glas wijn. Een vrijwel lege fles stond op de grond naast haar. Met onvaste hand bracht ze haar zoveelste sigaret van vandaag naar haar mond. Alleen al omdat hij daar een hekel aan had.

Hoe vaak had ze het niet moeten horen? *Van roken word je lelijk, grauw en rimpelig. Gatverdamme, wat stink je weer.* Dat laatste sloeg niet alleen op haar nicotine-inname, maar ook op haar overmatige drankconsumptie. Maar vond je het gek? Voor wie moest ze mooi zijn en lekker ruiken? Niet meer voor hem. Hij had eindelijk de stap gezet en was vertrokken met die strakgetrokken, citroentjesfrisse bimbo. Na alles wat ze voor hem had gedaan. Altijd had ze klaargestaan om hem te dienen, ze had haar eigen carrière opgegeven toen Fedde werd geboren, het gezin moest op de eerste plaats komen. Maar wat had het haar gebracht? Helemaal niks! Ze was verlaten door haar man en had geen idee waar haar zoon uithing. Wie stond er nu voor haar klaar?

Ze werd uit haar gedachten opgeschrikt door de deurbel die ging. Barst maar, ze deed mooi niet open. Ze nam nog een flinke slok wijn en zette de tv harder. De bel ging voor een tweede keer. Langer. De bezoeker leek niet van plan om weg te gaan. Zou het Rob kunnen zijn? Zou hij eindelijk tot inkeer zijn gekomen? Maar waarom kwam hij dan niet binnen met de sleutel? Omdat hij zich schaamde natuurlijk! Het was ook niet erg gepast om onaangekondigd binnen te lopen alsof er niets was gebeurd. Oké, ze zou opendoen, hem even laten zweten en smeken, en dan... dan zou ze hem waarschijnlijk gewoon weer een kans geven. Slappeling die ze was. Maar ja, ook al was het verre van ideaal, ze wilde haar oude leventje terug. Het was het enige wat ze had.

Susan zette de televisie uit, streek haar haren plat en slofte naar de gang. Alle hoop vervloog toen ze door de ruit in de deur een vrouw zag staan. Ze herkende haar, hoe heette ze ook alweer? Het zat ergens in haar hoofd, maar ze kon er niet bij. Wijn was niet bevorderlijk voor je geheugen. Het was in elk geval de moeder van die vriend van Fedde, die zogenaamd perfecte moeder die alles overhad voor haar lieve zoontje en hem helemaal alleen had opgevoed. Nou, knap hoor. Susan had haar altijd een beetje een slet gevonden. Er hing gewoon een zweem van seks om haar heen. Waarschijnlijk wist ze niet eens wie de vader van haar zoon was. Ze opende de deur.

'Hallo, eh...'

'Liza. Liza Roozenboom, weet je nog?'

'Ja, natuurlijk.'

'Jeetje, Susan, sorry dat ik het zeg, maar wat zie je eruit. Ik schrik ervan.'

Nee, jij trekt volle zalen met je doorgelopen make-up. 'Nou, bedankt voor het compliment, heel erg constructief. Maar het gaat prima met me, fijn dat je het vraagt.'

Vastberaden duwde ze de deur weer dicht. Ze hoefde zich toch zeker niet te laten beledigen in haar eigen huis?

'Mag ik misschien even binnenkomen? Ik ben op de fiets en het ziet ernaar uit dat er zo weer een flinke bui losbarst.'

De brutaliteit. Me eerst beledigen en dan bij me willen schuilen. 'Het komt even niet zo goed uit.'

'Ik ben echt zo weer weg. Ik wil je wat vragen. Het gaat over Fedde.'

'Fedde? Waarom kom je dan bij mij? Ik heb al weken niks van hem gehoord. Er zijn wat... problemen thuis.'

‘Kunnen we niet toch even naar binnen gaan? Het begint nu echt te regenen...’

Susan zette met tegenzin een stap opzij. ‘Ach, kom dan maar even binnen. Wat maakt het ook uit.’

‘Dank je, heel vriendelijk.’

Susan hield zich vast aan de muur toen ze Liza voorging naar de woonkamer. Oef, wat was ze draaierig. ‘Ook een glaasje?’ Ze hield de aangebroken fles rode wijn omhoog.

‘Nee, dank je. Een beetje water misschien?’

Susan liep naar de keuken. ‘Het laatste schone glas, je hebt geluk.’

‘Is je vaatwasser kapot?’ Susan zag dat Liza een afkeurende blik over de stapels vuile vaat op het aanrecht liet gaan. *In jouw perfecte keukentje staat waarschijnlijk nog geen kopje verkeerd, laat staan dat er één vies is.*

‘Nee, die heeft Rob meegenomen. Hij zit in zijn midlifecrisis en is ervandoor met een of andere blonde trut met grote tieten en opgespoten lippen. Hoe cliché wil je het hebben?’

‘Jeetje, Susan, wat erg voor je.’

Jeetje, Susan wat erg voor je. Ja, dat is heel erg, ja. Bedankt voor je krokodillentranen, maar ik hoef je medelijden niet.

‘Hoe lang zit je er al zo bij?’

‘Een week of wat. Ik kan het gewoon niet opbrengen om aan die afwas te beginnen, ben zo allejezus moe. Ik heb niet eens de puf om online te gaan en een nieuwe vaatwasser te bestellen.’

Ze wankelde naar de dichtstbijzijnde stoel en ging aan de grote houten eettafel zitten. Haar gezicht liet ze in haar handen rusten. Al snel voelde ze een hand op haar schouder die waarschijnlijk troostend bedoeld was. Het ontdooide haar een beetje. Die Liza kon er uiteindelijk ook allemaal niets aan doen.

‘Weet je wat, ik ga een lekkere kop thee voor je zetten en maak vast een begin met die afwas.’

‘Mag het ook iets sterkers zijn dan thee?’

‘Zou je dat wel doen?’

Misschien niet. Maar hoe moest ze de dagen in vredesnaam

nuchter doorkomen? Ze slaakte een diepe zucht. 'Weet je, ik heb de hele dag die klote-tv aanstaan omdat ik niet tegen de stilte kan en soms praat ik er zelfs tegen. Hoe triest kun je zijn.'

'Is er dan helemaal niemand die zich om je bekommert?'

'Al onze vrienden hebben Robs kant gekozen en mijn zus woont te ver weg om vaak langs te komen. Zelfs de schoonmaakster is met Rob meegegaan. Fedde is kwaad weggelopen op de dag dat Rob is vertrokken. Hij geeft mij de schuld van alles, vindt dat ik niet genoeg mijn best heb gedaan om zijn vader bij ons te houden of zo. Ik heb hem al weken niet gezien. Heb ook geen idee waar hij uithangt, hij neemt zijn telefoon niet op.'

'Goh, waar ken ik dat van? Ik krijg Mark ook niet te pakken.'

'Zijn ze samen op pad?'

'Dat waren ze. Ze zaten in Griekenland, wist je daar niks van?'

'Nee.'

'Fedde is in zijn eentje teruggekomen. Een paar dagen eerder dan gepland. Hij beweert dat Mark is gaan backpacken met een meisje op wie hij verliefd is geworden, maar ik geloof hem niet. Mark zou nooit vertrekken zonder mij daarvan op de hoogte te brengen.'

'Pfff, daar zou ik maar niet zo zeker van zijn. Ik dacht ook dat ik een goede band had met mijn zoon, maar bij de eerste de beste tegenslag loopt hij kwaad weg en laat niks meer van zich horen. Je doet alles voor die kinderen en daarna kotsen ze je uit.'

'Misschien naïef, maar ik ben er echt van overtuigd dat ik een goede band heb met Mark.'

'Heel naïef inderdaad. Je komt er nog wel achter. Je brengt ze groot, je zorgt voor ze, cijfert jezelf weg en zodra ze op eigen benen kunnen staan, laten ze je barsten. Het spijt me voor je, maar dat is de harde realiteit.'

Susan zag dat Liza een mok afwaste en hem vulde met heet water uit de cooker. 'Op de vensterbank staat een doosje muntthee en wil je er wat koud water bij doen zodat hij meteen drinkbaar is?'

'Prima. Heb je ergens iets van honing?'

‘Nee, ik hou van bitter. Wel toepasselijk, gezien de omstandigheden.’

‘Susan... ik begrijp dat je teleurgesteld bent en gekwetst, maar je zult toch verder moeten met je leven. Er valt ook zonder Rob vast wel iets van te maken.’

‘Ja, vast wel.’ *Nou moet je even ophouden met je goede adviezen, mevrouw Ik-heb-mijn-leven-perfect-op-orde.*

‘Hij is je gewoon niet waard. De grootste middelvinger die je hem kunt geven is je leven weer oppakken. Laat hem zien dat je hem niet nodig hebt.’

‘Zoals jij met Marks vader hebt gedaan, zeker? Weet je eigenlijk überhaupt wel wie zijn vader is?’

‘Ik geloof niet dat ik jou daar verantwoording over schuldig ben.’

O, heb ik een gevoelige snaar geraakt? ‘Het kan nooit goed zijn voor een kind als hij maar door één ouder wordt opgevoed, dat weet je zelf ook wel. Ik ben heel blij dat Fedde wel in een normaal gezin is opgegroeid. Met een moeder én een vader.’

‘Een normaal gezin zei je toch? Sorry hoor, maar moet je zien hoe je erbij zit met je normale gezin. Ik begrijp dat je verdrietig bent en boos, maar dan moet je de schuld wel daar leggen waar die hoort. Niet bij mij in elk geval.’

Was die trut haar nou een lesje in nederigheid aan het leren? In haar eigen huis nota bene? Het moest toch niet gekker worden. Maar ze wist eigenlijk wel dat Liza een klein beetje gelijk had. ‘Sorry, ik moet gewoon iemand de schuld geven, maar eigenlijk ben ik het meest boos op mezelf. Mijn hele leven heb ik een toneelstukje opgevoerd, maar ik heb het er nu helemaal mee gehad. Moet je zien wat het me gebracht heeft. Helemaal niets, buiten een hoop ellende.’

Ze nam een slok thee en probeerde de brok in haar keel weg te spoelen. ‘Wat wilde je me eigenlijk vragen? Daar kwam je toch voor?’

‘Ik vroeg me af of jij misschien wist waarom Fedde zonder Mark is teruggekomen uit Griekenland, maar aangezien je niet eens wist dat ze daar zaten, zal ik bij jou het antwoord ook niet vinden.'

'Inderdaad, bij mij hoef je niet aan te kloppen voor antwoorden. En aangezien ik ook voor jou volstrekt niet van nut ben, kun je wel weer gaan, hoor.'

'Ik heb je beloofd dat ik je zou helpen met die afwas, dus dat doe ik ook.'

'Nou, dat is nog eens aardig van je. Lang geleden dat iemand überhaupt iets voor me heeft gedaan.'

'Ik zou zeggen: koester het moment. En meehelpen is overigens niet verboden.'

Susan hees zich overeind en pakte een theedoek. 'Maar jij hebt Fedde dus gesproken?'

'Ja, ik kom net uit Utrecht.'

'Hoe zag hij eruit? Ging het goed met hem?'

'Hij zag er gezond uit. Mooi bruin van de Griekse zon.'

'Goed. Heel goed. Misschien dat hij dan voldoende bij zinnen is gekomen om zijn moeder binnenkort eens een bezoekje te brengen.'

'Je ziet een beetje bleek, Susan. Voel je je wel goed?'

'Beetje misselijk. Die thee is niet zo goed gevallen geloof ik.' Ze hield haar hand voor haar mond en wankelde. Liza greep haar vast en duwde een vuile kom onder haar neus. De geur van bedorven voedselresten was het laatste zetje dat ze nodig had.

10

Mark? Mark, waar ben je nou? Nee. Nee! 'Mark!'

Liza schrok wakker van haar eigen schreeuw en vloog overeind. Daas ging ze overeind zitten. Ze was even op de bank gaan liggen toen ze thuiskwam en in slaap gevallen. *Het was een nachtmerrie,* kalmeerde ze zichzelf. Maar wel eentje die levensecht leek en over Mark ging. Ze had gedroomd dat hij was ontvoerd. Toen haar hartslag wat was gekalmeerd, stond ze op. Ze voelde zich slap en wist dat ze iets moest eten, maar haar nachtmerrie lag nog zwaar op de maag. Met tegenzin liep ze naar de keuken en pakte een boterham, deed er een plak kaas op en ging aan het barretje zitten. Met water spoelde ze elke hap weg die ze met lange tanden tot pap kauwde. De beelden van een geknevelde Mark met een prop in zijn mond bleven in haar gedachten rondspoken. Was hij in gevaar? Kon het zijn dat ze een voorspellende droom had gehad? In een opwelling belde ze zijn mobiele nummer en er ging een schok door haar heen toen het nummer in gesprek bleek te zijn. Tot nu toe had ze de voicemail gekregen, wat twee dingen kon betekenen. Of degene die Marks toestel had gestolen, als dat waar was, maakte er gebruik van, óf Mark bevond zich weer in de bewoonde wereld. Meteen stuurde ze een bericht en daarna drukte ze op REDIAL. Na vijf pogingen ging het toestel normaal over. Haar hand begon te trillen en de spanning in haar buik nam toe. Mark voelde ineens heel dichtbij. Het toestel bleef overgaan en rinkelde helemaal uit. Er werd niet opgenomen. Gefrustreerd sloeg ze met haar vuist op haar bureau en belde meteen terug. Weer klonk die treiterende toon en toen een klik. Er werd opgenomen.

'Mark? Ben jij dat?!' brulde ze in de hoorn. 'Mark?!' Haar stem sloeg over. De verbinding werd verbroken. Gefrustreerd belde ze nogmaals terug. 'Neem verdomme op!' Voicemail. Verdomme

verdomme verdomme! Dit kon niet waar zijn! Was er dan niets wat ze kon doen?

Ineens wist ze het. Natuurlijk wel, dat ze daar niet eerder aan had gedacht! Ze moest Marks toestel laten uitpeilen. De provider waar hij zijn abonnement bij had lopen, moest kunnen zien waar het toestel zich bevond en of ermee gebeld en ge-sms't was, en naar welke nummers. Maar welke provider had Mark? Sinds hij niet meer thuis woonde, regelde en betaalde hij dat soort dingen allemaal zelf. Zou Fedde het weten? Ze griste haar mobiel naar zich toe en belde hem.

'Met Fedde,' klonk het aan de andere kant van de lijn.

'Fedde, met Liza Roozenboom.'

'U kunt me echt niet missen, hè? Hebt u iets van Mark gehoord of hebt u weer nieuwe vragen voor me verzonnen?'

'Waar heeft Mark zijn telefoonabonnement lopen, Fedde? Weet jij dat?'

'Zijn abonnement? Waarom zou ik dat weten?' Hij klonk al wat wakkerder.

'Jullie wonen in één huis, misschien hebben jullie het erover gehad?'

'Ik heb werkelijk geen flauw idee. Waarom wilt u dat weten?'

'Als het toestel gestolen is, dan moet zijn simkaart geblokkeerd worden, maar zo'n provider kan ook zien waar het toestel zich bevindt en welke activiteiten ermee verricht zijn. Naar welke nummers er is gebeld en waar verstuurde sms'jes terecht zijn gekomen. En stel dat hij het toestel toch nog steeds in zijn bezit heeft, misschien kan zijn telecomaanbieder me dan vertellen waar hij is.'

'Sorry hoor, maar wat begrijpt u niet aan dat Marks toestel is gestolen?'

'Het toestel was zojuist in gesprek, Fedde, dus het wordt gebruikt.'

'O... werkelijk? Wat hoorde u dan?'

'Er werd niks gezegd. Mark heeft jou toevallig niet gebeld?'

'Nee. We hadden toch afgesproken dat ik het u zou laten weten als ik iets van hem hoorde?'

Wederom eindigde het gesprek met Fedde op een dood spoor. Het had geen zin om nog verder te praten, maar ze moest nog iets kwijt. 'Ik ben vandaag even bij je moeder langs geweest. Zou jij ook eens moeten doen. Ze is er slecht aan toe.'

Fedde ademde hoorbaar een paar keer diep voordat hij wat zei. 'Waar bemoeit u zich mee? Hebt u niet al genoeg aan uw hoofd met Mark?'

'Het is niet haar schuld dat je vader is vertrokken.'

'Wie zegt dat dan?'

'Ze denkt dat jij dat vindt.'

'Nou, dat is dus niet zo.'

'Misschien moet je haar dat zelf even vertellen. Ik denk dat het haar heel erg goed zou doen. Ze heeft het gevoel dat iedereen haar in de steek heeft gelaten, ook haar eigen zoon.'

'Hou toch op. Ik kan gewoon niet tegen dat depressieve gedoe van haar.'

'Dat is dan lekker als je psycholoog wilt worden,' flapte Liza eruit.

Er viel een pijnlijke stilte.

'Ik ben met mijn studie gestopt.'

'Hè, waarom? Is dat niet wat overhaast?'

'Ik moet er niet aan denken dat ik de rest van mijn leven beroepsmatig naar het gezeik van anderen moet luisteren. Dat ik allemaal types als mijn moeder uit de put moet praten als hun man in een midlifecrisis schiet. Nee, dat is echt niks voor mij, daar ben ik intussen wel achter gekomen.'

'Heeft het alleen met je moeder te maken of ook met wat je hebt meegemaakt in het vluchtelingenkamp?'

'Ja, zo kan-ie wel weer. Ik heb al twee ouders, dus u hoeft u echt niet óók nog eens met mijn leven te bemoeien. De groeten.' En weer hing hij plompverloren op.

Het begon wel vaste prik te worden bij die jongen, dacht ze. Je hoefde ook geen psychologie gestudeerd te hebben om te constateren dat hij een vermijder was.

Ze schoof het bord met de half opgegeten boterham van zich

af, ze dacht niet dat ze nog een hap door haar keel kon krijgen. Eten was op dit moment ook niet belangrijk, er was werk aan de winkel. Ze zette haar computer aan en begon aan haar onderzoek. Al snel had ze een eerste resultaat. Ze schreef de gegevens op en ging toen verder. Na een halfuur had ze een lijst waarmee ze de volgende dag aan de slag zou gaan.

Met een verhit gezicht van het harde fietsen liep Liza het politiebureau op het Mallegatsplein binnen. Ze had die ochtend alle telecomaanbieders in Nederland gesproken, maar geen van hen was bereid geweest om haar te helpen. Privacy, ze kon het woord niet meer horen. Alsof je hier in Nederland privacy had! Er werd hier afgeluisterd dat het een lieve lust was en je medische gegevens lagen zo'n beetje op straat. Wie hielden ze nou voor de gek? Ze was er zelfs niet achter gekomen met welke provider Mark belde. Geen van de aanbieders was bereid geweest om in hun systeem te kijken of er een contract liep met Marks nummer en gefrustreerd had ze het na een uur zeuren, zeiken en smeken opgegeven. Maar er waren meer wegen die naar Rome leidden en daarom was ze naar het politiebureau gegaan.

Ze streek een paar haren van haar bezwete voorhoofd en liep naar de balie. Er zat een forse agent achter die verveeld aan zijn snor zat te plukken.

'Goedenavond, wat kan ik voor u doen?' De agent keek haar lodderig aan en knikte sloom met zijn hoofd.

'Mijn zoon wordt vermist.'

De agent slaakte een diepe zucht. 'Uw zoon wordt vermist. En waarom denkt u dat?'

'Ik heb al bijna twee weken geen contact met hem kunnen krijgen. Hij neemt zijn telefoon niet op en reageert niet op e-mails. Niemand weet waar hij is.'

'Tja, het is toch wat. Hoe oud is uw zoon?'

'Tweeëntwintig.'

'Tweeëntwintig.' De agent keek Liza meewarig aan. 'Volwassen dus. Oud genoeg om niet meer dagelijks contact te hebben met zijn moeder. Woont hij nog thuis?'

'Nee, op kamers in Utrecht.'

'Hij studeert dus, neem ik aan?'

'Ja. Geneeskunde.'

'Een toekomstige dokter. Ja, die kunnen er wat van, schijnt.' Voor het eerst verscheen er iets van een lach op het gezicht van de agent.

'Wat bedoelt u daarmee?' vroeg ze fel.

'Dat studenten tegenwoordig nogal een reputatie hebben op het gebied van, hoe zal ik het eens netjes zeggen, feesten. De afdeling geneeskunde staat ergens hoog in de ranking. Zit hij bij een studentenvereniging?'

'Ja, hoezo?' Liza begon zich steeds meer te ergeren aan het vreemde gesprek.

'Wat daar allemaal gebeurt tijdens de ontgroening... Vorig jaar is er weer iemand een hersenoedeem geslagen en hebt u dat filmpje gezien van Minerva, waarin een stelletje meiden geblinddoekt en met grote pampers vol viezigheid op de openbare weg werd vernederd?'

'Nee, dat heb ik niet gezien en ik begrijp eerlijk gezegd ook niet zo goed wat dat ertoe doet. Wat is uw punt? Ik begrijp niet wat een ontgroening met de vermissing van mijn zoon te maken heeft. Ik wil gewoon dat u zijn vermissing noteert en zijn mobiele telefoon traceert.' Ze pakte een verfrommeld briefje uit haar broekzak. 'Dit is zijn nummer.'

De agent wierp er een schuine blik op, maar deed geen moeite het briefje te pakken. 'Hebt u een foto meegenomen van uw zoon?'

'Nee, stom van me. Ik ben zo gehaast vertrokken dat ik daar helemaal niet aan gedacht heb. Kan ik u zijn foto mailen?'

De agent dreunde het mailadres op en Liza verstuurde ter plekke een foto. Toen tikte ze met haar vinger op het briefje met Marks telefoonnummer. 'Kunt u dit nummer uitpeilen? Kijken waar het toestel zich bevindt en uitgaande en inkomende gesprekken en berichten checken?'

'Dat gaat niet zomaar.'

'Ik vraag het ook niet zomaar. Mijn zoon is vermist.' Liza begon nu echt haar geduld te verliezen met deze schertsfiguur.

'Waar en wanneer hebt u uw zoon voor het laatst gezien?'

'Op Schiphol. Hij is vertrokken naar Griekenland om te helpen in een vluchtelingenkamp en daarna heeft hij er nog een vakantie achteraan geplakt.'

'Dus hij is niet eens in Nederland?'

'Ja, dat weet ik dus niet. Zijn beste vriend met wie hij op pad was, is inmiddels wel thuis.'

'En hebt u hem al gesproken?'

'Ja, maar hij had een of ander verhaal over dat Mark samen met een meisje dat hij daar heeft ontmoet, is gaan backpacken. Maar volgens mij vertelt hij de waarheid niet. Ik heb het gevoel dat hij iets achterhoudt. Kunt u of kan een van uw collega's niet eens met hem praten? De druk wat opvoeren zodat hij de waarheid vertelt?'

'Om iemand te horen, moeten wij een gegronde reden hebben, mevrouw, en een telefoon uitpeilen of tappen doen we alleen in het hoogstnodige geval als er criminele activiteiten mee gemoeid zijn.'

'Het zou kunnen dat zijn telefoon is gestolen. Dat is crimineel.'

'Luister, u kijkt te veel tv. Ik moet u toch echt even uit de droom helpen. Ik zie geen enkele aanleiding om op uw verzoeken in te gaan. Sterker nog, ik mag het niet eens, omdat uw zoon zich waarschijnlijk in het buitenland bevindt. Onze jurisdictie omvat Nederland. Voor zaken buiten de landsgrenzen worden weer heel andere teams ingeschakeld. Dit bureau is voor lokale zaken en ik zou Griekenland niet bepaald lokaal willen noemen. Dat zult u toch met me eens zijn.' Het gezicht van de agent werd iets vriendelijker. 'Misschien kunnen ze u daar ter plaatse verder helpen? Maar eerlijk gezegd denk ik dat u zich druk maakt om niks. Het klinkt mij heel plausibel in de oren dat uw zoon met een meisje op pad is. Die komt vanzelf wel weer boven water.'

'Zo is mijn zoon niet. Hij zou nooit vertrekken zonder dat aan mij te laten weten. Daar is onze band te goed voor.'

'Het spijt me dat ik het moet zeggen, maar dat zeggen alle moeders over hun zoons.' De agent boog zich naar haar toe. 'Weet u, op een gegeven moment bereiken ze nou eenmaal een leeftijd dat ze geen moederskindje meer zijn. Ik vrees dat het tijd wordt dat u dat gaat accepteren. Hij is eenentwintig...'

'Tweeëntwintig,' corrigeerde ze hem geërgerd. 'Dus u gaat me niet helpen?'

'Ik vrees van niet. Al zou ik het willen, ik zie geen mogelijkheden. U zult de lokale politie in Griekenland moeten benaderen.'

'Maar kunt u de vriend en reisgenoot van mijn zoon ondervragen?'

'Mevrouw, daar is geen enkele aanleiding voor.'

'Wat doen jullie hier dan de hele dag? Agenten de straat op sturen om verkeersboetes uit te schrijven? De kas een beetje spekken? Misschien moeten jullie eens serieus aan het werk gaan en je bezighouden met zaken die echt belangrijk zijn.'

'Ik denk dat ik maar moet doen alsof ik dat niet gehoord heb, hè? U wilt vast niet dat ik de kas spek met een boete voor het beledigen van een ambtenaar in functie.' Hij keek haar streng aan, alsof ze een klein kind was dat een standje nodig had.

Liza voelde een immense woede en machteloosheid opkomen. Het liefst had ze de man aan zijn snor over de balie getrokken. Luie donder. In plaats daarvan zei ze op ijzige toon: 'Ik denk dat wij zijn uitgepraat.'

'Ja, dat denk ik ook. Gelooft u me nou maar, over een paar jaar zit u lachend met uw zoon en dat meisje op de bank terug te denken aan dit moment. Misschien wel met een kleine op de arm. Daar ben ik heilig...'

De agent slikte zijn laatste woorden in, want Liza was zonder nog iets te zeggen de deur uit gelopen.

11

Liza schoof haar zonnebril op haar hoofd zodat ze de borden op de luchthaven van Corfu beter kon lezen. Ze was zojuist geland na een vlucht waar geen einde aan leek te komen. De vertraging was opgelopen tot anderhalf uur. Uitermate frustrerend. Toen ze eenmaal het besluit had genomen om naar Griekenland af te reizen, duurde elke seconde dat ze langer van het eiland was verwijderd haar te lang. In allerijl had ze wat kleren en toiletartikelen in een koffer gesmeten en een vlucht geboekt. Qua werk kon ze het zich permitteren om er een weekje tussenuit te gaan. Voor de zekerheid had ze haar laptop en het te vertalen boek in haar koffer gestopt. Ze verwachtte niet dat ze eraan toe zou komen of dat haar hoofd ernaar zou staan, maar misschien gaf het op loze momenten wel prettige afleiding.

De drang om te weten te komen wat er met Mark aan de hand was, was inmiddels zo groot dat ze niet langer thuis kon blijven zitten afwachten. Ze moest iets doen. Ze moest weten waar haar zoon was en in Nederland werd ze geen steek wijzer. Het was de vraag of ze dat hier wel werd, maar het was een poging waard. Ze voelde zichzelf in elk geval dichter bij Mark nu ze voet had gezet op het Griekse eiland waar Fedde hem en Thera voor het laatst had gezien. Hier lag de sleutel.

Haar moeder was zo lief geweest om haar naar Schiphol te brengen. Zoals altijd had ze precies aangevoeld wat er door haar dochters hoofd spookte. Liza had haar moeder dezelfde angsten laten uitstaan en er zouden nooit genoeg excuses zijn om dat goed te maken. 'Je was jong, Liza, en onbezonnen. Laat het rusten. Het is een troost voor me dat je goed bent opgedroogd én dat ik jou en een prachtige kleinzoon heb teruggekregen.'

‘Dat terugkrijgen van die kleinzoon valt nog te bezien,’ zei ze somber.

‘Je maakt je echt grote zorgen, hè?’

‘Ja, jij niet dan?’

‘Ik weet het niet. Ik heb dit met jou natuurlijk al eens meegemaakt en jij bent ook veilig thuisgekomen. Ik heb het vertrouwen dat dat voor Mark ook zal gelden. Maar misschien is mijn mening wat te gekleurd door de goede afloop van die eerdere keer.’

‘Vind je het stom dat ik naar Corfu ga om Mark te zoeken?’

‘Zeker niet. Ik vind het juist heel dapper van je. Ik wilde dat ik destijds zoveel lef had gehad, maar je vader was niet zo’n wereldreiziger en in mijn eentje durfde ik niet. Ik wist niet waar ik moest beginnen. Je kon overal op de wereld zijn en ik wilde niet als een kip zonder kop gaan rondreizen. Jij hebt tenminste een concreet vertrekpunt voor je zoektocht.’

‘Wat nou als ik op Corfu ook niet verder kom, mam? De politie in Nederland wil me niet helpen.’

‘Dan vrees ik dat je rustig zult moeten afwachten tot Mark zelf weer contact opneemt. Net zoals je vader en ik destijds hebben gedaan toen jij de benen had genomen.’

‘Maar ik kan me gewoon niet voorstellen dat Mark precies zo in elkaar steekt als ik. Dan zou ik dat toch hebben moeten merken? Die voortdurende onrust die ik vroeger had, die zie ik bij hem helemaal niet terug.’

‘Je hebt hem niet meer dagelijks om je heen. Hij studeert, woont op kamers, dat maakt wellicht dingen in hem los. Mark is altijd zo doordacht en braaf geweest, misschien heeft hij de behoefte om nu eens even lekker uit te razen. Te leven van de lucht en de liefde. Vrijheid, blijheid. Ik snap dat wel. Eerlijk gezegd ben ik een beetje jaloers op hem.’

‘Hoezo?’

‘Omdat hij de kansen krijgt die ik niet had. Eigenlijk ben ik diep vanbinnen best een avonturier.’

Liza moest ondanks alles lachen. ‘Dus ik heb het van jou?’

'Ik vrees van wel.'

'Maar waarom heb je dan nooit gereisd?'

'Dat kon niet in die tijd. Wij waren niet zo vrijgevochten als jullie nu zijn. Onze ouders bepaalden grotendeels de toekomst voor hun kinderen en zonder hun toestemming ondernam je niets. Opa was nogal streng en rechtlijnig. Meisjes werden verpleegster of gingen in een winkel werken. Als ze verkering kregen met een man, dan trouwden ze met hem. Gescharrel was er niet bij. Gelukkig kwam ik meteen een leuke vent tegen en was ik vanaf dag één dol op je vader, maar het had ook anders kunnen uitpakken.'

'Brr, ik krijg het al Spaans benauwd als je dat zo vertelt. Zou niks voor mij zijn geweest.'

'Jij hebt de pit die ik altijd heb onderdrukt.'

'Maar zou je dan niet alsnog wat van de wereld willen zien?'

'Nee, kind. Ik krijg je vader niet zo gek. Je weet wat een huismus hij is. Die man moet je lekker met zijn krantje en zijn puzzelboekje op de bank laten zitten. In de tuin bij mooi weer, soms een stukje fietsen. Maar veel ruiger wordt het niet.'

Even was het stil in de auto, allebei waren ze verzonken in hun eigen gedachten.

'Vind je dat eigenlijk niet jammer?' zei Liza toen.

'Daar heb ik me lang geleden al bij neergelegd.'

'Waarom ga je dan niet eens op pad met een vriendin? Rosa of tante Tini?'

'Je vader zou zich geen raad weten. Die kan nog geen ei bakken.'

'Ik kan voor hem zorgen. Als koken het probleem is...'

'Lief van je, maar niet nodig.'

'Maar...'

'Het is geen opgave om bij je vader te blijven, echt niet. Als je iets uit liefde doet, dan kost het geen moeite. Jij hebt toch ook geen grote reizen meer gemaakt sinds je zwanger was van Mark?'

'Dat is waar.'

'Heeft dat je moeite gekost?'

'Nee, ik heb er niet eens over nagedacht.'

'Dat bedoel ik. Vergeet niet dat ik inmiddels ook een dagje ouder ben en heel erg hecht aan mijn rustige, overzichtelijke leventje. Het verlangen naar spanning heb ik allang van me afgeschud.'

'Is dat echt zo, of maak je jezelf dat wijs?'

'Dat is echt zo. Ik ben heel gelukkig, Liza. Ik hoop dat jij dat ook bent.'

'Ik was gelukkig totdat Mark verdween. Dat heeft alles aan het wankelen gebracht. Mijn werk, met een vriendin shoppen in de stad, uit eten gaan, al die dingen die ik normaal zo graag doe, lijken ineens zo onbelangrijk. Niets doet ertoe als Mark er geen deel van uitmaakt, of nou ja, als ik hem er niet over kan vertellen.'

'Hij heeft zijn eigen leven, de leeftijd om uit te vliegen. Probeer dat in je achterhoofd te houden. Loslaten is moeilijk, liefje, ik weet er alles van, maar het is heel bevrijdend als het je lukt. Afhankelijkheid is nooit goed.'

'Moet jij zeggen met papa. Je zou zijn veters nog strikken als hij dat vroeg.'

'Er zijn natuurlijk altijd hopeloze gevallen.'

Haar moeder had lachend op haar been geklopt. Tja, wat had ze daar ook tegenin kunnen brengen. En nu stond ze dus hier, op het vliegveld van Corfu. De rugzak met haar handbagage knelde om haar schouders. Ze had haar laptop ook thuis moeten laten. Dacht ze nou werkelijk dat ze aan werken toekwam? Ze had maar een weekje geboekt en die tijd zou ze waarschijnlijk hard nodig hebben om meer te weten te komen.

In de verte zag ze haar knalroze koffer op de bagageband aankomen. Foeilelijk, maar wel goed zichtbaar tussen al het zwart en donkerblauw. Met twee handen griste ze hem van de band en vervolgens volgde ze de borden naar de uitgang. Zo vroeg op de avond was het niet moeilijk om een taxi te bemachtigen. Ze stapte bij de eerste de beste naar binnen en gaf de chauffeur opdracht om haar naar Hotel Telesilla in Kontokali te brengen. Het hotel lag naast de jachthaven van Gouvia, het startpunt van de zeiltocht die Mark met Fedde en Thera had gemaakt. Als ze Fedde moest geloven, had hij haar zoon daar voor het laatst gezien nadat ze de zeilboot hadden ingeleverd. Corfu-Stad was vanuit haar hotel goed te bereiken met de bus en de volgende ochtend zou ze daar een politiebureau gaan zoeken, maar niet voordat ze eerst bij Ilios Sailing was langsgegaan. Misschien had Mark daar, nadat Fedde was vertrokken, een andere boot gehuurd om samen met zijn meisje nog wat rond te dobberen. Backpacken was een ruim begrip en als het Mark echt om het vrijheidsgevoel te doen was geweest, dan zou slapen op het water onder de sterren vast hoog scoren. Ze kon zich haar eigen euforie van destijds nog levendig herinneren. Maar of Mark nou een boot had gehuurd of niet, Ilios Sailing zou haar in elk geval aan de gegevens van Thera kunnen helpen. Ze moest daar in het systeem staan. Een achternaam, geboortedatum en woonplaats zouden al heel erg helpen. Als ze Thera's familie kon achterhalen, had ze in elk geval weer een aanknopingspunt. Misschien had het meisje haar ouders wél laten weten waar ze uithing en met wie.

Nieuwe hoop welde op in Liza's hart en ze sloot even haar ogen. De zwaarte van de zwoele avond drukte op haar oogleden en ze kon ze amper nog openhouden. Ze geeuwde luidruchtiger dan gepland en sloeg geschrokken haar hand voor haar mond. De donkerharige chauffeur met het weelderige grijze borsthaar lachte en stak zijn duim op. '*Almost at hotel. You sleep soon.*' Ze lachte schaapachtig terug.

12

Golven klotsten tegen de kade toen Cato de deur van Ilios Sailing opende. Het kantoor van het bootverhuurbedrijf waar ze nu een paar maanden werkte, lag aan de haven. Hier op Corfu wonen en werken was een droom die was uitgekomen. Als kind had het geluid van de zee al magisch voor haar geklonken en nu kon ze er elke dag naar luisteren zonder dat ze er een flink stuk voor moest rijden. Ze zette de computer achter de balie aan en wreef de slaap uit haar ogen. Het was gisteravond weer veel te laat geworden. Later dan ze zich had voorgenomen, maar het was ook zo gezellig geweest. Ze had de Griekse vriendengroep waar ze moeiteloos in was geïntegreerd, meegenomen naar de Nederlandse bar in Gouvia, de Wild Rose, om hen ook wat andere cultuur te laten opsnuiven. Sommigen van hen hadden dat snuiven nogal letterlijk genomen. 'Nederland is Amsterdam,' had Nikos, de zoon van haar baas, gezegd, 'en Amsterdam is...' Hij had lachend naar haar neus gewezen.

Cato had het aanbod aan zich voorbij laten gaan. 'Ik moet morgen werken.'

'Precies, morgen. Dat is toch niet nu,' had hij verder aangedrongen terwijl hij dicht tegen haar aan kwam staan.

Ze had haar rug stijf weten te houden en daar was ze nu blij om. Na de Wild Rose waren ze verdergegaan in cocktailbar Whispers. Het had haar moeite gekost om het bij twee drankjes te houden, maar van het weekend had ze vrij en dan kon ze zich laten gaan. Ze hoopte Nikos dan ook weer te zien. In Whispers was hij zo dicht naast haar komen zitten dat het haar een aangename kriebel in haar onderbuik had bezorgd. Nikos was dan misschien 'een foute jongen', maar wel een heel leuke foute jongen. Iemand die veel tijd in de sportschool doorbracht en dus een lekker lijf had, en iemand die wat te vertellen had. Als je vrienden was met Nikos, dan zat je goed. Ze wist dat het net uit was met zijn vriendin, dus misschien maakte ze wel een kansje.

De computer was uitgerateld en ze liep naar de koffieautomaat voor een espresso. Ze drukte net op de knop voor een dubbele portie toen de deur achter haar openging. In de veronderstelling dat het een toerist was draaide ze zich met een glimlach om. Haar lach werd breder toen ze zag dat het Nikos was. Zenuwachtig trok ze aan haar knalgele T-shirt waar een artistieke zwarte zon op was geprint.

'Hé, jij bent er vroeg bij,' begroette ze hem. 'Ik was net koffie aan het zetten, ook een bakkie?'

Nikos trok een vies gezicht en schudde zijn hoofd.

'Wat kan ik voor je doen?'

'Mooi zijn zodat ik naar je kan kijken. Ik was benieuwd of je er vanochtend in het volle licht nog net zo lekker uitzag als gisteravond.'

Cato voelde dat ze bloosde en wist even niet waar ze moest kijken. 'En bevalt het wat je ziet?'

Ze liep naar de balie en kroop er snel achter. Zijn ogen lieten haar geen moment los. Hij kwam over de balie heen hangen en bracht zijn gezicht naar het hare. 'Ik zal vanavond in je oor fluisteren of het me bevalt.'

De kriebel in Cato's buik nam toe. 'Oké, maar je mag het nu ook wel in mijn oor fluisteren, hoor.'

Ze boog zich nog verder naar hem toe en draaide haar hoofd een beetje. Het belletje van de deur deed haar geschrokken achteruitdeinzen. Met een rood hoofd keek ze op en zag een slanke, knappe vrouw in een zachtroze jurk binnenstappen. Een volle bos bruin haar hing tot ver over haar schouders. Cato schatte haar rond de veertig jaar. Maar ergens klopte er iets niet aan het plaatje. De vrouw had iets... iets zorgelijks over zich. Ze miste de ontspannen en uitgelaten blik die toeristen normaal gesproken kenmerkte.

'*Hello, can I help you?*' vroeg Cato terwijl ze vluchtig naar Nikos keek.

'Zie je vanavond,' fluisterde hij.
'Ik verheug me erop.' Cato schonk hem een verlegen lach en zag hem met lede ogen vertrekken. De vrouw kuchte en zette haar zonnebril af. Cato zag dat haar ogen rood waren en de kringen rond haar ogen donker. Alsof de vrouw het net als zijzelf gisteravond te laat had gemaakt.
'How can I help you?' vroeg ze nogmaals.
'Well, I don't know where to start.'
'Just start,' moedigde Cato haar met een glimlach aan. *'Where are you from?'*
'The Netherlands.'
'Ah, Nederland,' schakelde Cato over naar haar moedertaal. 'Ik kom uit Amsterdam en werk hier deze zomer om wat bij te verdienen.' Er kwamen zoveel Nederlandse toeristen naar Gouvia dat haar baas graag een Nederlandssprekende employee had willen hebben.
'O, dat is fijn,' zei de vrouw. 'Ik hoop dat je me kunt helpen. Mijn zoon en zijn vriend hebben met jullie bedrijf een flottieljezeiltocht gemaakt en na die tocht heb ik niets meer van mijn zoon gehoord.'
De lach verdween van Cato's gezicht. Ze stak meteen haar handen afwerend in de lucht. 'Daar hebben wij niks mee te maken.'
'Dat zeg ik ook niet, laat me even uitpraten. Volgens de vriend van mijn zoon Mark, is hij na de zeiltocht gaan backpacken met een meisje dat meevoer op hun boot. Ik probeer te achterhalen wie dat meisje is om via haar contact te krijgen met mijn zoon. Zijn telefoon is namelijk gestolen en ik heb al meer dan twee weken niets meer van hem gehoord. En, nou, je begrijpt dat ik me wat zorgen begin te maken. Nu vroeg ik me af of je eens in jullie administratie zou kunnen kijken om de gegevens van dat meisje voor me op te zoeken. Haar voornaam is Thera, maar meer weet ik niet van haar.'
'Eh, ik weet niet of ik dat zomaar kan doen. Ik denk niet dat mijn baas het op prijs stelt als ik de administratie op straat gooi.'

'Ik heb alleen maar een naam nodig en een telefoonnummer. Dat is toch niet zo moeilijk?'

'Nee, maar wie zegt me dat u te vertrouwen bent?'

'Maar wat zou ik dan voor kwaad in de zin kunnen hebben?'

'Nou, misschien wil die Thera helemaal niet gevonden worden. Misschien is ze wel op de vlucht voor u.' Cato vond het heel slim bedacht van zichzelf.

'Zie ik eruit als een gewelddadige crimineel?'

'Nee, dat niet, maar...'

'Nou dan. Luister, ik ben een wanhopige moeder die wil weten of het goed gaat met haar zoon. Wacht, ik zal je een foto laten zien. Misschien herken je ze wel.' De vrouw pakte haar telefoon uit haar tas en zocht de foto's op. Ze hield de telefoon voor Cato's gezicht. 'Dit is mijn zoon, Mark.'

'Leuke gast,' zei ze, toen ze de jongen op de foto zag.

De vrouw scrolde verder. 'En dit is Thera... en dit is Fedde, de vriend waar Mark de boot mee heeft gehuurd. Herken je ze?'

Nee, ze herkende hen niet. Ze schudde haar hoofd.

'Alsjeblieft, kun je niet in de computer kijken?'

'Hoe weet ik dat u de waarheid spreekt?'

De vrouw graaide in haar tas en gooide haar paspoort op de balie. 'Mijn naam is Liza Roozenboom, kijk hier staat het.' Ze wees haar naam aan op het paspoort.

'Ik kan lezen, maar niet door vingers heen kijken.'

De vrouw trok haar hand weg. 'Mijn zoon heet Mark Roozenboom. Als je in jullie systeem kijkt, dan kun je verifiëren dat ik zijn moeder ben. Jullie hebben vast een kopie van zijn paspoort. Vergelijk zijn foto met de mijne. Hij lijkt op me, we hebben dezelfde neus.'

Cato aarzelde even en pakte toen het paspoort van de balie.

'Zijn vriend heet Fedde Jonkman.'

'Kunt u dat even opschrijven?' Ze schoof een papiertje naar de vrouw toe, die de namen van de beide jongens in blokletters opschreef.

'Op welke datum hebben ze de boot gehuurd?'

'Dat weet ik niet exact, ergens in juli, maar als je zoekt op hun namen dan vind je ze vast wel in de computer.'

Cato legde het papiertje naast het toetsenbord van haar computer en typte de naam van Mark Roozenboom in. Ze fronste haar wenkbrauwen en voerde de naam Fedde Jonkman in. Ze keek de vrouw aan. 'Ik kan geen Mark Roozenboom of Fedde Jonkman vinden in ons systeem. Weet u zeker dat ze hun boot bij dit bedrijf hebben gehuurd?'

'Ze hebben hun boot hier gehuurd,' zei de vrouw stellig. 'Heb je wel goed gezocht?'

'Ja, natuurlijk. De namen op dit briefje komen niet voor in ons systeem.'

'En Thera?'

Ze typte de naam in, maar opnieuw zonder resultaat. 'Nee, ook geen hit.'

'Ze moeten in jullie systeem staan, kijk dan.' De vrouw duwde haar de foto van de jongen op de zeilboot onder haar neus.

Cato boog zich over de foto heen en bestudeerde hem aandachtig. 'Ik kan niet met zekerheid zeggen dat dit een boot van ons is. Je ziet enkel een stukje mast, verder niets,' zei ze toen.

'En die boot die erachter ligt, met die vlag, herken je die misschien?'

'Nee, nee, nooit gezien.'

Cato deed een stap achteruit en de lach verdween van haar gezicht. 'Ik moet weer aan het werk.'

'Is er iets?'

'Nee, hoezo?'

'Hoe heet je eigenlijk?'

'Waarom wilt u dat weten?'

'Dan weet ik met wie ik gesproken heb.'

'Cato.'

'Ik ben Liza, Cato.'

'Ja, dat heb ik op uw paspoort gezien.'

'Onthoud mijn naam, want ik kom terug.' De vrouw draaide zich om en verliet het kantoor, en Cato slaakte een zucht van verlichting.

13

Met opgeheven hoofd verliet Liza het kantoor van Ilios Sailing, terwijl de teleurstelling als een verstikkende deken over haar heen viel. Ze had echt gedacht hier verder te komen met het achterhalen van Thera's contactgegevens. Ze pakte haar telefoon om Fedde te bellen. Hij was heel stellig geweest over de naam van het botenverhuurbedrijf, maar hij had al eerder tegen haar gelogen. Het toestel ging over, maar al vrij snel schakelde hij door naar de voicemail. Ze besloot even te wachten en daarna anoniem terug te bellen. Iets zei haar dat de kans dat Fedde dan wel op zou nemen een stuk groter was. Ze slenterde een stukje langs de baai en zette toen haar nummermelder uit. Liza voelde een kleine triomf toen Fedde haar anonieme belpoging wel beantwoordde.

'Fedde, je spreekt met Liza Roozenboom.'

'Nee, toch. Wat nu weer?'

'Hoe heette dat bedrijf ook alweer waar jullie die zeilboot hebben gehuurd?'

'Wat? Waarom begint u daar nou weer over?'

'Beantwoord nou eens gewoon de vraag.'

'Ilios Sailing, dat heb ik u toch al verteld.'

'Weet je het heel zeker?'

'Ja, dat zeg ik toch.'

'Heb je geen papieren meer waarop je het kunt checken?'

'Nee, waarom zou ik?'

'Ik ben net bij Ilios Sailing geweest en daar staan jullie niet in het systeem. Volgens hun administratie hebben jullie daar nooit een boot gehuurd.'

'Dan klopt hun administratie niet. Maar wacht eens even, u komt net bij hen vandaan? Bent u op Corfu?'

'Ja, ik ben op Corfu.'

'Waarom?'

'Omdat ik in Nederland niet verder kom en ik hier meer informatie over Mark hoop te vinden. Hier is hij voor het laatst gesignaleerd voordat hij van de aardbodem verdween.'

'Allejezus, kunt u het niet gewoon laten rusten? Hij laat heus wel weer wat van zich horen.'

'Ik peins er niet over. Er is iets mis, daar ben ik van overtuigd, en als jij me niks wilt vertellen dan zal ik zelf op onderzoek uit moeten.'

'Wat bent u van plan dan?'

'Ik ga vandaag naar de politie, want bij dat Ilios Sailing kom ik niet verder.'

'Naar de politie?'

'Ja, Fedde, dat doen mensen als ze vermoeden dat er iets niet helemaal in de haak is.'

'Dat zal Mark leuk vinden, dat zijn mammie meteen naar de politie stapt als hij zich niet dagelijks meldt.'

'Het verbaast me zo dat jij je geen zorgen maakt over je beste vriend. Jij hebt toch ook geen contact meer met hem gehad? Dat is toch niet normaal?'

'Nee, ik maak me inderdaad geen zorgen. Maar het maakt niet uit hoe vaak ik dat nog zeg, u wilt toch niet luisteren. Zoek het dus maar lekker zelf uit en hou mij er verder buiten. Eerlijk gezegd begrijp ik wel dat Mark niks laat horen. Hij is uw bemoeizucht waarschijnlijk net zo zat als ik.'

Voordat Liza kon reageren had Fedde opgehangen.

'Fedde!' schreeuwde ze tegen de kiestoon. *Brutaal rotjong.*

Liza liep door naar haar hotel, verwisselde haar jurkje voor een short en een topje en stapte op de elektrische scooter die ze had gehuurd. Ze had het niet erg aanlokkelijk gevonden om met deze hitte in een warme bus naar Corfu-Stad te stappen en lopen was te ver, dus een scooter leek haar de ideale oplossing. Het zou prettig zijn om de wind door haar haren te voelen. Het zou haar letterlijk en figuurlijk een beetje afkoelen, want ze was pisnijdig op Fedde, die voor de zoveelste keer onverschillig en vervelend had gedaan. Het liefst zou ze dat joch eens een flink pak rammel geven.

De hele weg naar het politiebureau dacht ze na over haar bezoekje aan Ilios Sailing. Hoe kon het dat Mark, Fedde en Thera daar niet in het systeem stonden, terwijl Fedde beweerde dat ze daar toch echt een zeilboot hadden gehuurd? Of Ilios Sailing had zijn administratie niet goed op orde, óf Fedde had wederom tegen haar gelogen. Ze gaf beide verklaringen evenveel kans. Een ogenblik had ze overwogen om alle bootverhuurbedrijven op het eiland af te gaan om te checken of Mark ergens in een van de administraties voorkwam, maar uiteindelijk leek het haar efficiënter om eerst naar het politiebureau te gaan en daar de zaak voor te leggen. Ze hoopte dat ze hier op meer medewerking en begrip kon rekenen dan de Nederlandse politie had getoond.

Met de scooter aan de hand liep ze het laatste stukje over de stoep. Vlak bij de ingang van het politiebureau parkeerde ze hem bij een plantenbak met vrolijk gekleurde bloemen. Het viel haar op hoe schoon de straten waren. Daar konden ze in Nederland nog wat van leren. Liza woelde met haar hand door haar verwaaide haar en schoof haar zonnebril op haar hoofd. Daarna pakte ze haar tas uit de opbergruimte onder het zadel en liep het politiebureau binnen. De temperatuur in het gebouw was aangenaam. Het plafond hing vol met ventilatoren die op volle toeren ronddraaiden. De verlichting liet te wensen over, maar was toereikend. Achter een balie liepen wat agenten heen en weer met papieren in hun handen. Een vrouwelijke agent zat met een starende blik op de desk te trommelen. Liza liep naar haar toe.

'Goedemorgen, ik heb een probleem en ik hoop dat u me daarmee kunt helpen,' zei ze in vloeiend Engels.

De agente keek haar aan, maar zei geen woord.

'Begrijpt u wat ik zeg? Spreekt u Engels?'

'Klein beetje,' antwoordde de agente.

'Is er iemand anders met wie ik kan praten? Iemand die de Engelse taal wel beheerst?'

'Wat is uw probleem?'

'Mijn zoon wordt vermist. Hij is voor het laatst op dit eiland gezien voordat hij verdween.'

'Toerist?

'Ja.'

'Land?'

'Holland.'

'Ah, hasj.' Voor het eerst verscheen er iets van een vage glimlach op het gezicht van de agente. Daarna werd ze weer ernstig. 'Ik haal mijn baas erbij. Ga zitten.'

De agente wees naar een paar oranje plastic kuipstoeltjes. Liza knikte en ging in de provisorische wachtruimte zitten. Ze pakte haar telefoon en startte het woordspelletje *Ruzzle* op om de tijd te doden. Voordat ze het spelletje had afgespeeld, stond er al een grote, dikke man naast haar. Op het jasje van zijn uniform hing een hele rij medailles. Hij zag er belangrijk genoeg uit om de baas te kunnen zijn.

'U bent de vrouw uit Holland?' vroeg hij met een zware, doorrookte stem.

Liza knikte.

'Komt u maar mee.' Hij stak haar een eeltige hand toe met rafelige nagels. 'Politiecommissaris Nikoloupolos.'

Met enige tegenzin pakte ze de hand aan en kwam overeind. 'Liza Roozenboom.'

De hand van de commissaris was stevig en zweterig en hield de hare veel te lang vast. Pas toen ze vragend van hem naar haar hand keek, liet hij los. Terwijl hij voor haar uit liep en een deur voor haar openhield, veegde ze haar hand af aan haar donkerblauwe short. Ze stapte langs de politieman heen een trappenhuis in en liet hem vervolgens voorgaan op de metalen trap. Het geklepper van haar slippers weerkaatste tegen de muren. Hijgend hees de politieman zichzelf omhoog. Hij leek wel na elke tree langzamer te gaan lopen en Liza moest haar pas flink inhouden om niet tegen zijn dikke achterwerk aan te botsen. *O Mark, je moet eens weten wat ik er allemaal voor overheb om jou terug te vinden...* Ze wenste vurig dat ze dit Mark ooit allemaal in geuren en kleuren kon vertellen en dat ze er samen om zouden lachen.

Nikoloupolos nam de laatste trede van de trap en stapte hijgend opzij zodat ze kon passeren. Ze kon de zweetdruppels op zijn hoofdhuid zien liggen tussen zijn rap dunner wordende grijze stekeltjeshaar. Met een vuile zakdoek depte hij zijn voorhoofd droog. Een penetrante geur hing om hem heen en Liza moest er niet aan denken dat ze met deze man in een afgesloten kamertje zou moeten zitten. Haar angst werd echter bewaarheid. Nikoloupolos nam haar mee naar een kleine ruimte met een computer en een paar stoelen en sloot de deur. In de hoek stond een waterautomaat en hij tapte een bekertje voor zichzelf. Nadat hij dat achterover had geslagen bood hij er haar ook een aan. Hoewel ze een behoorlijk droge mond had, sloeg ze het af. Het duurde haar allemaal al veel te lang. Met een enorme zucht liet Nikoloupolos zich op de stoel achter de computer zakken en zette deze aan.

'Welnu, wat is het probleem?'

In enkele minuten deed Liza het hele verhaal uit de doeken, over de vermissing van Mark en haar pogingen om met hem in contact te komen, tot en met haar bezoek van die ochtend aan het verhuurbedrijf.

'Ilios Sailing?' onderbrak de politieman haar. 'Dat is een uiterst betrouwbaar bedrijf. Daar steek ik persoonlijk mijn hand voor in het vuur.'

'Dat kan wel zo zijn, maar er klopt toch iets niet, want op de een of andere manier kunnen ze Mark niet terugvinden in de administratie.'

'En die vriend van uw zoon, is die ook vermist?'

'Nee, die is op het moment dat mijn zoon verdween huiswaarts gekeerd. Ik heb hem al een paar keer gesproken. Hij beweert dat Mark met dat meisje is gaan backpacken, maar daar geloof ik helemaal niets van. Dat zou hij me hebben laten weten.'

'Want?'

'Want hij wil niet dat zijn moeder zich ongerust maakt.'

'En uw zoon is tweeëntwintig, zei u toch?'

'Ja.'

'Een leeftijd waarop hij zelf keuzes maakt en liever de hand van een lekker meisje vasthoudt dan die van zijn moeder. Weet u wat ik denk? Uw zoon is smoorverliefd geworden op dat meisje en zet op dit moment de bloemetjes even flink buiten. Hij denkt gewoon even aan niets anders. Die duikt vanzelf weer op als de eerste verliefdheid wat is gezakt.'

Waarom luistert er toch niemand naar me? 'Zo is mijn zoon niet, geloof me. Hij studeert voor dokter. Hij is slim, betrokken en attent. Er is geen meisje dat daar verandering in brengt.'

De Griek zuchtte en veegde zijn bezwete voorhoofd weer af met de vieze zakdoek. 'Maar wat wilt u nou precies dat ik doe?'

'Ga praten met de mensen van Ilios Sailing. Laat hier in de buurt zijn foto zien en vraag of mensen hem hebben gezien. Peil zijn telefoon uit. Weet ik veel, u bent de politiecommissaris.'

'Mevrouw, Corfu is een vredig eiland. Ik heb in mijn hele carrière nog nooit met een vermissing of zware criminaliteit te maken gehad en ik draai toch echt al heel wat jaartjes mee. Sterker nog, ik ga over een jaar met pensioen.'

'Nou, dat stemt hoopvol. Vandaar dat u geen enkele moeite doet om mij te helpen.'

'Gaat u me nou beledigen? Ik probeer u naar eer en geweten te helpen, maar ik zie gewoonweg niet wat ik voor u kan doen. Ik denk echt dat u zich druk maakt om niets. Uw zoon is in een verliefde bui op pad gegaan met een meisje, precies zoals zijn vriend ook zegt. U bent toch ook jong geweest? Hebt u nooit eens de behoefte gehad om los te breken, uw neus en uw hart achterna te gaan?'

Liza voelde zich betrapt. Nikoloupolos had geen idee hoe dicht hij bij de waarheid kwam. Juist in zo'n onbezonnen bui was Mark verwekt, nota bene op een Grieks eiland en niet, zoals ze altijd had beweerd, door een Nederlandse jongen. De Rick die Marks vader zou zijn en met wie ze niets meer te maken wilde hebben, bestond helemaal niet. Marks vader was een Griek met wie het een beetje uit de hand was gelopen. Ze had hem één keer gezien en daarna nooit meer. Ze kon zich zijn naam niet eens herinneren. Het enige van hem wat ze zich nog voor de geest kon halen, waren zijn indringende ogen en donkere haren. Die ogen had Mark van hem geërfd. Maar de details van zijn gezicht? Ze zou hem op straat niet herkennen.

Grappig eigenlijk dat een complete vreemdeling haar het mooiste cadeau had geschonken dat ze ooit had gekregen. Daarom schaamde ze zich ook voor het feit dat ze zich amper iets kon herinneren van de nacht waarin Mark was verwekt. Ze wilde niet dat Mark er ooit achter kwam dat haar zwangerschap helemaal nooit de bedoeling was geweest en dat die haar ontzettend had verrast. Ze zou het niet kunnen verdragen als hij slecht over haar zou denken, dat ze met de eerste de beste het bed in dook die interesse in haar had. Zo stak ze niet in elkaar. Niet echt. Ze was in een opwelling één keer onbezonnen geweest met een man en daar was toen meteen iets blijvends uit voortgekomen. Iets waar ze tot op de dag van vandaag dankbaar voor was. Had zij in die periode aan haar ouders gedacht? Nee, dat had ze niet. Ze had helemaal nergens aan gedacht en zich laten meevoeren door de wind op een zeiljacht. Precies zoals Mark een paar weken geleden had gedaan.

Nikoloupolos bemerkte haar aarzeling. 'Hoe zit het met de vader van uw zoon? Heeft hij nog iets van Mark gehoord? Ik neem aan dat u gescheiden bent, aangezien de vader niet naast u zit.'

Er is geen vader in Marks leven. Ik heb hem alleen opgevoed.'

'Maar...'

'Daar wil ik het graag bij laten.'

'Goed, wat u wilt. Ik merk dat het nogal gevoelig ligt.'

Liza keek hem vuil aan. 'Het doet er niet toe.'

'Mevrouw, op basis van uw verhaal kan ik via de officiële wegen niks voor u doen. Het is gewoon niet genoeg. Alles wijst erop dat uw zoon gewoon aan de boemel is met een meisje.'

'Hoezo wijst alles daarop? U hebt niets onderzocht!'

'Dat blijkt toch uit het verhaal van zijn vriend?'

'Hebt u die vriend gesproken dan? U doet een aanname zonder die verder serieus te staven met feiten.'

'Ik begrijp dat u teleurgesteld bent, maar ik kan met de informatie die ik nu heb niks voor u doen.' Liza wilde Nikoloupolos onderbreken maar hij gaf haar de kans niet. 'Maar,' zei hij met stemverheffing, 'ik kan u wel in contact brengen met een goede privédetective die niet zo gebonden is aan "de officiële wegen" die ik moet bewandelen. U zou hem kunnen inhuren om in de zaak te duiken. Wellicht stelt dat u wat gerust?'

'Geeft u me zijn nummer maar, want met u kom ik toch niet verder. Het maakt me uiteindelijk niet uit wie Mark vindt, áls hij maar gevonden wordt.'

Nikoloupolos pakte een blocnote en een pen uit de la van zijn bureau en krabbelde een naam en telefoonnummer op het papier. Daarna scheurde hij het vel af en schoof het haar toe. 'Zijn naam is Stavros Kafes.'

'Goed, ik zal hem bellen. Maar voordat ik vertrek, wil ik zien dat u Marks foto in het systeem zet. Dat zou me heel veel rust geven.'

Nikoloupolos kneep zijn ogen samen en keek haar door de spleetjes aan. Zijn handen zweefden boven het toetsenbord. 'Ik denk niet...'

'Alstublieft. Ik smeek het u.'

De politieman gooide zijn handen in een gebaar van overgave in de lucht. 'Smekende vrouwen kan ik niet weerstaan. Stuurt u mij zijn foto maar, dan zal ik u ter wille zijn.'

Het lachje dat hij uitstootte beviel Liza allerminst, maar ze mailde de foto naar het e-mailadres dat Nikoloupolos opgaf. Tergend langzaam tikten zijn vingers daarna op het toetsenbord, terwijl zijn dikke lichaam zijn ademhaling duidelijk in de weg zat. Liza probeerde het gehijg te negeren.

'Zo, klaar,' zei hij een minuut of tien later. Hij schonk haar een zelfgenoegzame glimlach en draaide toen zijn scherm naar haar toe.

Er ging een schok door haar heen toen ze de foto van de lachende Mark zag. De tekst naast de foto leek Engels, maar voordat ze dat met zekerheid kon zeggen of iets kon lezen, had Nikoloupolos het scherm alweer teruggedraaid. Ze verdrong haar tranen. Het leek zo definitief en echt nu. *Mooie, lieve zoon, waar ben je?*

Nikoloupolos zette zijn computer uit en stond op. Liza volgde zijn voorbeeld en liep voor hem uit naar de deur, maar voordat ze naar buiten kon lopen, pakte hij plotseling haar arm vast. Met verrassende soepelheid draaide hij haar om en zette haar met zijn logge lijf klem tegen de deur. De blik in zijn ogen was veranderd.

'Zakelijk gezien kan ik misschien niets voor je doen, maar op persoonlijk vlak daarentegen...' Hij streek met zijn dikke vinger langs haar wang. 'Ik ben jou net ter wille geweest, misschien is het nu aan jou de beurt om iets voor mij te doen.'

Wat?! O mijn god, dit kan niet waar zijn. Dit gebeurt niet echt. Liza probeerde de walgelijke man van zich af te duwen, maar Nikoloupolos was niet onder de indruk en zette geen stap opzij. Hij haalde zijn vinger van haar wang en volgde langzaam de contouren van haar hals. Liza probeerde hem een knietje te geven, maar hij draaide op tijd weg.

'Kom,' fluisterde hij, 'je ziet er zo gestrest uit. Je moet wat meer ontspannen, je zinnen verzetten.'

Opnieuw probeerde ze zich aan zijn greep te ontworstelen, maar hij was veel te sterk voor haar. Hij bracht zijn gezicht vlak bij het hare. 'Daar hou ik wel van, een vrouw met pit in haar lijf. Die passie, heerlijk.'

'Als je niet met je gore poten van me afblijft en me laat gaan, dan begin ik zo hard te gillen dat ze het aan de andere kant van het eiland kunnen horen,' siste ze ijzig. Nikoloupolos leek even van zijn stuk gebracht en deed een stap naar achteren, maar nog niet ver genoeg naar haar zin. 'Ik meen het. Wegwezen. Nu.'

De politieman liet haar los en trok zijn handen van haar af. Hij keek haar aan. Zijn blik was duister, gitzwart, en de rillingen liepen haar over de rug. Net nog was ze simpelweg bang geweest, maar nu...

'Hier gaat u spijt van krijgen,' zei hij zachtjes. 'Dat beloof ik u. Vergeet niet wie het voor het zeggen heeft op dit eiland.'

Toen deed hij de deur open en Liza wist niet hoe vlug ze de kamer uit moest komen.

14

In zijn kantoor, waar de walm van zijn laatste sigaar nog hing, keek detective Stavros Kafes naar de vrouw die zenuwachtig heen en weer schoof op de oncomfortabele houten stoel tegenover hem. Ze had zich voorgesteld als Liza Roozenboom en zag bleek van vermoeidheid, alsof ze nachten niet had geslapen. Desondanks had ze een strijdbare blik in haar donkere ogen. Een vrouw die niet op zou geven, ook niet als ze van het kastje naar de muur werd gestuurd. Ze nam zijn kantoor in zich op. Keek naar het bureau dat tussen hen in stond en bezaaid lag met rommelige stapels papier; de stellingkast aan de wand tegenover haar, die er al niet veel opgeruimder uitzag; de paar onbeduidende schilderijen die de gelige wanden sierden, die uit het lood hingen. Hij probeerde haar blik te peilen. Ze leek niet onder de indruk. Hij stak een nieuwe sigaar op, hield hem tussen duim en wijsvinger en nam een lange hijs. Hij blies een flinke rookwolk naar de vrouw toe en ze hoestte overdreven. Toen schoof ze haar stoel wat naar achteren en keek hem vragend aan. Hij schraapte zijn keel en begon in gebrekkig Engels tegen haar te praten.

'Mevrouw Roozenboom, u hebt mijn nummer van commissaris Nikoloupolos gekregen?' Kafes liet de r in elk woord overdreven rollen.

De vrouw knikte bevestigend.

'Hij is een groot commissaris,' zei hij met een serieus gezicht.

'Dat kunt u wel zeggen ja,' beaamde de vrouw terwijl ze met haar handen het aanzienlijke postuur van Nikoloupolos weergaf.

'Nee, nee, ik bedoel het figuurlijk.'

'U bedoelt dat hij goed is in zijn werk?'

'Ja, ja.' Kafes prikte met een kromme wijsvinger in de richting van de vrouw. 'Wat kan ik voor u doen?'

'Mijn zoon wordt vermist en ik wil dat u hem opspoort.'

'Hebt u concrete aanwijzingen dat er iets niet in de haak is?'

'Ja, hij regeert niet op mijn telefoontjes, apps en e-mails. Dat is niets voor hem. In de dagen voordat hij verdween, liet hij regelmatig wat van zich horen. Zo is hij, enthousiast. Hij vindt het mooi om dingen te delen met mij. Ik heb hem alleen opgevoed en we hebben een heel sterke band.'

'Zou het misschien zo kunnen zijn dat die sterke band te knellend voor hem was? Dat hij van de vrijheid heeft geproefd en dat dit hem wat losser heeft gemaakt?'

'Nu klinkt u net als commissaris Nikoloupolos. U denk dus dat ik spoken zie?'

'Nee, mevrouw Roozenboom, dat heb ik niet gezegd. Het feit dat wij dit gesprek voeren, geeft al aan dat dat niet het geval is. Ik hou me alleen maar bezig met zaken waar ik iets in zie.'

'Dan ben ik benieuwd wat u in deze "zaak" ziet wat anderen niet zien.'

Met trillende hand nam de vrouw een slok van de ongetwijfeld lauwe koffie die zijn secretaresse eerder had gebracht. Hij keek naar haar slanke handen en zag dat haar zwarte nagellak zijn beste tijd had gehad. Zonde dat zo'n vrouw daar niks aan deed.

Kafes kwam achter zijn bureau vandaan en liep rondjes door zijn kantoor, terwijl hij zijn visie op de zaak uiteenzette. Hij wist dat de vrouw zich, net als iedereen die hem voor het eerst zag, vergaapte aan zijn kromme rug en zijn bovenlichaam dat te kort was in verhouding tot zijn onderstel. Zijn ingevallen wangen en grote spitse neus maakten het er niet fraaier op.

'Kunt u me allereerst vertellen wat u zelf al hebt ondernomen om uw zoon te vinden?'

'Ik heb zijn vriend Fedde, met wie hij naar Griekenland was vertrokken, een paar keer gesproken en uitgehoord. Ik ben zowel in Nederland als hier naar de politie geweest en ik ben langs geweest bij het bedrijf dat de zeiltocht organiseerde waar mijn zoon en zijn vriend Fedde aan deelnamen.'

'En welk bedrijf was dat?'

'Ilios Sailing. Het gekke is dat ze daar beweren dat mijn zoon helemaal geen boot heeft gehuurd bij hen, terwijl Fedde blijft volhouden van wel.'

'Wellicht kan ik wat verder komen op dat front, aangezien ik een bekende naam ben op het eiland. Tegen eilanders zijn mensen meestal loslippiger dan tegen een toerist en bovendien ken ik de eigenaar van Ilios aardig goed. Daar zal ik mijn onderzoek dan ook starten.'

'Dat klinkt als een goed plan.'

'Daarnaast wil ik u vragen om me de laatste berichten en foto's te sturen die u van uw zoon hebt ontvangen. U kunt me de screenshots mailen. Ik geef u zo mijn kaartje met al mijn gegevens. Tot slot wil ik dat u zo veel mogelijk informatie over Mark voor me op papier zet. Wat is hij voor iemand? Karakter, uiterlijke kenmerken, hobby's, sociale contacten, studie, et cetera. Als ik uw stuk over hem heb gelezen, moet ik het idee hebben dat ik hem al jaren van voor tot achter ken. Ben ik in uw ogen nog iets vergeten?'

'Zijn mobiele telefoon. Kunt u die traceren? Fedde beweert dat Marks toestel is gestolen en dat hij daarom niet reageert, maar ik heb mijn twijfels of dat waar is. Ik bel het nummer elke dag en één keer werd er opgenomen en meteen weer opgehangen. Verder krijg ik steeds de voicemail en dat is raar.'

'Omdat zijn voicemail nog steeds niet vol is, denkt u dat de berichten gewist worden?'

De vrouw keek hem verrast aan. Kennelijk had ze niet gedacht dat hij net als zij tot die conclusie zou komen. 'Ja, precies. Ik heb in Nederland geprobeerd te achterhalen bij welk telecombedrijf mijn zoon zijn abonnement heeft lopen, maar dat is niet gelukt. Zijn provider moet kunnen zien waar het toestel zich bevindt, maar geen van de providers die ik heb gesproken was bereid om in hun systeem te kijken en me te vertellen of Mark klant bij hen was. Misschien dat het u wel lukt?'

'Officieel valt afluisteren en nummertracking niet binnen mijn licentie, maar je hebt officieel en officieus.' Kafes kneep zijn gitzwarte ogen tot spleetjes. 'Ik zal kijken of ik er iets mee kan met behulp van, laten we zeggen, enkele "goede contacten".'

'Om eerlijk te zijn maakt het me niet uit wie u inzet en of het legaal is of niet.'

Kafes moest lachen, wat voor anderen als een onaangenaam keelgeluid klonk. 'Dat vermoeden had ik al. U wilt resultaat, waar voor uw geld. Linksom of rechtsom.'

'Precies. Ik denk dat wij elkaar heel goed begrijpen, meneer Kafes. Misschien ook nog goed om te weten: Mark heeft samen met zijn vriend Fedde een kleine twee weken vrijwilligerswerk gedaan in de medische tent van kamp Kara Tepe op Lesbos. Hij studeert voor dokter.'

Kafes hoorde de trots in haar stem. 'Dat is heel goed om te weten,' zei hij. 'Misschien wel de belangrijkste informatie die u me tot nu toe hebt gegeven.'

De vrouw keek hem vragend aan en hij besefte dat hij zich nader moest verklaren. 'Het gaat er vaak nogal ruig aan toe in die kampen, moet u weten. Veel mensen met korte lontjes die zich onmachtig voelen over de situatie waar ze zich in bevinden. Het is niet moeilijk om iemand boos te maken.'

'Ik snap niet precies wat u bedoelt.'

'Stel nou dat uw zoon iemand heeft geholpen in de medische tent en dat is niet helemaal goed gegaan. Er lopen ook heel veel lijntjes naar buiten vanuit die kampen. Misschien had iemand het op hem gemunt?'

'U bedoelt een wraakactie?'

'Behoort tot de mogelijkheden.'

'Ik geloof niet dat ik me veel beter ga voelen door uw theorie. Eerlijk gezegd was de link die u nu legt nog niet bij me opgekomen.'

'Daarom is het ook zo goed dat u bij mij terecht bent gekomen. Het is mijn taak om alle mogelijkheden in kaart te brengen en die als vertrekpunt te nemen voor mijn onderzoek. Door mijn ervaring in dit werk ben ik erin getraind om buiten de gebaande paden te denken en sporen te vinden die voor het gros van de mensen niet zichtbaar zijn. Ik zoek altijd onder de oppervlakte, als u begrijpt wat ik bedoel. Want neemt u van mij aan, daar bevindt zich de meeste ellende.'

'U verwacht ellende te vinden?'

'Ik kan het in elk geval niet uitsluiten. We zijn het erover eens dat het raar is dat u niks meer van uw zoon hebt gehoord terwijl er in de dagen voor zijn verdwijning intensief contact tussen u beiden is geweest. Toch moeten we ook zeker de onschuldige variant niet uitsluiten, want het is nog steeds heel goed mogelijk dat uw zoon de vlinders in zijn buik achterna is gefladderd en zich vermaakt met dat meisje op wie hij een oogje heeft gekregen.'

'U valt in herhaling.'

'Soms is dat nodig om tot mensen door te dringen.'

Ze kneep haar ogen even samen. 'Wanneer denkt u dat u nieuws voor me hebt?'

'Lastig te zeggen. Ik kan niet voorspellen hoe vlot een en ander verloopt en of ik iedereen meteen te spreken krijg. Ook voor ons eilanders is het vakantietijd. Maar voordat ik begin, is er nog één concreet dingetje dat ik van u verlang.'

'Natuurlijk. Alles wat u wilt.'

'Ik vraag altijd een voorschot zodat ik mijn eerste onkosten kan dekken. Noem het een soort borg waar ik de eerste tien uur van het onderzoek goed mee aan de slag kan.'

'Begrijpelijk. Wanneer moet ik dat overmaken?'

'Nu, vandaag. Ik ontvang de helft graag cash zodat ik wat handgeld heb.'

De vrouw keek hem vragend aan.

'Mensen praten nou eenmaal makkelijker en sneller als je ze een beetje helpt, begrijpt u. Zodra ik het geld binnen heb, hebben wij een overeenkomst en start ik met de zaak.'

Kafes krabbelde een bedrag van duizend euro en zijn bankrekeningnummer op een papiertje en schoof het de vrouw toe. Hij zag dat ze schrok van het bedrag, maar ze slikte haar commentaar in en antwoordde zonder blikken of blozen: 'Zodra ik terug ben op mijn hotelkamer stort ik de helft van het voorschot. De andere vijfhonderd euro ga ik nu meteen pinnen en breng ik zo bij u langs.'

Kafes knikte, stopte de sigaar weer in zijn mond en stak haar zijn rechterhand met de kromme vingers toe. 'Het is fijn om zaken met u te doen, mevrouw Roozenboom.'

'Maar wacht even, moeten wij geen contract tekenen om onze overeenkomst te formaliseren?'

'Wat mij betreft niet, maar als u er per se op staat...'

'Ja, absoluut.'

'Goed, ik laat het klaarleggen door mijn secretaresse. Aan haar kunt u de cash ook overhandigen.'

Nu stak de vrouw haar hand uit en Kafes schudde deze stevig. Hij gaf haar zijn visitekaartje en ze stopte het zorgvuldig weg in haar tas.

'Denkt u eraan me Marks profiel zo snel mogelijk te mailen?'

'Absoluut, u hebt het vandaag nog in uw mailbox.'

'Mooi, mevrouw Roozenboom, heel mooi.'

De vrouw kwam uit haar stoel overeind en Kafes keek haar na toen ze zijn kantoor verliet. Haar achterkant was net zo goed gevormd als haar voorkant, constateerde hij met een glimlach. Raar dat Nikoloupolos daar niks over had gezegd.

15

Woorden en zinnen vloeiden in een onophoudelijke stroom toen Liza's vingers over het toetsenbord vlogen. Dit had ze nog nooit meegemaakt. Al die pogingen die ze had gedaan om iets zinnigs op papier te krijgen voor haar debuutroman waren gestrand in eindeloos schermstaren. Alle zinnen die ze er met pijn en moeite had weten uit te persen, werden uiteindelijk allemaal opgeslokt door de deleteknop. Geen van alle kwamen ze door haar eigen kwaliteitskeuring heen. Te lang, niet poëtisch genoeg, oninteressant. Maar nu ze op verzoek van Kafes een stuk schreef over Mark, ging alles vanzelf. Ze kon niet meer stoppen. Steeds schoten er weer nieuwe dingen in haar hoofd en alles leek belangrijk.

Met tegenzin schreef ze de slotzin en mailde het bestand naar Kafes. Ze haalde haar vingers van het toetsenbord en liep naar de badkamer. Het was al uren geleden dat ze wat gedronken had en haar mond was kurkdroog. Terwijl ze met haar mond onder de koude kraan hing, ontwaakte ze een beetje uit de roes waar ze de afgelopen uren in had verkeerd. Het zweet liep in straaltjes langs haar rug. Ze was zo gefocust geweest op haar computer, dat ze vergeten was de airco aan te zetten. Toen ze was uitgedronken, zette ze het apparaat op vol vermogen aan en ging er pal voor staan. Met haar ogen dicht genoot ze van de koude droge lucht die de zweetdruppels op haar voorhoofd deed verdampen.

De uren dat ze aan de tekst over Mark had gewerkt, hadden even voor afleiding gezorgd en het ongedurige gevoel wat naar de achtergrond geschoven. Het werken aan Kafes' opdracht had haar voor het eerst het gevoel gegeven dat ze iets kon doen, dat ze een wezenlijke bijdrage leverde aan het terugvinden van haar zoon, dat ze de situatie een beetje onder controle kreeg. Nu moest ze die controle weer afgeven en in de handen leggen van een detective die ze amper een halfuur had gesproken. Ze verviel weer in duimen draaien. Ze had Kafes al een paar keer proberen te bellen, maar hij had nog steeds niet teruggebeld. Ook Marks telefoonnummer had ze weer een aantal maal geprobeerd, maar net als de afgelopen twee weken kreeg ze zijn voicemail. Frustrerend was het. Gekmakend.

Liza opende de deuren van haar balkon en klemde haar handen om het hek. De lucht was strakblauw en de zon brandde op haar huid zodra ze het balkon op stapte. Een vlaag zeewind bezorgde haar kippenvel. Hij streek zacht over haar schouders en was toen weer weg. Als een geest die voorbij zweefde en haar even aantikte om zijn aanwezigheid kenbaar te maken. Liza voelde de tranen weer opkomen en sloot haar ogen. Ze wilde niet meer janken, ze was het zo zat.

Haar telefoon rinkelde en ze rende naar het bed waar hij op lag. 'Hallo!'

'Mevrouw Roozenboom.' De stem van Kafes klonk niet al te vriendelijk. 'U hebt gebeld. Al zes keer.'

'Ja, eh, ik wilde even checken of u de betaling in goede orde hebt ontvangen.'

'Ja, het geld staat op de rekening.'

'Oké, dat is fijn. Dus u gaat nu beginnen met uw onderzoek?'

'Sterker nog, ik ben net onderweg naar Ilios Sailing om te kijken of ik daar wat wijzer word. En als u me niet verder ophoudt met allerlei onnodige telefoontjes, dan red ik dat nog precies voor sluitingstijd.'

'Sorry, ik wilde alleen maar...'

'Mevrouw Roozenboom, als ik wat te melden heb, dan bel ik u. Als u niets hoort, dan heb ik dus nog niks te melden. In de tussentijd wacht u rustig af. Ik kan mijn werk niet doen als ik de hele tijd word afgeleid.'

'Hoezo de hele tijd? U neemt niet eens op.'

'Klopt.' Zijn stem werd wat milder. 'Luistert u eens, ik heb vaker met dit bijltje gehakt, het is niet de eerste keer dat ik een vermiste persoon moet zien te vinden. Ik heb van dichtbij meegemaakt hoe moeilijk het is voor naasten om te wachten op nieuws en toch is dat precies wat u moet doen. Ik ben een man van weinig woorden, ik bel niet voor een kletspraatje. Ik ben alleen geïnteresseerd in het behalen van resultaat en dat is ook waar u me voor betaalt.'

'Maar ik vlieg tegen de muren op! Ik ben zo blij dat er nu eindelijk voor het eerst iets concreets gebeurt.'

'Dat snap ik allemaal, maar u zult voor uzelf toch een manier moeten vinden om de tijd door te komen. Waarom gaat u niet wat mooie dingen bezichtigen, een beetje shoppen? Kerkyra heeft veel te bieden op dat gebied, volgens mijn vrouw tenminste. De smalle winkelstraatjes, bijvoorbeeld, en de boulevard bij de haven. Of bezoek het oude fort, een van de grootste trekpleisters die we hier hebben. Kunt u dat doen?'

'Ja, maar...'

'Mooi, dan ga ik nu weer aan het werk. En u hebt ook nog het een en ander te doen, want vanavond wil ik de karakterschets van Mark hebben.'

Hij had al opgehangen voordat ze hem kon vertellen dat ze het stuk zojuist aan hem had gemaild. Goed, dat was duidelijk. Kafes hield er dus niet van om gestoord te worden tijdens werktijd. Het goede nieuws was dat hij al wel was begonnen met zijn speurtocht naar Mark en dat was het enige wat ertoe deed. Liza besloot dan ook maar Kafes' tip ter harte te nemen en wat afleiding te zoeken in de stad. Op haar hotelkamer werd ze toch maar gek. Dat oude fort was niet eens zo'n gek idee, ze had de ruïne op de rots aan de oostkant al boven de stad zien uittorenen toen ze Kafes had opgezocht in zijn kantoor.

Ze stond op, pakte haar tas en wilde de kamer al verlaten, toen ze vanuit haar ooghoek haar reflectie in de spiegel in de badkamer zag. Wat ze zag, beviel haar niks. Haar haren hingen in losse warrige slierten langs haar gezicht. De donkere wallen onder haar ogen reikten inmiddels tot aan haar jukbeenderen. Het beetje kleur dat ze had opgedaan van de Griekse zon kon dat niet verbloemen. Ze bestudeerde zichzelf nog wat beter. Op het jurkje dat ze droeg, zat een koffievlek die haar nog niet eerder was opgevallen. Ze hoopte maar dat ze hem niet bij Kafes had opgelopen. Wat moest die man wel niet van haar denken? En haar handen... haar handen waar ze altijd zo trots op was. Van haar lange welgevormde nagels was niet veel meer over dan afgekloven stompjes. De zwarte nagellak die ze altijd droeg, was afgebrokkeld.

Tijd om zichzelf bij elkaar te rapen. Mark had er niks aan als zijn moeder er als een slons bij liep. Vastberaden pakte ze de borstel die op de wasbak lag en kamde de klitten uit haar haren tot het weer een toonbare bos was. Ze bond het samen tot een hoge staart met een rood badstoffen elastiek dat ze in haar toilettas vond. Dat zag er al een stuk beter uit. Haar wallen en andere oneffenheden op haar gezicht werkte ze weg met Touche Éclat. Subtiel bracht ze wat oogschaduw en lippenstift aan. Mascara en oogpotlood liet ze achterwege. Stel dat ze het weer onverwachts te kwaad kreeg, dan hoefde ze zich er geen zorgen over te maken dat de boel zou uitlopen. Haar jurk maakte plaats voor een short met een topje en toen bekeek ze zichzelf opnieuw in de spiegel. Tevreden met het resultaat draaide ze zich om. Zo kon ze zich weer met een gerust hart op straat vertonen.

Een halfuur later slenterde Liza door de binnenstad van Corfu-Stad met zijn smalle, met waslijnen overspannen steegjes en lommerrijke pleinen. Ze had de drukste straten al snel gemeden en liep langs winkels van zilversmeden en houtbewerkers die op het punt stonden te gaan sluiten. De temperatuur begon iets te dalen, maar desondanks moest ze regelmatig het zweet van haar voorhoofd deppen. Ze was onder de indruk van de vele bouwstijlen die de stad rijk was. Het ene moment waande ze zich in het achttiende-eeuwse Engeland, dan weer liep ze tussen sierlijk opgetrokken gebouwen met balkons en luiken die overduidelijk Italiaanse invloeden hadden. De galerijen deden weer Frans aan, evenals de boulevard bij de haven waar Kafes het over had gehad. Die deed haar sterk denken aan de Rue de Rivoli in Parijs, waar ze in het verleden regelmatig doorheen was gelopen. Ze had een zwak voor Parijs, met zijn prachtige gebouwen. Van de Eiffeltoren die 's nachts als een baken van licht over de stad waakte ging haar hart nog steeds sneller kloppen. Ze was er alweer veel te lang niet geweest. Als Mark en zijn vriendin weer terecht waren, zou ze hen samen meenemen voor een weekendje Parijs. Ontbijten met croissants en lange avonden bijkletsen met een fles wijn aan de voet van de Eiffeltoren. Een steek van gemis trok door haar hart bij de gedachte aan een 'normaal' weekend met haar zoon. Tot twee jaar geleden was ze zo'n twee keer per jaar met Mark op een stedentrip gegaan. Barcelona, Venetië, Berlijn, Rome, ze waren overal geweest, maar ze hadden allebei het meest met Parijs, dus dat werd een jaarlijks terugkerend ritueel. Vanaf het moment dat Mark ging studeren, was het echter lastiger geworden om de tripjes te plannen. Hij werd meer en meer in beslag genomen door zijn nieuwe leven.

Liza keek op de routekaart in haar telefoon om te kijken hoe ze verder moest lopen. Ze passeerde een smal kanaal met links en rechts talloze vissersbootjes. Over een grote stenen brug liep ze verder naar het schiereiland waar het oude fort met zijn dikke muren lag. Ook dit gebouw had duidelijk Venetiaanse en Byzantijnse invloeden. Liza keek omhoog naar de indrukwekkende poort en liep eronderdoor. Verder slenterend kwam ze terecht op een groot plein waar ze zich vergaapte aan oude kanonnen en een tempelachtig gebouw met een prachtig zuilenfront. Toen ze beter keek, zag ze aan het kruisje op het dak dat het een kerk was. Zonder aarzelen stapte ze naar binnen om een kaarsje aan te steken voor Mark. Hoewel ze twijfelde aan het bestaan van God, hadden zij en Mark het altijd een mooi ritueel gevonden om tijdens hun tripjes kerken te bezoeken. Liza hield net als Mark van de serene rust in de gebouwen, het mooie houtsnijwerk, de soms protserige altaars en de Bijbelse taferelen in glas in lood.

Het was gek om in een kerk te zijn zonder Mark en om niet mét hem maar vóór hem een kaarsje aan te steken. Ze liet zich even hypnotiseren door de vlam en wilde hem toen bijna weer uitblazen. Kaarsjes werden vaak aangestoken voor de doden en Mark was niet dood. Dat mocht niet en dat kon niet. Haastig verliet ze de kerk en rende het plein met de kanonnen weer op. Aan het plein lag een park en ze liep ernaartoe. Ze negeerde de barretjes en cafés en kocht een ijsje bij Muka Muka. In het park vond ze een bankje waarvandaan je uitkeek op een cricketveld waar lokale bewoners luidruchtig tegen elkaar speelden. Ze kreeg het al warm als ze er alleen al naar keek. Ze volgde de rode bal, die net een enorme zwieper had gekregen van de slagman. Een druppel ijs kwam op haar blote been terecht en ze kon nog net voorkomen dat een volgende op haar broek belandde. Ze hapte het restant in één keer naar binnen en vertrok haar gezicht toen de kou haar gevoelige tanden raakte.

De onrust nam weer bezit van haar. Wat zou Kafes op dit moment aan het doen zijn? Zou hij al iets meer te weten zijn gekomen bij Ilios Sailing? Misschien had hij al gebeld en had ze haar telefoon niet gehoord. Ze pakte hem uit haar tas, maar ze had geen gemiste oproepen. Zou ze hem zelf bellen? Nee, dat was een slecht idee, gezien zijn reactie de vorige keer. Maar toch... Ze vond het moeilijk om vertrouwen te hebben in iemand die ze slechts één keer gezien en niet veel vaker gesproken had. Ze had nergens navraag kunnen doen of de kwaliteiten van Kafes echt zo goed waren als commissaris Nikoloupolos had beweerd. Maar ze moest het ermee doen, hij was op dit moment haar beste kans om Mark te vinden.

Hoewel ze zich echt had voorgenomen om er even tussenuit te gaan en de toerist uit te hangen, was de behoefte om het fort verder in te gaan helemaal verdwenen. Wat konden haar die oude gebouwen ook eigenlijk schelen? Ze was alleen maar geïnteresseerd in de toekomst en of Mark daar nog een rol in zou spelen. Teruggaan naar haar hotelkamer was echter ook geen aanlokkelijk vooruitzicht. Naar het hoogste punt van de rots klimmen dan maar? Misschien bleef er dan minder energie over om te piekeren.

Ze volgde de route naar de top en daar aangekomen moest ze toegeven dat ze onder de indruk was van het prachtige uitzicht over de stad. Aan de oostkant keek ze op de aquamarijnblauwe zee uit waar de zon diamantjes van licht over het water strooide. In het meest gunstige scenario dat ze kon bedenken, zeilde Mark ergens op dat water met die Thera rond. Ze voelde de tranen alweer opkomen en slikte geërgerd de brok in haar keel weg. Ze keerde zich af van het mooie uitzicht waar ze alleen maar verdrietig van werd en begon aan de afdaling. Weer beneden aangekomen sloeg ze een fraaie laan met bomen in, die ze uitliep tot ze parallel daarachter een straat met restaurantjes vond. Ze was de eerste paar tafeltjes op straat nog niet gepasseerd, of ze werd al aangesproken door een goedlachse ober. Liza knikte hem vriendelijk toe maar liep door. Tien tafeltjes en drie obers verder was ze het zat en schoot een smal zijstraatje in. Hier dook ze de eerste de beste taverne in en bestelde een pita gyros met een ouzo. De drank ging een stuk makkelijker naar binnen dan het eten.

Zittend aan een klein vierkant tafeltje met een foeilelijk gehaakt kleedje erop, keek ze door de openstaande deur naar buiten. Op dat moment liep net een groep luidruchtige jonge mannen voorbij – ze schatte hen van Marks leeftijd – en snel nam ze nog een slok ouzo om het schrijnende gemis te verdrinken. Door een waas van tranen zag ze hoe een boomlange jonge vent zich losmaakte uit de groep. Hij had het zicht weggenomen op een andere jongen. Ze hield haar adem in en sloeg haar hand voor haar mond toen ze het blauwe trainingsjack met het oranje logo herkende.

Mark.

'MARK!' Ze gilde zijn naam zo luid, dat de ober van schrik een dienblad vol lege glazen uit zijn handen liet vallen. Mark hoorde haar echter niet en liep verder. Ze sprong overeind en haar stoel viel met een luide klap achterover, tegen een oude man aan die aan het tafeltje achter haar zat. Ze nam niet de moeite zich te verontschuldigen of de stoel op te rapen.

‘Mark! Mark!’ Struikelend rende ze achter hem aan en als een volleerd rugbyspeler beukte ze zich door de groep heen om haar zoon te bereiken. Nog drie meter... twee... één...

‘Mark, ik was zo ongerust!’ Ze klampte zich vanachter aan hem vast en drukt zich tegen hem aan. ‘Ik heb je overal gezocht.’

Hij maakte zich uit haar omhelzing los en draaide zich om. De vreselijke spanning die Liza nu al dagen in haar greep hield, het misselijkmakende gevoel dat ze haar zoon kwijt was en misschien wel nooit meer zou terugzien, viel als een loden last van haar schouders. Ze sloot haar ogen en slaakte een diepe zucht die uit haar tenen leek te komen.

‘Hé Robbie, wat heb jij nou voor oud lijk om je nek hangen?’ hoorde ze iemand achter zich roepen.

‘Eh, mevrouw, zou u me misschien willen loslaten?’

Verschrikt opende ze haar ogen en keek in het vriendelijke gezicht van een wildvreemde jongen die niet meer gelijkenis met Mark vertoonde dan het trainingsjack van de studentenvereniging waar hij lid van was. Ze liet hem los. Niet Mark. Het was niet Mark. Hoe had ze zich zo kunnen vergissen? Was ze langzaam gek aan het worden? Herkende ze haar eigen vlees en bloed niet meer? Ze deed een stap naar achteren en verloor bijna haar evenwicht. De jongen keek haar verbaasd aan, maar greep haar wel bij haar arm om te voorkomen dat ze zou vallen.

‘Gaat het wel, mevrouw?’

‘Robbie, kom nou. Laat dat wijf met rust, die spoort echt niet.’

‘Sorry,’ mompelde ze. ‘Ik dacht dat je iemand anders was.’ Ze draaide zich om en terwijl de tranen over haar wangen stroomden, liep ze bij de jongen vandaan die niet haar zoon was.

16

'Drinkt u er eentje mee?' Stavros Kafes hief uitnodigend zijn glas. Hij zat al in de lobby van Liza's hotel op de afgesproken tijd.

Liza was na de ontmoeting in Corfu-Stad halsoverkop teruggekeerd naar haar hotel. Uitgeput was ze op haar bed gevallen en daar had ze meer dan een uur gelegen, starend naar het plafond. Het was Mark niet geweest die ze had gezien, maar heel even had ze dat wel gedacht. Heel even was alles weer goed geweest. De pijn die bezit had genomen van haar lichaam toen ze had beseft dat de nachtmerrie nog niet voorbij was, had haar letterlijk de adem benomen. Het was alsof haar lichaam weigerde om nog verder te gaan. Pas toen haar telefoon was gegaan en Kafes haar had laten weten dat hij haar wilde bijpraten over zijn onderzoek, had ze weer lucht gekregen.

'On the rocks, graag.'

'Ook een dubbele?'

Liza knikte. Kafes zette zijn eigen whisky op tafel en liep naar de bar. In een mum van tijd was hij terug met een goedgevuld glas. Hij gaf het haar en tikte het zijne er zachtjes tegenaan.

'Hebben we wat te proosten?' Liza's stem klonk hoopvol.

'Nou, dat nog niet direct, maar misschien heb ik een spoortje te pakken.'

'Dan drinken we daarop.' Liza nam een grote slok en slikte hem te snel door. De whisky brandde in haar keel en de tranen sprongen in haar ogen. Toen ze was uitgehoest en haar ogen droog had geveegd, keek ze Kafes vol verwachting aan. 'Vertel.'

'Ik ben begonnen met een bezoekje aan Ilios Sailing, zoals ik had beloofd. Ik heb met de eigenaar, Petros Tziolis, gesproken. We hebben samen nog op school gezeten. Hij heeft me in de administratie van Ilios laten kijken en daar komen uw zoon, zijn vriend en dat meisje inderdaad niet in voor. Ik vrees dat die vriend van uw zoon dus toch tegen u heeft gelogen. Petros heeft zijn zaken keurig op orde, dat kunt u van me aannemen.'

Liza voelde de spanning in haar lijf weer toenemen. 'Maar waarom zou Fedde daarover liegen? Ik snap het gewoon niet.'

'Geen idee, dat zult u echt aan hem moeten vragen.' Kafes nam een flinke slok whisky om zijn keel te smeren. Zijn slokdarm was daar duidelijk beter tegen bestand dan die van Liza. 'Vervolgens ben ik wat gaan rondvragen in de haven en heb ik zo her en der uw zoons foto laten zien, en... een van de vissers herkende hem.'

Liza schoot omhoog. 'Waar is hij? Ik wil hem spreken.'

'Blijft u even rustig zitten alstublieft. Eerder praat ik niet verder.' Hij keek haar bedachtzaam aan en leek niet onder de indruk van het vuur in haar ogen. Kalm zei hij: 'Ik kan geen gesprek met u voeren als u me steeds onderbreekt. Als u zich niet kunt beheersen, proberen we het morgen nog eens.'

Liza kon de man wel wurgen, maar het was duidelijk dat hij niet van plan was om haar te woord te staan als ze hem niet gehoorzaamde. Met tegenzin liet ze zich weer in haar fauteuil zakken. Kafes volgde haar voorbeeld. 'Heel verstandig.'

Hij sprak haar toe alsof ze een ongehoorzame leerling was in zijn klas. Zijn kromme hand omsloot het whiskyglas weer en hij zette het op zijn knie. Hij wierp er een liefdevolle blik op voordat hij weer een slok nam, en al die tijd zat Liza zichzelf op te vreten. 'Die visser. Die Mark had herkend,' spoorde ze hem aan om zijn verhaal weer op te pakken.

Kafes knikte. 'Hij heeft uw zoon met een blond meisje gezien op een boot van een vriend van hem, net buiten de haven. Zijn vriend voer met zijn zoon op een tweede boot. Hij is een stukje met hen opgevaren naar open zee. De boten van zijn vriend moesten voor een onderhoudsbeurt naar Antalya.'

'Antalya? Maar dat is in Turkije!'

'Fijn om te bemerken dat uw topografische kennis op orde is,' merkte Kafes op. 'Maar inderdaad. De vriend van de visser zocht iemand die zijn tweede boot van Corfu naar Antalya wilde varen en uw zoon en dat meisje zochten avontuur. Laten we het erop houden dat ze elkaar daarin gevonden hebben. De route die ze varen gaat vanaf Corfu naar de Golf van Patras en daarna via het Kanaal van Korinthe naar Lavrion Marina, op een halfuur afstand van het vliegveld van Athene. Daarvandaan varen ze verder via de Cycladen en Dodekanesos, de Zuid-Egeïsche kust en de Turkse Rivièra naar Antalya.'

'Maar dat verklaart toch nog steeds niet waarom ik niks van Mark heb gehoord? Dit is zeker nieuwe informatie, maar het levert meer vragen op dan antwoorden.'

'Misschien snapt u het beter als u weet dat deze tocht tot wel een maand kan duren en dat de opvarenden al die tijd op het water niet bereikbaar zijn.'

'Wat zou verklaren waarom ik niks van Mark heb gehoord...'

'Precies.'

'O.' Liza liet de nieuwe informatie even op zich inwerken. 'En wie is die vriend van die visser? Kent u hem? Is hij betrouwbaar?'

'Ik weet wie het is, zijn naam is Abderus. Het is een beetje een zonderlinge figuur.'

'Hoe bedoelt u?'

'Echt een man van de zee. Hij ziet eruit als een soort Poseidon. Lange haren en een baard. Hij is nogal in zichzelf gekeerd. Niet iemand waar je hele gesprekken mee voert.'

'En met die man is mijn zoon mee volgens die visser?'

Kafes knikte bevestigend.

'Maar dan snap ik nog steeds niet waarom mijn zoon me niet heeft laten weten dat hij deze zeiltocht naar Antalya zou gaan maken. Volgens Fedde zouden Mark en dat meisje gaan backpacken, hij heeft niets gezegd over een zeiltocht naar Antalya.'

'U bedoelt die vriend die tegen u loog over Ilios Sailing?'

Liza grimaste. Kafes had een punt, maar dat verhaal dat hij nu vertelde riep ook alleen maar vraagtekens bij haar op.

Kafes signaleerde haar twijfel. 'Morgenochtend om tien uur kunt u zelf met de visser praten. Hij kan u waarschijnlijk niet meer vertellen dan ik net heb gedaan, maar het is altijd fijner om de informatie uit de eerste hand te horen, dacht ik zo.' Kafes klokte zijn laatste slok whisky achterover en keek met een spijtige blik naar zijn lege glas.

'Dank u, dat stel ik zeer op prijs. In dat kader lijkt het me beter dat ik een beetje fris in de bovenkamer blijf.'

Ze bood hem haar glas whisky aan en hij pakte het gretig van haar over. Met zijn vingers viste hij de restanten van het ijs eruit en gooide die in zijn lege glas. Vergenoegd nam hij een slok en slaakte een diepe zucht. Toen zette hij het glas weer neer. 'Ik heb eens zitten denken, wat zou u ervan vinden als ik die vriend van uw zoon eens opbel? Kijken wat hij tegen mij te vertellen heeft.'

Verrast keek Liza op. 'O, dat zou ik zeer op prijs stellen. Ik had dat ook al aan commissaris Nikoloupolos gevraagd, omdat ik namelijk steeds het gevoel heb dat Fedde iets achterhoudt. Dat hij meer weet over Mark dan hij wil vertellen. Misschien dat het u lukt wat antwoorden uit hem te krijgen waar we verder mee komen.'

'Geeft u me zijn nummer en adres maar.'

'Ik sms die u even door.'

Kafes' telefoon, die op het tafeltje tussen hen in lag, lichtte op. Hij opende het bericht en knikte goedkeurend. 'Ontvangen.'

'Bent u al begonnen met het traceren van Marks telefoon?'

'Ik heb de voorbereiding in gang gezet, dat is even wat werk. U hoort...'

'Ja, ja, ik hoor het als er wat te melden is.'

'U leert snel bij.' Kafes knipoogde naar haar.

'Oké, als u het niet erg vindt, dan duik ik nu mijn bed in.'

'Dat lijkt me een slim plan. Ik red me wel.' Kafes lichtte zijn hoed kort van zijn hoofd en glimlachte. 'Slaapt u lekker, mevrouw Roozenboom. Zoals het er op dit moment naar uitziet, heeft u zich druk gemaakt om niets.'

De volgende ochtend was de zon alweer uren op toen Liza op haar scooter stapte om naar het kantoor van Kafes te rijden, waar ze de visser zou ontmoeten die Mark had gezien. Hoe dichter ze bij de plaats van bestemming kwam, hoe meer de zenuwen door haar buik gierden. In Corfu-Stad aangekomen leek het haast nog drukker te zijn dan de dagen daarvoor en bijna schampte ze de spiegel van een geparkeerde auto. De eigenaar, die achter het stuur zat te wachten, toeterde verontwaardigd en stak een opgestoken middelvinger door het open raam. Bang dat hij uit zou stappen, gaf ze extra gas. *Opletten Liza! Mark is er niet bij gebaat als je jezelf te pletter rijdt.* Geconcentreerd sloeg ze even later de straat in waar ze moest zijn en parkeerde haar scooter tegen een boom voor Kafes' kantoor. Ze fatsoeneerde haar verwaaide kapsel door haar vingers als kam te gebruiken en spiegelde zich in de ruit van een geparkeerde auto. Toen ze tevreden was, beklom ze het trapje naar de voordeur en belde aan.

Kafes deed zelf open en begroette haar vriendelijk. 'Goed u weer te zien, mevrouw Roozenboom, komt u verder. Adelphos zit al aan een kop koffie.'

De privédetective zag er een stuk fitter uit dan Liza zelf. Hij had overduidelijk geen enkele last van de glazen whisky die hij de avond ervoor achterover had geslagen.

'Ik zal mijn secretaresse vragen voor u ook een kop koffie in te schenken. U ziet eruit of u het kunt gebruiken. Slecht geslapen zeker?'

Liza knikte en had spijt dat ze geen Touche Éclat op haar wallen had gesmeerd. Ze volgde Kafes naar zijn kantoor en keek bij binnenkomst op de kalende gebruinde kruin van de man die, zoals ze zojuist had vernomen, luisterde naar de naam Adelphos. De visser draaide zich nieuwsgierig om toen hij hen binnen hoorde komen en stond op. Hij boog zijn gerimpelde hoofd en stak haar een eeltige hand met gitzwarte nagelranden toe. Met tegenzin pakte Liza hem aan en stelde zichzelf voor. De man lachte. Een van zijn voortanden ontbrak.

'Zijn Engels is niet al te best, dus ik zal moeten tolken,' verduidelijkte Kafes terwijl hij achter zijn bureau ging zitten en Liza wees op de lege stoel naast Adelphos. De secretaresse klopte zachtjes op de deur en gaf Liza haar koffie in een porseleinen kopje waar een randje af was. Voorzichtig zette ze haar lippen naast de beschadiging en nam een slok. De bittere smaak bracht haar meteen bij de les en de cafeïne joeg haar toch al versnelde hartslag nog wat extra op. Ze schoof naar het puntje van haar stoel en keek Adelphos verwachtingsvol aan.

'Wat kunt u mij over mijn zoon vertellen?' vroeg ze in het Engels.

Kafes vertaalde haar vraag in het Grieks. De visser wreef zenuwachtig in zijn handen en begon een Grieks relaas over haar uit te storten. Hoewel Liza er niets van verstond, hoorde ze wel dat de man flink sliste. Kafes luisterde aandachtig en wachtte tot Adelphos was uitgepraat voordat hij het verhaal in begrijpelijk Engels samenvatte. Het was exact hetzelfde verhaal als Kafes haar de avond daarvoor al had verteld. Liza vond het verschrikkelijk jammer dat Adelphos geen Engels sprak, zodat ze niet rechtstreeks met hem kon communiceren. Ze moest er nu maar op vertrouwen dat Kafes zijn woorden accuraat vertaalde en er geen eigen interpretaties op losliet. In wezen kon hij haar alles wijsmaken zonder dat ze het doorhad. Ze richtte zich tot de visser.

'Is uw vriend die nu bij mijn zoon is ook ergens te bereiken?'

Kafes herformuleerde haar vraag in het Grieks. '*No. Sea*,' antwoordde Adelphos in zijn beste Engels terwijl hij net deed of hij een telefoon aan zijn oor hield.

'Wat ik u gisteren al zei, ze hebben geen bereik op zee. Niet per telefoon en ook niet per mail.'

'Maar ze doen onderweg toch wel een keer een haven aan voor een boodschap of iets dergelijks?'

Kafes vertaalde en Adelphos ontkende het in onverstaanbaar Grieks gemompel.

'Zijn vriend is nogal een doorpakker. Tijd is geld en hoe langer hij zijn boten kwijt is, hoe meer dat hem kost. Beide schepen zijn voorzien van voldoende proviand en water voor de hele reis en in Antalya wordt de voorraad aangevuld voor de terugreis.'

'Hoe lang duurde die reis ook alweer?'

'Een week of vier zei Adelphos gisteren, maar ik vraag het hem nog eens.'

Adelphos reageerde op Kafes' vraag met vier opgestoken vingers en een lach.

'Dat zou betekenen dat ze nu zo'n beetje in Antalya moeten zijn?' Kafes legde haar vraag voor aan Adelphos. Die zwaaide wat met zijn hand, trok een moeilijk gezicht en haalde zijn schouders op. Hij brabbelde weer wat onverstaanbaars tegen de detective. Kafes knikte instemmend en bracht zijn woorden op Liza over. 'Hij heeft het over ongeveer vier weken. Het kan ook minder zijn. Dat ligt aan omstandigheden als windrichting en dergelijke. Hij sprak vanochtend de vrouw van zijn vriend en die had nog geen contact met hem gehad.'

Even zweeg iedereen en Kafes keek Liza verwachtingsvol aan. De visser nam intussen een slok van zijn koffie en leek het gesprek niet meer zo interessant te vinden.

'Dus, mevrouw Roozenboom...' begon Kafes voorzichtig, maar Liza liet hem niet uitpraten.

'Sorry hoor, maar het klinkt mij allemaal toch wat vaag in de oren. Ik maak me nog steeds heel erg zorgen om Mark en daar zal ik niet mee stoppen totdat ik iets van hem heb gehoord.'

Het was duidelijk niet de reactie die Kafes had verwacht. Zijn gezicht betrok. 'Ik had gehoopt uw zorgen weg te kunnen nemen, maar dat is dus helaas niet gelukt. Ik neem aan dat u wilt dat ik doorga met mijn zoektocht naar uw zoon?'

'Dat lijkt me een open deur.'

'Goed, wat u wilt. Ik zal langsgaan bij Abderus' vrouw en haar vragen contact met me op te nemen zodra ze iets van hem heeft gehoord. Verder zal ik doorgaan met de voorbereidingen voor het traceren van uw zoons telefoon en zijn vriend Fedde aan de tand voelen.'

Liza knikte en daarmee was de bespreking ten einde gekomen. Ze stond op en stak Kafes haar hand toe. 'Wellicht overbodig, maar ik hoor het graag als er nieuwe ontwikkelingen zijn.'

'Uiteraard, mevrouw Roozenboom.'

Met tegenzin schudde ze ook Adelphos de hand. Ze wist er zelfs nog een marginaal lachje bij te produceren.

Kafes schoof zijn stoel naar achteren.

'Ik kom er zelf wel uit,' was ze hem voor.

17

De telefoon werd vrijwel meteen opgenomen nadat hij was overgegaan.

'Hoe ging het?' vroeg een mannenstem.

'Niet zo goed. Het is een bijtertje dat zich niet met een kluitje in het riet laat sturen,' was het antwoord.

'Misschien moeten we een handje helpen?'

'Bedoel je wat ik denk dat je bedoelt?'

'Ja. Niets definitiefs, gewoon even flink laten schrikken zonder dat het vragen oproept.'

'Ik dacht al dat je zoiets zou zeggen, dus ik heb het al in gang gezet.'

'Met jou kan ik zakendoen.'

'Altijd tot je dienst, dat weet je.'

'Hou me op de hoogte. Dit moet stoppen. En die andere kwestie? Weet hij iets?'

'Ik betwijfel het. Hij heeft niks losgelaten, maar ik zal hem nog wat verder onder druk zetten.'

'Misschien moet je even bij hem langsgaan?'

'Mijn idee. Staat voor vanavond op de rol.'

'Krijg je hem zo gek, denk je?'

'Moet ik daar echt antwoord op geven?'

Er klonk goedkeurend gelach aan de andere kant van de lijn. 'Dat is het enige antwoord dat ik wilde horen.'

'Ik regel het allemaal. Zoals ik dat altijd doe.'

'We moeten volgende week maar weer eens samen een hapje eten. Op mijn kosten uiteraard. Ook de drank.' Weer gelach.

'Daar zeg ik geen nee tegen. Ik hoor wel wanneer het je schikt. Op de gebruikelijke plek?'

'Ik heb nog geen beter alternatief gevonden. Ook niet actief naar gezocht. Die energie steek ik liever in andere dingen.' Nu lachten beide mannen.

'Ik spreek je snel.'

'Je hoort van me. Waarschijnlijk vanavond laat nog. Fijne dag.'

18

Tranen van frustratie stroomden over Liza's wangen. Ze veegde ze weg en reed op haar scooter de straat uit. Haar helm bungelde aan haar stuur – ze had even frisse lucht nodig om de onvrede over het gesprek dat ze zojuist met Kafes en Adelphos had gevoerd te laten zakken.

Duizend euro lichter en ze was verdomme weer geen steek verder gekomen. Ze geloofde het verhaal van de visser voor geen meter. Het was klinkklare onzin, totaal niet in lijn met Marks karakter. *Of wil je het niet geloven?* zei een kritisch stemmetje in haar hoofd. *Het verhaal dat Adelphos vertelde, zou waar kunnen zijn als je accepteert dat Mark de leeftijd heeft om zijn eigen plan te trekken. Hij denkt echt niet de hele dag aan zijn moeder. Die jongen kreeg gewoon een mooie kans aangeboden en moest in allerijl vertrekken. Je weet hoe dol hij is op zeilen, en als het dan ook nog gratis is... En dan heeft hij ook nog een leuk meisje als gezelschap. Jij had op die leeftijd hetzelfde gedaan. Sterker nog, dat heb je gedaan. Heb jij je ook niet laten meeslepen door vlinders in je buik? Mark is er zelfs uit voortgekomen. Je moet gewoon wat geduld opbrengen. Als je over een week of twee nog niks hebt gehoord, kun je je zorgen gaan maken.*

Een auto toeterde en Liza gaf geschrokken een slinger aan het stuur van haar scooter. Ze was zo in gedachten verzonken dat ze de auto die haar links inhaalde helemaal niet gezien had. Dat was de tweede keer vandaag dat ze zich de woede van een chauffeur op de hals haalde. De auto remde af en bleef naast haar rijden. De bestuurder maakte volop obscene gebaren tegen haar. Wat een gek! Ze nam wat gas terug om de man voorbij te laten, maar hij minderde ook vaart. Shit, hij was duidelijk helemaal over zijn toeren. Ze gaf weer gas bij en keek schichtig om zich heen of ze ergens een stoep op kon schieten om aan de man te ontsnappen. Even verderop was aan de rechterkant een steegje, maar zo te zien was het breed genoeg voor een auto en het had dus weinig zin om af te buigen. Bovendien wilde ze voorkomen dat ze op een afgelegen plek terechtkwam met een man die overduidelijk haar bloed wel kon drinken en niet van plan leek te zijn haar snel met rust te laten.

Ze kneep wat harder in de gashendel, maar de scooter had zijn maximale snelheid al bereikt. Op dat moment zwenkte de auto naar rechts en haar linkerbeen kwam tegen de passagiersdeur aan. De enige manier om overeind te blijven was haar scooter toch het steegje in te sturen. Liza werd steeds banger. Wat moest ze doen om die man weg te krijgen? De auto zat nu vlak achter haar. Ze stuurde helemaal naar rechts en remde plotseling, zodat de auto haar voorbijschoot. Ze gooide haar stuur naar links in een poging om om te draaien. Als ze gebruikmaakte van haar wendbaarheid kon ze misschien de steeg weer uitrijden en vluchten over de openbare weg. De auto van haar belager zou veel meer tijd nodig hebben om de steeg uit te komen. Ze gaf vol gas en met slippende banden spoot de scooter weg. Te laat zag ze de auto die net met een behoorlijke vaart de steeg in kwam rijden. Achter haar klonk de gierende motor van de andere auto die nu vol gas achteruitreed om haar niet te laten ontsnappen. Zowel van voor als van achteren kwam een autobumper op haar af. De chauffeur die zojuist de steeg in was komen rijden, trapte vol zijn rem in. De auto die haar achtervolgde gaf juist gas bij. Er was geen ontsnappen meer aan. Ze zou geplet worden tussen de beide wagens. Liza sperde haar ogen open van angst en toen kwam de klap.

19

De intense pijn in haar hoofd maakte dat ze haar ogen niet wilde openen. Elke beweging van haar oogleden zou weer een nieuwe pijnscheut opleveren. Ze kreunde luidruchtig. De rest van haar lijf voelde al niet veel beter aan dan haar hoofd. Wat was er gebeurd? Ze kon het zich niet herinneren. Waarom voelde ze zich alsof ze door een vrachtwagen was overreden? De pijn in haar ribbenkast bemoeilijkte haar ademhaling. Om haar arm zat iets wat aanvoelde als een band die steeds strakker trok. Er klonk een brommend geluid terwijl het leek alsof haar arm volledig werd afgeknepen. Toen een puffend geluid en de druk op haar arm verdween. Waar was ze in godsnaam? Ze probeerde haar benen te bewegen. Om haar rechterbeen zat iets zwaars en de pijn was hels. Eerlijk gezegd was die aan de hele rechterkant van haar lijf niet te harden. Ergens ging een deur open en voetstappen kwamen dichterbij. Ondanks de enorme druk die ze in haar hoofd voelde, opende ze voorzichtig haar ogen. Het was donker en ze zag niks. De voetstappen bleven naderen en ze probeerde haar hoofd naar het geluid toe te draaien. Er schoot een hevige steek door haar schouder, nek en sleutelbeen. Een felle maar smalle lichtbundel werd op haar gericht.

'Ik dacht al te zien dat u wakker was geworden,' zei een vrouwenstem in gebrekkig Engels.

'Waar... ben... ik?' Liza's stem was niet meer dan een schor gefluister.

'U ligt in het ziekenhuis. U hebt een ongeluk gehad met uw scooter. Neemt u van mij aan dat u veel geluk hebt gehad. U hebt twee gebroken ribben, een gebroken sleutelbeen, wat inwendige kneuzingen en een hersenschudding. Maar u leeft tenminste nog, van de scooter was veel minder over dan van u.'

'Wat... wat is er gebeurd?'

'U bent op straat gevonden. Het vermoeden is dat u een aanrijding met een auto hebt gehad, maar daar wordt nog onderzoek naar gedaan. Er hebben zich tot op heden geen getuigen gemeld. Als u inderdaad bent aangereden door een auto, dan is de chauffeur in elk geval doorgereden.'

'Ongeluk?'

'Ja. Een voorbijganger heeft u gevonden, die heeft een ambulance gebeld. Kunt u zich nog iets herinneren?'

Liza dacht diep na, wat haar hoofdpijn alleen maar erger maakte. Vage vormen werden langzaam scherper, maar het bleef toch grotendeels onduidelijk. 'Ik had een afspraak met iemand en toen ben ik op mijn scooter gestapt. Daarna niets meer.'

'Dat is heel normaal in het geval van een hersenschudding. Maakt u zich maar geen zorgen. Vaak trekt het geheugenverlies na vierentwintig uur of binnen een paar dagen weer bij.'

'Hoe lang ben ik hier al?'

'U bent gisteren rond het middaguur bewusteloos binnengebracht.'

'En hoe laat is het nu?'

'Twee uur 's middags. We hebben u in een donkere kamer gelegd om uw hersenen even volledige rust te geven. Hoe is het met de hoofdpijn?'

'Erg.'

'Als u wilt, kan ik u nog een extra pijnstiller geven.'

'Dat zou fijn zijn.'

'Ik check nog even uw pupilreflexen en wat andere waardes als u het goedvindt.' De verpleegster boog zich over haar heen en voerde de controles uit. Ze knikte goedkeurend toen ze klaar was. 'Dat valt me allemaal niet tegen.'

'Wanneer mag ik het ziekenhuis verlaten?'

'Komt u nou eerst maar eens even rustig bij en dan hebben we het daar later wel over. Eerst eens kijken hoe het wakker zijn u bevalt. De dokter komt straks bij u langs en er is een politieman die u graag wil spreken. Zal ik hem zeggen dat het weinig zin heeft omdat u zich niks herinnert van het ongeluk?'

'Een politieman?'

'Ja, commissaris Nikoloupolos.'

Liza's gezicht betrok. Haar laatste ontmoeting met de man was zeker nog niet uit haar geheugen gewist. 'Waarover wil hij me spreken?'

'Ik neem aan dat het over het ongeluk gaat. Misschien is het goed om met hem te praten? Het kan zijn dat er tijdens dat gesprek dingen naar boven komen.'

'Zou u bij dat gesprek aanwezig kunnen zijn?'

'Als een soort getuige bedoelt u?'

'Zoiets.'

'Oké, ik overleg het nog even met de arts en als die geen bezwaar heeft, dan zal ik meneer Nikoloupolos bellen en zorgen dat ik bij het gesprek aanwezig ben. Kan ik verder nog iets voor u doen?'

'Hebt u misschien wat water voor me? En mag ik wat rechterop zitten?'

'Tandjes op elkaar.'

De verpleegster pakte de afstandsbediening van het bed en liet het hoofdeinde voorzichtig wat omhoogkomen. Tranen van pijn sprongen in Liza's ogen. Het voelde alsof elk botje in haar lichaam gebroken was. Ze ondersteunde met haar linkerarm de rechter- die in een mitella zat en hield haar adem in om haar ribben te ontlasten. De verpleegster schudde de kussens in haar rug op zodat ze iets comfortabeler lag en hield haar een glas water voor. Liza produceerde door de pijn heen een dankbare glimlach en pakte het glas aan met haar ongeschonden linkerhand. Voorzichtig nam ze een paar kleine slokjes en gaf de verpleegster het glas toen terug.

'Ik zet het op uw nachtkastje. Wilt u misschien proberen wat te eten?'

'Nee dank u, ik ben behoorlijk misselijk.'

'Goed. Dan kom ik zo de pijnstiller nog even brengen. Het kan zijn dat u daar wat suf van wordt.' De verpleegster vulde een kan met water en zette hem naast het glas. Daarna verliet ze de kamer.

Liza sloot haar ogen. Op het zoemende en piepende geluid van de bloeddrukmeter na was het muisstil in de kamer. Zorgvuldig probeerde ze stap voor stap de gebeurtenissen van voor het ongeluk terug te halen. Steeds stopte haar herinnering bij het moment dat ze Kafes' kantoor verliet en op haar scooter stapte. Daarna was er alleen maar mist. Ze had dus een ongeluk gehad en de chauffeur die haar had aangereden was doorgereden. Was het haar eigen schuld geweest? Ze kon het zich niet meer herinneren, maar waarschijnlijk was ze diep in gedachten geweest na het gesprek met Kafes en de visser. Het katterige gevoel dat ze na het gesprek had gehad, kon ze zich nog wel voor de geest halen. Een permanent gevoel van onbehagen. Ze moest Kafes laten weten dat ze in het ziekenhuis lag, hij was eigenlijk haar enige contact hier op het eiland. Een rilling liep over haar rug toen ze aan commissaris Nikoloupolos dacht en zijn dreigende woorden nadat ze zijn avances had afgeslagen. Dat hij haar wilde spreken kon niet veel goeds betekenen. Toch hoopte ze tegen beter weten in dat het gesprek uiteindelijk niet meer was dan een formaliteit die volgens de protocollen moest worden afgehandeld.

Een klop op de deur haalde haar uit haar gedachten. De verpleegster kwam binnen met een bakje met daarin de pijnstiller. Ze gaf Liza eerst de pil aan en daarna het glas water. Liza trok een vies gezicht toen de bittere chemische smaak doordrong tot haar smaakpapillen. Vlug slikte ze de pil door en gaf het glas water terug.

'Ik heb net even contact gehad met commissaris Nikoloupolos. Hij was in de buurt en komt zo meteen bij u langs. Als u zich daar goed genoeg voor voelt tenminste. Ik moest u van de arts op het hart drukken dat u niets moet forceren.' De verpleegster keek haar doordringend aan. 'Zal ik hem afbellen en vragen of hij morgen komt?'

'Nee, laat hem maar komen, dan heb ik het maar gehad.'

'Akkoord.' De verpleegster draaide zich om en maakte aanstalten om haar kamer weer te verlaten.

'Mijn spullen. Weet u wat er met mijn tas is gebeurd?'

'Die ligt in uw nachtkastje. Moet ik hem voor u pakken?'

'Graag. Ik wil controleren of alles er nog in zit en mijn telefoon pakken zodat ik mijn familie kan bellen.'

De verpleegster liep terug en pakte haar tas.

'Legt u hem maar op mijn bed neer.'

De verpleegster deed wat ze vroeg en verliet toen de kamer, en Liza deed een greep naar haar tas. Na veel vijven en zessen lukte het haar uiteindelijk om hem open te ritsen. Al haar bezittingen zaten er nog in – telefoon, paspoort, bankpasjes – maar het geld dat ze gisterenochtend had gepind, was verdwenen. Iemand moest haar beroofd hebben toen ze bewusteloos op straat lag. Ze slaakte een diepe zucht, waardoor er meteen weer een pijnscheut door haar lichaam trok. Aangereden en beroofd, hoeveel pech kun je hebben. Maar op hetzelfde moment drong tot haar door dat dit allemaal verbleekte bij dat ene probleem dat zoveel maal erger was, de reden dat ze überhaupt was afgereisd naar Griekenland, want waar was Mark? Wat was er met hem gebeurd? Ze wist maar geen antwoorden op haar vragen te krijgen. Iemand moest toch iets weten? Iemand moest haar toch kunnen helpen? Ze raakte er enorm gefrustreerd door en ze was boos op iedereen die haar niet kon of wilde helpen. Maar onder al die woede roerde zich nog een andere emotie, iets wat ze maar niet aan zichzelf wilde toegeven. Ze was bang.

Liza was weggedommeld in een aangename roes door de pijnstiller toen er op haar deur werd geklopt. Met moeite opende ze haar ogen en wist ze er een zwak 'ja' uit te persen. Nikoloupolos kwam haar kamer binnenlopen, geflankeerd door Kafes. Ze had de privédetective een bericht gestuurd en hij was gelukkig meteen gekomen, waardoor de aanwezigheid van de verpleegster bij haar verhoor niet meer noodzakelijk was.

'Mevrouw Roozenboom,' begon Nikoloupolos in zijn gebrekkige Engels. 'Uw tijd op Corfu heeft u duidelijk geen goed gedaan.'

‘Wat bedoelt u daarmee?’

‘Nou, zoals u erbij ligt. De vorige keer dat wij elkaar ontmoetten, zag u er een stuk florissanter uit.’ Hij produceerde een hinnikend lachje dat Liza de kriebels bezorgde. Kafes keek haar vragend aan en ze bedacht dat ze hem later zou moeten bijpraten.

‘Dank u wel voor deze opbeurende woorden, commissaris Nikoloupolos, maar het is niet alsof ik erom gevraagd heb te worden aangereden.’

‘Nou, dat moeten we allemaal maar eens rustig bekijken, nietwaar?’

‘Pardon? Wat wilt u daarmee zeggen?’

Nikoloupolos pakte een stoel en sleepte hem naar het bed. De stoel kreunde vervaarlijk toen hij zijn logge lijf erop liet zakken. Kafes bleef staan.

‘Kijk, mevrouw Roozenboom, dit is hoe het zit. Vanochtend heeft zich een getuige gemeld die het ongeluk van dichtbij heeft gezien. Hij heeft verklaard dat u niet op zat te letten en met uw brommer recht op een tegemoetkomende auto afreed. Gezien het smalle steegje waar u zich in bevond, was het onmogelijk voor de bestuurder van de auto om uit te wijken. Een botsing was onvermijdelijk en volgens die getuige hebt u dit alles...’ Nikoloupolos maakte een weids gebaar met zijn arm, ‘... over uzelf afgeroepen. Wat hebt u daar zelf op te zeggen?’

Liza was helemaal overdonderd door deze nieuwe informatie. Had ze het ongeluk zelf veroorzaakt? Was ze zo afgeleid geweest door het gesprek met Kafes, dat ze niet had zitten opletten?

‘U bent nogal stil.’

‘Ik kan me niks meer herinneren. Ik heb geheugenverlies opgelopen door de klap tegen mijn hoofd. De artsen verwachten dat het over een paar dagen wel bijtrekt, maar op dit moment is er alleen mist in mijn hoofd.’ Ze keek Kafes aan. ‘Ik kan me nog herinneren dat ik bij u wegreed en dat ik niet blij was met het gesprek dat we hadden gevoerd, en vanaf dat moment weet ik niks meer. Ineens werd ik wakker in deze ziekenhuiskamer met het gevoel alsof ik door een vrachtwagen was overreden.’

'Het was een auto,' zei Nikoloupolos.
'Wat?'
'Het was geen vrachtwagen, het was een auto.'
'Ja, dat weet ik, het was gewoon een... laat ook maar zitten.'
'Dat zal ik doen, maar wat ik niet laat zitten is de getuigenverklaring. Tenzij het tegendeel wordt bewezen, zult u verantwoordelijk worden gehouden voor het veroorzaken van een ongeluk door roekeloos rijgedrag. Daar staat een zware straf op.'
'Hè?! Wat?! Wat bedoelt u?'
'Uw huidige conditie laat nog niet toe dat u verhoord wordt, maar zodra dat mogelijk is, zult u zich moeten verantwoorden.' Nikoloupolos keek haar met samengeknepen ogen aan. 'Bij mij.'
Liza kon de haat die uit zijn ogen sprak bijna letterlijk voelen. Haar hartslag steeg en het was alsof iemand haar hoofd met een moker bewerkte. Ze kreeg kippenvel over haar hele lichaam. De woorden van de politieman joegen haar de stuipen op het lijf en hulpeloos keek ze naar Kafes, in de hoop bij hem wat steun te vinden. 'Maar, maar dat kan toch niet zomaar? Ik kan me helemaal niks herinneren. Wie zegt dat die getuige de waarheid spreekt?'
'Waarom zou hij dat niet doen?'
'Hoe moet ik dat weten?'
'Zijn verhaal is het enige bewijs dat we op dit moment hebben, dus daar zal ik op afgaan.'
'Maar wie is die getuige dan?'
'Daar kan ik niets over zeggen.'
'Waarom niet? Ik wil hem spreken.'
Nikoloupolos schudde beslist zijn hoofd. 'Dat kan ik niet toestaan.'
'Maar wat bent u dan met me van plan?'
Het gezicht van de politieman klaarde helemaal op, maar hij zei niks. Hij keek haar alleen indringend aan.
'Wat bent u met mij van plan?' vroeg Liza opnieuw.
Hij boog zich voorover totdat zijn gezicht vlak bij het hare was. Toen fluisterde hij: 'Zodra u hier weg kunt, kom ik u halen zodat

u een paar dagen bij ons kunt logeren. Dat werkt vast goed voor het terugkrijgen van uw geheugen.'

'Ik moet de cel in?' Liza's stem haperde.

Nikoloupolos' lippen vormden zich tot een glimlach, maar zijn ogen waren kil als van een roofdier dat op het punt staat zijn prooi te bespringen. Op dat moment besefte Liza dat ze in haar cel niet veilig voor deze man zou zijn. Een siddering trok door haar lichaam. Toen richtte ze zich tot Kafes.

'Dit kan toch niet zomaar? Zegt u er eens iets van!'

Kafes leek zich heel erg ongemakkelijk te voelen bij de situatie. 'Commissaris Nikoloupolos is de autoriteit hier. Ik vrees dat hij volledig in zijn recht staat.'

'Dit is echt belachelijk! Ik wil een advocaat.'

'Dat is u toegestaan,' zei Nikoloupolos. Zijn pafferige gezicht glom helemaal. 'Of het veel helpt, is maar de vraag, maar u bent vrij om de gok te wagen.'

Kafes keek haar vol medelijden aan en haalde in een gebaar van onmacht zijn schouders op. Liza's hoofd klapte bijna uit elkaar van de pijn en zwarte vlekken dansten voor haar ogen. Toen vloog de deur van haar kamer open en de verpleegster die al eerder aan haar bed had gestaan, kwam binnengestormd. Eén blik op Liza was voldoende om haar in woede te doen ontsteken.

'Wat denk u dat u aan het doen bent?' zei ze boos tegen Nikoloupolos. 'Mevrouw is nog veel te zwak. Moet u haar hartslag en bloeddruk eens zien!'

'Mevrouw,' zei Nikoloupolos op hooghartige toon. 'Wilt u zich alstublieft niet met politiezaken bemoeien?'

'Als u zich niet met medische zaken bemoeit,' bitste ze terug. 'Dit is zeer slecht voor het herstel van haar geheugen. Waarschijnlijk gaat het nu alleen maar langer duren voordat ze zich weer iets herinnert. Ik eis dat u nu onmiddellijk vertrekt en anders haal ik de dokter erbij.'

Nikoloupolos stond tergend langzaam op, de verpleegster negerend. Hij keek Liza dreigend aan. 'U komt er niet mee weg. Ik heb uw paspoort ingenomen en laat u meteen naar het

bureau brengen zodra u wordt ontslagen uit het ziekenhuis.'
'Maar dat kan toch zomaar niet?'
'Het is al gebeurd.'
'Ik heb helemaal niets misdaan,' zei Liza wanhopig. 'U probeert me met valse argumenten naar het bureau toe te krijgen zodat u vrij spel hebt.'
De verpleegster ging met haar handen in haar zij dreigend voor Nikoloupolos staan. 'Laat mijn patiënte met rust. Laatste kans om uit uzelf te vertrekken en anders laat ik u verwijderen door de bewaking. Buiten dit ziekenhuis bent u misschien een hele pief, maar binnen deze muren zijn mijn collega's en ik de baas.'
Met duidelijke tegenzin liep Nikoloupolos naar de deur en verliet de kamer. Kafes bleef echter achter en de verpleegster keek hem met opgetrokken wenkbrauwen aan.
'Eén minuutje?' vroeg hij.
'Het is oké,' zei Liza, 'hij werkt voor me.'
De vrouw knikte kort en stak haar wijsvinger op. 'Eén minuut, geen seconde meer.' Toen verliet ook zij de kamer.
Kafes liep naar het bed waar Liza in lag en boog zich over haar heen. Ze rook de geur van oude koffie en sigaren. 'Ik weet niet wat er tussen u en Nikoloupolos is voorgevallen,' zei hij op zachte toon, 'maar hij heeft overduidelijk een grote hekel aan u. Bel deze advocaat en dan komt het goed.' Hij duwde haar een visitekaartje in haar hand. 'En mondje dicht tegen Nikoloupolos. Hij houdt er niet van als mensen hem tegenwerken en ik moet nog vaker met hem dealen.'
Liza keek hem dankbaar aan. Ze begreep waar hij op doelde. 'Ik heb aan den lijve ondervonden dat hij niet graag wordt gedwarsboomd.'
'Wat bedoelt u?'
Ze vertelde hem wat er op het politiebureau was voorgevallen en Kafes keek haar geschokt aan. 'Nikoloupolos heeft inderdaad nogal een reputatie op het gebied van vrouwen. Hij is een machtig man hier, weet u, en de meeste vrouwen durven daarom geen

nee tegen hem te zeggen. Dat u dat wel hebt gedaan, is iets wat hem duidelijk niet zint. Met dit alles als resultaat.'

'Wilt u daarmee zeggen dat het mijn eigen schuld is?'

'Nee, natuurlijk niet, maar er zijn nou eenmaal ongeschreven wetten en regels. Eén daarvan is dat je Nikoloupolos niet tegenspreekt en hem zijn gang laat gaan.'

'Maar dat is corruptie! Dat kan toch niet zomaar?'

'Ik vrees van wel. Zo gaat dat hier.'

'Dat betekent dus dat ik vogelvrij ben zolang ik op Corfu ben?'

'Belt u alstublieft die advocaat. Ik zeg u gewoon wat ik weet, en dat is dat u een grote fout hebt begaan door tegen Nikoloupolos in te gaan. Maak hem niet bozer dan hij al is. Hij heeft niet alleen het uiterlijk van een olifant, maar ook het geheugen.'

Liza slaakte een diepe zucht. 'In wat voor nachtmerrie ben ik toch terechtgekomen?'

'Het komt wel goed. Herstelt u maar rustig en maak u vooral niet te druk. Laat dat maar over aan mensen die daar hun beroep van hebben gemaakt.' Hij wees nogmaals op het visitekaartje in haar hand. 'Ik ga ondertussen verder met mijn onderzoek, zoals we dat hebben afgesproken. Ik heb al contact gehad met de vrouw van Abderus. Hij heeft nog niks van zich laten horen, maar zodra ze hem spreekt, zal ze zeggen dat Mark contact met u moet opnemen.'

Liza keek Kafes aan en zag dat hij haar bemoedigend toeknikte. Zou hij gelijk hebben? Zou het nog goed komen?

Onhandig klopte hij op de hand waar ze het visitekaartje krampachtig mee vasthield. 'Ik ga maar gauw voordat Nikoloupolos argwaan krijgt of die boze dame me komt kielhalen. We houden contact.' Hij zwaaide naar haar en liep snel de kamer uit.

Liza keek het kleine, kromme mannetje met de gleufhoed na. Zojuist had hij zich voor het eerst echt een medestander getoond. Eindelijk had ze het gevoel dat ze er goed aan had gedaan om hem in te schakelen, ook al had ze zijn naam doorgekregen van de man die zich als haar grootste vijand had ontpopt.

20

Liza keek nerveus naar de man die naast haar bed zat en zichzelf zojuist had voorgesteld als Galipette Chabrou. De advocaat van Kafes zag er niet bepaald uit als een rechtsgeleerde. Eerder als een veel te bruine toerist met overgewicht. Zijn naam en uiterlijk deden vermoeden dat hij een geëmigreerde Fransman was. Zijn gekreukelde linnen jasje zat strakgespannen om zijn buik. De eveneens linnen broek, in dezelfde crèmekleur als het jasje, kon ook wel een strijkbout gebruiken. Liza wist niet zo goed wat ze van de man moest denken, maar op dit moment was hij haar enige verdediging tegen Nikoloupolos, die elke dag kwam polsen of hij haar al mee mocht nemen naar het bureau. Het ziekenhuispersoneel had hem tot nu toe resoluut weggestuurd, maar er zou een dag komen dat ze dat niet langer konden doen.

Haar herinneringen aan het ongeluk waren nog steeds niet teruggekomen. De artsen weten het aan de stress die Nikoloupolos bij haar opriep en aan de zorgen om Mark, van wie ze nog steeds geen levensteken had ontvangen. In alle rust herstellen was de enige manier om de hiaten in haar geheugen weer op te kunnen vullen. De pijn in haar hoofd en de rest van haar lijf was door de pijnstillers redelijk vol te houden, maar de dreiging die continu van Nikoloupolos uitging, maakte haar gek. Aan de man naast haar bed de schone taak om de inspecteur een toontje lager te laten zingen.

'Mevrouw Roozenboom, wat kan ik voor u doen?' vroeg hij in onberispelijk Engels.

'Eh, dat weet ik eigenlijk niet zo goed. Ik heb uw kaartje gekregen van Stavros Kafes, die zei dat u me kon helpen.'

'Vertelt u me dan eerst maar eens hoe u hier terecht bent gekomen.'

Sinds ze in het ziekenhuis lag, had Liza alle tijd gehad om alles op een rijtje te zetten en dus was ze nu in staat om in korte tijd een heldere samenvatting te geven van de gebeurtenissen van de afgelopen dagen. De advocaat luisterde aandachtig en onderbrak haar slechts af en toe om iets opgehelderd te krijgen. Toen ze haar verhaal helemaal had gedaan, zakte ze uitgeput terug in haar kussen, terwijl Chabrou achterover in zijn stoel leunde en nadenkend voor zich uit staarde.

'En, denkt u dat u mij kunt helpen?'

Chabrou's gezicht ontspande zich weer. 'Ik begrijp uw probleem meer dan goed.'

'Hoe gaan we mijn probleem oplossen dan?'

'Daar zitten wel wat haken en ogen aan, vrees ik. Het probleem is dat commissaris Nikoloupolos hier op het eiland een machtig man is. Er is sec gezien niemand die hem terugfluit als hij zijn boekje te buiten gaat. In die zin kan hij dus zijn gang gaan en eerlijk gezegd doet hij dat ook. Hij staat en leeft als het ware boven de wet.'

'Zoiets zei Kafes ook al. Maar dat kan toch zomaar niet?'

'Officieel niet, maar in de praktijk...'

'... ben ik volledig aan hem overgeleverd.'

'Niet helemaal. Ik heb vaker met Nikoloupolos te maken gehad en met de juiste aanmoediging kan hij best redelijk zijn.'

'Wat bedoelt u met "de juiste aanmoediging"?'

Chabrou maakte een geldgebaar met zijn vingers. Liza's ogen werden groter. 'Dat meent u niet.'

'Jazeker wel. Als u ongeschonden van dit eiland wilt komen, dan moeten we ervoor zorgen dat het humeur van Nikoloupolos aanzienlijk verbetert. Dat kan maar op één manier, aangezien u niet bereid bent op zijn avances in te gaan.'

'Ik geloof gewoon niet dat ik dit gesprek met u voer.'

'Dat kunt u beter wel doen. Luister, u bent een "onbeduidende toerist", terwijl Nikoloupolos hier al sinds mensenheugenis de scepter zwaait. Wie heeft meer invloed, denkt u? Naar wie wordt beter geluisterd?'

'Ja, uw punt is helder, maar ik heb hier grote moeite mee. Het komt er dus op neer dat ik mijn vrijheid moet kopen en dat u als bemiddelaar optreedt?'

'Zo zou je het kunnen zeggen, ja. Ik zou willen dat het anders was. Als ik u was, zou ik mijn advies opvolgen en meewerken. Ik heb van Kafes begrepen dat u met een reden naar het eiland bent gekomen. Het zou toch fijn zijn als uw zoon hier over een paar weken zonder problemen terug kan keren na zijn boottrip en dat u in de toekomst met een schone lei het eiland kunt bezoeken?'

'En wat betekent dit concreet?'

'Dat u me tweeduizend euro geeft...'

'Tweeduizend?!'

'... om het humeur van Nikoloupolos te verbeteren,' ging Chabrou onverstoorbaar verder, 'in de hoop dat hij u daarna met rust laat.'

'O, dat is nog niet eens zeker?'

'Niets in het leven is zeker, mevrouw Roozenboom.'

'En wat dan als u Nikoloupolos niet op andere gedachten kunt brengen? Krijg ik dan mijn geld terug?'

'Dat geld bent u hoe dan ook kwijt. Het is kiezen of delen. Maar ik wil wel met u afspreken dat ik van mijn honorarium afzie als ik niks voor elkaar weet te krijgen bij Nikoloupolos. Of weet u wat, u hoeft me sowieso helemaal niets te betalen.'

'Waar komt deze robinhoodhouding ineens vandaan?'

'Ik begrijp dat u wat cynisch wordt van dit alles, mevrouw Roozenboom, maar ik meen wat ik zeg. Laten we het erop houden dat ik met u te doen heb. U hebt fysiek en emotioneel al genoeg te verduren. Zie het maar als een teken van goede wil en een stil protest tegen de onorthodoxe gang van zaken op dit eiland. Ik ben niet in staat om echt een vuist te maken tegen Nikoloupolos, want ik ben te veel gehecht geraakt aan dit eiland. Ik moet er niet aan denken dat ik na al die jaren zou moeten terugkeren naar Frankrijk.'

'We zitten dus allebei in een impasse?'

Chabrou knikte. 'Denkt u maar rustig na over mijn voorstel en laat me dan weten wat u wilt doen.'

'Dat is niet nodig, wat heb ik voor keus? Ik zal u moeten vertrouwen. Geeft u me uw bankrekeningnummer maar, dan maak ik de tweeduizend euro over.'

'Ik moet het contant hebben. Er mag geen enkel zichtbaar spoor naar mij of Nikoloupolos leiden.'

'Contant? Hoe moet ik dat nou weer voor elkaar krijgen?'

'Dat moet u zelf regelen, maar ik adviseer u alleen niet te lang te wachten. Ik hoor van u.'

Chabrou stond op en stak zijn hand uit, en Liza schudde hem voorzichtig. Toen verliet de advocaat zonder nog iets te zeggen de kamer.

21

Gek werd ze ervan, het niksdoen. Ze kon alleen maar afwachten. Afwachten totdat Chabrou iets van zich zou laten horen. Ze wachtte al drie dagen op een bericht van hem. Afwachten ook tot ze genoeg hersteld was om dit verdomde eiland te verlaten. En niemand die haar iets kon of wilde vertellen. Ook vandaag weer was Kafes de grote afwezige. Liza had nog helemaal niks van hem gehoord sinds hij achter Nikoloupolos aan haar ziekenhuiskamer uit was gelopen. Het zou nu toch niet lang meer moeten duren voordat er contact met die Abderus gezocht kon worden.

Ze pakte haar telefoon en zocht het nummer van haar ouders op. Sinds ze in Griekenland was, had ze alleen sms-contact met hen gehad. De afgelopen dagen had ze een paar keer op het punt gestaan om haar moeder te bellen, maar het uiteindelijk niet gedaan. Ze wilde niet dat haar ouders zich zorgen over haar maakten, dat hadden ze in het verleden al vaak genoeg moeten doen, en daarom had ze hun ook nog niet verteld over het ongeluk. Maar ze zou hun nu toch de waarheid moeten vertellen. Als het Chabrou lukte om Nikoloupolos om te kopen, zou ze weleens heel snel op een vliegtuig naar Nederland kunnen worden gezet. Daar aangekomen zou ze zich, gezien haar verwondingen, in elk geval de eerste week nog niet in haar eentje kunnen redden, en dus moest ze voor hulp aankloppen bij haar ouders.

Om het telefoongesprek met haar moeder nog even uit te stellen, besloot ze eerst haar mail te checken. Ze logde in op haar account en wachtte even voordat alle nieuwe berichten waren binnengehaald. En toen zag ze een bericht op het scherm verschijnen dat haar hart bijna deed stilstaan. Tussen een reclamemailtje van Achmea en de wekelijkse nieuwsbrief met 'De Bestseller 60' stond zijn naam.

Mark Roozenboom.

Het onderwerp van het bericht was: 'Alles goed!'

Mark was in leven en hij maakte het goed! Met een brok in haar keel en onvaste handen opende ze het bericht. Ze vrat de letters, verslond de zinnen. De tranen stroomden over haar wangen terwijl ze het bericht keer op keer las.

Van: Mark Roozenboom <markiemark@gmail.com>
Aan: Liza Roozenboom

Onderwerp: Alles goed!

Lieve mam,
Allereerst sorry, sorry, sorry dat ik niks meer van me heb laten horen. Je moet wel gedacht hebben dat ik van de aardbodem was verdwenen. Nou, dat niet helemaal, maar wel tijdelijk van vaste wal. Ik heb een fantastisch meisje ontmoet en daardoor ben ik de wereld om me heen helemaal uit het oog verloren. Ze heet Thera en ik weet zeker dat jij haar net zo te gek vindt als ik. We waren eerst van plan om te gaan backpacken, maar zijn uiteindelijk als een kip zonder kop samen op een zeilboot naar Antalya gesprongen. De kans deed zich ineens voor om gratis en voor niks de boot van een visser naar Turkije te varen. Hij had twee boten die voor onderhoud daarheen moesten en zocht iemand om aan het roer van zijn andere boot te staan. Ken je dat gevoel, dat je een kans krijgt die je gewoon niet kunt weigeren? Ik moest dit doen. Voor één keer spontaan mijn hart volgen zonder na te denken over de consequenties. Weet je, het voelde als een bevrijding om eens niet volgens het boekje en verantwoord te handelen. In de hectiek van het afvaren is het er alleen niet meer van gekomen om contact met jou te zoeken. Mijn telefoon is gestolen en ik ben alle nummers uit mijn adresboek kwijt. Ontzettend balen, want ik ken er werkelijk niet één uit mijn hoofd. Er was niet genoeg tijd om nog een

internetcafé in te duiken en Thera heeft geen internet op haar telefoon omdat ze dat niet kan betalen. Ik had Fedde gevraagd om je te laten weten dat ik voorlopig nog niet thuiskom, maar ik weet niet zeker of hij dat gedaan heeft. Hij is boos naar Nederland vertrokken. Hij was jaloers op wat Thera en ik hebben. Sindsdien heb ik geen contact meer met hem gehad. Ik weet niet eens of hij goed in Nederland is aangekomen.

Thera en ik blijven ongeveer twee weken in Antalya en omgeving en varen dan de boot van de visser weer terug naar Corfu. Het zal dus nog wel zeker zes weken duren voordat ik weer voet op Griekse bodem zet. Daarna zien we wel verder waar we naartoe gaan. Maar dan weet je dat je je geen zorgen hoeft te maken. Nogmaals sorry, sorry, sorry dat ik niet eerder van me heb laten horen.

Love you!

Mark xxx

Verstuurd vanaf mijn iPhone

Bij het bericht zat een foto van een zongebruinde, stralende Mark. Het blonde meisje van wie Liza tot nu toe alleen een pluk haar en een arm had gezien, hing om zijn nek. Thera keek al net zo blij als haar zoon. Met haar vinger streelde Liza over Marks gezicht. Het gezicht van haar zoon. Ze had gedacht dat ze hem voorgoed kwijt was, maar aan alle onzekerheid was ineens een eind gekomen. Kafes en de visser hadden de waarheid gesproken over de zeiltocht naar Antalya. Mark leefde nog en het ging goed met hem.

22

'Dus wat u betreft hoef ik niet langer in het ziekenhuis te blijven?'

Liza keek de arts die bij haar bed stond aan met een blik die het midden hield tussen hoop en vrees. Hoop omdat ze blij was dat ze voldoende was hersteld. Vrees omdat ze nog niets van Chabrou had gehoord en niet wist of ze zou worden opgepakt door de politie zodra ze een voet buiten dit gebouw zette.

'Ik zie inderdaad geen reden waarom u niet buiten de muren van dit ziekenhuis verder kunt herstellen. We zijn heel tevreden over de vooruitgang die u in de afgelopen week al hebt geboekt.'

'Betekent dat ook dat ik weer mag vliegen?'

De arts keek even bedenkelijk. 'Ik zou u willen adviseren daar nog een week of twee mee te wachten, maar ik snap dat u terug wilt naar Nederland om in uw eigen huis weer op krachten te komen.'

'Dus u verbiedt het me niet om te vliegen?'

'Nee, dat niet. Hoe is het met de vermoeidheid en de concentratie?'

'Ik ben nog snel moe en mijn concentratievermogen is nog niet op het oude niveau, maar in vergelijking met de dag dat ik in dit ziekenhuis wakker werd, is het al een heel stuk verbeterd.'

'Hoofdpijn?'

'Te doen, met de hulp van pijnstillers.'

'Alleen dat geheugen wil nog niet erg, hè?'

'Nee. Ik kan me nog steeds niets van het ongeluk herinneren.'

'Ik ben ervan overtuigd dat uw geheugen snel zal terugkeren als u thuis bent in uw eigen vertrouwde omgeving. Hebt u al concrete plannen voor een terugvlucht naar Nederland?'

'Zodra er een vlucht beschikbaar is.'

De arts knikte begrijpend. 'Goed, goed. Dan kunt u misschien het best hier in het ziekenhuis blijven tot uw vertrek.'

Liza keek hem verrast aan. 'Eh... dat zou echt heel erg fijn zijn. Weet u het zeker?'

Hij keek haar even zwijgend aan en leunde toen voorover, zodat zijn gezicht vlak bij het hare was. Hij fluisterde, zodat de rest van het gezelschap hem niet kon verstaan. 'Ik begrijp dat er mogelijk problemen voor u ontstaan zodra u ontslagen wordt. Dat zijn zaken waar ik niet aan wens mee te werken. Niet alle eilandbewoners zitten zo in elkaar. U bent hier veilig.'

De tranen sprongen haar in de ogen. Haar arts had tot op dit moment geen enkele keer laten merken dat hij wist van Nikoloupolos' praktijken, maar nu het water haar aan de lippen stond, had hij met deze stille daad van verzet zijn ware gezicht laten zien. Ze mocht nog even in het ziekenhuis blijven. Ze zou uit de grijpgrage klauwen van de corrupte politiecommissaris blijven.

De arts gaf haar een hand en verliet toen met zijn gevolg haar kamer. Zodra de deur gesloten was, pakte ze haar telefoon en belde Chabrou om hem het goede nieuws te vertellen.

'Ik loop net het ziekenhuis binnen,' hoorde ze de advocaat zeggen. 'Over een paar minuten ben ik bij u.'

Hij wachtte haar reactie niet af en hing op. Dat gaf haar mooi de tijd om Kafes nog even een berichtje te sturen. Ze had hem nog niet kunnen laten weten dat Mark weer boven water was. De privédetective belde haar meteen terug.

'Wat een goed nieuws!' brulde hij enthousiast in haar oor. Ze kromp ineen door zijn harde stem. Op de achtergrond klonk een hoop rumoer.

'Kunt u iets zachter praten?' vroeg ze hem.

'Wacht, ik loop even naar buiten.'

Liza hield de telefoon een eind bij haar gezicht vandaan en begroette Chabrou, die net de kamer kwam binnengelopen. 'Ik heb Stavros Kafes even aan de lijn. Een minuutje alstublieft.'

De advocaat stak zijn hand op terwijl hij een stoel pakte en naast haar bed ging zitten. De stem van Kafes klonk weer door de hoorn en Liza bracht het toestel snel naar haar oor.

'Sorry, ik verstond u niet. Kunt u het nog een keer herhalen?'

Het achtergrondrumoer was verdwenen en Kafes antwoordde met beduidend zachtere stem. 'U was me voor met uw sms. Ik had zelf inmiddels ook een belletje gekregen van de vrouw van Abderus dat haar man en zijn reisgenoten goed in Antalya waren aangekomen. Ze had hem op het hart gedrukt om Mark contact met u te laten opnemen. Dat heeft hij dus blijkbaar meteen gedaan.'

'Ja, gelukkig wel.'

'Dan loopt het toch nog allemaal met een sisser af.'

'Nou, dat is nog even de vraag. Meester Chabrou is net mijn kamer binnen gekomen. Hij heeft een gesprek met Nikoloupolos gehad en ik hoop dat hij me komt vertellen dat ik het eiland mag verlaten.'

'U bent dus van plan naar Nederland terug te keren?'

'Ja. Er is geen noodzaak meer voor mij om hier te blijven nu het nog een aantal weken duurt voordat Mark weer voet op Corfu zet. Het is beter voor mijn herstel als ik in mijn eigen vertrouwde omgeving ben.'

'Is uw geheugen al hersteld?'

'Nee, helaas nog niet, maar de artsen verwachten dat dat ook pas gebeurt als ik thuis ben, in een stressvrije omgeving.'

'Stuurt u mij een bericht als u klaar bent met Chabrou, dan kom ik nog even bij u langs om wat zaken af te ronden. Ik neem aan dat u niet langer van mijn diensten gebruik wilt maken.'

'Dat is inderdaad niet meer nodig. Ik laat het u weten zodra meester Chabrou weg is.'

Liza groette Kafes en hing op. Chabrou was intussen naar het raam gelopen en staarde naar buiten. Hij draaide zich naar haar om, maar zei nog niks.

'Ik hoop dat u hier bent gekomen met goed nieuws.'

Chabrou bleef even stil, alsof hij niet goed wist wat hij wilde of moest zeggen. Toen schraapte hij zijn keel. 'Ik heb inderdaad nieuws. Of het goed is, moet u zelf maar bepalen.' Hij deed een greep in de binnenzak van zijn jas en legde haar paspoort op haar bed.

'Wat bedoelt u daarmee?' Liza's stem sloeg over.

'Ik heb een deal kunnen sluiten met Nikoloupolos, maar alleen onder zijn voorwaarden. Hij laat u verder met rust als u het eiland per ommegaande verlaat en niet meer terugkeert. Wanneer u zich niet aan deze voorwaarde houdt, zal het heel onaangenaam voor u worden.'

Liza liet de woorden even op zich inwerken. 'Betekent dat dat ik nóóit meer mag terugkeren?'

'In elk geval niet zolang Nikoloupolos in deze machtige positie verkeert.'

'Hij heeft me verteld dat hij volgend jaar met pensioen gaat, dus dat zou betekenen dat ik een jaar lang geen voet op Corfu kan zetten.'

'Ik denk dat u dat zo wel kunt stellen. Hoewel ik het ook niet onwaarschijnlijk acht dat Nikoloupolos een manier verzint om langer door te kunnen werken. Hij is zo gewend aan het geld en de macht dat ik me afvraag of hij wel zonder kan. Daarom lijkt het me zaak om u hier zo snel mogelijk weg te krijgen, en ik ben dan ook zo vrij geweest om een vlucht naar Amsterdam voor u te boeken, morgenochtend om negen uur. Ik hoop dat u dat niet erg vindt.'

Liza keek de advocaat aan. Over minder dan 24 uur zou ze in veiligheid zijn. Mark was terecht. De nachtmerrie was bijna voorbij. 'Nee,' zei ze toen, 'dat vind ik helemaal niet erg.'

23

De auto stond voor de ingang van het ziekenhuis te wachten. Ondanks het vroege tijdstip was het buiten al licht. Op aanraden van de artsen droeg Liza een zonnebril om haar gekwetste hersenen zo min mogelijk lichtprikkels te geven. Haar ontslagpapieren waren ondertekend en er was al contact geweest met haar zorgverzekeraar over de facturen. Haar ouders zouden haar op Schiphol opwachten. De eerste dagen zou ze in elk geval bij hen verblijven.

Ze had de afgelopen nacht nauwelijks geslapen. De vraag waarom Fedde haar niets had verteld over de zeiltocht van Mark en Thera naar Antalya bleef maar in haar hoofd rondspoken. Was hij echt zo kinderachtig dat er hij uit boosheid en jaloezie niets over had verteld? Hij had toch gezien hoeveel zorgen ze zich maakte over Mark? Deed hem dat dan helemaal niets? Ze had een paar keer geprobeerd hem te bellen om hem uitleg te vragen, maar natuurlijk nam hij zijn telefoon niet op. Uiteindelijk had ze het opgegeven. Wat had het ook voor zin, Mark was terecht en dat was het belangrijkst.

'Wilt u uw handtas voorin hebben?' Kafes stak zijn hoofd naar binnen.

'Ja graag.' Liza pakte de tas van hem aan en wachtte tot hij de rest van haar bagage in de kofferbak had getild. Het was hem gisteren toch niet meer gelukt om langs te komen, omdat hij een 'spoedje' tussendoor had gekregen. Hij had aangeboden om haar vanochtend voor dag en dauw op te halen uit het ziekenhuis en haar naar de luchthaven te brengen, zodat ze in de auto nog even konden bijpraten. Kafes maakte ondanks het vroege tijdstip alweer een fitte indruk en Liza vroeg zich af of de man ooit sliep. Bij het instappen stootte zijn gleufhoed tegen de rand van het dak en viel op de grond. Kafes raapte hem fluitend op, klopte de vuiligheid eraf en gooide hem op de achterbank.

'Bent u er klaar voor?'

'Meer dan. Ik kan niet wachten tot ik weer thuis ben.'

'Dat begrijp ik. Gelukkig kunt u met een gerust hart vertrekken nu u weet waar Mark is.'

'Ik wil u nog bedanken voor het aandragen van Chabrou. Hij heeft het toch voor elkaar gekregen om Nikoloupolos over te halen om me te laten vertrekken. Het kostte wat, maar dan heb je ook wat.'

'Reken maar dat het u veel duurder was komen te staan als u dat geld niet betaald had.'

'Dat realiseer ik me terdege.'

'Ik zei toch dat alles goed zou komen als Chabrou zich ermee zou bemoeien?'

Liza glimlachte naar hem en keek daarna uit het raam. Ondanks de nare ervaringen die ze hier had gehad, kon ze de schoonheid van Corfu nog steeds zien. Het was een prachtig groen eiland met zijn olijfbomen, cipressen en rotsformaties. Ze nam zich voor om over een jaar of twee nog eens terug te gaan, misschien wel samen met Mark. Tegen die tijd had Nikoloupolos zijn machtsspelletjes hopelijk ingeruild voor kaartspelletjes en een grote fles ouzo.

'Ik heb nog een goed nieuwtje voor u,' onderbrak Kafes haar gedachten.

Ze keek hem vragend aan.

'Ik wil u de helft van het voorschot terugbetalen. Ik weet dat u flink in de buidel hebt moeten tasten voor Nikoloupolos en omdat Mark nu terecht is, heb ik niet alle verwachte onkosten hoeven te maken.'

'Wat aardig en correct van u!' zei Liza verrast.

'Ik hoop dat u beseft dat niet alle mensen hier op het eiland corrupt zijn en dat u toch nog een beetje met een goed gevoel weggaat. En met uw welnemen annuleer ik de tracering van de mobiele telefoon van uw zoon. Ik neem aan dat u geen vermogen wilt neertellen voor het opsporen van een ordinaire zakkenroller. Het is goedkoper om een nieuwe telefoon voor uw zoon te kopen. Veel goedkoper.'

'Natuurlijk, u hebt helemaal gelijk.'

'Hebt u er spijt van dat u naar Corfu bent gekomen?'

'Nee. Als ik niet naar Corfu was gekomen, was ik thuis helemaal gek geworden van ongerustheid en machteloosheid. Mark had uiteindelijk evengoed wel contact met me opgenomen, maar ik weet zeker dat dat moment naar voren is gehaald door uw bemoeienis. Het klinkt misschien een beetje raar, maar door hier te zijn had ik op de een of andere manier het gevoel dat ik dichter bij hem was.'

'Ik vind niks meer raar, mevrouw Roozenboom. Ik heb in mijn carrière al zoveel dingen gehoord en gezien dat ik me nergens meer over verbaas. Bovendien hanteer ik een gulden regel.'

'En wat houdt die in?'

'De cliënt heeft altijd gelijk, ook als deze geen gelijk heeft.'

Ze moest lachen en ze besefte dat ze dat al een hele tijd niet meer had gedaan.

'Iedereen heeft recht op zijn eigen waarheid en het is mijn taak om die waarheid te bevestigen of er een andere waarheid tegenover te zetten als de feiten daarop wijzen.'

'U klinkt als een wijs man, meneer Kafes.'

'Ik doe mijn best, ik doe mijn best.'

Liza staarde weer uit het raam en zag de luchthaven aangekondigd als Ioannis Kapodistrias op de borden langs de weg. Ze wierp een laatste blik op de hoogste berg op Corfu, de Pantokrator. Ruim een week geleden was ze op dit eiland geland, maar ze had het gevoel er een eeuwigheid te hebben doorgebracht. Nu zou ze, als haar vlucht geen vertraging had, tegen het middaguur op Schiphol staan en haar ouders in de armen kunnen sluiten.

Het was bijna voorbij.

24

Ergens in de buurt van het vliegveld stond een man. Met een verrekijker voor zijn grove gezicht keek hij het vliegtuig na. Op zijn gezicht een tevreden lach. Hij liet de verrekijker, die met een koord om zijn nek hing, los en pakte zijn telefoon.

'Dus ze is vertrokken.' Het klonk als een conclusie en niet als een vraag.

'Ja,' was het antwoord aan de andere kant van de lijn.

'Ik waardeer het dat ik altijd op je kan bouwen.'

'Ik heb onze samenwerking ook deze keer weer als zeer prettig ervaren.'

'Alles is onder controle nu?'

'Voorlopig wel. Er is slechts een klein puntje dat beter had gekund, maar ik denk niet dat het problemen oplevert.'

'Wat dan?'

'Het heeft te maken met het verstuurde bericht, maar het doet er verder niet toe.'

'Zeker weten?'

'Ja. Mijn instructies waren blijkbaar niet duidelijk genoeg. Hoe dan ook, we kunnen het niet meer terugdraaien. Het is in elk geval nog niet opgemerkt. Laten we hopen dat het zo blijft.'

'Hoe groot schat je die kans in?'

'Redelijk groot. Opmerkzaamheid en een hersenschudding gaan niet heel goed samen.'

Beiden moesten lachen.

'We hebben haar in elk geval bang genoeg gemaakt om een tijdje weg te blijven. Als ze ongeduldig wordt, dan zien we wel weer verder. Het lijkt me goed om nog een tijdje de vinger aan de pols te houden.'

'Daar ben ik het mee eens. Je kunt op me rekenen.'

'Ik had eerlijk gezegd ook niet anders verwacht. Er ligt een envelop voor je klaar. Een beloning voor bewezen diensten. Zie ik je vanavond in mijn kantoor voor een afzakkertje?'

'Daar kan ik geen nee tegen zeggen, dat weet je.' De man maakte een smakkend geluid.

'Had ik al gezegd dat ik ook een kistje Glenglassaugh 51 Years Old voor je heb klaarstaan?'

'Wil je me daar echt tot vanavond op laten wachten?'

'Ik red het niet eerder, maar wat in het vat zit verzuurt niet.'

'We zouden ook voor lunch kunnen afspreken?'

'Waarom krijg ik toch het gevoel dat het je niet om mij gaat, maar om dat kistje? Verslavingen zijn gevaarlijk. Ze maken je chantabel en uiterst kwetsbaar. Dat weet je toch, mijn beste?'

'Ik ben niet verslaafd.'

'... is wat een verslaafde altijd zegt.'

'Waar ben je?'

'Onderweg.'

'Het lijkt wel of ik vliegtuigen op de achtergrond hoor.'

'Dat hoor je dan verkeerd. Het lijkt erop dat de drank je gehoor aantast.'

'Erg geestig. Maar goed, je bent duidelijk niet te vermurwen. Ik zal mijn beurt netjes moeten afwachten. Tot vanavond.'

'Tot vanavond.'

Deel 2
Heden

25

Inspecteur Flavian Papadopoúlou stond achter in de vergaderzaal en keek verveeld voor zich uit. Het was puur om tactische redenen dat hij bij het afscheidsfeestje van zijn baas was. Eerlijk gezegd was hij blij dat de man ophoepelde, hij had hem vanaf het begin al niet gemogen. Lui. Ongemanierd. Arrogant. Geen enkele meerwaarde voor het korps waar hij sinds twee maanden deel van uitmaakte, eerder zand in de machine. Maar het was Flavian al snel duidelijk geworden dat hij zijn mening beter voor zich kon houden. Zijn collega's liepen met de man weg, al was het voor Flavian tot op de dag van vandaag een raadsel waarom. Hij begreep sowieso niet veel van de werkwijze van de politie op dit eiland. In zijn ogen werden de onderzoeken vrijwel allemaal slecht uitgevoerd en er heerste een moraal van likmevestje. Heel anders dan wat hij gewend was op het vasteland, en waarschijnlijk was dat ook de reden dat hij de afgelopen tijd regelmatig met collega's in de clinch had gelegen. Hij had nog niemand een volledige dienst zien draaien! Ze haakten allemaal voortijdig af of begonnen veel later dan ingeroosterd. Desondanks was het oplossingspercentage wonderbaarlijk genoeg behoorlijk hoog en Flavian vroeg zich af of de cijfers niet werden gemanipuleerd. Hij had er nog geen hard bewijs voor gevonden, maar hij sloot het zeker niet uit. Wat hij tot nu toe had gezien in de praktijk, strookte niet met de lovende beoordelingen en goede naam van het korps.

Als hij heel eerlijk was, dan had hij al vanaf dag één dat hij deel uitmaakte van 'team Corfu' spijt dat hij zich om privéredenen had laten overplaatsen van de havenstad Igoumenitsa naar dit eiland. Het had zo'n goed idee geleken om even een tijdje in de luwte te opereren en de hoofdstad van het district Thesprotia te verlaten. Hij had verwacht in Corfu een team aan te treffen dat net zo gepassioneerd was als hijzelf. Hoe anders bleek de realiteit. En nu moest hij het ermee doen en er het beste van maken. Hij had zichzelf voorafgaand aan de overplaatsing een jaar gegeven om aan zijn nieuwe team en aan het eiland te wennen. Dat hij zichzelf na twee maanden al met peptalks naar zijn werk moest slepen, stemde hem allerminst positief over het verloop van de overige tien maanden. Een stekend gevoel van heimwee schoot door zijn lijf. Heimwee naar iets moois dat nooit meer terug zou komen. Met hangende pootjes eerder teruggaan naar Igoumenitsa was geen optie, al was het alleen al omdat er verschillende weddenschappen liepen met zijn oude team dat hij het nog geen halfjaar zonder hen zou volhouden. Het was zijn eer te na om te verliezen.

Het werk dat hij tot nu toe had gedaan was saai en verre van uitdagend. Een paar simpele inbraken die niet waren opgelost door klunzigheid van zijn collega's en stapels onzinnig bureauwerk. Het was een verademing als hij achter zijn stoffige bureau vandaan mocht komen en de straat op werd gestuurd. Die paar keer dat dit was gebeurd, had hij elke keer een andere collega meegekregen. Een vaste partner was hem nog steeds niet toebedeeld en hij concludeerde daaruit dat er voor hem voorlopig geen belangrijke rol buiten het bureau was weggelegd.

'We zullen je moed, je passie en je fantastische leiderschap missen,' tetterde een vrouwelijke collega door een microfoon terwijl ze commissaris Christos Nikoloupolos verlegen aankeek. Er klonk applaus en gejoel door de zaal. Moed, passie en leiderschap? Waar haalde ze het vandaan? Dat kon ze gewoonweg niet menen. Als Flavian de man ergens níét op had kunnen betrappen, waren het wel die eigenschappen. Wat een flauwekul allemaal. Hij wilde dat hij een excuus had om weg te glippen, maar met de beste wil van de wereld kon hij zich er niet vanaf maken met 'er liggen stapels werk op me te wachten'. Was het maar zo.

Flavian liet zijn ogen door de zaal gaan. Vooraan zat de vrouw van Nikoloupolos naast een dozijn eilandprominenten. Voor hemzelf en zijn collega's waren niet eens stoelen neergezet. De pikorde was overduidelijk, ook iets waar hij zich aan ergerde. Wat was er zo moeilijk aan een beetje leuk en fatsoenlijk met elkaar omgaan, zonder dat je banksaldo je rang bepaalde? De salarissen van de middenklasse waren er de afgelopen jaren alleen maar op achteruitgegaan door de financiële crisis, maar de toplaag voelde het amper in hun portemonnee. Je zou er cynisch van worden. Er viel een stilte in de zaal toen de spreekster haar microfoon overhandigde aan een belangrijke zakenman op Corfu. Op dat moment schalde er een beltoon door de ruimte. Een collega van de meldkamer die de telefoon had doorgeschakeld naar zijn mobiele toestel, rende met een rood hoofd de zaal uit. Het viel Flavian mee dat ze de meldkamer niet voor een paar uur dicht hadden gegooid en gewoon het antwoordapparaat hadden ingeschakeld.

Hij wilde zich net weer naar het podium toe draaien, toen de deur met kracht werd opengegooid en de collega die net de zaal had verlaten naar binnen kwam gestormd. Hij rende linea recta door naar Nikoloupolos en fluisterde hem druk gebarend iets in zijn oor. De commissaris luisterde aandachtig, knikte toen met een chagrijnig gezicht en trok plompverloren de microfoon uit de handen van de verbaasde zakenman.

'Er is zojuist een telefoontje binnengekomen dat er op het strand van Issos Beach een schoen is gevonden' – vanuit de zaal staarden lege blikken hem aan – 'met daarin de resten van een voet.'

Iedereen begon door elkaar te praten en Flavian voelde een schok door zijn buik gaan.

'Het zal wel weer om een vluchteling gaan, maar voor de vorm wil ik dat er iemand gaat kijken. Vrijwilligers?'

De zaal viel spontaan stil op hetzelfde moment dat Flavian zijn hand in de lucht stak. Hij was de enige. Een paar collega's keken hem met onverholen minachting aan, andere alsof hij zich moest schamen dat hij vrijwillig het afscheidsfeestje wilde verlaten. De opvolgster van Nikoloupolos, een struise vrouw met een rokerige stem, stapte naar voren en wilde de microfoon uit Nikoloupolos' handen pakken, maar die stond dat niet toe. Even leek het uit te lopen op een gênant touwtrekspelletje. 'Tot het einde van de dag ben ik hier nog de baas,' beet Nikoloupolos haar half in de microfoon toe. Daarna trok hij het ding met een ferme ruk uit haar handen, wat een luid gelach aan de zaal ontlokte. Flavian kreeg bijna medelijden met haar – ze zou er nog een harde dobber aan krijgen om dit zootje ongeregeld naar haar pijpen te laten dansen.

'Wil er nog iemand met onze superdetective mee en dit feestje verlaten?' vroeg Nikoloupolos met een smalende ondertoon in zijn stem. Zoals te verwachten, stak niemand zijn hand op.

'Nou, Papadopoúlou, het ziet ernaar uit dat je er alleen voor staat. Maar met jouw jarenlange ervaring op het vasteland red je het vast wel in je eentje, nietwaar?' Nikoloupolos keek hem spottend aan en grinnikte, en de collega's in de zaal lachten braaf mee. 'De vondst is door een vrouw gedaan, zij wacht je ter plekke op.'

Flavian wilde bezwaar maken tegen de vooringenomenheid van de afzwaaiende commissaris, maar ook tegen het feit dat hij geen collega meekreeg. Het was tegen de regels om alleen naar een plaats delict te gaan. Maar de blik in Nikoloupolos' ogen deed hem zijn bezwaren inslikken. Wat had het ook voor zin. Bovendien werkte hij in zijn eentje sneller en nauwkeuriger dan het gros van al zijn collega's bij elkaar.

Opgelucht dat hij met een goede reden aan deze poppenkast kon ontsnappen, glipte hij de zaal uit. Hij verwachtte even dat de dienstdoende collega van de meldkamer achter hem aan zou komen om hem te briefen, want hij wist verder niets over de exacte vindplaats of de vrouw die de melding had gedaan. Maar toen de deur van de zaal achter hem openging, stapte tot zijn verbazing niet de betreffende collega naar buiten, maar Delia Theodoridou.

'Je kunt vast wel wat hulp gebruiken.' De jonge forensisch fotografe keek langs hem heen toen ze tegen hem praatte en op haar wangen verscheen een vuurrode blos. 'En ik ken zo'n beetje elke zandkorrel op Issos Beach uit mijn hoofd.'

Ze frunnikte zenuwachtig aan de camera die om haar nek hing, maar zocht nu wel even kort oogcontact – haar ogen hadden een intens groene kleur – voordat ze haar blik weer strak op de grond richtte. Het was hem eigenlijk nooit opgevallen hoe klein ze was. Hoe lang zou ze zijn? Een meter zestig, hooguit? Eerlijk gezegd was ze hem tot nu toe helemaal niet echt opgevallen. Vreemd, want ze mocht er best wezen.

Flavian had nog steeds niet gereageerd op Delia's aanbod, dus nam ze zelf het woord weer. 'Zullen we dan maar? Ik denk dat die arme vrouw wel wat beters te doen heeft dan haar vondst te bewaken.'

Flavian knikte instemmend. 'Fijn dat je meegaat.'

'Mijn eerste serieuze klus. Die wil ik niet missen.' Verlegen haalde ze haar smalle schouders op, om haar lippen lag een voorzichtige lach. Net als Flavian zelf, was Delia nog niet zo lang in dienst.

Flavian ging haar voor naar buiten en pakte onderweg de sleutel en papieren van de dienstauto. Duidelijk onwennig ging de jonge vrouw naast hem zitten en klikte haar gordel vast. Daarna greep ze met haar lange slanke vingers weer naar haar fotocamera. Een bijna wanhopig gebaar. Hij besloot er geen opmerking over te maken en startte de auto. Hij wilde haar niet in verlegenheid brengen. Hij had geen idee of ze goed in haar werk was, maar haar foto's zouden ongetwijfeld van betere kwaliteit zijn dan zijn eigen telefoonkiekjes.

Op Delia's aanwijzingen reed hij naar Issos Beach. Het laatste stuk van de weg was zanderig en zat vol kuilen. Delia keek onverstoorbaar voor zich uit. De felle zon gaf haar intens gebruinde huid een lichtere tint. 'Kom je hier vaak?' vroeg hij om maar iets te zeggen. Hij was niet goed in ongemakkelijke stiltes. Ze deden hem denken aan zijn ex, die hem in de laatste periode van hun relatie soms dagen doodzweeg.

'Continu. Je kunt hier fijn boarden.'

‘Dat moet ik dan misschien ook eens proberen. Ik heb al veel te lang niet op mijn plank gestaan.’

Hij zag haar wangen weer rood worden en realiseerde zich dat ze het misschien als een verkapte uitnodiging had opgevat. Dat was niet zijn bedoeling geweest. Hoewel... met haar groene ogen en golvende lange zwarte haar kon hij zich best voorstellen dat alle mannen op het strand naar haar keken als ze in een strak surfpak het water uit kwam. *Niet aan denken, Flavian, ze is een collega,* riep hij zichzelf tot de orde. Hij parkeerde de auto en hoorde Delia slikken toen hij de handrem aantrok.

‘Nerveus?’

Ze keek weer naar beneden. ‘Een beetje,’ antwoordde ze met zachte stem, ‘hoewel het natuurlijk niet erg professioneel is om dat toe te geven.’

Flavian zag dat de hand waar ze haar camera mee omklemde licht trilde. Hij besloot er verder geen aandacht aan te schenken om haar niet nog onzekerder te maken.

Hij keek om zich heen. Er stond een dozijn auto’s op het parkeerterrein en dat viel hem mee. Het scheelde in het wegsturen van pottenkijkers die er ongetwijfeld zouden zijn. Delia liep langs hem heen.

‘Volg me maar. Via dit pad kom je op het strand. Weet je waar die vrouw ons staat op te wachten?’

Flavian schudde zijn hoofd. ‘Nee, maar we vinden haar wel. Het lijkt niet superdruk op het strand, aan de geparkeerde auto’s te zien.’

Delia knikte en liep vervolgens stevig door. Haar hele houding straalde uit dat ze het snel achter de rug wilde hebben. Dat gevoel deelde hij niet met haar. De vondst van de voet op het strand deed voor het eerst in twee maanden zijn politiehart weer eens flink kloppen; een gevoel dat hij ontzettend had gemist. Zijn werk was het enige in zijn leven waar hij nog passie voor kon opbrengen, maar wat hij de afgelopen twee maanden had gedaan, schaarde hij niet onder werk. Passie was omgeslagen in verveling en dat was dodelijk voor zijn humeur en zijn opmerkzaamheid.

De zon brandde pijnlijk op Flavians wangen en zijn uniform plakte onaangenaam tegen zijn huid. Zijn schoenen zakten weg in het mulle zand. Hij hield zijn hand boven zijn ogen en tuurde voor zich uit. In de verte stond een vrouw met een hond in de buurt van de branding te zwaaien. Hij schatte de afstand op anderhalve kilometer. Om haar heen stond een stel omstanders. Een man maakte zich los uit het groepje, ging naast de vrouw met de hond staan en bukte zich. Hij stak zijn hand uit, maar de vrouw duwde hem weg. De hond blafte dreigend toen de man zijn baasje een zet teruggaf. Flavian zette het op een rennen. Het laatste wat hij kon gebruiken, was dat zo'n ramptoerist de vondst zou vervuilen met zijn eigen DNA-sporen. De vindster van de voet had dat blijkbaar ook begrepen.

Hij sprintte Delia met grote stappen voorbij en keek verontschuldigend achterom. Ze reageerde meteen en zette een tandje bij, en even later was Flavian maar een fractie eerder bij de vrouw met de hond dan zij. Hij lachte goedkeurend. Daarna werd hij weer ernstig en trok zijn penning tevoorschijn. Vakkundig gebaarde hij eerst het groepje omstanders aan de kant. 'Doorlopen, mensen. Jullie staan in de weg.'

Delia ging meteen aan de slag met het gedetailleerd vastleggen van de voet en Flavian zag dat alle onzekerheid uit haar houding was verdwenen. Haar gezicht stond verbeten en geconcentreerd. Ze leek in de lens van haar camera te zijn gekropen en bevond zich in een wereld waar niemand haar kon bereiken. Hij besloot Delia haar gang te laten gaan en eerst de vrouw te ondervragen.

'Inspecteur Papadopoúlou,' stelde hij zichzelf voor.

'Alisha Christou.' Haar hand was zacht en droog ondanks de hitte. 'En dit is Argus.' Een kwispelende labradorkruising keek Flavian vrolijk hijgend aan.

'Argus heeft het gevonden. Hij liep ermee in zijn bek en dacht dat het een leuk speeltje was.' De vrouw sloeg een hand voor haar mond en zag eruit of ze moest overgeven. Ze slikte een paar keer en herpakte zich. 'Sorry, ik ben geen heldin op dit gebied.'

'Dat geeft niks, daar hoeft u zich niet voor te schamen.'

Haar stem klonk onvast en ze lachte nerveus. 'Denkt u dat er een moordenaar rondloopt op het eiland?'

'Het is nog veel te vroeg om daar iets over te kunnen zeggen. Vertelt u eens precies hoe u de schoen met inhoud hebt gevonden.'

'Nou, eh, Argus was aan het spelen en kwam met dat ding in zijn bek het water uit rennen.'

'Had u meteen door wat hij in zijn bek had?'

'Ik dacht eerst dat het alleen een oude schoen was die iemand had verloren, maar toen Argus er zo zenuwachtig aan bleef ruiken en ermee wilde spelen, heb ik het ding beter bekeken. Toen ik zag dat in de schoen het restant van een voet zat, heb ik Argus er meteen bij weggehaald en toen moest ik... Nou ja, ik werd misselijk, begrijpt u? Toen mijn maag weer wat bedaard was, heb ik meteen de politie gebeld en toen heb ik gewacht.'

Flavian had alles nauwkeurig genoteerd en keek op van zijn notitieblokje. Vanuit zijn ooghoek zag hij dat Delia weer was ontwaakt uit haar roes en klaar was met haar fotowerk.

'Hebt u de schoen aangeraakt?'

'Nee.'

'Iemand anders?'

'Nee, ook niet. Dat heb ik verhinderd.'

'Is u verder nog iets opgevallen?'

'Het was een rechterschoen. Ik weet niet waarom me dat opviel, maar dat is wel wat ik zag.'

'Goed opgemerkt. Hebt u verder nog iemand gezien in de buurt van waar de schoen lag? Waren er andere mensen op het strand?'

'Nee, het was juist erg rustig. Toen ik het strand op liep vertrokken er net een paar Engelse toeristen die ik al vaker heb gezien, maar verder niets.'

'Oké, dank u wel. Voor nu heb ik even genoeg informatie, maar mag ik uw naam en telefoonnummer nog even noteren, mochten er op een later tijdstip nog vragen rijzen?'

'Natuurlijk.' De vrouw dreunde haar gegevens op. 'Belt u me gerust.'

Flavian knikte.
'Hebt u me verder nog nodig?'
'Nee, op dit moment niet meer. Mijn collega en ik gaan de schoen met inhoud veiligstellen.'
'Oké. Nou, dan ga ik maar.' De vrouw leek even te aarzelen, glimlachte nog eens naar Flavian en liep toen de eerste meters achterstevoren bij hem vandaan. 'Kunt u me laten weten hoe dit afloopt?' vroeg ze toen.
Flavian stak zijn duim naar haar op. De vrouw zwaaide naar hem voordat ze hem de rug toekeerde. Daarna riep ze haar hond en jogde in de richting van de parkeerplaats. Flavian voegde zich bij Delia en bekeek de schoen voor het eerst zorgvuldig. Het was een witte sportschoen van het merk Nike. Het kenmerkende logo was in vervaagd zwart nog te zien op de zijkant. De schoen was duidelijk aangetast door het zoute water. Het zou Flavian niet verbazen als hij een behoorlijk lange tijd in de zee had rondgedreven.
'Heb je alles er goed op gekregen?' vroeg hij.
Delia keek hem met een veelzeggende blik aan. 'Dat is mijn werk.'
Ze pakte haar camera en liet hem wat opnames zien. Flavian floot zachtjes tussen zijn tanden. 'Goed gedaan. Ik ben onder de indruk.'
Delia's wangen kleurden weer en haar ogen zochten weer contact met haar schoenen.
'Daar heb je cursussen voor, hè,' flapte hij eruit.
'Waarvoor?'
'Om wat extraverter te worden.'
'Ik ben niet zo'n cursustype. Mij te druk.'
'Dat is nou precies mijn punt.'
'Daarom hou ik ook zo van mijn camera. Die praat niet, heeft geen mening en doet precies wat ik zeg.'
'Je bent eigenlijk gewoon een klein dictatortje,' lachte Flavian. Tot zijn opluchting zag hij dat Delia met hem meelachte. Ze had in elk geval gevoel voor humor.

‘Dat gesprekje van jou met die dame was wel erg kort, hè?’
‘Het kortste dat ik ooit gevoerd heb, denk ik.’
‘Ze vond je leuk.’
Flavian keek haar verbaasd aan. Het was een constatering, waar op geen enkele wijze een oordeel uit sprak. *Leuk?* Het was hem niet opgevallen.
‘Op dit moment valt er niet zoveel te vragen. Je kunt niet echt spreken van een afgebakende plaats delict. Die schoen lijkt op het eerste gezicht al heel lang in de zee te hebben gelegen voordat hij vandaag aanspoelde. Ik hoop dat we uit het restant van die voet bruikbaar DNA-materiaal kunnen halen en op basis daarvan op de een of andere manier de eigenaar kunnen achterhalen.’
‘Eigenaar, als in mannelijk?’
‘Ja.’
‘Hoe weet je dat zo zeker?’
‘Een vrouw met maatje 46? Ligt niet heel erg voor de hand.’
‘Maar het kán wel. Bovendien heb je de maat nog helemaal niet gecheckt.’
‘Nauwkeurige schatting. Ik leef op dezelfde grote voet.’
Flavian pakte steriele handschoenen en een doorzichtige zak om de schoen in te stoppen. Aan de linkerkant van het leer was een duidelijke hondenbeet te zien. Dat moesten de tanden van Argus zijn. Voorzichtig draaide hij de schoen een fractie zodat hij onder de zool kon kijken. ‘Inderdaad een maatje 46,’ zei hij zelfgenoegzaam.
Delia rommelde wat met haar fototoestel en duwde hem de camera onder zijn neus. In beeld zag hij een duidelijke foto van de schoenzool waar ook de maat op te lezen was.
‘Als er iets is wat ik tijdens mijn opleiding heb geleerd, dan is het om open-minded te zijn en nooit van aannames uit te gaan. Als je dingen vanuit een andere positie fotografeert of met een andere lichtinval, dan zien ze er vaak weer heel anders uit.’
‘Oké... maar wat wil je nou eigenlijk zeggen?’
‘Dat het in theorie ook een vrouwenvoet kan zijn. Mijn tante

heeft die maat bijvoorbeeld. Aangetrouwd,' voegde ze er vlug aan toe toen ze Flavian onwillekeurig naar haar kleine postuur zag kijken.

'Oké, ik snap je punt.' Flavian sealde de zak en noteerde het bewijsnummer. 'We gaan hem wegbrengen.'

Delia's camera maakte een zoemend geluid toen ze hem uitzette.

26

De zon was over haar hoogtepunt heen en straalde iets minder agressief. Flavian sloot de dienstauto af en liep met de gesealde schoen met inhoud het politiebureau binnen. Delia was zojuist, met de toezegging dat ze hem de foto's na bewerking zou mailen, op haar scooter gestapt en naar huis vertrokken. De rit terug naar het bureau was zwijgzaam verlopen. Flavian had een paar pogingen tot een gesprek gedaan, maar had de stilte voor lief genomen toen Delia geen sjoege gaf. Blijkbaar had ze haar woordenquotum voor vandaag op het strand al verspeeld.

Binnen was tot Flavians opluchting de rust weer weergekeerd. Het geroezemoes was verstomd en het enige wat herinnerde aan het theatrale afscheid van Nikoloupolos waren de lege glazen en schalen op de tafels en een paar lekgeprikte ballonnen. Een schoonmaakster was druk doende om de troep op te ruimen en de zaal weer in oude staat te herstellen. Ze keek op toen hij langsliep en haar groette. De verbaasde uitdrukking op haar gezicht maakte duidelijk dat ze dat niet gewend was.

Hij liep de gang door en sloeg rechts af naar zijn kamer. In tegenstelling tot zijn collega's zat hij alleen. Enerzijds omdat hij een outsider was, anderzijds omdat zijn raamloze kamer zo klein was dat hijzelf en zijn computer er amper in pasten. Als hij de deur van zijn kamer dichtdeed voelde hij zich net Harry Potter in zijn bezemkast. Hij pakte een formulier en vulde de noodzakelijke dingen in zodat hij de voet voor onderzoek aan het forensische team kon overdragen. Toen hij op het punt stond zijn handtekening te zetten, hoorde hij zijn kamerdeur opengaan. Het was zijn nieuwe baas.

'Die voet zal worden vernietigd, dus bespaar je de moeite,'

deelde ze hem niet onvriendelijk maar wel stellig mee. Het was de eerste keer dat ze tegen hem sprak.

'Pardon, vernietigd worden? Waarom?'

'Nikoloupolos wil geen cent van ons budget besteden aan een vluchteling.'

'Wie zegt er dat die voet aan een vluchteling toebehoort? En waarom word ik ernaartoe gestuurd als we er niks mee gaan doen? Is dat geen verspilling van budget?'

'Om in elk geval de schijn op te houden dat wij als politie de meldingen van de burger serieus nemen. Door jou erheen te sturen, lijkt het of we adequaat optreden en ermee aan de slag gaan.'

'Maar dat gaan we dus niet?'

'Niet als het aan Nikoloupolos ligt.'

'Maar Nikoloupolos is sinds vandaag toch met pensioen?'

'Formeel gezien wel ja.'

'Wat wil dat zeggen?'

'Dat er achter de schermen niets is veranderd. Ik mag in zijn kantoor en op zijn stoel zitten, maar dat is het wel zo'n beetje. Hij trekt nog steeds aan de touwtjes. Ik heb me daarbij neer te leggen, vechten tegen een vijand die je niet kunt verslaan heeft geen zin.'

'Dus er gaat helemaal niets veranderen hier?'

'Ik vrees van niet, in elk geval voorlopig niet.'

'Waarom kruipt iedereen zo voor Nikoloupolos? Ik begrijp er werkelijk helemaal niets van.' Flavian wilde nog heel veel meer over de man zeggen, maar hield zich in.

'Dat zul je ook nooit begrijpen als je geen eilander bent. Het ligt gecompliceerd, laten we het daar maar op houden.'

'Maar voor alle duidelijkheid, we gaan dus niets met die voet doen?'

'Wij niet, nee.' Ze keek hem heel doordringend aan.

'Wat? Bedoelt u...'

'Ik bedoel helemaal niks. Maar ik ga natuurlijk niet de hele dag je handje zitten vasthouden. Wat jij allemaal doet als ik niet in de buurt ben, dat weet ik natuurlijk niet. Daar kan ik ook niet op aangesproken worden, lijkt me zo.'

'U bedoelt dat ik op mezelf ben aangewezen?'
Weer keek ze hem diep in zijn ogen.
'Ik mag mijn gang gaan als ik onder de radar blijf?'
Ze knikte. 'Je hebt vast nog wel connecties op het vasteland. Als er iets te melden valt, dan hoor ik het en anders hebben we het er nooit meer over.' Ze pakte het formulier dat hij zojuist had ingevuld en scheurde het langzaam doormidden. 'Dit hebben we niet meer nodig. Ik teken zo een formulier om de vernietiging in gang te zetten.'
Flavian keek haar verbaasd aan. 'Maar ik begrijp het niet. U wilt het gevecht met Nikoloupolos niet aangaan, maar hoe verklaart u dit dan?'
'Dit? Welk dit? Dít gesprek heeft nooit plaatsgevonden en ik zal altijd alles ontkennen. Daar houden we het op. Wat ik al dan niet met Nikoloupolos heb, is mijn zaak.'
'Oké, wat u wilt. Maar waarom ik?'
'Omdat jij hier de enige bent met een echt politiehart en wat fatsoen in je donder.'
'Hoe weet u dat?'
'Ik hou je al een tijdje in de gaten.'
'Maar u kent me helemaal niet.'
'Weet je wat ik deed voordat ik deze promotie maakte? Ik was forensisch psycholoog.' Ze deed haar sjaaltje af en er werd een litteken zichtbaar dat over haar hals liep. 'Taaie huid en bot mes. Toen ik dat overleefd had, ben ik met veldwerk gestopt. Ik wilde niet dat mijn kinderen opgroeiden zonder moeder, en een leidinggevende functie is een stuk minder risicovol. Als je tenminste onder de radar blijft.' Ze gaf hem een knipoog.
Hij moest glimlachen.
'Nou, stop dat ding in je tas of zo.' Ze wees naar de schoen en Flavian trok een plastic zak uit zijn bureaulade en stopte de schoen erin. Zijn nieuwe baas knikte goedkeurend en stak hem de hand toe.
'Maria Topalidou, aangenaam.'
'Flavian Papadopoúlou. Het genoegen is geheel wederzijds,' zei

hij met respect in zijn stem.

'Pas goed op jezelf, Papadopoúlou,' zei ze toen ze de kamer verliet. 'Het is hier een slangenkuil.'

Flavian sloot de deur achter haar en pakte toen zijn telefoon. Zijn privétoestel. Hij scrolde door zijn contactenlijst totdat hij vond wat hij zocht. Het was de naam van een oude vriend.

27

Julius Fotakis werkte in zijn kantoor de laatste resultaten bij van de DNA-tests die hij had uitgevoerd. Als hoofd van het forensisch laboratorium in Igoumenitsa had hij de onderzoeken makkelijk aan een van zijn ondergeschikten kunnen overlaten, maar hij kon de labtafel niet missen. Bovendien vond hij actief blijven in de praktijk een must voor het op peil houden van zijn vaardigheden en kennis. Bij het uitproberen van nieuwe technieken was hij er als de kippen bij. Hij merkte dat het door zijn collega's erg werd gewaardeerd dat hij zich nergens te goed voor voelde en regelmatig op de werkvloer te vinden was. Het maakte hem aanspreekbaar en toegankelijk en het werkte bevorderend voor de werksfeer. Bij een recent tevredenheidsonderzoek onder het personeel had hij maar liefst 98% gescoord op vertrouwen. Hij wist ook waar die laatste twee procent vandaan kwam, dat waren die paar figuren die je het nooit naar de zin kon maken. Zolang ze hun werk maar goed deden, kon Julius ermee leven.

Zijn telefoon begon te rinkelen en haalde hem uit zijn concentratie. Hij overwoog hem te laten gaan, tot hij zag wie er belde. Flavian Papadopoúlou. Zijn nieuwsgierigheid won het van zijn werklust. Flavian was tot Julius' spijt twee maanden geleden vertrokken uit Igoumenitsa om op Corfu te gaan werken. De afgelopen tien jaar hadden ze samen aan ontelbare zaken gewerkt. De gedreven inspecteur en hij waren zelfs bevriend geraakt en het wederzijdse respect tussen hen was groot. Flavians vertrek naar Corfu was dan ook een grote schok geweest, hoewel Julius heel goed begreep waarom zijn vriend zich had laten overplaatsen.

Ruim tien jaar lang had Flavian zich volledig laten meeslepen door zijn werk en onder grote druk gestaan. Het had hem veel vriendschappen gekost. Toen hij zich realiseerde dat er op zijn familie en collega's na nog maar weinig mensen waren met wie hij nog gezellig een borrel kon drinken of op wie hij kon terugvallen, was dat een bittere pil geweest. Maar het vertrek van zijn vrouw was uiteindelijk de druppel geweest. Jarenlang had ze zijn werkdrive gepikt en gesteund, totdat het op een dag genoeg was. Natuurlijk had hij haar vertrek niet zien aankomen en ook niet dat ze wel heel close was geworden met zijn beste vriend. Flavian had zich door hen beiden verraden gevoeld, maar het gelaten geaccepteerd. Hij leek zich er terdege van bewust te zijn dat hij te veel van zijn vrouw had gevraagd en dat hun huwelijk niet meer te redden viel. Alle aandacht die ze tekort was gekomen, kon hij haar niet alsnog geven.

Toen Flavian zijn ex een halfjaar geleden met een zwangere buik was tegengekomen terwijl ze met zijn beste vriend babykleertjes aan het uitzoeken was, was het hem te veel geworden. Hij had Julius toevertrouwd dat hij de gedachte haar steeds tegen het lijf te kunnen lopen met een kind dat niet van hem was, niet kon verdragen. Julius begreep dat volkomen en steunde hem in zijn besluit. Waar nodig had hij een goed woordje voor Flavian gedaan, op voorwaarde dat hij regelmatig naar het vasteland zou afreizen voor een biertje.

Waarschijnlijk wilde Flavian nu zijn belofte nakomen en belde hij om een datum te prikken, en met een glimlach om zijn mond nam Julius op.

'Flavian, man, hoe is het met je?' vroeg hij enthousiast. 'Bevalt het een beetje aan de overkant?'

'Het is hier... anders.'

'Anders als in "heerlijk ontspannen, het beste besluit dat ik ooit heb genomen"?'

'Niet helemaal. Maar ik bel niet voor een klaagzang. Ik heb je hulp nodig, man.'

'O, ik dacht dat je belde om een biertje te gaan drinken. Maar goed, brand maar los.'

'Kunnen we afspreken? Ik wil dit niet over de telefoon doen.'

'Natuurlijk, drinken we toch dat biertje nog. Zeg maar wanneer. Hé, je zit toch niet in de problemen?'

'Nog niet. Denk ik. Kun je vanavond? Als ik opschiet dan haal ik de boot naar Igoumenitsa nog.'

'Ik heb een afspraak, maar die kan ik afzeggen als je dat wilt.'

'Als je dat zou willen doen, heel graag. Wat ik met je wil bespreken heeft nogal haast. Er zit een houdbaarheidsdatum aan, zeg maar.'

'Dit wordt mij te cryptisch, ik hoor het straks wel. Als je wilt, kun je vannacht bij mij op de bank crashen.'

'Ik dacht dat je het nooit zou aanbieden. Dan neem ik morgen de eerste boot terug.'

'Kom je dan niet te laat op je werk?'

'Jawel, maar er is hier niemand die dat merkt. En als ze het wel merken, dan zijn ze er alleen maar blij mee want dan heb ik me netjes aangepast aan de plaatselijke gebruiken.'

'Ai, dat klinkt als een goede carrièremove... Je kunt terugkomen, hè. Je wordt hier wél gemist.'

'Mijn rondjes in de kroeg zul je bedoelen,' lachte Flavian.

'Niet alleen je rondjes in de kroeg, Flavian.'

'Tot straks, man.'

28

Flavian had de boot op het nippertje gehaald en zat nu uit te blazen op een zitje bij het raam. Tussen zijn benen stond een blauwe koelbox en daarnaast een groen rugzakje met zijn tandenborstel en schone kleren. Meteen nadat hij Julius had gesproken, had hij zijn kamer afgesloten en was naar huis gegaan. De schoen met voet brandde in de plastic tas toen hij het politiebureau uit liep. Gelukkig bereikte hij zijn auto zonder iemand tegen te komen. Hoe minder mensen hem met die plastic zak zagen, hoe beter.

Voorzichtig had hij de tas in zijn kofferbak gelegd en was zo vlug als hij kon naar huis gereden. Daar had hij alle koelelementen en ijsklontjes die hij kon vinden uit de vriezer gehaald en ze in een koelbox gedaan. De schoen ongekoeld vervoeren was gezien de hitte geen optie. Hij wilde het restant van de voet zo volledig mogelijk aan Julius overhandigen. Voor de zekerheid deed hij nog een extra bewijszak om de schoen en sealde die zorgvuldig. De plastic tas waar hij de schoen weer in terugstopte had hij omwikkeld met theedoeken zodat er geen smeltvocht bij kon komen. Daarna had hij een onderbroek en T-shirt van de enorme stapel schone was geplukt en in een rugzak gesmeten, samen met zijn toiletspullen.

Volledig buiten adem was hij uiteindelijk vlak voor de afvaart de boot op gestapt. In eerste instantie hadden ze hem niet meer aan boord willen laten gaan, maar na wat gezwaai met zijn politiepenning mocht hij toch doorlopen. Hij baalde dat hij zijn penning had moeten laten zien, hij was liever anoniem gebleven. Op het eiland kende iedereen elkaar, dus het personeel van de boot had vast wel een vriendje bij de politie. Roddelen was hier de grootste hobby, dus hij zou er vast nog wel een keer over aangesproken worden. Hij kon beter een goed verhaal verzinnen voor het geval dat hij vragen kreeg van deze of gene. Vrienden bezoeken op het vasteland, dat was in zijn geval heel plausibel.

Julius stond uitbundig te zwaaien toen Flavian de boot af liep. De twee mannen omhelsden elkaar stevig.

'Was je bang dat ik geen bier koud had staan?' zei Julius en hij wees lachend naar de koelbox in Flavians hand.

'De inhoud van deze koelbox is niet consumeerbaar, althans, ik zou het je niet aanraden.'

'Ik brand van nieuwsgierigheid. Het moet wel heel goed zijn, als het geen bier is.'

'Dat is het, geloof me. Laten we snel naar jouw huis gaan.'

Julius ging hem voor naar zijn auto en hield uitnodigend de passagiersdeur voor hem open. Na een korte rit arriveerden ze bij Julius' bescheiden huis. Bij binnenkomst liep hij rechtstreeks door naar de keuken. 'Biertje?'

'Later. Ik wil eerst graag gebruikmaken van je vriezer.'

'Meestal vragen mensen me of ze gebruik mogen maken van mijn toilet.'

'Ja, ik weet dat het een wat abnormale binnenkomer is, maar je zult het ermee moeten doen.'

Flavian opende de koelbox en haalde de met handdoeken omwikkelde schoen eruit. Voorzichtig legde hij hem op de keukentafel en sloeg de handdoeken terug. Julius keek zijn vriend vragend aan toen hij de dubbel gesealde witte sportschoen zag.

'Wat is dat in godsnaam?'

'Een schoen.'

'Je meent het.'

'Kijk er eens in.'

Julius deed wat hem gevraagd werd. 'Zie ik daar wat ik denk dat ik zie? Zit er nou een restant van een voet in die schoen?'

Flavian knikte. 'Ik zou hem graag even in de vriezer leggen en dan praat ik je bij.'

'Dat lijkt me niet zo'n goed idee. Eventuele sporen kunnen

door condens en ijsafzetting verloren gaan. Het is al niet handig dat je dat ding in een koelbox hebt vervoerd. Is je DNA-kennis zo ver weggezakt dat je niet meer weet hoe kwetsbaar dat is? Vocht, warmte en zonlicht zijn funest.'

'Helaas, daar heeft deze schoen allemaal al aan blootgestaan voordat hij gevonden werd.'

'Werkelijk? Nou, ik weet niet wat je ermee van plan bent, maar dan maakt die vriezer inderdaad ook niet veel meer uit.'

'Precies.'

'Wacht, laat me even wat ruimte maken.' Hij rommelde wat en verplaatste wat dingen tot hij een la volledig leeg had. 'Ik bewaar bij voorkeur geen menselijke resten tussen mijn diepvrieserwten.'

Flavian grinnikte en legde de schoen in de la. Toen dat gedaan was, keek hij Julius aan. 'Goed, dan lust ik nu wel dat biertje.'

'Zeker.' Julius pakte twee flesjes bier uit de koelkast. 'Kom, dan gaan we in de tuin zitten. Dan kun jij je verhaal vertellen terwijl ik de barbecue opstook. Ik neem aan dat je nog niet gegeten hebt?'

'Nee, nog geen tijd voor gehad.'

Julius haalde een schaal met worstjes uit de koelkast en ging zijn vroegere collega voor naar de tuin. Terwijl Julius wat kolen op de barbecue gooide en het vuur opstookte, ging Flavian in een van de witte kuipstoelen zitten. Toen het vuur warm genoeg was en Julius de worstjes op het rooster legde, deed Flavian uit de doeken hoe hij aan de voet was gekomen en waarom hij in het geheim Julius' hulp zocht. 'Officieel gaat de politie niets doen met de schoen met voet omdat ze ervan uitgaan dat het om de zoveelste verdronken vluchteling gaat, en is hij voor vernietiging aangeboden.'

Julius' ogen werden zo groot als schoteltjes. 'Vernietiging? Welke idioot heeft daar opdracht toe gegeven?'

'Het bevel tot vernietiging komt van mijn voormalige baas, oud-commissaris Christos Nikoloupolos. Hij is onlangs met pensioen gegaan, maar trekt nog steeds aan de touwtjes. Er zijn wat rare machtsspelletjes gaande op dat eiland.'

'Dus hij denkt zeker te weten dat de voet van een vluchteling afkomstig is? Terwijl er nog legio andere opties zijn?'

'Inderdaad.'

'Vreemd.'

'Ja, dat vond ik ook.'

'Weet je wat ook vreemd is? Als er een bevel tot vernietiging is, waarom ligt die schoen dan in mijn vriezer?'

'Eh, nou, omdat...'

'... omdat inspecteur Flavian Papadopoúlou met een clandestien onderzoek bezig is.'

Flavian moest grinniken. 'Wat ben je toch altijd lekker snel van begrip. Man, je wilt niet weten hoezeer ik dat gemist heb.'

'Mij of mijn intelligentie?'

'Beide. Maar goed, je hebt gelijk. Officieus heeft mijn nieuwe baas, ik zal haar naam niet noemen, ermee ingestemd dat ik op eigen houtje een onderzoek start naar de menselijke resten in de schoen.'

'En op eigen houtje betekent met mij, neem ik aan?' vroeg Julius.

Flavian knikte. 'Ik kan de onderzoeken niet op het eiland laten uitvoeren. Ik ken daar nog niemand aan wie ik het zou toevertrouwen. Het risico is te groot. De schoen bestaat officieel immers niet meer.'

'Wat wil je dat ik precies doe?'

'Ik wil dat je probeert om een DNA-monster te nemen van de voet, dan kunnen we hem door de database heen halen. Misschien is er een match.'

'Zodat je de voet kunt retourneren aan zijn rechtmatige eigenaar,' smaalde Julius.

'Zie je, jij denkt ook dat het een hij is.'

'Wat bedoel je? Natuurlijk is het een man, het gaat om schoenmaat 46.'

'Vanochtend werd ik door de politiefotografe op mijn vingers getikt omdat ik te stereotiep dacht. Ze heeft een tante met schoenmaat 46.'

'Zo, dat hoor je niet vaak. Beetje leuk type, die fotografe?'

'Wat, Delia?' Flavian was even stil. 'Best wel aardig eigenlijk. Ze is amper een meter vijfenvijftig, maar alles zit erop en eraan.'

Julius stond op uit zijn stoel en liep naar de barbecue. De worstjes waren blijkbaar gaar en hij haalde ze van het rooster en legde ze op de borden. 'Ik heb nog een salade in de koelkast staan en er is vers stokbrood, zou jij die even kunnen pakken?'

'Natuurlijk,' zei Flavian en hij verdween naar binnen.

Even later stortten de twee mannen zich vol overgave op het avondmaal en gedurende enkele minuten werd er geen woord gesproken. Het bestek werd slechts terzijde geschoven als er een slok bier werd genomen, en het duurde niet lang voordat de gehele maaltijd verorberd was. Julius stond weer op om nog wat biertjes te halen en toen hij was teruggekeerd, zakten de twee heren voldaan achterover in hun stoel en dronken in stilte hun flesjes leeg.

'Heb je nog iets van Anastasia gehoord?' verbrak Julius uiteindelijk de stilte.

'Nee. Waarom zou ze? Die is me vast al vergeten.'

'Ik dacht, misschien...'

'Nee, dat dacht je verkeerd. Ach, zo gaan die dingen soms.' Het klonk stoerder dan hij zich voelde.

'Als jij het zegt. Nou ja, laten we het dan maar even over de reden van je bezoek hebben. Je wilt dat ik op eigen houtje probeer een DNA-monster van de voet te nemen zodat we dat door het systeem kunnen halen in de hoop op een match.'

'Ja.'

'Waarom betrekken we baasmans er niet bij? Je weet dat Ake niet tegen onrecht kan. Hij is vast gevoelig voor je verhaal.'

'Daarom juist en ik wil het klein houden. Ik moet te allen tijde voorkomen dat er iets gaat rondzingen. Niet dat ik Ake niet vertrouw, maar hij heeft een broertje dood aan corruptie en machtsspelletjes en dat is precies wat er op het eiland gaande is. Als hij daar kennis van heeft, zal hij het niet kunnen laten rusten. Ik wil eerst weten van wie die voet is, of in elk geval een serieuze poging doen om dat uit te zoeken. Daarna heb ik pas ruimte om de corruptie aan te pakken, met een aan zekerheid grenzende waarschijnlijkheid dat mijn kop daarna rolt en niet die van de badguys. Weet je, Julius, iets zegt me dat er een verhaal aan deze voet vastzit.'

'Een lichaam in elk geval niet meer.'

'Haha. Lollig.'

'Zit er niet altijd overal een verhaal aan?'

'Ja, natuurlijk, maar het zou me niet verbazen als dit verhaal verder gaat dan een "gewoon vluchtelingverhaal".'

'Ze worden inderdaad niet vaak in stukken gevonden.'

'Hè, niet zo plastisch graag. Maar kan ik op je rekenen?'

'Wat staat er voor mij tegenover?'

'Eeuwige roem, een goed gevoel en een biertje.'

'Tjonge, wat wil een mens nog meer.'

Flavian grinnikte.

'Ach, wat maakt mij het ook uit. Maar geen garanties, hè. Het materiaal is sowieso in abominabele staat en hoogstwaarschijnlijk onbruikbaar.'

'We zullen het zien. Maar in elk geval bedankt.'

29

Zuchtend schoof Flavian zijn bureaustoel door zijn werkkamer en keek wezenloos voor zich uit. Wat een verspilling van zijn talenten om hem hier in dat kleine rotkamertje weg te stoppen en op te schepen met van die kulklussen. Bezigheidstherapie, meer was het niet en hij werd er doodongelukkig van. Hij was een man van de straat, wilde eropuit. Even overwoog hij Julius te bellen om te vragen hoe het stond met het DNA-onderzoek, maar hij besloot het toch maar niet te doen. Het was pas enkele dagen geleden dat hij was afgereisd naar Igoumenitsa en als Julius iets te melden had, dan zou hij dat meteen horen. Het domste wat hij nu kon doen, was zijn goede vriend opjutten. Flavian was hem al eeuwig dankbaar dat hij überhaupt zijn nek voor hem wilde uitsteken.

Hij piekerde zich suf. Was er nog iets wat hij zelf kon doen terwijl hij wachtte op nieuws van Julian? De database naspeuren op vermiste personen? Wie weet kwam hij iets tegen wat hem op een spoor zette. Het was nog niet eens zo'n slecht idee, als hij zou weten hoe hij het moest aanpakken – het zou te riskant zijn om dit tijdens kantooruren te doen, wanneer iedereen zo bij hem kon binnenlopen. Maar hoe kon hij buiten de officiële werktijden om ongezien het gebouw weer in komen? Iedereen die het gebouw verliet of binnentrad werd geregistreerd door middel van zijn of haar toegangspasje. Hij zou dus in het gebouw moeten blijven zonder dat iemand dat in de gaten had. Hoe kreeg hij dat nou voor elkaar? Kon iemand hem daarbij helpen?

Ineens wist hij het: Maria Topalidou. Hij zou zijn plan moeten delen met Topalidou, die wist misschien een manier om de beveiliging te omzeilen. Flavian pakte resoluut zijn beide mobiele telefoons, sloot zijn bezemhok af en liep naar Topalidou's kantoor. Daar aangekomen zag hij tot zijn opluchting door het smalle raam naast de deur dat ze alleen was. Hij klopte aan en glipte meteen naar binnen omdat hij het geroezemoes van collega's dichterbij hoorde komen. Topalidou keek hem streng aan.

'Had ik al gezegd dat je binnen kon komen?'

Dat begon al goed. 'Sorry, mevrouw, maar ik moet u even spreken.'

'Jij móét mij spreken? Het enige wat jij móét, is wachten tot je te horen krijgt dat je mag binnenkomen. En je werk doen.' Topalidou trok haar leesbril van het puntje van haar neus. 'Nou, wat "moet" je van me?'

'Ik, eh... ik wil graag het bestand met vermiste personen doornemen.'

'Ja? En wat let je?'

'Buiten werktijd. Het heeft te maken met... u weet wel.'

Topalidou trok geïnteresseerd een wenkbrauw op. 'Heb je iets gevonden?'

'Nee, nog niet, ik wacht nog op wat uitslagen. In de tussentijd wil ik graag de geregistreerde vermissingen van de afgelopen vijf jaar doornemen zonder dat ik gestoord word. Ik ben er alleen nog niet uit hoe ik dat kan doen zonder dat het opvalt. Alles wordt geregistreerd, ook als je buiten je diensten het gebouw binnengaat.'

'En nou hoop je dat ik een slimme oplossing voor je heb?'

'Eigenlijk wel ja.'

'Ik had je toch gezegd dat je je gang kon gaan, maar dat ik er verder niet bij betrokken wil worden?'

'Ja, maar ik dacht...'

'Laat het denken maar aan je superieuren over. Geef me je toegangspas.'

Resoluut stak ze haar hand uit en met tegenzin gaf Flavian haar zijn toegangspas. Ze trok een gezicht als een oorwurm en hij was even bang dat hij te ver was gegaan en geschorst werd.

'Sluit je op in die bezemkast van je en blijf daar tot na acht uur. Tegen die tijd is het hier zo stil als op een kerkhof. Ik loop over een halfuur naar buiten, zogenaamd om een sigaretje te roken, en meld je af met jouw pasje. Morgenochtend meld ik je om acht uur weer aan. Dat betekent wel dat je hier van acht uur 's avonds tot morgenochtend acht uur vastzit en geen kant op kunt. Zoals je weet is de afdeling ook nog eens extra beveiligd met een codeslot. Daar mag je onder geen beding gebruik van maken. Waak ervoor dat je geen brandalarm activeert met sigaretten.'

'Ik rook niet.'

'Ik zou willen dat ik dat ook kon zeggen. Verslavende troep.' Topalidou hoestte bulderend.

'Maar hoe gaan we het probleem met het logboek oplossen? Elke toetsaanslag is daarin terug te vinden.'

'Als jij volgens je pasje het gebouw hebt verlaten, zal niemand argwanend zijn. Het logboek zou weliswaar om veiligheidsredenen dagelijks gecheckt moeten worden, maar jij en ik weten allebei dat dit niet gebeurt. Zoals wel meer dingen hier niet volgens de regels gaan. Een andere optie is dat ik jou mijn inlogcode geef. Ik kan inloggen vanuit huis,' – Flavians gezicht klaarde op – 'maar dan leiden er sporen naar mij en dat gaat me weer te ver. Het spijt me, maar ik ga mijn carrière niet op het spel zetten voor een agent wiens intuïtie opspeelt en een voet met onbekende eigenaar. Je af- en aanmelden in het gebouw is het hoogst haalbare dat ik voor je kan doen.'

'Dat zou me al een heel stuk op weg helpen.'

'Dat dacht ik ook. Zorg er trouwens voor dat je voldoende water in je kamer hebt. 's Nachts gaat de airco op de spaarstand en dan kan het behoorlijk warm worden in het gebouw. Zeker in dat claustrofobische kamertje zonder ramen van je.'

'Dank voor de tip.'

'De kantine is nog een halfuur open, dus als je opschiet...'

'Ben al weg. Hoe krijg ik mijn pasje morgen weer terug?'

'We lopen elkaar vast wel een keer tegen het lijf. Tegen lunchtijd in de kantine bijvoorbeeld. Ik leg je pasje onder een servet en laat mijn dienblad staan. En jij, brave borst, ruimt het keurig voor me op.' Topalidou keek demonstratief op haar horloge. 'De kantine sluit over zevenentwintig minuten.'

30

Het zweet droop van Flavians rug. Topalidou had niets te veel gezegd over de nachtelijke hitte in het gebouw. Op zijn onderbroek na had hij al zijn kleren uitgetrokken en nog was het niet uit te houden.

Zoals afgesproken had hij zichzelf opgesloten in zijn kantoor met een voorraad water. Hij had al uren in de database van vermiste personen gekeken, maar nog niets gevonden waar hij iets mee kon. Eigenlijk wist hij ook niet zo goed waar hij naar op zoek was. Triest werd hij er wel van. Kinderen, tieners en volwassenen die er stuk voor stuk stralend uitzagen op de foto's, maar van wie nooit meer iets was vernomen. Hij voelde het verdriet van de families en geliefden door de foto's heen. De onwetendheid over het lot van hun dierbaren moest dagelijks vreten en knagen tot er niets meer van hen over was, hij kon het zich zo goed voorstellen. Weten wat er gebeurd is zodat je iets af kunt sluiten, is minder erg dan hoop houden die meestal tevergeefs bleek te zijn.

Hij klikte door naar vermissingen van een jaar geleden. Hij liet zijn ogen over de foto's gaan, een voor een, totdat ze bijna dichtvielen. Hij miste zijn bed. Het nachtje doorhalen met Julius was hem al zwaar gevallen, en nu dus weer een slapeloze nacht. Hij was zijn kroegconditie duidelijk kwijtgeraakt. Hij klikte verder zonder echt iets te zien. Zeker tien foto's waren al in een waas voorbij gegaan en toen de volgende op zijn scherm verscheen, had hij deze bijna alweer weggeklikt toen hem iets opviel. Hij sperde zijn ogen open en keek nog eens. Toen vergrootte hij een deel van de foto. Hij staarde naar een spierwitte sportschoen met een zwart Nike-logo. De schoen zag er nieuw uit en was exact gelijk aan het exemplaar dat was aangespoeld op Issos Beach.

Natuurlijk waren er meer mensen op de wereld die dat model Nike-schoen droegen, maar de jongeman die deze schoen aanhad stond als vermist geregistreerd.

Flavian klikte op de tekst die aan de foto was toegevoegd, maar op hetzelfde moment verstijfde hij toen hij ergens op de afdeling een deur hoorde dichtslaan. Daarna volgde het geluid van nonchalant sloffende schoenen. De voetstappen kwamen rap dichterbij. Zijn adem stokte in zijn keel en even zat hij roerloos achter zijn bureau. Toen kwam hij weer bij zinnen. In zichzelf vloekend klikte hij de pagina die hij wilde bekijken weg. Zijn handen trilden zo van de adrenaline dat het bijna onmogelijk was om zijn muis te besturen. Toch lukte het hem om uit te loggen uit het systeem en zijn computer uit te zetten. Achter in zijn neus kriebelde een nies. Panisch kneep hij in zijn neusbrug totdat de prikkel verdween.

Niks aan de hand. Je deur zit op slot. Het zal wel een bewaker zijn die een routinerondje door het gebouw loopt.

Voor het eerst in de afgelopen maanden was Flavian blij dat er geen ramen in zijn kantoor zaten. Niemand kon naar binnen kijken, ook de bewaker niet.

Shit, het licht!

Op zijn tenen spurtte hij naar de lichtschakelaar. Hij mocht dan geen ramen hebben, maar er kon wel een streep licht onder zijn deur door komen die zichtbaar was op de gang.

Sukkel! Waarom denk je daar niet eerder aan?

Zijn hart dreunde bijna uit zijn borstkas van de spanning. Hij vouwde zijn handen samen en bad dat de bewaker rechtsomkeert zou maken bij het zien van de lege gang. Het steeds luider wordende sloffende geluid deed echter het tegengestelde vermoeden. Flavian kromp ineen toen hij de deurklink van zijn kamer hoorde bewegen. De gesloten deur moest voldoende zijn om de bewaker ervan te overtuigen dat er niemand in Flavians kamer was. Dat moest, want anders had hij een groot probleem. Zijn hart stond even stil toen er een sleutel in het slot werd gestoken. Snel ging hij rechts van de deur strak tegen de muur staan. Zijn kleren hield hij tegen zich aan gedrukt. Met een beetje mazzel keek de bewaker vluchtig zijn kantoor in zonder in alle hoeken te kijken. Flavian bad in stilte dat...

De deur werd opengesmeten en raakte hem vol. Hij vloekte inwendig maar maakte geen enkel geluid. Er volgde een klap op de schakelaar en de kamer baadde in het volle licht. Flavian hield zijn adem in en wachtte af. Hij hoorde de bewaker snuffen en zijn neus ophalen. Daarna hoorde hij hem verder de kamer in lopen, stilstaan en zuchten en steunen. De deur blokkeerde Flavians zicht, dus hij kon niet zien wat de man precies in zijn kamer deed en waarom hij niet meteen vertrok. Weer wat gerommel en ineens werd de deur dichtgeslagen en keek hij recht in de ogen van...

'Inspecteur Papadopoúlou, beetje vreemd tijdstip om hier op het bureau te zijn, nietwaar?'

Het was geen bewaker, maar Christos Nikoloupolos. De oud-commissaris nam hem met opgetrokken wenkbrauwen van top tot teen op. Flavians hersenen maakten overuren om een enigszins plausibele verklaring te bedenken voor het feit dat hij 's nachts in het politiebureau ronddwaalde in zijn onderbroek. Hij besloot de tegenaanval te kiezen.

'Ik kan van u hetzelfde zeggen.'

Nikoloupolos deed net of hij het niet gehoord had. 'Nieuw uniform?'

Flavian trok het hoopje kleren strakker tegen zich aan en zweeg.

'Ik geloof dat u me enige uitleg verschuldigd bent,' zei Nikoloupolos op ijzige toon. Hij sloeg zijn armen over elkaar en ging voor Flavian staan. Zijn dikke buik raakte hem bijna. 'En het zal een verdomd goed verhaal moeten zijn, wilt u uw baan behouden.'

Ondanks de benauwende hitte in de kamer liep er een rilling over Flavians rug. Hij slikte even en keek toen de man tegenover hem recht in de ogen aan. 'Ik weet niet of het een goed verhaal is, maar ik heb ruzie met mijn vriendin gehad en ze heeft me de deur uit gezet. Ik wist niet waar ik naartoe moest, dus ik dacht dat ik hier wel een nachtje kon slapen.' Hij lette goed op Nikoloupolos terwijl hij zijn verhaal deed. De man vertrok geen spier en Flavian had geen idee of de oud-commissaris hem ook maar enigszins geloofde. 'Morgen zoek ik iets anders, beloofd,' voegde hij er voor alle zekerheid nog aan toe.

Het was even stil terwijl Nikoloupolos hem argwanend bekeek. 'Je ziet er niet erg slaperig uit.'

'Nee, dat zal wel niet. Ik schrok me kapot toen ik gerammel aan de deur hoorde. Dan ben je meteen goed wakker.' Het antwoord rolde met verbazingwekkend gemak uit zijn mond. *Nooit geweten dat ik zo'n goede leugenaar ben*, dacht Flavian.

'Mmm. Dus je lag echt te slapen?'

'Ja.'

'Waarom voelt je computer dan zo warm aan? Alsof hij vlak voordat ik binnenkwam nog gebruikt is.' Nikoloupolos had zijn linkerhand op de laptop gelegd en keek Flavian strak aan. Die kreeg op slag een droge mond. De man was klaarblijkelijk toch slimmer dan hij eruitzag.

'Eh...'

'Nou?'

Hij wist niets te bedenken.

'Niets? Geen smoesjes meer?'

Wezenloos staarde Flavian voor zich uit.

'Ach man, geef nou toch gewoon toe dat je je zat op te geilen aan een stel lekkere wijven op het internet!' Terwijl Nikoloupolos dit zei, likte hij met zijn tong over zijn lippen en in zijn ogen was een vreemde gloed te zien.

Wat? Was dat wat de man dacht? Dat hij porno had zitten kijken? Maar terwijl hij zich verbaasde over de zieke geest van zijn voormalige chef, bedacht hij dat de man hem hoogstpersoonlijk een aannemelijke verklaring had aangereikt.

'Ik... ik hoop dat u het niet verder zult vertellen. De jongens zouden...' Hij trok een beschaamd gezicht en hij hoopte dat Nikoloupolos het verder liet rusten onder het mom van 'mannen onder elkaar'.

'Dacht je nou echt dat ik het niet door zou hebben, terwijl ik je hier halfnaakt aantref?'

'Nee, dat niet. Maar als mijn vriendin erachter komt...'

'Maak je geen zorgen, ik zal voor deze ene keer mijn mond houden...' Flavian wilde al opgelucht ademhalen, maar Nikoloupolos was nog niet uitgesproken. 'Maar het zou verstandig zijn als je me geen reden geeft om je alsnog te verraden.'

Het waren niet eens zozeer de woorden, als wel de toon die Flavian deed beseffen dat hij te vroeg had gejuicht.

'En... wat zou zo'n reden kunnen zijn die u op andere gedachten zou kunnen brengen?'

Nikoloupolos keek hem dreigend aan en zei toen op haast fluisterende toon: 'Doe gewoon wat je gezegd wordt, Papadopoúlou. Geen onderzoek is geen onderzoek. Begrepen?'

Hij had veel te vroeg gejuicht.

Was Nikoloupolos er op de een of andere manier achter gekomen dat Flavian de aangespoelde schoen niet had kunnen laten rusten? Dat hij een alternatieve route had gekozen om er toch mee aan de slag te gaan? Maar hoe dan? Alleen Maria Topalidou wist van zijn onderzoekje. Was ze toch niet te vertrouwen? Waarom had Nikoloupolos dan niet voor de frontale aanval gekozen? Werkte hij samen met Topalidou en probeerden ze hem samen erin te luizen? In diskrediet te brengen door hem in de val te lokken? Hij was een vreemde eend in dit korps en had openlijk zijn afkeer van de manier van werken op het eiland uitgesproken. Moest hij daarom verdwijnen? Omdat hij het hen weleens te lastig kon gaan maken in de toekomst? Gesloten systemen zaten niet te wachten op onruststokers. Die gooiden alleen maar zand in de machine. Hij moest nog meer op zijn tellen gaan passen als deze baan hem lief was.

'Gaat dat lukken, denk je? Ga je doen wat ik zeg?' herhaalde de oud-commissaris zijn vraag.

Flavian knikte slechts bevestigend omdat hij de woorden niet uit zijn strot kreeg.

'Mooi zo,' zei Nikoloupolos smalend. 'En als ik je dan nog één advies mag geven: ik zou niemand vertellen dat je mij hier vannacht hebt gezien. Want je zult begrijpen dat ik jouw geheimpje dan ook moet verklappen.'

Flavian knikte weer, wat moest hij anders, terwijl Nikoloupolos vals grinnikend de kamer verliet en de deur met een klap dichtgooide.

Hij had tien minuten gewacht met het herstarten van zijn computer, zodat hij zeker wist dat zijn voormalige chef van de afdeling was vertrokken. Flavian was zich terdege bewust van het risico dat hij nam door opnieuw in te loggen, maar zijn nieuwsgierigheid naar de identiteit van de jongen met de witte sportschoenen was groter dan zijn angst om nogmaals betrapt te worden. Hij zocht de foto met bijbehorende informatie op. Zijn ogen schoten over de tekst.

Naam: Mark Erik Roozenboom
Leeftijd op moment van verdwijning: 22
Nationaliteit: Nederlands
Contactpersoon: Liza Roozenboom +31679366648
Overig: student geneeskunde Universiteit Utrecht. Heeft samen met vriend zeiltocht gemaakt. Voor het laatst gezien met ene Thera (achternaam onbekend). Volgens vriend is Mark met Thera gaan backpacken. Bestemming onbekend. Overbezorgde hysterische moeder.

Het was niet veel, maar het was iets. Zou het kunnen dat de schoen met het restant van een voet aan deze Nederlandse student toebehoorde? Flavian zocht verder in het systeem of er in het afgelopen jaar nog contact was geweest met de moeder, Liza Roozenboom. Tot zijn verbazing kon hij niets vinden. Vreemd. Als deze Liza Roozenboom inderdaad een overbezorgde en hysterische moeder was, zoals stond vermeld, waarom had ze dan niet elke dag aan de lijn gehangen om te checken of er al meer informatie was? Zou Mark Roozenboom soms alweer terecht zijn? Hij stond niet als gevonden aangemerkt, maar zijn foto was een jaar geleden in het systeem gezet en de info was daarna niet meer aangevuld of bijgewerkt. Ook dat was weer op zijn minst opmerkelijk te noemen.

Flavian maakte een screenshot van de foto met summiere info en mailde deze naar zijn privémailadres. Hij wist dat hij hiermee de regels overtrad, maar het kon hem allemaal niks meer schelen. Als niemand binnen het korps zich aan de regels hield, waarom hij dan wel? Toen sloot hij voor de tweede keer die nacht zijn computer af.

31

De rest van de nacht had Flavian liggen piekeren. De zin 'Geen onderzoek is geen onderzoek' had onophoudelijk door zijn hoofd gespookt. Het kon bijna niet anders dan dat de oud-inspecteur hem had willen laten weten dat niets voor hem verborgen bleef. Dat hij overal ogen en oren had op de werkvloer. Het bezorgde Flavian een wee gevoel in zijn buik, de wetenschap dat niemand te vertrouwen was. Hij zou continu over zijn schouder moeten kijken. Kon hij dat, terwijl hij alleen maar naar eer en geweten zijn werk wilde doen? En wat de rol van Maria Topalidou in het geheel was, was hem ook nog niet duidelijk. Hij moest haar vandaag te spreken zien te krijgen zodat hij haar in de ogen kon kijken. Hopelijk leverde dat meer duidelijkheid op. Als laatste was er dan nog de zorg over zijn pasje. Als Nikoloupolos nog steeds kon inloggen in het politiesysteem, kon hij in één oogopslag zien dat Flavians pasje, in tegenstelling tot Flavian zelf, het gebouw wel had verlaten. Nikoloupolos was een slimme man en dit zou hem dan ook zeker argwanend maken, maar misschien kwam het wel niet zover.

Flavian hoopte dat hij die dag iets van Julius zou horen. Hij wilde de Nederlandse vrouw die als contactpersoon bij Mark Roozenboom stond niet bellen voordat hij wist of er überhaupt nog bruikbare sporen uit de voet te halen waren. Als dat niet het geval was, zou hij zijn vermoedens nooit hard kunnen maken. Alleen een foto met eenzelfde schoen was niet voldoende om de wereld van de moeder van de jongen overhoop te gooien. Hij moest iets van DNA hebben om door te kunnen gaan met het onderzoek, en wanneer Julius niet met iets concreets kwam, zou hij de zaak, hoe jammer ook, moeten laten rusten. Dan was alle moeite, en het risico dat hijzelf en Julius hadden gelopen, voor niets geweest.

Hij keek op zijn horloge. Het liep tegen twaalven. Lunchtijd. Topalidou had gisteren te kennen gegeven dat ze zijn pasje onder een servet op haar dienblad zou achterlaten. Hij stak zijn portemonnee dus in zijn kontzak en sloot zijn kamer af. Even bekroop hem het gevoel dat het eigenlijk zinloos was, want Nikoloupolos liep ook met een sleutel rond en wie weet wie nog meer. Hij schudde het van zich af.

Meteen bij binnenkomst in de kantine zag Flavian Maria Topalidou al zitten. Ze had een strategische plek uitgezocht die zicht had op iedereen die binnenkwam. Ze vertrok geen spier toen hij vluchtig in haar richting keek, maar hij wist zeker dat ze hem had gezien. Nonchalant pakte hij een dienblad, zette er een soepje, een salade en twee bakjes yoghurt met honing op. De servetjes liet hij bewust liggen. Met een vriendelijke lach op zijn gezicht verontschuldigde hij zich bij de kassière dat hij zijn pasje boven had laten liggen. Na wat aandringen mocht hij met zijn pinpas betalen en met zijn volle dienblad liep hij even later naar de tafel van Maria en ging naast haar zitten.

'Behoefte aan wat gezelschap?'

'Niet per se, maar ga je gang.'

Haar stemgeluid was allerminst discreet. Een paar collega's keken op. Flavian fronste zijn wenkbrauwen, maar bleef toch zitten. Topalidou kauwde venijnig op een laatste stukje fruit en deed verder geen enkele poging om een gesprek met hem aan te knopen. Eveneens zwijgend roerde Flavian de honing door zijn yoghurt en lepelde het bakje leeg. Hij voelde zich hoogst opgelaten door het gedrag van Topalidou. Voerde ze een toneelstukje op om hun collega's niet argwanend te maken of was er meer aan de hand? Had ze contact gehad met Nikoloupolos? Maar Topalidou had gisteren overduidelijk de indruk gewekt dat ze niet dol was op haar voorganger en hem niet vertrouwde. Had ze zich bedacht? Werd de grond haar te heet onder haar voeten? Met een schuin oog keek Flavian naar haar dienblad. Er lagen wel servetjes op, maar of zijn pasje eronder lag?

Zonder hem verder aan te kijken of te groeten, stond Topalidou op en verliet de kantine. Haar dienblad liet ze op tafel staan. Flavian maakte zijn tweede bakje yoghurt open en liet een klodder op zijn dienblad vallen. Het gaf hem een plausibele reden om de servetjes van het andere dienblad te pakken, maar net toen hij zijn hand wilde uitsteken, werd het dienblad weggegrist door een overijverige restaurantmedewerker. Shit. Als zijn pasje zoals afgesproken onder de stapel servetten lag, zou het zonder pardon in de vuilnisbak verdwijnen. Hij moest iets doen! Hij sprong op van zijn stoel en rende achter de medewerker aan. 'Wacht even!'

Hij voelde de ogen van een aantal collega's in zijn rug prikken, maar met twee grote passen had hij de medewerker ingehaald en hij griste met twee handen de servetten van het dienblad. De man schrok hier echter zo van, dat hij alles uit zijn handen liet vallen. Met een hoop kabaal kletterden een halfvolle kop koffie, een glazen schaaltje, een bord en bestek op de vloer. Het koffierestant spetterde tegen de broek van een langslopende collega die verontwaardigd opzijsprong. Flavian maakte gebruik van de commotie om zijn toegangspasje, dat zoals afgesproken tussen de servetten zat, onopvallend in zijn broekzak te stoppen. Daarna knielde hij neer op de grond om de besmeurde broekspijp en schoen van zijn collega schoon te deppen. Terwijl hij dit deed, zag hij dat op een van de servetten iets geschreven was. Hij propte hem snel in zijn broekzak.

'Wat doe je nou, man? Waar sloeg dat op?' De jongen die het dienblad had laten vallen stond verontwaardigd met zijn armen te zwaaien.

'Sorry, maar ik had die servetten nodig en net toen ik ze wilde pakken, ging jij er met het dienblad vandoor.'

'Alsof dit de enige servetten zijn die we hier hebben. Je had ze gewoon bij de kassa kunnen halen.'

'O, dat had ik niet gezien. Ik zal er de volgende keer aan denken.' De jongen mopperde nog wat na, maar Flavian schonk er verder geen aandacht aan. Met grote passen verliet hij het restaurant en liep toen linea recta door naar zijn kamer. Hij draaide de deur vanbinnen op slot. Voor zover dat zin had. Toen pakte hij het verfrommelde servetje uit zijn broekzak en vouwde het uit. Met blauwe ballpoint was de tekst '*14:00 buiten sigaret*' erop gekrabbeld in een sierlijk handschrift waarvan hij aannam dat het van Maria Topalidou was. Haar nurkse gedrag in de kantine was klaarblijkelijk toch niet zo onvriendelijk bedoeld als het overkwam, en hoewel hij geen roker was, zou hij er om twee uur eentje op gaan steken met zijn chef. Nog anderhalf uur te gaan.

Toen ging de telefoon.

32

'Ik heb goed nieuws en slecht nieuws voor je. Zal ik het zoet maar voor het laatst bewaren?' Julius kon Flavian horen zuchten aan de andere kant van de lijn.

'Oké, kom maar op,' klonk het door de telefoon.

'Het restant van de voet heeft te lang in het water gelegen om er nog voldoende bruikbaar celkern-DNA uit te halen. Ik vermoedde dat al, maar dat is nu dus bevestigd. Met andere woorden: ik heb helaas geen panklaar DNA-profiel voor je dat we door de database kunnen halen.'

'Shit.'

'Zeg dat wel. Maar, ik heb natuurlijk verder gekeken dan mijn neus lang is en een aanvullend Y-chromosomaal DNA-onderzoek gedaan.'

'In gewonemensentaal graag.'

'Ik heb in het celmateriaal aanwijzingen gevonden dat de voet afkomstig is van een Kaukasische man. Geen tante met een maat 46 dus,' grinnikte Julius. 'Gezien de blanke huidskleur van de man, is het dus maar zeer de vraag of de voet van een vluchteling afkomstig is. Ik ben zelfs geneigd te zeggen dat dit zeer onwaarschijnlijk is.'

'Denk je dat er sprake is van een misdrijf?'

'Nee, ik denk eerder aan zelfdoding of een ongeluk. De voet is als gevolg van het proces van lijkontbinding – op natuurlijke wijze dus – van het lichaam losgekomen en er niet afgehakt of iets dergelijks. Onder water gaat die lijkontbinding sneller dan op het land. Ik heb nog wat aanvullend onderzoek gedaan en het blijkt dat wij niet de enigen zijn met een aangespoelde voet. Het is op meerdere plekken gebeurd, in Canada alleen al zijn er sinds 2007 al zo'n vijftien aangespoeld. Enkele voeten, maar ook matchende paren.'

‘Zoveel? Maar hoe kan dat dan?’

‘Ook zij denken aan zelfdoding of ongelukken nabij de kust door stormen. En ze hebben nog iets anders interessants ontdekt. Ze vroegen zich af waarom er pas vanaf 2007 voor het eerst voeten aanspoelden en niet eerder. Uit onderzoek bleek dat rond die tijd de technologie in de schoenen veel geavanceerder is geworden. Steeds meer sportmerken maakten vanaf toen gebruik van luchtzakjes of schuim in hun ontwerpen. Deze materialen zijn zo licht dat ze kunnen blijven drijven en uiteindelijk dus ook aanspoelen onder invloed van stroming.’

Het was even stil aan de andere kant van de lijn, toen hoorde Julius de stem van Flavian weer: ‘Goed werk. Dus als ik op jouw bevindingen moet afgaan dan hebben we waarschijnlijk te maken met een zelfdoding.’

‘Of met een slachtoffer van verdrinking.’

‘Kan het ook om moord gaan?’

‘Theoretisch gezien behoren doodslag en moord ook nog tot de mogelijkheden, ja. Of het slachtoffer al dood was voordat hij in het water terechtkwam, kunnen we namelijk niet bepalen. Maar als het om moord gaat, dan is het lichaam in elk geval met de rechtervoet nog aan het been te water geraakt. Het gaat te ver om daaruit af te leiden dat het lichaam helemaal intact was toen het in de zee verdween, maar die voet zat er in elk geval nog aan.’

‘Maar hoe kan ik ooit de identiteit van deze onbekende man en de toedracht van zijn dood achterhalen zonder bruikbaar celkern-DNA?’

‘Er is inderdaad geen enkele onderzoeksmethode die leidt van deze voet naar de identiteit van het slachtoffer, maar andersom kan wel.’

‘Hè? Wat bedoel je?’

‘Als je zou weten wie het slachtoffer is, kun je bewijzen dat dit zijn voet is. Als de moeder van het slachtoffer bekend is, kun je namelijk een mitochondriaal DNA-onderzoek doen. Een cel heeft maar één celkern, maar bevat vaak honderden mitochondriën. Daardoor is het mogelijk om uit slecht materiaal uiteindelijk toch een DNA-profiel samen te stellen. Het is de joker onder de DNA-onderzoeken. Een laatste redmiddel als het niet lukt om op een andere manier een profiel te krijgen. Deze methode wordt ook gebruikt voor verwantschapsonderzoek. Mitochondriaal DNA erft namelijk over van moeder op kind. Dat betekent dat alle kinderen, dus zoons en dochters, in de regel hetzelfde mitochondriale DNA-profiel hebben.'

'Ik snap er niks van, maar ik geloof je helemaal.'

'Maar ja, dat is allemaal heel aardig, maar jij hebt er niks aan want je weet niet van wie die voet is.'

'Misschien wel.'

'Hè, wat zeg je nou?' Nu was het aan Julius om verbaasd te zijn.

'Ik heb vannacht het systeem van vermiste personen doorgespit en kwam daarin een foto tegen van een jongeman die exact hetzelfde model witte Nike-sportschoen lijkt te dragen als het exemplaar dat is aangespoeld.' Flavian klonk opgetogen en Julius kon merken dat zijn goede vriend weer een sprankje hoop had gekregen dat hij deze zaak misschien toch tot een goed einde kon brengen.

'En hoe lang wordt deze jongen al vermist?'

'Ongeveer een jaar.'

'Gezien de staat van ontbinding van de voet zou dat kunnen kloppen.'

'Het gaat om een Nederlandse jongen. Hij was tweeëntwintig toen hij verdween. Zijn moeder staat in het systeem als contactpersoon, dus ik heb haar nummer. In eerste instantie wilde ik haar niet lukraak opbellen, want er zijn natuurlijk wel meer mensen die op dat model witte Nikes rondlopen, maar met jouw aanvullende informatie ga ik dat misschien toch maar doen. Als we haar mitochondriale DNA naast dat van de voet kunnen leggen, dan weten we of de voet afkomstig is van haar zoon of niet. Met het risico dat er geen match is en dat ik het haar onnodig moeilijk heb gemaakt. Wat vind jij? Moet ik het erop wagen?'

'Ik zou het doen, anders blijft het toch aan je knagen. Ik ken je langer dan vandaag. Als jij eenmaal een spoor te pakken hebt, dan ben je net een terriër en bijt je je erin vast.'

'Je kent me te goed.'

Julius moest grinniken en van de weeromstuit schoot Flavian ook in de lach.

'Maar nu even concreet, dat DNA-monster afnemen bij die moeder, dat kun je zeker ook niet via de reguliere kanalen doen?'

'Ik vrees van niet.'

'Regel dat ze hiernaartoe komt en dan help ik je.'

'Julius, ik hou van je, man.'

'Jaja, het is al goed. Laat die kleffe praatjes maar achterwege, anders bedenk ik me misschien nog.'

33

'Je eerste sigaretje, jongen?' Maria Topalidou keek met enig leedvermaak naar de hoestende Flavian.

'Misschien toch niet zo'n goed idee dit. Ik ben al ruim tien jaar gestopt.' Hij veegde tranen uit zijn ogen.

Topalidou liet een rochelende lach horen. 'Zou ik ook beter kunnen doen.' Ze keek om zich heen en ging dichter bij hem staan. 'Laten we een stukje gaan lopen. Zelfs de stoeptegels hebben hier oren.'

Flavian schoot zijn sigaret weg en volgde zijn chef. Toen ze ver genoeg van het bureau waren, viel Topalidou met de deur in huis.

'Het is me niet gelukt om uit te loggen met je pasje gisteravond. Ik had de pech om tegen Nikoloupolos aan te lopen toen ik naar huis wilde gaan.'

'Die man lijkt wel permanent aanwezig op het bureau. Nogal vreemd voor iemand die met pensioen zou moeten zijn.'

'Laten we het erop houden dat hij grote moeite heeft om afscheid te nemen en het korps hem ook niet los kan laten. Maar dat zijn niet jouw zaken, dat heb ik je al eerder gezegd.'

'Misschien toch wel. Nikoloupolos was er vannacht ook.'

'Wat?! Heeft hij je gezien?'

Flavian knikte. 'Hij kwam ineens mijn kamer binnen.'

'En toen?'

'Ik heb een of ander kletsverhaal opgehangen over dat ik tijdelijk geen slaapplek had en ik denk dat ik ermee weggekomen ben. Het komt dus eigenlijk heel goed uit dat het u niet is gelukt om me gisteravond af te melden, want dat bevestigt mijn verhaal.'

'Dus Nikoloupolos was op het bureau vannacht? Waarom in godsnaam?'

'Dat heb ik hem ook gevraagd, maar natuurlijk heb ik geen antwoord gekregen.'

'Oké, vertel me precies wat er gebeurd is.'

Flavian deed verslag van de gebeurtenissen van die nacht, waarbij hij buiten beschouwing liet dat hij in zijn onderbroek had gezeten en dat Nikoloupolos daar bepaalde conclusies uit had getrokken. Dat hoefde Topalidou niet te weten.

'En Nikoloupolos geloofde je dus?'

'Niet meteen, maar later wel. Hij zei dat hij zijn mond zou houden als ik in het vervolg precies deed wat hij zei. En hij leek te suggereren dat ik met mijn onderzoek moest stoppen.'

Topalidou schrok. 'Wat waren zijn exacte woorden?'

'Hij zei letterlijk "geen onderzoek is geen onderzoek", wat kan betekenen dat iemand ons vorige gesprek heeft afgeluisterd.' Flavian pauzeerde even. 'Maar het kan ook zijn dat iemand tegen hem heeft gekletst.'

Hij bestudeerde de reactie van zijn chef, die meteen begreep wat hij impliceerde. 'Je bent bang dat ik je erin probeer te luizen en Nikoloupolos op je heb afgestuurd.'

Hij knikte.

Topalidou nam een trek van haar sigaret en lachte rochelend. 'Nee, mijn jongen, zo steek ik niet in elkaar. Alles wat ik tot nu toe heb gedaan, daar sta ik achter. Maar het feit dat Nikoloupolos argwanend is, betekent wel dat ik op mijn tellen moet passen. Ik ga mijn baan niet op het spel zitten voor een zaak die mogelijk op niks uitdraait. Dat kan ik me niet veroorloven.' Ze nam een laatste trek aan haar sigaret, liet de peuk op de grond vallen en trapte hem uit.

'En wat nu?' vroeg Flavian.

'Als je verder wilt gaan met je onderzoek, dan zul je dat in je vrije tijd moeten doen.'

'Ik wil zeker verder gaan, want ik heb nog niet alles verteld. Vannacht heb ik iets interessants ontdekt.'

'Wat dan?'

'In het bestand van vermiste personen zit een foto van een Nederlandse jongen wiens schoenen exact hetzelfde zijn als de schoen die is aangespoeld.'

'Hm. Hoe lang is hij al vermist?'

'Ongeveer een jaar en dat zou overeen kunnen komen met de huidige staat van ontbinding van de voet. Rekening houdend met versnelde ontbinding in het water.'

'Heb je dat zelf onderzocht?'

'Nee, ik heb de hulp van een oud-collega ingeroepen. Buiten de boeken om.'

'En heeft deze oud-collega nog meer ontdekt?'

'Helaas minder dan ik had gehoopt. Het is niet mogelijk om een gewoon DNA-profiel uit de voet te halen omdat de celkernen te veel zijn aangetast door het zeewater, maar er zijn wel aanwijzingen voor gevonden dat het om een mannelijke voet gaat. Wat ik nu wil doen is een mitochondriaal DNA-onderzoek.'

'Maar daar heb je de moeder voor nodig.'

'Ja, dat klopt,' zei Flavian verbaasd. 'Dat u dat weet.'

'Ik draai al een tijdje mee. Ga verder.'

'De moeder van de vermiste jongen staat met een telefoonnummer in het systeem. Zij is de contactpersoon.'

'En nu wil je haar op basis van die foto vragen om DNA af te staan, neem ik aan?'

'Ja.'

'Lastig, maar het is de enige aanwijzing die je hebt.'

'Precies.'

Topalidou zweeg even en staarde in gedachten verzonken voor zich uit. Toen keek ze Flavian recht in zijn gezicht. 'Heb je ook overwogen om het te laten rusten?'

Hij wachtte heel even met antwoorden en probeerde in te schatten waar zijn chef heen wilde. 'Nee, nooit. De waarheid moet boven water komen. Er zit een verhaal aan die voet vast en dat moet verteld worden. Er is een slachtoffer en we moeten alles op alles zetten om hem te identificeren, al is het alleen maar voor de nabestaanden. Dat is wat wij als politie doen. Dat is onze plicht, en ik zal niet rusten tot we dat doel bereikt hebben.'

'We lopen dus allebei een groot risico, om jouw gemoedsrust te bevredigen. Wat als het nou toch om een vluchteling gaat, zoals Nikoloupolos beweert? Dat klinkt toch best plausibel?'

'Dat maakt niet uit. En dan moet het wel een westerse vluchteling zijn, want de voet is van een blanke man. In die zin past die Mark in het profiel.'

'Heet hij zo? Mark?'

'Ja. Mark Roozenboom.'

'En deze Mark heeft een blanke huidskleur?'

'Ja.'

'Is er enige aanwijzing voor een misdrijf?'

Hij schudde zijn hoofd. 'Maar we kunnen het ook niet uitsluiten. De voet is door het natuurlijke ontbindingsproces losgekomen van de rest van het lichaam, maar de eigenaar van de voet kan nog steeds het slachtoffer zijn geweest van een misdrijf.'

'Je bedoelt dat iemand het lichaam heeft willen wegwerken door het in de zee te dumpen?'

'Eh, ja, wat zou ik anders bedoelen?'

'Het kán natuurlijk, maar zo zijn er nog wel meer scenario's te verzinnen. Het is onmogelijk om ze allemaal te onderzoeken, zeker nu je er helemaal alleen voor staat.'

'Helemaal allee... maar ik dacht...'

'Dat je nu wel een officieel onderzoek mocht beginnen, omdat je een aanwijzing hebt?'

Flavian keek Topalidou hoopvol aan.

'Ik heb je al gezegd dat ik het me niet kan permitteren om mijn baan te verliezen. Ik moet Nikoloupolos uit mijn buurt zien te houden en op dit moment kijkt hij bij alles wat ik doe over mijn schouder mee.'

'Wat is dat toch met die man? Waarom zijn mensen bang van hem of adoreren ze hem?' Gefrustreerd schopte Flavian tegen een frisdrankblikje dat op de grond lag. Het stuiterde met veel kabaal door het steegje en kwam tot stilstand tegen een vuilniszak die opengereten was en waar etensresten uit hingen.

'Zonder Nikoloupolos zou dit korps maar met de helft aan

personeel kunnen draaien, met een salaris dat nog veel lager ligt dan het huidige. Hij brengt geld binnen en houdt mensen aan het werk. Dát is waarom iedereen met hem wegloopt. In tijden van crisis kun je mensen het best aan je binden door ze geld te geven.'

'Je bedoelt dat hij hun loyaliteit koopt. En waar haalt hij dat geld dan vandaan?'

'Hij lobbyt veel bij de juiste personen.'

'En wat hebben "die personen" er voor belang bij om te investeren in het korps?'

'Kom nou, je bent toch niet dom?'

'Nee, maar ik wil het u horen zeggen. Dan geloof ik het pas.'

'Een oogje dichtdoen gaat heel wat makkelijker als er een stapel bankbiljetten op je oogleden ligt. Zo goed?'

'Het is hier gewoon een corrupte bende en u maakt daar willens en wetens onderdeel van uit.' Op het moment dat hij het gezegd had, had hij er al spijt van.

'Hoe durf je mij te veroordelen?!' Topalidou kreeg rode vlekken in haar hals en haar ogen spuwden vuur. 'Je weet helemaal niks van mij af. Je hebt het recht niet om ook maar iets van mij te vinden. Ik zal je insubordinatie deze ene keer door de vingers zien, maar de volgende keer kun je naar een andere baan gaan uitkijken. Begrepen?'

Flavian knikte.

'Laat me je een goede raad geven. Als eenling begin je helemaal niets tegen een machtig bolwerk. Als je carrière en je leven op dit eiland je lief zijn, dan doe je er verstandig aan om geen zand in de machine te strooien. Hoe het er hier aan toegaat, verdient niet de schoonheidsprijs, maar het functioneert.'

'Economisch belang wint het dus van integriteit?'

'Is dat niet altijd zo? Principes en idealen delven toch altijd het onderspit als de wetten van het geld in werking treden? Het maakt ons tot egoïstische monsters, maar we zitten nou eenmaal in die modus. Dat draai je niet zomaar terug. En zeker niet als eenling. Een opstand heeft alleen kans van slagen als een grote groep eraan meedoet en echt van binnenuit iets wil veranderen. Ik kan je op voorhand vast vertellen dat je op dit eiland nooit genoeg handen op elkaar zult krijgen voor een radicale omslag. Niet zolang er mensen als Nikoloupolos rondlopen.'

'Dus moet ik mijn onderzoek stopzetten?'

Topalidou draaide zich om en begon aan de terugweg naar het bureau. 'Wat je doet is vanaf nu echt helemaal jouw eigen zaak. Ik weet alleen dat ik er nooit in had moeten meegaan.'

34

Na een week met vrijwel alleen maar regen, scheen eindelijk weer eens de zon. De terrassen stroomden meteen vol en vrije dagen werden massaal opgenomen. Het was een typisch Nederlandse zomer.

Liza zat binnen op haar werkkamer en legde de laatste hand aan de vertaling die ze de volgende dag moest inleveren. Na haar terugkomst in Nederland een jaar geleden had het maanden geduurd voordat ze weer volledig aan het werk kon. Beetje bij beetje was haar geheugen volledig teruggekeerd, maar hoofdpijn, vermoeidheid en concentratieproblemen bleven haar lang parten spelen. Eigenlijk kon ze pas sinds een maand of twee volmondig zeggen dat ze volledig was hersteld en in plaats van rust te nemen, was ze vol aan het werk gegaan. Maandenlang werken op halve kracht betekende immers ook een gehalveerd inkomen.

Ze was blij dat ze zich weer volledig op haar werk kon storten nu ze elke dag moest leven met de wetenschap dat ze Mark heel lang niet zou zien. Hij had haar het afgelopen jaar sporadisch gemaild. Na de zeiltocht naar Antalya was hij met Thera volgens plan gaan backpacken, maar in elke mail die ze daarna had ontvangen was hij er steeds stelliger in geworden dat hij niet meer wilde terugkeren naar Nederland. De ellende die hij had gezien had hem veranderd. Misschien wel voorgoed. Hij wilde zijn leven wijden aan mensen die het slecht hadden, mensen die leefden in armoede en zo goed als verstoken waren van medische zorg. In de laatste mail die ze drie maanden geleden had ontvangen, beweerde hij ergens in Afrika te zijn, maar waar precies had hij haar niet laten weten. Ontelbare keren had ze hem gesmeekt naar huis te komen, maar hij had consequent geweigerd. Ze had zelfs ondersteuning gezocht bij Buitenlandse Zaken en verschillende hulporganisaties benaderd met de vraag of Mark voor hen werkte, maar nergens was ze verder gekomen en ze was inmiddels de wanhoop nabij. Met de dag ging ze zich machtelozer voelen en ze betwijfelde of ze haar kind ooit weer terug zou zien.

Dat ze meer dan genoeg werk had om haar gedachten mee te verzetten, was dan ook een meevaller. Ergens verbaasde het haar dat ze überhaupt in staat was om haar werk naar behoren te doen, maar aan de andere kant, Mark was al een jaar weg en ergens begon het ook te wennen. Ze was niet van plan om de rest van haar leven bij de pakken neer te blijven zitten, ze was een vechter, en hoewel Marks keuzes ook grote invloed op haar hadden, was ze vastbesloten haar eigen leven weer op te pakken. Ze had niet voor niets zo hard geknokt om te komen waar ze nu was.

Focus, Liza! Je zit alweer veel te lang naar je scherm te staren. Ze legde haar handen op het toetsenbord en begon weer te typen, maar net toen ze weer lekker in haar ritme begon te komen, ging de telefoon. Even overwoog ze hem te laten gaan, maar ze nam toch op. De kans was klein, maar het kon Mark zijn.

'Liza Roozenboom,' zei ze hoopvol. Het bleef stil aan de andere kant van de lijn. 'Hallo? Met wie spreek ik? Mark, ben jij dat?'

'Ja, hallo, u spreekt met Flavian Papadopoúlou.' De man sprak Engels met een zwaar accent. 'Ik ben politie-inspecteur op Corfu.'

Bij het horen van de naam van het eiland waar ze een jaar geleden vandaan was gevlucht, ging er een schok door haar heen.

'O, hallo,' zei ze aarzelend.

'Sorry dat ik u stoor, maar mag ik u een paar vragen stellen?'

'Ja hoor, geen probleem. Gaat het over het ongeluk dat ik een jaar geleden op Corfu had?'

Even werd het muisstil aan de andere kant van de lijn, zo stil dat Liza zich afvroeg of de verbinding soms verbroken was. 'Hallo, bent u daar nog?'

'Ja, sorry, ik ben er nog. Over welk ongeluk hebt u het? Ik weet niets van een ongeluk,' antwoordde de inspecteur. Deze keer klonk hij verbaasd.

'Ik heb een jaar geleden een aanrijding gehad op Corfu en dat liep allemaal nogal raar. U belt dus niet namens die verschrikkelijke commissaris Nikoloupolos?'

'Nee, hoezo? Wat is er met hem?'

'Eh, dat doet er verder niet toe. Maar als u niet over het ongeluk belt, waar dan wel over?' Haar stem kreeg nu een behoedzame klank.

'Is uw zoon Mark nog steeds vermist?'

'Vermist? Nee, hoezo? Wat is er met Mark?'

'Wanneer hebt u voor het laatst contact gehad met uw zoon?'

'Drie maanden geleden heeft hij mij een e-mail gestuurd. Hij zit in Afrika met zijn vriendin. Maar waarom vraagt u naar mijn zoon?'

'Misschien vergis ik me, maar hebt u hem een jaar geleden niet als vermist opgegeven?'

'Ja. Precies wat u zegt, een jaar geleden.'

'Ik werk nog niet zo lang als inspecteur op Corfu en ik ben het bestand met vermiste personen aan het doornemen en opschonen. Uw zoon staat ook in dat bestand, vandaar dat ik even bel om te horen hoe de zaken ervoor staan. Maar ik kan hem dus uit het bestand halen omdat hij terecht is?'

'Hij is aan het backpacken met zijn vriendin en doet onderweg vrijwilligerswerk. Zodra hij kan, stuurt hij me een update per mail.'

'En de laatste mail was van drie maanden geleden?'

'Ja.'

'Stuurt hij u ook foto's?'

'Zeker, uit alle landen waar ze verblijven.'

'Maar zitten er ook foto's van hemzelf bij?'

'Eh... nee. Maar waarom vraagt u dit allemaal? Is er iets aan de hand?'

'Dit zijn standaardvragen die ik moet stellen. Hoe lang is het geleden dat u een foto van uw zoon zelf hebt ontvangen?'

'Een jaar denk ik. Die foto heb ik destijds ook aan inspecteur Nikoloupolos gegeven toen ik aangifte deed van vermissing.'

'Is dat een foto waarop uw zoon witte Nike-sneakers draagt?'

'Ja... hoezo?'

'Er is op Corfu een paar dagen geleden exact zo'n witte sneaker aangespoeld.'

'En u dacht dat het zijn schoen was, omdat hij als vermist stond vermeld?' vulde Liza aan.

'Ik kon het niet uitsluiten, vandaar dat ik contact met u opneem. Maar nu blijkt dat het uw zoon niet kan zijn, kan ik deze theorie schrappen.'

'Inderdaad, maar...' Liza aarzelde. Kon ze deze man in vertrouwen nemen? Zou hij haar geloven of voor gek verklaren, zoals iedereen om haar heen deed?

'U wilde nog wat zeggen?'

'Nou, ik heb weliswaar contact met mijn zoon, maar het is allemaal nogal... vreemd.'

'Vreemd?'

'Ja. Hij mailt me wel, maar ik krijg geen echt contact met hem, begrijpt u wel? Het is al een jaar geleden dat hij voor het laatst een foto van zichzelf heeft gestuurd en ik heb hem al honderd keer gevraagd me eens te bellen zodat ik zijn stem weer eens kan horen, maar dat doet hij niet. Elke keer heeft hij weer een andere reden. Er is geen bereik in de rimboe, of zijn telefoon is gestolen. Maar de e-mails die hij stuurt hebben allemaal "Verstuurd vanaf mijn iPhone" eronder staan. En als ik hem zelf bel, dan krijg ik zijn voicemail. Al een jaar lang. Hoe kan dat dan? En nou begint u over die aangespoelde schoen en...'

'U maakt zich zorgen.' Het was een constatering, geen vraag, en Liza knikte zonder dat ze het zelf in de gaten had met haar hoofd.

'Het voelt gewoon niet goed. Ik kan het niet uitleggen. Ik heb mezelf een jaar lang wijsgemaakt dat ik me niet zo moest aanstellen en dat het prima gaat met Mark, maar elke keer als hij me een bericht stuurde dan klonk het niet als Mark. Net alsof hij een andere persoon was geworden. Iemand kan toch geen totaal andere persoonlijkheid krijgen als hij met een rugzak de wereld rondtrekt?'

'Tja... U zegt dat u al een jaar geen foto van Mark hebt gekregen. Hoe was dat daarvoor? Was, pardon, ís hij iemand die vaak foto's stuurt?'

'Absoluut. Voorheen stuurde hij me een foto van alles wat hij deed. Nu krijg ik alleen van die stomme landschappen.'

'Waar zou uw zoon zich op dit moment moeten bevinden?'

'Ergens in Afrika. Maar Afrika is groot en hij wil me niet zeggen waar precies. Alsof hij bang is dat ik hem ga opzoeken. Wat geen onlogische gedachte is. Toen hij een jaar geleden van de radar verdween, bleek hij eerst een zeiltocht van een paar weken van Corfu naar Antalya en weer terug te hebben gemaakt. Daarna is hij met dat meisje dat hij had ontmoet vertrokken om "de wereld te ontdekken". Allemaal leuk en aardig, maar hij was eindelijk ingeloot voor een studie geneeskunde en dan laat hij het er zo bij zitten. Arts worden was zijn grootste droom. Dit strookt gewoon niet met de Mark die ik ken. Als ik hem wijs op zijn studie en dat hij op het punt staat om zijn felbevochten plek aan de universiteit te verliezen, dan reageert hij heel onverschillig. Alsof het hem allemaal niet zoveel meer kan schelen.'

'De berichten van uw zoon stellen u niet echt gerust, dus?'

'Nee, helemaal niet.' Haar stem werd zachter. 'Ik maak mezelf al een jaar wijs dat ik me aanstel, dat ik overbezorgd ben, et cetera, maar nu weet ik het even echt niet meer. Ik weet niet waarom en het slaat vast nergens op, maar ik ben bang dat die schoen die u gevonden hebt op de een of andere manier misschien toch van Mark is. Dat hem iets is overkomen.'

'Er is een manier om daarachter te komen, maar daar heb ik u voor nodig. Hier. In Griekenland.'

'Moet ik naar Griekenland komen om die schoen te identificeren?'

'Nee. Ik wil graag DNA bij u afnemen om een verwantschapsonderzoek te doen.'

'Maar daarvoor hebt u toch ook DNA van Mark nodig?'

Even was het stil aan de andere kant van de lijn.

'Hallo? Bent u daar nog?'

'Ja, ik ben er nog. Dit zal als een schok komen, maar in de schoen die is aangespoeld zat het restant van een voet.'

'Wat?!' Liza's maag draaide zich om en ze werd zo slap als een vaatdoek. 'Is dat waar?'

'Ja, het spijt me.'

'Ik moet even een slok water nemen. Ogenblik.' Liza pakte met trillende hand het glas water dat op haar bureau stond en nam een paar slokken. Daarna ademde ze een paar keer diep in en uit, voordat ze haar telefoon weer oppakte. 'U denkt dat... dat die voet... dat mijn zoon...'

'Op dit moment is nog niets zeker, heb ik alleen nog maar vermoedens. Het celmateriaal was behoorlijk aangetast door het zeewater, waardoor we geen klip-en-klaar profiel konden vaststellen. We weten wel dat de voet afkomstig is van een blanke man. Door uw DNA naast het materiaal te leggen dat we nog uit de voet hebben kunnen halen, kunnen we aantonen of het om een man gaat die verwantschap met u heeft of niet. Er zijn bepaalde kenmerken in het DNA die van moeder op kinderen overerven.'

'Van mij op Mark...'

'Indien deze verwantschap wordt aangetoond, kunnen we inderdaad concluderen dat de voet afkomstig is van uw zoon. Maar laten we alsjeblieft niet op de zaken vooruitlopen. U hebt immers nog contact gehad met uw zoon, dus de kans is zeer groot dat uit de test zal blijken dat er geen sprake is van verwantschap. Stap één is echter uw DNA verkrijgen. Bent u daartoe bereid? Ik kan u niet dwingen, het is uw eigen vrije keuze.'

'Natuurlijk ben ik daartoe bereid. Als ik het niet doe, zal het altijd aan me blijven knagen. Dan zal ik altijd blijven worstelen met de vraag of die schoen heel misschien toch van Mark zou kunnen zijn, ondanks al die mailtjes. Maar hoe dat dan kan? Ik weet het niet hoor, ik ben helemaal in de war.'

'Dat snap ik heel goed. Maar in uw geval zou ik het ook zeker willen weten. Die onzekerheid moet heel moeilijk zijn.'

'Ja, dat is zo. Toen ik voor het eerst na weken radiostilte een mail van Mark kreeg, was ik dolgelukkig. Ik geloof dat ik wel een uur heb gehuild, want de voorafgaande periode was heel zwaar geweest. Maar hoe meer mails ik kreeg, hoe sterker het gevoel weer werd dat er iets niet klopte. Het taalgebruik was zo anders dan wat ik van Mark gewend ben en ik bleef het raar vinden dat hij niet met me wilde bellen. Hij stuurt de mailtjes vanaf zijn telefoon, dus dan kan hij ook bellen, toch? Maar goed, ik val in herhaling. Laten we de boel concreet maken. Waar en wanneer hebt u me nodig?'

'Als het kan zo snel mogelijk. Maar ik kan me voorstellen dat u niet op stel en sprong weg kunt.'

'Dat is geen probleem. Ik neem aan dat ik naar Corfu moet komen?'

'Dat is wel het handigst. Voor het onderzoek moeten we alleen bij een collega van me zijn die werkt vanuit Igoumenitsa, dat ligt op het vasteland. Er is een snelle bootverbinding vanuit de haven van Paleo Limani in Corfu-Stad.'

'Zijn jullie op het eiland niet in staat dergelijke testen uit te voeren?'

'In principe wel, maar ik geef er de voorkeur aan om uit te wijken naar Igoumenitsa. Ik leg u later nog wel uit waarom.'

'Akkoord, maar ik heb nog wel een vraag voor u. Toen ik vorig jaar op Corfu was, op zoek naar Mark, heb ik nogal wat problemen gehad met commissaris Nikoloupolos. Hij... hij, hoe zal ik het zeggen, heeft mij...' Liza kon de woorden niet uit haar mond krijgen. De herinnering aan wat er het jaar daarvoor was gebeurd, het zweterige lijf van Nikoloupolos tegen het hare, het dreigement haar op te sluiten in een cel, deed haar huiveren ondanks het warme weer.

'Wat heeft commissaris Nikoloupolos gedaan, mevrouw Roozenboom? U kunt het mij vertellen, hij is geen vriend van mij.'

Liza haalde diep adem. Ze moest deze man – wat was zijn naam ook alweer, Papa... dinges? – in vertrouwen nemen, anders zou ze nooit naar Corfu kunnen afreizen. 'Hij heeft me... hij heeft me aangerand, of in elk geval dat geprobeerd te doen.'

'Wat?! Dat meen u niet.'

'Helaas wel. Hij drong zich aan me op toen ik op het politiebureau was om aangifte te doen van de vermissing van Mark. Ik heb hem van me af weten te duwen en vanaf dat moment heeft hij mij het leven zuur gemaakt. Hij heeft toen letterlijk tegen me gezegd dat ik me niet meer op het eiland mocht vertonen zolang hij het voor het zeggen had. Mijn vraag is dus: is het veilig voor mij om terug te keren naar Corfu?'

De inspecteur was even stil, wellicht omdat hij nadacht over wat Liza hem had gevraagd. Toen klonk zijn stem weer door de telefoon. Bedachtzaam, alsof elk woord eerst nauwkeurig op een weegschaal werd gelegd. 'Commissaris Nikoloupolis is officieel met pensioen, maar hij heeft hier nog steeds heel veel macht. In vertrouwen kan ik u wel vertellen dat ik hem buiten dit onderzoek heb gehouden. Hij ging ervan uit dat de voet toebehoorde aan een verdronken vluchteling en dat was voor hem reden genoeg om geen onderzoek op te starten. Ik dacht en denk daar anders over.'

'Ik geloof dat ik u nu al mag. Ik waardeer het zeer dat u tegen het gezag van die vreselijke man durft in te gaan. Toen ik een jaar geleden aangifte bij hem deed van de vermissing van mijn zoon, wilde hij niks voor me doen. Hij zag geen enkele reden om een onderzoek in te stellen naar de verblijfplaats of toestand van Mark.'

'Dat verbaast me eerlijk gezegd niks, hem kennende. Gelukkig heeft hij wel de foto van uw zoon in het systeem gezet, waardoor ik een jaar later die schoen herkende en contact met u kon opnemen. Hij zou het vreselijk vinden als hij het zou weten, maar eigenlijk staat Nikoloupolos aan de basis van dit onderzoek dat hij pertinent niet wilde.'

'Maar nogmaals, denkt u dat ik veilig ben?' vroeg ze hem toen weer. 'Ik heb vorig jaar een scooterongeluk gehad op het eiland. Ik ben aangereden door een auto, alleen kon ik me dat destijds niet meer herinneren. Door de klap heb ik een tijdje last van geheugenverlies gehad. Nikoloupolos gaf mij de schuld van het ongeluk en wilde me zomaar in de cel gooien. Het sloeg allemaal nergens op, maar ik heb uiteindelijk via een advocaat grof geld moeten betalen aan Nikoloupolos om het eiland te mogen verlaten.'

'Mijn hemel, die man laat werkelijk geen kans onbenut om zijn machtspositie te misbruiken.'

'Inderdaad, maar het ergst was dat ik me, nadat ik mijn geheugen weer terug had, herinnerde dat de auto die me heeft aangereden dat doelbewust heeft gedaan. De chauffeur was boos omdat ik een onhandige manoeuvre had gemaakt en begon me te achtervolgen. Hij kwam recht op me af rijden en gaf gas bij in plaats van te stoppen. Het was in een smal steegje, dus ik kon ook niet ontsnappen. Ik heb echt heel veel geluk gehad dat ik het er levend van af heb gebracht.'

'Hebt u, nadat u zich de ware toedracht van het ongeluk herinnerde, nog een poging gedaan contact op te nemen met de politie op Corfu om aangifte te doen?'

'Nee. Wat had dat voor zin? Nikoloupolos had het op mij voorzien en zou me toch niet geloven. Bovendien leek het me geen goed plan om me op het eiland te vertonen, met de dreigementen van Nikoloupolos in mijn achterhoofd. Ik heb er dus verder niks mee gedaan, ik was alleen blij dat ik er relatief goed van af ben gekomen, met slechts een hersenschudding en wat botbreuken.'

'Kunt u zich nog iets herinneren van de auto die op u in is gereden? Kleur, merk, misschien een kenteken?'

'Een kenteken in elk geval niet. De auto was groot en zwart, maar ik heb geen flauw idee van welk merk. Hoezo?'

'Omdat ik niet geloof in toeval. Omdat ik steeds meer het gevoel begin te krijgen dat dit zaakje stinkt. U bent een jaar geleden duidelijk dwarsgezeten tijdens uw verblijf op het eiland. Dat in combinatie met de weigering van Nikoloupolos om onderzoek naar de voet te doen en de toch wel vreemde mails die u van uw zoon krijgt... Ik weet niet hoe u ertegenaan kijkt, maar dat roept bij mij in elk geval vraagtekens op.'

'Ja, misschien hebt u gelijk. Ik weet het niet, het is allemaal wel erg verwarrend.'

'Hebt u buiten Nikoloupolos nog met andere mensen op het eiland gesproken over de verdwijning van uw zoon?'

'Ja, met een privédetective en een advocaat. De detective had ik ingehuurd om Marks gangen op het eiland na te gaan omdat ik daar zelf niet verder mee kwam. Toen ik problemen met Nikoloupolos kreeg, heeft de detective me een advocaat aangeraden.'

'Hebt u namen voor me?'

'De detective heet Stavros Kafes en de advocaat Galipette Chabrou.'

'Staat genoteerd.'

'Ik heb trouwens in de tussentijd naar vluchten zitten kijken. Morgen gaat er een rechtstreekse vlucht vanuit Amsterdam naar Corfu, die komt om 20.30 uur aan. Is dat goed wat u betreft?'

'Dat lijkt me uitstekend. Ik zal op de luchthaven zijn om u af te halen.'

'Goed, dat is dan geregeld.'

'Tot morgen dan.'

'Tot morgen, inspecteur. En... dank u wel dat u dit doet.'

35

Flavian voelde zich net een reisleider toen hij zijn papiertje met 'Liza Roozenboom' erop in de lucht hield. Het was kwart voor negen 's avonds en tot nu toe waren alle vrouwen met rolkoffers die de luchthaven hadden verlaten, langs hem heen gelopen. De vlucht waar Liza Roozenboom in zat, was keurig om halfnegen geland, dus het kon nu niet lang meer duren voordat ze naar buiten kwam. Hij had met Julius afgesproken dat hij samen met de vrouw meteen de boot naar Igoumenitsa zou nemen om daarna linea recta naar Julius' huis te rijden voor de afname van het DNA-monster. Morgen zou Julius er dan meteen mee aan de slag gaan, tussen zijn gewone werkzaamheden door, want hoe eerder een eventuele verwantschap bekend was, hoe beter. Tegelijkertijd kreeg Flavian wel steeds meer buikpijn van de hele kwestie. Wat als de voet inderdaad afkomstig bleek te zijn van Mark Roozenboom? Dan begon de ellende pas goed. Voor Marks moeder, maar ook voor hem. Mevrouw Roozenboom zou worden geconfronteerd met de hoogstwaarschijnlijke dood van haar zoon, na een jaar lang te hebben gedacht dat hij aan het reizen was. En uiteraard zou ze willen weten hoe het kwam dat er van haar zoon niet meer dan een schoen met een stuk voet over was.

Flavian zuchtte diep. Hij zou bij het onderzoek naar de toedracht geen enkele hulp kunnen verwachten van zijn collega's en dus volledig in zijn vrije tijd op pad moeten gaan. Belangrijkste vraag in eerste instantie zou zijn: ging het om een geval van zelfdoding, was er sprake van een noodlottig ongeluk of was er opzet in het spel geweest? Zelfdoding leek niet erg waarschijnlijk, aangezien de jongen smoorverliefd was geweest op het moment dat hij 'verdween'. Verliefde mensen plegen geen zelfmoord. Als hij de moeder van de jongen mocht geloven, had Mark ook nog voldoende plannen voor de toekomst, wat ook niet bepaald paste bij het beeld van een depressie. Flavian kon zelfdoding als scenario niet helemaal schrappen, maar hij zette het wel onder aan zijn lijstje. Een ongeval zou waarschijnlijker zijn, maar waarom had niemand dat dan gemeld? En waar was het meisje dan met wie de jongen zou hebben gereisd? Was zij mogelijk betrokken bij zijn dood, als hij inderdaad dood was?

Waar Flavian zich op dit moment vooral zorgen over maakte, was of hij in zijn eentje de antwoorden wel boven tafel kon krijgen. Rechercheren had alleen kans van slagen als hij mensen die mogelijk meer wisten aan het praten kon krijgen. Daar zat hem nou juist het probleem. Als het hem al lukte om getuigen te vinden, dan was het maar zeer de vraag of ze hem iets wilden vertellen. Het feit dat hij geen vrienden of andere connecties op het eiland had, zou weleens een forse kink in de kabel kunnen zijn.

Meer dan ooit verlangde hij terug naar zijn oude baan met de fijne collega's die net als hij hart voor de zaak hadden en oplossingsgericht dachten. Hoe anders was Corfu gebleken, waar onderzoeken gefrustreerd werden als dat men beter uitkwam. Hoe meer hij erover nadacht, hoe nieuwsgieriger hij werd naar de motieven van Nikoloupolos om de voet meteen terzijde te schuiven. Was dat echt alleen maar omdat hij incompetent en lui was, en het daarom uit gemakzucht als een dode vluchteling had afgedaan? Maar wat deed hij onlangs dan 's nachts op het bureau toen hij Flavian had betrapt in zijn kamer? Maria Topalidou had het er voor zover hij wist ook bij laten zitten om dat uit te zoeken. Had Nikoloupolos haar bedreigd? Was ze daarom zo bang dat ze haar baan en dus haar broodnodige inkomen kwijtraakte als ze hem een strobreed in de weg legde? Maar waarom dan? Met wat voor stinkende zaakjes hield die man zich allemaal bezig?

'Liza Roozenboom, aangenaam.'

Voor hem stond een vrouw met lang bruin haar. Rond haar ogen had ze lachrimpeltjes, maar haar ogen zelf stonden zorgelijk. Ze had blosjes op haar hoge jukbeenderen. Haar mond en kaaklijn waren mooi gevormd. Ze was een kop kleiner dan Flavian en hij schatte haar lengte op een meter vijfenzeventig gezien de ballerina's die ze droeg. Een slanke hand met lange vingers werd naar hem uitgestoken en hij pakte hem vast. Haar huid voelde droog en zacht aan. Flavian kon niet ontkennen dat hij haar aantrekkelijk vond. Hij schatte haar leeftijd echter op veertig plus, gezien de leeftijd van haar zoon. Veel te oud voor hem.

'Inspecteur Flavian Papadopoúlou,' stelde hij zichzelf voor. 'Welkom in het land van de Griekse goden.' *Waarom zei hij dat? De vrouw zou wel denken!*

De vrouw keek hem met een geamuseerde blik aan, maar ging verder niet op zijn opmerking in. Flavian schraapte ongemakkelijk zijn keel.

'Goed, komt u maar mee, mijn auto staat verderop.' Als een echte gentleman nam hij haar koffer over. Lichtvoetig liep ze naast hem, een rugzak die behoorlijk vol oogde met zich meetorsend. 'Zal ik uw andere tas ook overnemen?'

'Dat is niet nodig hoor, dat ding hangt daar prima. Ik vind het al heel attent dat u mijn koffer hebt aangepakt.'

Flavian nam het compliment met enig ongemak in ontvangst. 'Het is die witte auto verderop. We rijden meteen door naar de veerboot zodat mijn collega, eigenlijk is het mijn oud-collega, het DNA-monster vandaag nog bij u af kan nemen. Hij is hoofd van het forensische onderzoekslab in Igoumenitsa en bereid om ons in zijn vrije tijd te helpen.'

'Wat ontzettend aardig van hem.'

'Ja, Julius is een goeie kerel. Zelfs nu ik niet meer op het vasteland zit, kan ik nog op hem rekenen. Als ik zijn back-up niet had gehad, dan had ik u niet gebeld. Mijn eigen werkgever laat het, zoals ik u aan de telefoon al zei, nogal afweten. Maar goed, na de DNA-afname breng ik u naar uw hotel – ik heb een kamer voor u geboekt in Hotel Astoria, een van de betere hotels in Igoumenitsa.'

'Ik weet niet welk belang u allebei erbij hebt om me te helpen, maar ik waardeer het zeer. Ik ben ontzettend nerveus en ook bang voor de uitkomst van de test, dus hoe eerder ik de uitslag heb, hoe beter. De onzekerheid die al een jaar aan me knaagt, is gewoon gekmakend. Hebt u kinderen, inspecteur Flavian? Sorry dat ik u bij uw voornaam noem, maar die Griekse achternamen, ik kan ze niet onthouden.'

'Dat is oké, en nee, ik heb geen kinderen.' Heel even flitste een beeld van zijn ex met een dikke buik over zijn netvlies en toen hij naar Liza Roozenboom keek, zag hij dat ze besefte dat ze een gevoelige snaar had geraakt. Hij was haar dankbaar dat ze niet op het onderwerp doorging.

Ze waren bij de auto aangekomen en hij legde de koffer op de achterbank, bij gebrek aan een grote kofferbak. Even later stuurde hij de auto de parkeerplaats uit. Hij zette de airco op de maximale stand om de hitte te verdrijven. De vrouw keek voor zich uit en leek wat afwezig.

'Het moet een vreemde ervaring voor u zijn, om terug te keren naar Corfu.'

'Ja, dat is het zeker. Ik heb een jaar lang in onzekerheid geleefd, zoals ik al zei over de telefoon, en het idee dat daar nu mogelijk een einde komt is... beangstigend?'

'Dat kan ik me voorstellen.'

'Het afgelopen jaar is gewoon erg, hoe zal ik het omschrijven, eenzaam geweest. U bent eigenlijk de eerste die echt naar me heeft geluisterd, de eerste bij wie ik mijn verhaal kwijt kon en die me niet voor gek verklaarde. Voor dit hele gebeuren kon ik altijd terecht bij mijn moeder, maar ook zij neemt me nu niet serieus. Dat heb ik waarschijnlijk ook aan mezelf te danken, maar toch.'

'Waarom zegt u dat? Waarom hebt u dat aan uzelf te danken?'

'Omdat ik... omdat ik in het verleden net als Mark ook een tijdje van de radar ben verdwenen. Toen ik jong was, en onbezonnen. Ik rook toen de vrijheid en heb een tijdje rond de Griekse eilanden gevaren met een groepje jongeren zonder mijn ouders echt op de hoogte te houden van waar ik was en wat ik deed.

Mijn ouders denken dat die geschiedenis zich nu herhaalt en dat Mark mijn avontuurlijke genen heeft geërfd.'

'Dat kan ik me voorstellen. En het is met u immers ook goed afgelopen.'

'Nou, dat is maar hoe je het bekijkt. Ik vind van wel, maar mijn ouders dachten daar destijds toch echt anders over. Na ruim vijf maanden grotendeels spoorloos te zijn geweest, kwam ik namelijk zwanger thuis. Marks vader is Grieks.'

Hoewel Flavian het antwoord wel kon raden, stelde hij de vraag toch. 'Hebt u nog contact met Marks vader?'

'Nee. Dat was een eenmalig iets. Ik kan me zijn naam niet eens meer herinneren. Ik was dronken... Hij heeft nooit geweten van Mark.'

'Hebt u nooit de behoefte gehad om Marks vader te zoeken?'

'Nee.'

'En Mark zelf?'

'Hij vroeg weleens naar zijn vader, maar niet vaak. Ik heb hem nooit de waarheid verteld. Hij denkt dat zijn vader Nederlands is. Een man met wie ik heel even een relatie heb gehad, die op een fiasco is uitgelopen.'

'En daar nam hij genoegen mee?'

'Over het algemeen wel.'

'Waarom hebt u hem de waarheid niet gewoon verteld?'

'Om het niet onnodig ingewikkeld te maken.'

Even was Flavian stil. 'Volgens mij hebt u het juist wel ingewikkeld gemaakt door hem een verhaal op de mouw te spelden,' zei hij toen.

'Achteraf gezien misschien wel. Maar destijds leek het me de juiste keuze en daarna kon ik niet meer terug. Dat kon ik hem en mezelf niet aandoen.'

'Heftig verhaal.' Hij wist even niet zo goed meer wat hij nog moest zeggen, maar tot zijn opluchting waren ze bijna bij de boot aanbeland. Hij gaf richting aan naar rechts en sloot aan bij de rij auto's die al stonden te wachten om de boot op te mogen.

De overtocht naar Igoumenitsa was vlot verlopen en Flavian had de tijd gebruikt om Liza Roozenboom verder uit te horen over alles wat er was gebeurd. Hoewel hij nog lang niet alle details wist, had hij tegen de tijd dat ze bij Julius' huis aankwamen een goed beeld van de zaak. Er was nog voldoende parkeerruimte voor de deur en de auto stond amper stil of zijn passagier stond al buiten. Ze trok haar koffer van de achterbank.

'Wacht maar, mevrouw Roozenboom, laat mij maar.' Flavian pakte de koffer van haar aan. 'We moeten op nummer 35 zijn.'

'Inspecteur?'

Hij keek haar vragend aan.

'Misschien dat we elkaar met de voornaam kunnen aanspreken, nu we toch een paar dagen in elkaar gezelschap zullen verkeren? Dat is wat minder formeel.'

'Uitstekend.'

Ze knikte en liep toen naar het huis. Flavian trok het handvat van de koffer uit en rolde het ding met veel kabaal achter zich aan. Julius deed net open met een grote grijns op zijn gezicht.

'Welkom. Mijn naam is Julius Fotakis.'

'Liza Roozenboom.'

Julius schudde haar de hand en klapte Flavian vervolgens vriendschappelijk op zijn schouder. 'Altijd lawaai bij zich die jongen.'

Toen liepen ze gedrieën naar binnen en Julius gaf aan dat ze op de bank in de woonkamer konden plaatsnemen. Liza's gezicht betrok toen ze ging zitten en Flavian klopte haar even geruststellend op haar schouder. Julius signaleerde de toegenomen spanning bij Liza ook. 'Ik pak mijn spullen meteen, want daar komen jullie tenslotte voor.'

'Graag.' Er klonk dankbaarheid door in Liza's stem. Nerveus beet ze op de nagel van haar rechterduim.

Binnen een minuut was Julius terug en vroeg haar om haar mond te openen. 'Nog een stukje verder, alstublieft.' Vaardig nam hij een monster van haar wangslijmvlies af.

'Hoe lang duurt het voordat de uitslag bekend is?'

'Zoals ik het nu inschat een dag of twee. De enige kink in de kabel kan zijn dat er spoedklussen op mijn werk tussendoor komen.'

'En het kan geen kwaad dat mijn DNA-monster hier een nacht ligt? Het gaat niet achteruit of zo?'

'Nee. Als het droog en op kamertemperatuur wordt bewaard, dan blijft het monster zeker drie maanden bruikbaar.'

'Nou ja, twee dagen duimen draaien kan er ook nog wel bij.'

'Ik zal mijn uiterste best doen om u zo snel mogelijk zekerheid te geven. U moet het afgelopen jaar door een hel zijn gegaan.'

Liza knikte, maar ging er verder niet op in.

'Ik moet u wel nog op iets wijzen. Stel dat er een match is tussen uw DNA en dat van de voet, dan kan ik me voorstellen dat u stappen wilt ondernemen. U moet zich dan wel realiseren dat de testresultaten niet rechtsgeldig zijn, mocht het ooit tot een rechtszaak komen.'

'U bedoelt dat een rechtbank de uitslag niet zal accepteren als bewijs?'

'Inderdaad.'

'Hoe kunnen we de test wel rechtsgeldig maken?'

'Rechtsgeldig betekent dat er een onafhankelijke notaris of advocaat mee moet kijken. Dat is in deze situatie lastig omdat het geen officieel onderzoek is.'

'Ik heb eerder contact gehad met een advocaat op Corfu. Ik kan hem vragen?'

'Dat lijkt me op dit moment een heel onverstandige zet,' bemoeide Flavian zich ermee. 'Ik loop een groot risico met het continueren van dit onderzoek zonder autorisatie van mijn werkgever. Aangezien de advocaat op wie u... jij doelt een bekende is van Nikoloupolos en diezelfde Nikoloupolos via hem het afkoopgeld heeft ontvangen, heb ik mijn twijfels over de betrouwbaarheid van deze man.'

'Meen je dat nou?'

'Ja. Het spijt me, maar ik denk dat die advocaat en Nikoloupolos het op een akkoordje hebben gegooid om jou geld af te troggelen.'

'Chabrou? Dat kan ik me niet voorstellen. Hij heeft gratis voor me bemiddeld met Nikoloupolos omdat hij het onrechtvaardig vond hoe ik werd behandeld. Ik denk echt dat hij daarin oprecht was. Bovendien had die privédetective die ik had ingehuurd en die me ook écht heeft geholpen, hem aanbevolen.'

'Dan is het in mijn ogen ook zeer de vraag hoe integer deze privédetective was. Dat kent elkaar allemaal daar op dat eiland, neem dat maar van me aan.'

'Ben ik dan zo naïef geweest?'

'Dat is heel goed mogelijk, maar dat is toch niet zo gek?' mengde Julius zich in het gesprek. 'U bevond zich in een heel kwetsbare positie op dat moment. Het is niet meer dan menselijk om elke strohalm aan te grijpen en elk vriendelijk woord voor waar aan te nemen. Dat zou iedereen in uw situatie hebben gedaan, dat weet ik zeker.'

'Maar stel dat die voet echt van Mark is, dan wil ik weten wat er is gebeurd. En als het niet om een natuurlijke dood gaat, dan moeten de daders gestraft worden.'

'Wat we kunnen doen als de voet inderdaad van uw zoon blijkt te zijn,' stelde Julius voor, 'is de test nogmaals doen met een onafhankelijke getuige en de uitslag op die manier alsnog legaliseren. Dat betekent wel dat u in dat geval voor een tweede keer DNA moet afstaan.'

'Dat lijkt me geen probleem.'

'Goed, dan spreken we het zo af. Maar laten we hopen dat het niet nodig is. Kan ik jullie nog iets te drinken aanbieden?'

'Heel aardig van u, maar eerlijk gezegd ga ik liever zo snel mogelijk terug naar mijn hotel. Ik heb de afgelopen tijd slecht geslapen en ik ben doodop.'

'Prima,' zei Flavian 'dan gaan we weer.'

'Heel fijn.'

'Dat biertje houd ik graag van je tegoed, makker.' Flavian gaf Julius een snelle omhelzing. 'Bedankt, hè.'

'Voor jou altijd, Flavian, dat weet je.' Julius klapte hem vriendschappelijk op zijn schouder en stak vervolgens zijn hand uit naar Liza. 'Ik hoop dat u vannacht een beetje slaapt.'

Liza gaapte en deed snel haar hand voor haar mond.

'Dat gaat denk ik wel lukken,' zei Flavian lachend.

36

Sinds Maria Topalidou haar steun aan Flavian had ingetrokken, was hij de straat niet meer op geweest. Zijn activiteiten bestonden onder andere uit potjes online klaverjassen en hadden niets meer met politiewerk te maken. Ook vandaag zat hij zich weer in zijn kamer kapot te vervelen. Voor zijn gevoel kon hij net zo goed thuisblijven en waarschijnlijk zou niemand het merken, aangezien iedereen deed of hij lucht was. Misschien moest hij morgen eens de proef op de som nemen en niet komen opdagen. Als er geen reprimande kwam, dan vond hij het wel prima. Dan liet hij zich lekker doorbetalen terwijl hij verderging met zijn eigen onderzoek.

Het was intussen twee dagen geleden dat het DNA-monster van Liza Roozenboom was afgenomen en eigenlijk verwachtte hij vandaag een telefoontje van Julius. Hem kennende zou hij er immers alles aan doen om de uitslag zo snel mogelijk te hebben. Flavian klikte een nieuw spelletje klaverjas aan en speelde op de automatische piloot zijn kaarten. Hij had gisteren en vandaag meerdere keren op het punt gestaan om Liza Roozenboom te bellen, maar had het uiteindelijk steeds niet gedaan. Het stond buiten kijf dat de vrouw, in afwachting van de uitslag, op van de zenuwen zou zijn en hij wilde haar niet onnodig laten schrikken met zijn telefoontje. Het was beter haar te bellen als hij ook echt iets te melden had.

Hij speelde het spelletje uit en werd voor de tiende keer op rij genadeloos ingemaakt door zijn online tegenspeler met de naam Thor. Gefrustreerd sloot hij het spel af en zette zijn computer uit. Hij vloog tegen de muren op in die verrekte bezemkast. Hij móést iets doen. Even aarzelde hij nog, maar toen pakte hij zijn privételefoon en toetste het nummer van Julius in. Hij moest weten hoe het ervoor stond, even contact hebben met een normaal mens, anders werd hij gek. Het toestel ging een paar keer over en toen hoorde hij de vrolijke stem van zijn goede vriend in zijn oor schallen.

'Flavian! Ik wilde je net bellen. Je bent echt eng telepathisch.'

'Als je me wilde bellen, dan heb je iets te melden.'

'Zeker.'

'Nou, kom maar op dan. Ik kan wel wat sensatie gebruiken.'

'Heb je weer "zo'n dag"?'

'Yep.'

'Oké, dan zal ik ter zake komen. Geloof het of niet, maar we hebben een match.'

'Dat meen je niet!' Flavian sprong op van zijn stoel en stootte zijn knie hard tegen zijn bureau. Hij vloekte in zichzelf terwijl hij over de pijnlijke plek wreef.

'Ik heb een verwantschap vastgesteld tussen de voet en mevrouw Roozenboom. Ik kan met vijfennegentig procent zekerheid zeggen dat de voet van haar zoon Mark is.'

'Allemachtig, hoe bizar!'

'Neem jij zelf contact op met mevrouw Roozenboom, of wil je dat ik haar bel?'

'Ik stap nu in de auto en ga meteen bij haar langs. Zo'n bericht wil ik niet over de telefoon geven.'

'Kun je weg van je werk dan?'

'Ik geloof niet dat er ook maar iemand is die me hier zal missen.'

'Kom toch terug naar je oude stek, man. Je zit weg te kwijnen op dat eiland terwijl we je hier allemaal missen.'

'Ik ga eerst aan de slag met deze zaak, maar als ik daarmee klaar ben... wie weet. Ik geloof dat ik inmiddels wel zover ben dat ik mijn ex liever af en toe tegen het lijf loop, dan dat ik hier zit te duimendraaien tussen dat corrupte zootje.'

'Hou die gedachte vooral vast,' voegde Julius er grinnikend aan toe. 'Weet je al hoe je het verder gaat aanpakken met je onderzoek?'

‘Ik ga eerst maar eens met mevrouw Roozenboom praten en dan maak ik in overleg met haar een plan. We kunnen er redelijkerwijs van uitgaan dat haar zoon dood is, maar zij en ook ik willen antwoord op de vraag hoe hij is doodgegaan. Was het een ongeluk of was er opzet in het spel? Als het laatste het geval is, dan wordt het interessant. Er is een aantal zaken dat vragen oproept en eerder in de richting van een misdaad wijst dan een noodlottig ongeval.’

‘Laat maar weten als ik je gaandeweg nog ergens mee kan helpen.’

‘Zal ik zeker doen. En nu moet ik gaan om de veerboot nog te halen. Spreek je later.’

Het gewicht van het nieuws dat Flavian aan Liza moest vertellen, drukte zwaar op zijn schouders. Hij was een klop op de deur verwijderd van het verwoesten van haar leven. Een moeder moeten vertellen dat haar kind niet meer leeft, was een van de ergste dingen die je als politieman kon overkomen. Op dit soort momenten verafschuwde hij zijn werk. Hij dealde liever met criminelen, ook al was dat nooit zonder gevaar voor eigen leven. Zelfs als het hard tegen hard ging, deerde hem dat niet. Criminelen verdienden in zijn ogen niet beter en hij had zelf gekozen voor dit vak en nam de risico’s op de koop toe. Maar onschuldige mensen die ellende in hun maag gesplitst kregen, daar kon hij slecht tegen. Wat hij er zelf van vond, deed er alleen niet toe. Het maakte het nieuws niet minder erg of de wereld minder oneerlijk.

Flavians vuist zweefde voor de deur van haar hotelkamer. Hij hoefde hem alleen nog maar naar voren te duwen. Hij sloot zijn ogen en klopte aan. Binnen een paar seconden vloog de deur open, alsof Liza Roozenboom erachter had staan wachten op dit moment. Met een verhit gezicht dat duidelijke sporen van tranen vertoonde, keek ze hem aan. Heel kort zag hij hoop opvlammen in haar ogen, maar vrijwel meteen maakte deze plaats voor pure wanhoop.

'Je... je hebt de uitslag. Het is Mark, hè?'

Hij knikte. Liza trok bleek weg en stortte voor zijn ogen in. Het was alsof alle spanning van het afgelopen jaar zich had vastgezet in haar spieren en nu in één keer vrijkwam. Ze zakte als een lappenpop in elkaar en Flavian kon haar nog net opvangen. Hij nam haar slappe lichaam in zijn armen, schopte de deur dicht en tilde haar naar het bed. Ze was zo licht als een veertje. Voorzichtig legde hij haar neer en tikte een paar keer op haar wang, terwijl hij haar naam bleef herhalen tot ze haar ogen weer opendeed. Hij schrok van de lege blik die erin lag. Alsof haar ziel haar lichaam had verlaten. De ogen van een dode. Hij bleef tegen haar praten, net zolang tot hij weer contact met haar kreeg. Toen ze probeerde overeind te komen, hielp hij haar.

'Zal ik een glaasje water inschenken?'

'Doe maar wat sterkers uit de minibar.'

Flavian pakte een klein flesje wodka en gaf het haar. Ze sloeg het in één keer achterover, hoestte en veegde de tranen uit haar ogen. 'Excuses.'

'Waarvoor?'

'Ja, dat weet ik eigenlijk ook niet.' Ze stond op van het bed en ging voor het raam staan dat uitkeek op het water. 'Weet je wat pas echt ziek is? Ik heb vanochtend nog een mailtje gehad zogenaamd van Mark. Er is dus iemand die mij al een jaar lang berichten stuurt namens mijn zoon. Waarom? Waarom doet iemand zoiets verschrikkelijks?'

'Nu we weten dat Mark niet meer leeft, is het tijd om dat te gaan uitzoeken. Deze hele zaak stinkt.'

'Ik wil weten wat er met mijn zoon is gebeurd. Hoe hij aan zijn einde is gekomen. Is hij van een boot gevallen door een ongeluk, was er opzet in het spel of is hij bewust in het water gesprongen?'

'Ik denk dat we de laatste mogelijkheid met aan zekerheid grenzende waarschijnlijkheid kunnen uitsluiten. Je krijgt al een jaar lang nepmailtjes namens Mark, dus er is iemand die weet van zijn dood en die voor jou verborgen wil houden.'

Liza schudde haar hoofd. 'Maar wie doet zoiets? Wie is zo gestoord? Ik ken echt niemand die ik dat etiket kan opplakken.'

'Mogelijk is Mark op enig moment nadat hij Corfu heeft verlaten met de verkeerde mensen in aanraking gekomen. Of hij is inderdaad overboord gevallen, misschien doordat de boot een vreemde beweging maakte of misschien was er wel een ruzie of zo, en om wat voor reden dan ook wil de getuige niet dat dit bekend wordt. Hoe dan ook, we hebben in elk geval een aanknopingspunt. Ik moet op de een of andere manier het IP-adres zien te achterhalen waar die mails vandaan worden gestuurd. Ze worden met een telefoon verstuurd, toch?'

'Ja, onder elk bericht staat "Verstuurd vanaf mijn iPhone".'

'De vraag is alleen, hoe achterhaal ik een IP-adres zonder dat ik gebruik kan maken van de officiële kanalen? Daar moet ik echt even goed over nadenken en ik kan niet garanderen dat ik met een oplossing kom. Ik zal straks overleggen met Julius. Misschien dat hij nog iemand kent die me wil helpen.'

'Die óns wil helpen.'

'Ons?'

'Ja, je dacht toch niet dat ik naar Nederland zou terugkeren nu ik weet dat Mark dood is? Ik heb pas rust als ik weet wat er met hem gebeurd is, dus ik ga je helpen bij het onderzoek.'

'Eh, ik weet niet of dat nou wel zo'n goed idee is. Lezen over misdaad is iets anders dan er met je neus bovenop zitten. Ik heb geen idee waar we mee te maken hebben en ook niet hoeveel gevaar het achterhalen van de waarheid met zich meebrengt. Ik mag jou als burger daar niet aan blootstellen.'

'Hou toch op!' Ze verhief haar stem. 'Er mag zoveel niet. Ik laat me niet wegsturen, en als me dan iets overkomt, wat dan nog? Wat heb ik nou nog te verliezen? Ik ben mijn zoon kwijt!'

Ze stond trillend voor hem. Of het van verdriet, woede of iets anders was, kon hij niet zeggen. Hij keek haar aan en zag de onwrikbaarheid in haar ogen. Zou hij er anders over denken als hij in haar positie was?

'Weet je het zeker?'

'Ik ben tot alles bereid.'

'Je snapt dat ik niet zit te wachten op onbezonnen acties die het onderzoek in gevaar brengen?'

'Ik móét weten wie mijn zoon dit heeft aangedaan en ik zal daar linksom of rechtsom achter komen. Met of zonder jou.'

Haar ogen spuwden vuur en Flavian kon niet anders dan bewondering voor haar hebben. In no time had ze zichzelf herpakt en een nieuw doel gevonden om voor op de been te blijven.

'Goed dan, je mag me helpen met het onderzoek, maar ik heb de leiding en als ik zeg dat we iets niet doen omdat het gevaar oplevert, dan verwacht ik dat je naar me luistert.'

Liza stak hem haar hand toe ten teken dat ze akkoord ging met zijn voorwaarden. 'Maar je hoeft me ook niet als een porseleinen poppetje te behandelen. Ik kan best tegen een stootje.'

Flavian glimlachte. 'Ik zal het in mijn oren knopen.'

'Mooi. Nou, waar beginnen we?'

'Op Corfu. De levenstekens die je per mail van Mark hebt ontvangen, kunnen niet van hem afkomstig zijn geweest. Julius schat in dat zijn voet ongeveer een jaar in zee heeft gelegen, dus dat voert ons terug naar de tijd dat Mark voor het laatst op Corfu is gezien. Ik wil proberen om aan de hand van de laatste foto's die hij je een jaar geleden heeft gestuurd, zijn gangen van destijds na te gaan. Het lijkt me dus slim als we zo snel mogelijk de boot terug nemen naar het eiland om het onderzoek te starten.'

'Ik heb vorig jaar ook al een poging gedaan om Marks gangen na te gaan, maar kwam geen steek verder. Volgens Marks vriend met wie hij in Griekenland was, hadden ze een zeiltocht gemaakt met Ilios Sailing. Ik ben naar die bootverhuurder toe gegaan, maar daar beweerden ze Mark en zijn vriend Fedde helemaal niet te kennen. Er was niks over hen terug te vinden in hun administratie. Die privé-detective die ik had ingehuurd, heeft ook nog een poging gedaan. Hij kende de eigenaar, had met hem op school gezeten, maar ook hij kwam met lege handen terug. Toch bleef Fedde bij hoog en bij laag beweren dat ze wel degelijk een boot bij Ilios Sailing hadden gehuurd. Op zijn minst vreemd te noemen, toch?'

Flavians gezicht betrok. 'Ilios Sailing is eigendom van Petros Tziolis, een zeer rijke en machtige zakenman en een vriendje van commissaris Nikoloupolos.'

'O.' Ook Liza's gezicht betrok. 'We kunnen er dus van uitgaan dat die Tziolis Nikoloupolos op de hoogte brengt zodra we een bezoekje aan zijn bedrijf brengen?'

'Dat ligt wel in de lijn der verwachting, ja. Het is de vraag of we dat willen. En zo ja, willen we dat al in dit vroege stadium van het onderzoek of later, als we hopelijk wat meer informatie hebben achterhaald? Als we kiezen voor de laatste optie, kunnen we langer ongestoord onze gang gaan. Als we meteen de confrontatie met Tziolis zoeken, dan kan ik er donder op zeggen dat ik op mijn werk word teruggefloten. Of erger.'

'Erger?'

'Dat ik word geschorst of zo. Maar goed, dat doet er nu even niet toe. Wat raar is, is dat die Fedde en Ilios Sailing elkaar tegenspreken. Misschien moeten we eerst contact zoeken met Fedde en hem vragen of hij zijn verhaal nogmaals wil vertellen?'

'Ik denk niet dat we daar veel wijzer van worden. Ik zei al dat ik hem destijds een paar keer heb gesproken over de laatste dagen die hij met Mark heeft doorgebracht. Hij was heel stug en liet niet veel los, en het was echt heel duidelijk dat hij het niet echt kon waarderen dat Mark met zijn nieuwe vriendinnetje Thera ging backpacken.'

'Omdat hij jaloers was?'

'Ja, ik denk dat het feit dat hij ook een oogje had op die Thera meespeelde in zijn reactie. Maar ook hij had geen contact meer met Mark gehad en hij was heel verbaasd toen ik hem vertelde over de zeiltocht naar Antalya. Daar wist hij niets van.'

'Wanneer was dat?'

'Dat zal zo'n twee maanden na Marks verdwijning zijn geweest, de laatste keer dat ik Fedde sprak. Ik weet het niet meer precies. Ineens nam hij zijn telefoon niet meer op als ik belde en tijdens mijn laatste belpoging was het nummer zelfs niet meer in gebruik. Hij had een kamer in hetzelfde studentenhuis als Mark, maar daar is hij uiteindelijk vertrokken.'

'Is hij dus net als Mark spoorloos?'

'Nou, dat denk ik niet. Ik weet het niet. Ik weet waar zijn moeder woont. Als ik wil kan ik hem via haar benaderen, maar tot op heden zag ik daar de noodzaak niet van in. Ik kwam niet verder met die jongen. Ik denk eerlijk gezegd dat hij me hysterisch vond omdat ik zo vaak belde. Ik ben hem zelfs een keer gaan opzoeken in het studentenhuis toen hij net terug was in Nederland. Daar was hij ook niet zo blij mee. Weet je, hij heeft samen met Mark vrijwilligerswerk gedaan in een vluchtelingenkamp op Lesbos en sindsdien is hij niet meer zichzelf. Mark heeft me nog gemaild dat hij zich zorgen maakte over Fedde omdat hij alle ellende waarmee ze daar geconfronteerd werden niet zo goed trok.'

'Begrijpelijk, dat zie je wel vaker bij vrijwilligers die dat soort werk doen.'

'Ja, en ik denk dat hij rondloopt met een enorm schuldgevoel omdat hij niet iedereen heeft kunnen redden, en dat hij dat probeert te onderdrukken. Maar als ik hem dan bel over Mark of ineens voor zijn neus sta met allerlei vragen, dan komt alles weer naar boven. Mark doet hem denken aan het vluchtelingenkamp én Mark is zijn beste vriend die hem voor zijn gevoel heeft laten barsten voor een meisje dat hij amper kende. Ergens is het dan ook niet zo vreemd dat hij mij liever niet sprak. Bovendien lagen zijn ouders net in scheiding en daar had hij het heel moeilijk mee.'

'Zou het kunnen dat Fedde iets te maken heeft met Marks verdwijning?'

'Nee, dat geloof ik niet. Fedde was Marks beste vriend, die twee zouden elkaar nooit iets aandoen. Bovendien heb ik nog een bericht van Mark gekregen dat hij in Antalya was aangekomen en toen was Fedde allang terug in Nederland.'

'Maar we weten niet zeker of dat bericht wel van Mark was. Voor hetzelfde geld was hij toen al...' Flavian zweeg.

'Was hij toen al dood, wil je zeggen?'

'Ja, het spijt me.'

Liza's ogen werden vochtig, maar ze hield zich kranig. 'Ja, je hebt gelijk. Mark had toen al dood kunnen zijn, maar hij en Fedde waren echt heel lang bevriend met elkaar. En Mark had een buitengewoon goed beoordelingsvermogen als het op mensen aankwam, veel beter dan ik. Zijn mensenkennis vertrouw ik blind. Vertrouwde ik blind.' Liza's stem werd dik van emotie toen ze zich klaarblijkelijk realiseerde dat ze in het vervolg in de verleden tijd over Mark moest spreken.

'Maar als hij echt Marks beste vriend was, waarom kon hij zich dan niet over zijn boosheid en jaloezie heen zetten? Het moet hem toch ook grote zorgen hebben gebaard dat Mark ineens van de aardbodem verdwenen leek te zijn?'

'Maar dat is het hem nou juist. Dat geloofde hij helemaal niet. Hij was er honderd procent van overtuigd dat Mark met Thera was gaan backpacken en vanzelf weer naar huis zou komen als hij het zat werd.'

'Zou het kunnen dat Fedde toch eerder naar huis is gegaan dan dat hij heeft beweerd? Kunnen we er wel zeker van zijn dat hij die flottielje-zeiltocht helemaal heeft afgemaakt?'

'Je vraagt je af of hun ruzie zo hoog is opgelopen dat hij eerder van boord is gegaan?'

'Ik weet het niet. Ik ken die hele jongen natuurlijk niet en ik moet afgaan op wat jij me vertelt, maar het zit me allemaal niet lekker.'

'Maar waarom zou Fedde daarover liegen?'

'Misschien schaamt hij zich of voelt hij zich achteraf schuldig dat hij Mark in de steek heeft gelaten om zoiets lulligs? Want laten we wel zijn, dat is het. Als hun vriendschap echt zo goed was als jij beweert, dan moet deze toch tegen een stootje kunnen. Maar goed, laten we eerst een poging doen om Marks gangen op het eiland na te gaan en kijken of we het exacte moment kunnen bepalen waarop hij en Fedde ieder hun eigen weg gingen. Als we die informatie hebben, kunnen we Fedde met onze bevindingen confronteren.'

'Je wilt hem niet nu al bellen?'

'Nee, ik wil eerst iets concreets in handen hebben, anders kunnen we nooit aantonen dat hij misschien liegt. Kun je me alle foto's appen die Mark je heeft gestuurd vanaf het moment dat hij vorig jaar naar Lesbos vertrok? Wie weet vind ik daarop aanwijzingen en bovendien heb ik dan concreet materiaal in handen om her en der te laten zien. Misschien herkent iemand Mark of kan iemand zich nog dingen herinneren van toen.'

'Ik zal het meteen doen.' Liza zocht de foto's op in haar telefoon en vlak daarna pingelde Flavians mobiel een aantal keer achter elkaar. 'En nu?'

'Nu gaan we naar Corfu, op zoek naar antwoorden.'

37

De muren van zijn bedompte hok op het bureau kwamen al de hele ochtend op Flavian af. Om niet gillend gek te worden, bestudeerde hij heimelijk de foto's van Mark die Liza hem had gestuurd. De foto waarop Mark op een zeilboot stond met zijn opvallende witte sneakers, had nog steeds zijn bovenmatige aandacht. Deze keer focuste hij niet op de schoenen, maar op de zeilboot die achter de boot van Mark lag. De vlag die aan de blauw-witte boot wapperde, droeg de kleuren rood, goud en blauw, en in het midden bevond zich een gouden logo van een boot waar tekst omheen stond. Onmiskenbaar de vlag van Ilios Sailing. Er was dus een boot van de zeilbootverhuurder in de buurt van die van Mark geweest en het was heel aannemelijk dat het een van de boten betrof die hadden meegevaren met de flottielje-tocht. Maar waarom beweerde Ilios Sailing dan dat ze nooit van Mark Roozenboom hadden gehoord? Waarom hadden ze Liza en ook de privédetective verteld dat er geen huurovereenkomst met hem of zijn vriend Fedde terug te vinden was in hun administratie? Was het misschien toeval? Had de boot op de achtergrond niks te maken met de zeiltocht die Mark, Fedde en Thera hadden gemaakt? Jammer genoeg was op de foto niet te zien of de boot van Mark aan de buitenkant ook blauw-wit geschilderd was.

Flavian zoomde zo veel mogelijk in op de boot van Ilios Sailing in de hoop een detail of een glimp van een persoon te ontdekken waar hij iets mee kon. Helaas. Hij focuste op de achtergrond van de foto. De twee boten lagen in een baai met azuurblauw water. Daarachter was een wit strand. Hij pakte de volgende foto erbij die Liza een paar uur na de bootfoto had ontvangen. Er was een stad op te zien die schitterde in de gloed van de avondzon. Flavian herkende de karakteristieke Venetiaanse huizen die tegen de berghellingen aan waren gebouwd. Dit was Assos, de hoofdstad van het eiland Kefalonia, dat kon niet missen. Hij swipete terug naar de vorige foto en bekeek het achterliggende strand nog eens goed. Dit moest Myrtos Beach zijn, ook wel 'het paradijs van Kefalonia' genoemd. De zonsondergangen op het strand waren prachtig en zeer gewild bij toeristen.

Hij moest nagaan of de zeiltocht die Ilios Sailing vorig jaar had georganiseerd Myrtos Beach en Assos had aangedaan én of dat op de datum was geweest waarop Mark beide foto's aan zijn moeder had gestuurd. In combinatie met de verklaring van vriend Fedde en de boot die achter die van Mark op een van de foto's stond, zou dat een sterke aanwijzing zijn dat Mark wel degelijk terug te vinden moest zijn in de administratie van Ilios. Aangezien Ilios dat ontkende, zou dat erop kunnen wijzen dat de bootverhuurder zijn administratie niet goed op orde had, óf dat er een reden was om daarover te liegen. Dat laatste was een interessante gedachte. Marks lichaam was op de een of andere manier te water geraakt en het zou natuurlijk om een ongeluk kunnen gaan. Je hoorde wel vaker dat iemand tijdens het zeilen de giek tegen zijn hoofd kreeg, bewusteloos in zee belandde en verdronk. Het zou het zwijgen van Ilios Sailing kunnen verklaren. Zij dachten natuurlijk aan hun reputatie en een ongeluk zou geen goede reclame zijn, ongeacht of er sprake was van nalatigheid of domme pech. Maar als er een ongeluk was gebeurd tijdens de zeiltocht, waarom had Marks vriend Fedde daar dan niets over gezegd? Er waren drie mogelijkheden. Of er was helemaal niks gebeurd tijdens die zeiltocht en hij zag spoken. Of Fedde verzweeg belangrijke informatie omdat hij betrokken was geweest bij een mogelijk ongeluk en bang was voor represailles. Maar het kon ook nog zo zijn dat er iets was gebeurd nadat Fedde de boot had verlaten. En wellicht was dat nog tijdens de flottielje-zeiltocht geweest en had Fedde daarover gelogen.

Het stond als een paal boven water dat hij Fedde moest spreken, maar hoe langer Flavian erover nadacht, hoe meer hij ervan overtuigd raakte dat hij zijn zoektocht naar de waarheid moest starten bij de eigenaren van Ilios Sailing, de familie Tziolis. Daar lag voor zijn gevoel de sleutel. Dat bracht echter meteen het grote probleem met zich mee dat pater familias Petros Tziolis op goede voet stond met commissaris Nikoloupolos. De grote vraag was nu of hij, Flavian Papadopoúlou, bereid was om dit pad in te slaan met het risico zijn baan kwijt te raken. Hoe graag wilde hij deze zaak tot op de bodem uitzoeken? Hoe graag wilde hij paal en perk stellen aan de corruptie op dit eiland, die – daarvan was hij overtuigd – onlosmakelijk verbonden was met deze zaak? Hij moest nu een beslissing nemen.

Julius' woorden schoten hem ineens te binnen, dat hij zo gemist werd op zijn oude werkplek en dat ze niets liever wilden dan dat hij zou terugkomen. Toen verscheen het gezicht van Liza Roozenboom op zijn netvlies – ze zat in haar hotelkamer te wachten tot hij langs zou komen om een plan van aanpak door te spreken. Doordat hij zo eigenwijs was geweest om het onderzoek naar de aangespoelde schoen met de voet door te zetten, had hij haar leven op zijn kop gezet. Deze vrouw had er recht op om te weten wat er met haar zoon was gebeurd en hij moest haar daarbij helpen, ongeacht wat de consequenties zouden zijn. Hij mocht zich niet laten tegenhouden door zijn eigen angst. Iedereen die iets te verbergen had, zou daarmee moeten worden geconfronteerd. Iedereen zou zich moeten verantwoorden voor zijn of haar daden. Dat was eigenlijk de enige conclusie die hij kon trekken. Nee, hij mocht en wilde Liza nu niet in de steek laten.

Flavian keek op zijn horloge en zag dat zijn dienst er over een kwartier op zat. Hij stond op en pakte zijn spullen. Niemand zou hem missen als hij er nu al vandoor ging. Hij sloot zijn kamer voor de vorm af en beende met grote passen naar de uitgang van het bureau. De agente achter de balie groette hem niet eens. Hij vond het wel prima. De overgang van het door airco gekoelde gebouw naar buiten was een klap in zijn gezicht. Alsof hij zich een weg moest zien te banen door een ondoordringbare muur van warmte. Hij begon meteen te zweten en verruilde zijn politiekleding voor de dunne spijkerbroek en het katoenen shirt die achter in zijn auto lagen. Daarna spoot hij kwistig met de deodorant uit het dashboardkastje. Hij was er klaar voor. Even twijfelde hij of hij niet toch eerst naar het kantoor van Ilios Sailing moest gaan, maar die gedachte wimpelde hij weer snel weg. Nee, hij mocht niet bang zijn. Hij moest de koe bij de hoorns vatten.

Hij startte de motor en reed toen langzaam het terrein van het politiebureau af. Het komende bezoek zou van cruciaal belang zijn voor het onderzoek. Hij typte het adres in in zijn navigatiesysteem en volgde de instructies van de vrouwenstem op. Op weg naar het privéadres van Petros Tziolis.

Flavian parkeerde zijn auto aan de rand van het terrein van de familie Tziolis en liep naar het indrukwekkende hoge toegangshek met scherpe ijzeren punten. Hij keek door het hek en volgde met zijn ogen de lange oprijlaan die eindigde voor een statig wit huis van gigantische omvang. De bouwstijl deed eerder Amerikaans dan Grieks aan. Hij bekeek het hek nog eens goed en besloot ter plekke om zijn auto buiten de poort te laten staan.

Hij wist niet zo goed wat hij van het komende gesprek moest verwachten, maar dat Petros Tziolis niet blij zou zijn met zijn komst, dat was zeker. Flavian haalde een paar keer diep adem, maakte zich breed en belde aan bij de intercom die verwerkt was in een van de gepleisterde pilaren die aan weerszijden van het toegangshek stonden. Vrij snel kwam er respons. De intercom zoemde en een vrouwenstem vroeg: '*Poios einai ekeí*?'

'Inspecteur Papadopoúlou voor meneer Petros Tziolis. Is hij thuis?'

'Hebt u een afspraak?'

'Nee.'

'Waar komt u voor?'

'Dat bespreek ik liever zelf met hem.'

'Wilt u uw identificatiebewijs en uw politiepenning voor de camera houden?'

Flavian deed wat hem werd gevraagd.

'Een ogenblikje.' De verbinding werd verbroken en de intercom zweeg. De zon brandde nog behoorlijk fel en Flavian wiste met een zakdoek het opkomende zweet van zijn voorhoofd. Ongeduldig ijsbeerde hij langs het hek. Er verstreken vijf minuten en hij begon de hoop al op te geven dat hij binnen werd gelaten. Toch nog onverwachts schoof het hek met een ratelend geluid langzaam open en zodra de ruimte groot genoeg was, glipte hij erdoorheen. Zijn voetafdrukken lieten sporen achter in het versgestrooide en fijnkorrelige witte grint. Hij stapte stevig door en beklom de treden van het bordes die leidden naar de witte voordeur met een bronzen deurklopper in de vorm van een leeuwenkop. Bij gebrek aan een bel pakte hij de kop en bonkte er een paar keer stevig mee op de deur. Kort daarna werd hij binnengelaten door een vrouw van middelbare leeftijd. Haar gezicht had diepe groeven en haar handen vertoonden duidelijke sporen van hard werken. Over haar kleding droeg ze een lange witte schort en haar haren waren onder een wit mutsje gepropt. Ze keek hem onderzoekend aan met haar donkere kraalogen.

'U was inspecteur zei u?' Haar ogen keken afkeurend naar zijn spijkerbroek en T-shirt.

'Mijn dienst van vandaag zit er officieel op, vandaar dat ik vrijetijdskleding draag.'

'Voordat ik u naar meneer Tziolis breng, wil ik uw identificatie nogmaals zien.' Haar stem klonk argwanend.

Flavian pakte zijn identiteitsbewijs en politiepenning en liet haar deze zien. Zorgvuldig vergeleek ze zijn foto met zijn gezicht om zichzelf van de gelijkenis te overtuigen. Toen ze tevreden was, gaf ze hem zijn spullen terug.

'Volgt u mij maar.

Ze ging hem voor door de lange gang en opende een deur aan de linkerkant. De kamer waarin Flavian werd binnengelaten, was ingericht als een salon met een marmeren vloer, dure kersenhouten meubels en een aantal grote en comfortabel uitziende fauteuils van goudkleurig velours. De bediende wees dat hij in een van de stoelen kon gaan zitten.

'Meneer Tziolis komt zo bij u.'

Ze verliet de salon en sloot de deur. Flavian was alleen en voelde zich hoogst ongemakkelijk. Ondanks de dure meubels en vloer, en de zorgvuldig uitgekozen kunstwerken, deed de ruimte kil aan. *Gezelligheid kun je niet kopen.* Op zijn eigen ademhaling na, was het muisstil in het vertrek. Zijn mond was droog en hij snakte naar een glas koud water of, beter nog, een biertje. Hij verwachtte hier geen drankje te krijgen, zeker niet als hij Tziolis confronteerde met zijn vermoeden dat Ilios Sailing wel degelijk wist wie Mark Roozenboom was. Waarom het bedrijf daarover loog zou de volgende vraag zijn.

Flavian ging wat verzitten. De fauteuil was toch minder comfortabel dan hij eruitzag en maakte het bijna onmogelijk om goed rechtop te zitten. Hij had de juiste houding nog niet gevonden toen de deur van de salon openging en Petros Tziolis geruisloos binnenkwam. Hij droeg een witte badjas en liep op blote voeten. Met een dikke rode handdoek waar een gouden embleem op genaaid was, droogde hij zijn haar. Het was duidelijk dat de zakenman uit het zwembad of onder de douche vandaan was geplukt en aan zijn gezicht te zien, kon hij dat niet waarderen. Onvriendelijk keek hij Flavian aan en hij nam niet de moeite om te gaan zitten. Zelfs in zijn badjas was de man een indrukwekkende verschijning die macht en zelfvertrouwen uitstraalde. De blik in zijn donkere ogen was hard. Deze man ging over lijken om zijn zin te krijgen.

'Ik heb je binnengelaten omdat ik nieuwsgierig ben naar wat je komt doen, maar ik kan je nu al zeggen dat ik helemaal niets te melden heb,' stak Tziolis plompverloren van wal. 'Ik neem aan dat je niet geautoriseerd bent om hier überhaupt aan te kloppen?'

Tziolis keek al net zo afkeurend naar zijn spijkerbroek en shirt als de bediende had gedaan en Flavian baalde steeds meer dat hij zich had omgekleed. In zijn vrijetijdskleding had hij geen enkele autoriteit en Tziolis was duidelijk niet van hem onder de indruk. Het zou een harde dobber worden om de man überhaupt antwoorden te ontfutselen. Flavian besefte dat hij eigenlijk met lege handen stond en volledig afhankelijk was van de goodwill van de zakenman. Hij had geen enkel drukmiddel in handen waarmee hij Tziolis kon dwingen tot antwoorden. Tziolis maakte intussen nog steeds geen enkele aanstalten om in de fauteuil tegenover hem te gaan zitten en dus stond Flavian op. Hij vond het niet prettig als de zakenman, die duidelijk het overwicht had in deze kamer, op hem neerkeek. Als twee kemphanen stonden ze tegenover elkaar.

'Nou, wat kom je doen? Ik heb meer te doen,' snauwde Tziolis.

'Een week of wat geleden is er een schoen met het restant van een voet aangespoeld op Issos Beach. De voet blijkt afkomstig te zijn van een Nederlandse man die als vermist stond geregistreerd. Hij is een jaar geleden voor het laatst op Corfu gezien, samen met een blond meisje en een andere Nederlandse man.'

'En wat heb ik daarmee te maken?'

'Daarom ben ik hier, om dat uit te vinden. De man heet Mark Roozenboom en vlak voordat hij uit beeld verdween, heeft hij samen met zijn vriend en dat meisje meegedaan aan een flottielje-zeiltocht die werd georganiseerd door Ilios Sailing. De moeder van de man heeft vorig jaar al gepoogd haar zoon te vinden en zijn gangen na te gaan. Ze is ook bij Ilios geweest omdat haar zoon via uw bedrijf de boot zou hebben gehuurd voor deelname aan die flottielje-tocht. Het vreemde is dat ze toen te horen kreeg dat haar zoon, zijn vriend en het meisje niet in jullie administratie voorkwamen. Een privédetective die de moeder later heeft ingehuurd, kreeg dezelfde mededeling. Van u persoonlijk nog wel. Stavros Kafes? U kent hem wel, u hebt nog op school gezeten met hem. Dat is vreemd, toch?'

'Als er niks in mijn administratie staat over deze mensen, dan zijn ze niet bekend bij ons. Wat is daar vreemd aan? Wij hebben onze zaakjes goed op orde. Er zijn wel meer bootverhuurders op het eiland, ga die maar lastigvallen.'

'De vriend van het slachtoffer weet anders zeker dat ze hun boot bij uw bedrijf hebben gehuurd.'

‘Heeft hij daar bewijs van?’

‘Nee, het slachtoffer had de papieren bij zich toen hij verdween.’

‘Geen bewijs, maar wel suggereren dat er iets fouts aan de hand is. Dat is lekker makkelijk.’

‘Ik zou graag uw administratie zelf eens doorspitten. Misschien hebben uw medewerkers iets over het hoofd gezien?’

‘Pardon?’

‘Ik heb sterke aanwijzingen dat Mark Roozenboom wel degelijk een boot bij Ilios Sailing heeft gehuurd.’

‘Zo, zo. Sterke aanwijzingen. Toe maar.’

Flavian pakte zijn telefoon en scrolde naar de foto van Mark met achter hem de vlag van Ilios Sailing, en hield hem Tziolis voor. ‘Dat is toch een van uw boten?’

Tziolis boog zich naar het scherm toe. Onder zijn rechteroog begon een spiertje te trekken. ‘Ja, en?’

‘De boot op de voorgrond is die van Mark Roozenboom en zijn gezelschap.’

‘Nogmaals: ja, en?’

‘Aangezien de heer Roozenboom deelnam aan een flottielje die op dat moment door uw bedrijf werd georganiseerd en de boot van de heer Roozenboom naast een van de uwe ligt, is het zeer aannemelijk dat zijn boot ook van Ilios is, toch?’

‘Waarom zou dat aannemelijk zijn?’

‘Heeft een flottielje-tocht niet als kenmerk dat meerdere boten in groepsverband een bepaalde route afleggen?’

‘Dat is een onderdeel van flottielje inderdaad, maar als je je even goed had verdiept in het principe dan had je geweten dat het voor ervaren zeilers ook mogelijk is om deel te nemen met een boot zonder dat een van onze schippers aan het roer staat. Daar komt nog bij dat het ook is toegestaan om af en toe van de vaarroute van de groep af te wijken en een eigen uitstapje te maken. Dat een van mijn boten achter de boot van deze kerel ligt, die ik overigens nog nooit gezien heb en van wie ik nog nooit gehoord heb, zegt dus helemaal niets. Het kan net zo goed een boot van een andere verhuurder zijn waar deze Nederlander een uitstapje mee heeft gemaakt. De boot waar hij op staat herken ik niet als een van de mijne. Je ziet geen vlag, geen verfkleuren. Als die foto je "harde bewijs" is, dan moet ik je toch teleurstellen. Bovendien...' Tziolis bekeek de foto nog eens goed. 'Is dat niet Myrtos Beach op de achtergrond?'

'Ja.'

'Onze tocht gaat niet langs Myrtos Beach. We zeilen altijd rechtstreeks naar Assos en meren daar de boten aan in de haven, waar we eten en overnachten. Je kletst dus uit je nek.'

Flavian gaf het nog niet op en liet Tziolis de foto zien van Assos. 'Mark Roozenboom is inderdaad ook in Assos geweest, net als uw flottielje-ploeg. Hij en zijn vriend waren ervaren zeilers en hadden een boot zonder schipper gehuurd. Zoals u net al zei, wijken de zelfstandige zeilers nog weleens af van de basisroute om een eigen uitstapje te maken. Het is dus heel goed mogelijk dat dit het geval is geweest, denkt u niet? Mijn theorie is dat de boot van Mark, samen met de boot van Ilios Sailing die op de foto te zien is, zo'n uitstapje heeft gemaakt.'

'Weet je wat mijn theorie is? Dat ik je zat ben. Je krijgt de kans om vrijwillig te vertrekken en anders bel ik de bewaking en laat ik je eruit gooien. Wat wordt het?'

'Weet u wat het is, meneer Tziolis, hoe harder u ontkent, hoe meer ik geloof dat u iets te verbergen hebt. Ik zit met een jongeman die verdwenen is, naar alle waarschijnlijkheid dood is, en zijn moeder die recht heeft op antwoorden. Even een heel gekke gedachte, maar zou het niet zo kunnen zijn dat er tijdens de flottielje-tocht een ongeluk is gebeurd waarbij Mark Roozenboom is verdronken en dat u dat probeert te verbloemen? Mensen zouden immers weleens kunnen gaan twijfelen aan de vakkundigheid van de begeleiding van de boottocht.'

Tziolis begon keihard te lachen. 'Ik ben blij dat je het zelf al een gekke gedachte noemt, anders zou ik nu ter plekke een psycholoog voor je bellen. Een ongeluk, laat me niet lachen. Er is tijdens mijn tochten nog nooit een ongeluk gebeurd – veiligheid staat bij Ilios Sailing hoog in het vaandel. En als er al een ongeluk gebeurd zou zijn, dan zouden die vriend en vriendin van die Nederlander daar wel wat over gezegd hebben en aan uw gezicht te zien is dat niet het geval.'

'Het lijkt erop dat het meisje dat op de boot was, samen met Mark is verdwenen. Het is niet helemaal duidelijk of Marks vriend Fedde de zeiltocht helemaal heeft afgemaakt. Er was wat onenigheid, dus het is goed mogelijk dat hij eerder naar Nederland is teruggegaan dan de bedoeling was. Als hij inderdaad de boot voortijdig heeft verlaten, kan er dus iets gebeurd zijn na zijn vertrek.'

'Is mogelijk... Kan... Zou... Allemaal speculaties. Je fantasie gaat met je op de loop, Papadopoúlou. Zorg eerst maar eens dat je je zaakjes op orde hebt en met feiten komt.'

'Qua feiten zou het erg helpen als ik uw administratie van toentertijd eens kan doornemen om te kijken of Mark Roozenboom echt niet in uw systeem staat. Ook kan ik daar de exacte begin- en einddatum van de zeiltocht terugvinden. Ik weet wanneer Marks vriend Fedde weer in Nederland is teruggekeerd, dus ik kan controleren of deze data elkaar overlappen of niet. Mocht dat namelijk zo zijn, dan is dat het bewijs dat Fedde inderdaad de tocht niet heeft afgemaakt en er na zijn vertrek een ongeluk met Mark heeft plaatsgevonden.'

'Je weet niet van ophouden, hè?' Tziolis ging dreigend voor Flavian staan. 'Maar ik laat me hier in mijn eigen huis niet van van alles en nog wat beschuldigen. Geen denken aan dat jij zonder officieel bevel mijn administratie mag inzien. En geloof me, dat bevel ga je nooit krijgen, daar zorg ik persoonlijk voor.'

'Via uw vriendje Nikoloupolos zeker?' Flavian kon zichzelf wel voor zijn kop slaan dat hij dat eruit had geflapt. Nu had hij een kaart op tafel gegooid die hij nog even in zijn zak had willen houden.

Tziolis kwam nu zo dicht tegen hem aan staan, dat zijn voorhoofd dat van Flavian bijna raakte. 'Als ik je nog één keer in de buurt van mijn huis of Ilios Sailing zie, dan kun je je carrière bij de politie voorgoed vergeten. Je hebt de verkeerde uitgekozen om je zielige theorieën op te botvieren, jongen,' siste Tziolis. 'Je hebt geen vrienden hier op het eiland, ik wel. Knoop dat goed in je oren. Mocht je mijn advies in de wind slaan en het toch tegen me proberen op te nemen, onthoud dan één ding: ik verlies nooit. Nooit. En nou wegwezen.'

Tziolis pakte Flavian bij zijn arm en gaf hem een harde zet richting de deur. Flavian moest zich bedwingen om de man geen klap te geven, maar hij besefte maar al te goed dat dat alleen maar meer problemen zou opleveren. Als het tegenzat, zou hij een aanklacht van mishandeling aan zijn broek krijgen en dat was het laatste wat hij kon gebruiken. Hij besloot vrijwillig te vertrekken. In zijn ooghoek zag hij Tziolis naar een telefoon grijpen en Flavian wist honderd procent zeker dat over een paar minuten de beveiliging voor zijn neus zou staan.

'Ik wens u nog een fijne avond, meneer Tziolis. We zullen elkaar vast nog eens spreken, denkt u niet?' Toen stapte hij de lange gang weer in en deed de deur achter zich dicht. Hij had Tziolis in het vizier en na dit bezoekje was hij alleen maar zekerder van zijn zaak geworden. De man deugde niet en verzweeg iets. Flavian was vastbesloten om erachter te komen wat.

38

Het was gezellig druk in George & Elena's Taverna, waar Flavian Liza na zijn werk mee naartoe had genomen. Na een dag binnen zitten, was ze blij dat ze er even uit was. Ze vermoedde dat Flavian niet heel handig was in de keuken en meestal koos voor een snelle hap op zijn werk of een wat luxere variant zoals vanavond. Ze gaf hem groot gelijk. Koken en eten in je eentje was geen feest. Vooral de eerste weken nadat Mark op kamers was gegaan, had ze geleefd op junkfood, maar toen ze het gevoel kreeg dat het vet zelfs uit haar poriën droop, was ze daarmee gestopt. Met moeite maakte ze sindsdien bijna elke avond een eenvoudige maar verse maaltijd klaar.

Watertandend smeerde Liza een grote klodder tzatziki op een stuk stokbrood en stak het in haar mond. Flavian had haar op weg naar de taverna verteld dat hij hier graag kwam, omdat hij dan zo goed als zeker geen collega's zou tegenkomen. Uit alles bleek de grote weerzin die Flavian tegen zijn werk had. De spijt in zijn ogen als hij praatte over zijn vroegere werk in Igoumenitsa was bijna tastbaar en Liza besefte heel goed dat de zaak rond Marks dood momenteel zijn enige houvast was en hem door de dagen sleepte. Voor haar gold hetzelfde en dat schiep een band.

Er kronkelde een kat langs Liza's benen en ze aaide het beest. De poes reageerde met een knorrend gespin en duwde haar rug tegen haar hand. 'Dus je bent bij Petros Tziolis langs geweest. Iets wijzer geworden?' Liza stopte met kauwen en keek Flavian gespannen aan.

'Ja en nee,' antwoordde Flavian terwijl hij zijn best deed de homp stokbrood snel door te slikken. 'Hij liet natuurlijk niets los en probeerde me te intimideren met stoere woorden, waar ik uiteraard niet van onder de indruk was.'

'Uiteraard niet,' zei Liza glimlachend.

'Maar hoe langer ik daar was, hoe meer ik het idee kreeg dat de man iets te verbergen heeft.'

'Heb je hem de foto's laten zien?'

'Ja. Hij kon niet ontkennen dat de boot achter die van Mark er een van hem was. Hij deed zijn best een pokerface op te zetten, maar onder zijn rechteroog begon een spiertje te trillen.'

'Hij werd dus nerveus.'

'Inderdaad. En steeds bozer op mij. Ik heb hem mijn theorie voorgehouden dat er mogelijk een ongeluk is gebeurd tijdens die zeiltocht, waarbij Mark te water is geraakt, en dat hij dat probeert te verbloemen om geen imagoschade op te lopen met Ilios Sailing. Dat viel niet heel goed, zeg maar. Hij pareerde met de vraag waarom Fedde daar niets over gezegd zou hebben. Daar had ik natuurlijk geen goed antwoord op.'

'En toen, hoe heb je je daaruit gekletst?'

'Ik heb hem mijn theorie voorgehouden dat Fedde misschien wel voor het einde van de zeiltocht naar huis is gegaan en dat het eventuele ongeluk daarna heeft plaatsgevonden. Dat was natuurlijk grote onzin volgens hem en toen heeft hij me zijn huis uit gezet. Hij had de telefoon al in zijn hand om de bewaking te bellen. Ik denk dat hij me een klap had verkocht als ik een minuut langer was gebleven. Antwoorden heb ik niet gekregen, maar dat had ik ook niet verwacht. Hij heeft me wel iets anders gegeven.'

'Wat dan?'

'Het vermoeden dat ik iets van een spoor te pakken heb. Tziolis reageerde te fel op mijn vragen en uitte iets te veel bedreigingen. Ik heb in mijn carrière inmiddels wel geleerd dat hoe harder mensen beginnen te schreeuwen, hoe meer ze te verbergen hebben. Hij had er immers ook hard om kunnen lachen en het weg kunnen wuiven. Nee, Tziolis was mij te defensief.'

'Oké, maar hoe nu verder? Je hebt niets officieels in handen om hem onder druk te zetten. Je hebt sowieso mazzel gehad dat hij je heeft binnengelaten.'

'Ik denk dat we een aantal dingen moeten doen. Een bezoekje

brengen aan Kefalonia. Daar op Myrtos Beach en in Assos de foto van Mark laten zien. Misschien dat iemand zich hem daar herinnert. De kans is klein, aangezien hij daar ruim een jaar geleden is geweest, maar voor de zorgvuldigheid wil ik toch een poging wagen. Dat wordt het makkelijkste gedeelte van ons plan. Ten tweede wil ik de administratie van Ilios Sailing doorspitten, maar ik ben er nog niet uit hoe we die te pakken kunnen krijgen, want Tziolis was uiteraard niet bereid om daaraan mee te werken. Onze laatste uitdaging is achterhalen wie jou al die tijd e-mails namens Mark heeft gestuurd. Daarvoor hebben we iemand nodig die heel handig is met computers.'

Liza gebaarde dat hij zijn mond moest houden. Flavian keek om en zag George met twee dampende borden naast hun tafel staan. Hij zweeg abrupt. George zette de borden met vleesspiesen en frietjes voor hun neus. Liza verschoof snel het bord met tzatziki om plaats te maken.

'Smakelijk eten,' zei George in zijn beste Engels en met een vriendelijke lach. Hij knikte en liep een paar passen bij hen vandaan, maar kwam toen weer terug. Samenzweerderig boog hij zich over de tafel heen. 'Ik hoorde u praten en... mijn nichtje is heel handig met computers, echt een whizzkid. Mocht u dat willen, dan kan ik haar aan u voorstellen. Ze woont boven het restaurant.'

Liza keek verrast naar hem op, maar Flavian reageerde een stuk minder enthousiast en begon in het Grieks tegen de man te ratelen. Die kromp ineen onder de tirade van de politieman – althans, dat was wat Liza dacht dat het was – en schuifelde voetje voor voetje achteruit. *Maar wat als we zo kunnen achterhalen wie mij een jaar lang heeft misleid? Dat is toch zeker een kans die we niet mogen laten lopen.* Zachtjes schopte ze Flavian onder de tafel tegen zijn schenen en gebaarde subtiel met haar hoofd.

'Kennismaken kan geen kwaad, toch?' fluisterde ze. 'We hebben momenteel geen andere opties. Alsjeblieft?'

Flavian aarzelde even en zei toen: 'Je hebt gelijk, we staan met lege handen. Ik was gewoon boos dat hij ons gesprek had afgeluisterd.'

Liza richtte zich blij tot George. 'Misschien kan uw nichtje inderdaad iets voor ons betekenen,' zei ze op vriendelijke toon, om Flavians boosheid te compenseren. 'Zou u het haar willen vragen?'

'Ik zal haar roepen zodra u uw eten ophebt.'

'Het is geen enkel probleem als ze er nu al bij komt zitten, hoor,' zei Liza gretig.

'Goed, dan zal ik haar halen.' Hij verliet hun tafeltje en Flavian viel meteen aan op de sappige vleesspies die op zijn bord lag.

'Misschien is dit onze kans om verder te komen met die e-mails!'

'Ik zou niet al te veel hopen koesteren,' sprak Flavian met volle mond. 'Laten we eerst eens kijken wat voor meisje het is en wat ze allemaal beweert te kunnen, voordat we haar überhaupt iets vertellen over de zaak. Vooruit, nu eerst eten. Laat het niet koud worden, zonde van dat heerlijke vlees.'

Liza nam een muizenhapje en schoof toen haar bord van zich af. 'Sorry, ik ben te gespannen.' Verwachtingsvol keek ze in de richting waarin George was verdwenen, terwijl Flavian onverstoorbaar doorat. Over het pad tussen de tafeltjes zag Liza een kleine, slanke vrouw komen aanlopen. Haar lange zwarte haren hingen sliertig langs haar gezicht en ze droeg een zwart shirt dat duidelijk te vaak de wasmachine had gezien. Gebronsde benen staken in een kaki short. Haar goedgevulde boezem deinde op en neer bij elke stap. Ondanks haar geringe lengte en haar wat slonzige kleding was ze een indrukwekkende verschijning, maar aan de onzekere blik in haar ogen te zien was ze zich daar zelf niet van bewust. Liza vond haar meteen al sympathiek – ze had een hekel aan mooie vrouwen die daar de hele dag mee liepen te koketteren.

De vrouw stopte bij hun tafeltje en vroeg met zachte stem: 'Hallo, mijn oom zei dat u me wilde spreken?'

Flavian verslikte zich bijna in zijn laatste hap vlees en draaide zich verbaasd om. 'Jij?' zei hij tegen de jonge vrouw die bij hun tafel stond.

'Van hetzelfde,' reageerde de vrouw.
'Jullie kennen elkaar?' vroeg Liza verbaasd.
'Ja, mag ik je voorstellen aan Delia Theodoridou, forensisch fotografe en collega die blijkbaar meer hobby's heeft dan alleen fotograferen.'
Delia keek verlegen naar de grond. 'Wat kan ik voor je doen, Flavian?'
'Nou, niet zoveel, denk ik. Dit was een vergissing.'
Liza keek hem geschokt aan. 'Hoezo een vergissing?'
'Luister, het lijkt me niet handig om hier een collega bij te betrekken. Je weet in wat voor lastige positie ik zit.'
Liza negeerde zijn argument en richtte zich rechtstreeks tot Delia. 'Heel concreet, ik krijg vreemde e-mails en ik wil er graag achter komen wie ze aan me stuurt.'
Flavian keek haar boos aan, maar Liza liet zich hier niet door weerhouden. 'Dat is alles wat ze hoeft te weten, we hoeven haar verder toch niets te vertellen?'
'Hoe zie je dat voor je? Ze heeft die e-mails nodig om ermee aan de slag te kunnen. Hoe weet je dat ze ze niet gaat lezen?'
'Eh, zal ik dan maar weer gaan?' klonk het verlegen uit de mond van de jonge vrouw die wat onwennig naast hun tafeltje stond.
'Ja.'
'Nee.'
Flavian en Liza spraken tegelijkertijd en keken elkaar toen boos aan.
Het meisje draaide zich om en maakte aanstalten om weg te lopen. Toen leek ze zich te bedenken. Zachtjes zei ze: 'Ik had gedacht dat ik wel meer krediet bij je zou hebben, Flavian, na onze eerdere samenwerking. Ik had je toen ook alleen naar dat strand kunnen laten gaan.'
Het was een constatering, geen verwijt, maar Flavian had duidelijk geen weerwoord klaar en zweeg. Liza keek verwonderd van de een naar de ander. Wat speelde er tussen deze twee? 'Welk strand?' vroeg ze en terwijl ze deze woorden sprak, viel het

kwartje. Haar ogen werden groter. 'Heb jij de foto's gemaakt van Marks schoen?'

'Wie is Mark?' vroeg Delia voordat Flavian kon antwoorden.

'Mijn zoon. Zijn schoen is pas aangespoeld op Issos Beach.' Tranen welden op in haar ogen.

'Ik heb inderdaad een schoen met... ik heb een schoen gefotografeerd op Issos Beach. Hoe weet u dat die van uw zoon was?'

Liza wees naar Flavian. 'Lang verhaal. Flavian moet je dat maar eens vertellen als hij zich weer verveelt op het werk.'

Delia grimaste. Daarna keek ze Liza meelevend aan. 'Maar dan weet u ook dat, dat in die schoen...'

'Ja, ik weet wat er in die schoen zat. Ik weet dat mijn zoon dood is.'

'Dat spijt me heel erg voor u. Gecondoleerd.'

'Dank je wel.'

Toen richtte de jonge vrouw zich weer tot Flavian. 'Volgens mijn laatste info moest die schoen vernietigd worden. Of zijn de plannen gewijzigd en mocht je er toch mee aan de slag gaan?'

'Nee, de plannen zijn niet gewijzigd. Maar ja, ik ben er wel mee aan de slag gegaan.'

'Interessant.'

Delia keek van Flavian naar Liza en weer terug en na een diepe zucht te hebben geslaakt, schoof Flavian de stoel naast hem achteruit en gebaarde naar haar dat ze moest gaan zitten. Dat liet ze zich geen twee keer zeggen.

'Luister, Delia...' begon Flavian, maar hij kreeg geen tijd om zijn zin af te maken.

'Je kunt erop vertrouwen,' onderbrak ze hem, 'dat alles wat je me vertelt niet verder komt dan deze tafel. Ik vind het echt stoer dat je je eigen plan hebt getrokken en toch onderzoek bent gaan doen.' Ze raffelde de zin af en bloosde vervolgens toen ze Flavian aankeek. Liza zag het en vroeg zich af of de jonge fotografe was gevallen voor de charmes van de knappe inspecteur. En zou het wederzijds zijn? Wanneer Delia tegen Flavian sprak, leek zijn gezicht immers ook een zachtere uitdrukking te krijgen.

Alle drie zwegen ze toen, geen van hen leek te weten wat ze nu moesten doen, maar net toen de stilte écht ongemakkelijk werd, doorbrak Delia hem. 'Nou, vertel op, het is tenslotte ook een beetje mijn voet.' Geschrokken keek ze naar Liza. 'Sorry, wat onhandig van me. Zo bedoelde ik het niet. Ik...'

'Je kunt het goedmaken door mij en Flavian te helpen om te achterhalen wie die e-mails aan me stuurt en vanaf welke locatie. Mijn zoon is waarschijnlijk al een jaar dood, maar iemand heeft zich al die tijd voorgedaan als Mark en is mij berichten blijven sturen. Ik wil weten wie dat is en waarom hij of zij dit doet.'

'Wat ziek, zeg.' Delia trok een moeilijk gezicht.

'Hoe handig ben je precies met computers?' vroeg Flavian. 'Kun je het IP-adres en de locatie achterhalen van de persoon die ze namens Mark stuurt?'

'Ja, dat is een makkie. Ik kan heel wat meer dan dat, als het nodig is.'

'Ook als...' Hij maakte zijn vraag niet af.

'Je bent echt niet de enige die zich weleens in het illegale circuit begeeft, Flavian.' Ze gaf hem een knipoog, maar leek daar vervolgens zelf heel erg van te schrikken, want ze bloosde meteen weer. Maar Liza zag ook dat Flavian zijn ogen neersloeg. Was hij nou verlegen?

'Ben je een hacker?' vroeg Flavian.

'Een *white-hat*.'

'Sorry, maar wat houdt dat in?' vroeg Liza.

'Een hacker met goede bedoelingen, als het ware,' lichtte Delia toe. 'Het achterhalen van een IP-adres en locatie is geen enkel probleem.' Ze pakte een servet van tafel en haalde een pen uit het borstzakje van haar paarse blouse. 'Schrijf uw mailadres en wachtwoord maar op, dan ga ik ermee aan de slag.'

Liza aarzelde zichtbaar. 'Mijn wachtwoord?'

'Ik kom er toch wel achter, maar het bespaart een hoop tijd als u het me gewoon geeft.'

'Maar er staan allemaal andere privéberichten in mijn mailbox.'

‘Op het internet bestaat er niet zoiets als privacy. Als je tegenwoordig zeker wilt weten dat er niemand meeleest, moet je ouderwets pen en papier gebruiken.’ Delia schoof de servet dichter naar Liza toe om haar aan te moedigen. Liza pakte de pen, schreef de gegevens op en overhandigde ze aan Delia. Die propte vervolgens de servet in haar broekzak en de pen verdween weer in haar borstzakje. ‘Dank je wel.’

‘Wat kost het eigenlijk om jou hiermee aan de slag te laten gaan? Er is niet veel geld beschikbaar,’ bemoeide Flavian zich ermee.

‘Als je me vertelt hoe het je is gelukt om die voet te identificeren en ook nog de moeder van het slachtoffer op te sporen, dan kost het je...’ Delia deed net of ze diep nadacht. ‘Nul euro.’

‘Waarom zou je het gratis doen?’ vroeg Liza.

‘Je bent een white-hat of je bent het niet. Om eerlijk te zijn heeft die schoen met voet me niet meer losgelaten sinds we op Issos Beach waren, en nu bekend is wie het slachtoffer is, zou ik graag weten wat er precies gebeurd is. Als ik daarbij kan helpen, dan graag. Het helpt tegen de verveling, want heel veel klussen heb ik niet op het werk, maar bovenal vind ik dat u als moeder antwoorden verdient.’ Delia keek Liza kort aan voordat ze zich weer tot Flavian richtte. ‘Kom op, collega, vertel me alles wat je tot nu toe hebt ontdekt.’

Er brak een verbaasde lach door op Flavians gezicht. ‘Wat ben jij ineens assertief. Heb je toch die cursus gedaan die ik je heb geadviseerd?’

Alle kordaatheid die Delia net had getoond, verdween weer als sneeuw voor de zon en verlegen staarde ze weer naar haar handen. Een vrouw met meerdere gezichten, dacht Liza, maar aan de manier waarop Flavian naar Delia keek, kon ze zien dat ze hem wel beviel.

‘Oké, het is duidelijk dat Liza je vertrouwt, dus dat zal ik ook doen.’ Hij wenkte George om nog een fles wijn te bestellen en praatte in de minuten daarna Delia zo goed en zo kwaad als mogelijk bij. Liza vulde hem af en toe aan. Ze had haar eten nog steeds niet aangeraakt en Delia wierp af en toe met een schuin oog een verlangende blik op het goedgevulde bord. Liza zag het.

'Hier, neem maar, ik heb toch geen honger.'

Delia stopte meteen een stuk vlees in haar mond. 'Als ik achter mijn computer zit, vergeet ik vaak om te eten,' zei ze verontschuldigend. Genietend likte ze haar vingers af. Toen ze het vlees van de eerste spies had afgegeten, stopte ze even om haar mond af te vegen met een servet. Daarna keek ze hen beiden aan en zei: 'Het lijkt mij een goed idee als jullie het buitenwerk op je nemen en ik het binnenwerk.'

Flavian knikte. 'Dat lijkt me prima. Als Liza het daar tenminste ook mee eens is.'

'Zeker. Ik wil wat doen. Eropuit. Van binnen zitten vlieg ik tegen de muren op, dat heb ik vandaag wel gemerkt.'

'Voor mij zal het neerkomen op de avonden en weekenden, omdat ik ook nog word geacht op mijn werk te verschijnen,' antwoordde Flavian.

'Ik ga er nachtwerk van maken,' grinnikte Delia. 'Niks heerlijker dan 's nachts door de krochten van het internet te struinen.'

'Wanneer slaap je dan?' vroeg Liza.

'Ha, ik kan wel merken dat u een moeder bent. Was, bedoel ik. Eh, nee, bent... Sorry, ik ben hier niet zo goed in, ik zeg altijd onhandige dingen. Ik bedoel het niet verkeerd, alleen...'

'Het is al goed. Ik ben niet van porselein. Ik ben al blij dat je ons wilt helpen,' stelde Liza de jonge vrouw gerust. Flavians telefoon ging en ze keken alle drie op.

'Mijn diensttelefoon,' verontschuldigde hij zich en hij nam op. Liza hoorde dat er Grieks geratel uit zijn telefoon kwam en Flavians gezicht betrok. De uitdrukking op zijn gezicht werd in de minuten daarna steeds zorgelijker. Hij zei niet veel terug en staarde met grote ogen voor zich uit. Toen de verbinding werd verbroken, bleef hij even stil zitten.

'Wat was dat? Een nieuwe zaak op je werk?'

'Was het maar waar. Ik ben op non-actief gezet, geschorst. Het wordt niet bepaald gewaardeerd dat ik Petros Tziolis vandaag een bezoekje heb gebracht. Of "heb lastiggevallen", zoals mijn baas het noemt. “We kunnen niet tolereren dat je de man die ons korps zo’n warm hart toedraagt in zijn eigen huis van allerlei zaken beschuldigt”, was haar letterlijke tekst. Morgen moet ik mijn wapen en penning inleveren.’

‘Maar... dat kan toch niet zomaar?’

‘Blijkbaar wel. Ik kreeg ook nog een goede raad mee.’

‘En die luidde?’

‘Dat ik voorzichtig aan moet doen. Dat ik geen idee heb tegen welke krachten ik het opneem en dat ik per definitie ga verliezen. O ja, en dat ik geen enkele steun hoef te verwachten bij wat ik verder nog van plan ben.’

‘Dat is niet waar, Flavian, je kunt op mijn steun rekenen,’ zei Delia meteen.

‘En op de mijne, maar dat is logisch,’ zei Liza.

‘Nou ja, dan heb ik nu alle tijd op me volledig op dit onderzoek te storten. Ik zal erachter komen wat er precies is gebeurd, linksom of rechtsom.’

‘Maar je baan... Je loopt een groot risico om straks helemaal zonder werk te zitten,’ zei Liza geschokt. ‘Dat wil ik niet op mijn geweten hebben.’

‘Maak je geen zorgen. Ik heb hier van het begin af aan rekening mee gehouden. Formeel gezien ben ik ontzettend buiten mijn boekje gegaan door tegen alle bevelen in toch een onderzoek te beginnen. In eerste instantie keek mijn baas de andere kant op, maar ze is daarna duidelijk onder druk gezet.’

‘Door wie?’

‘Nikoloupolos heeft er zeker iets mee te maken en Tziolis hoogstwaarschijnlijk ook. Ik heb toch verteld dat Nikoloupolos ineens in mijn kamer stond toen ik ’s nachts het bestand met vermissingen doornam? Waarom was die man daar? Hij was een paar dagen ervoor met pensioen gegaan en had geen enkele reden meer om op het bureau te zijn.’

‘Misschien moet ik in het systeem zijn digitale spoor eens natrekken. Als hij ergens mee heeft lopen rommelen, dan vind ik het geheid.’

‘Dat is strafbaar, hè?’
‘Wil je weten wat Nikoloupolos op het bureau deed of niet?’
‘Ik wil vooral dat jij niet ook in de problemen komt. Eén iemand die zijn baan dreigt te verliezen lijkt me genoeg.’
‘Mag ik dat misschien zelf bepalen? Ik kom wel weer ergens aan de bak, mocht het nodig zijn.’
‘Als jij het zegt.’
‘Nou, dat is zo.’ Toen pakte ze de tweede spies en werkte het vlees in razend tempo naar binnen. Liza keek haar met grote ogen aan.
‘Waar laat je het allemaal?’
Delia legde de lege spies op het bord en tikte vervolgens tegen haar goedgevulde boezem. Meteen daarna kleurde haar gezicht weer rood. ‘Sorry, ik weet niet waarom ik dat deed.’
Liza keek haar lachend aan. ‘Volgens mij kost dat hacken gewoon heel veel energie en leg je nu een voorraadje aan.
Delia grijnsde. ‘Precies, dat is het. En nu ben ik wel toe aan een toetje. Ik kan jullie de cheesecake van harte aanbevelen, mijn oom maakt echt de lekkerste van het eiland.’

39

Een beetje zweverig van de wijn verlieten Flavian en Liza het restaurant, nadat ze afscheid hadden genomen van Delia. Ze hadden afgesproken om elkaar op de hoogte te houden van eventuele vorderingen.

Flavian had een taxi besteld, want hij had veel te veel gedronken om zelf te rijden en voor Liza gold hetzelfde. Toen de auto arriveerde, ging hij voorin naast de chauffeur zitten en Liza kroop op de achterbank. De taxi reed rustig de straat uit en het viel Flavian op dat een zwarte auto die hij eerder op de avond ook al had gezien toen ze aankwamen bij het restaurant, ook optrok. Hij had aangenomen dat de auto eigendom was van mensen die net als zij een hapje gingen eten bij George & Elena's Taverna. Maar als dat zo was, dan had hij ze vlak voor of vlak na hen weg moeten zien gaan uit het restaurant. Dat was niet zo.

Hij draaide zich om en keek naar de auto achter hen. Door de ingevallen schemering kreeg hij geen goed beeld van de chauffeur. Wel kon hij de contouren zien van twee mensen, de chauffeur en zijn bijrijder, allebei mannen. Flavian tikte de chauffeur aan en vroeg hem een afslag te nemen naar een doodlopende straat. De chauffeur haalde zijn schouders op en stuurde de auto de bocht om.

'Als u wilt doorrijden tot het einde van de straat, daar omkeert en even wacht,' instrueerde hij de man. Met een ongeïnteresseerd gezicht deed de chauffeur opnieuw wat hem werd gevraagd.

Flavian keek gespannen naar het begin van de straat. Ze wachtten vijf minuten, maar de auto die net nog achter hen reed, was nergens te bekennen. Opgelucht haalde hij adem. Hij zag spoken. Misschien moest hij toch eens wat minder drinken.

'U kunt weer verder rijden naar het adres dat ik u heb opgegeven,' zei hij tegen de chauffeur.

Enkele seconden later draaiden ze de weg naar Liza's hotel weer op. Flavian keek naar Liza. Ze had al die tijd nog niets gezegd en zat met haar ogen dicht rechtop te soezen op de achterbank. Haar vrijwel lege maag in combinatie met de wijn begon haar blijkbaar op te breken. De volgende keer zou hij eisen dat ze eerst zelf wat at voordat ze haar bord weggaf. Toen trok Flavians maag samen. Achter Liza zag hij door de achterruit dezelfde zwarte auto weer opdoemen. Hij wist nu zeker dat ze gevolgd werden én dat de mannen zijn trucje door hadden gehad. Ze hadden gewoon staan wachten tot de taxi de doorgaande weg weer opreed en niet de moeite genomen de confrontatie aan te gaan in de doodlopende straat.

'Liza.' Ze mompelde wat, maar deed haar ogen niet open. 'Liza!' zei hij doordringender nu. 'Ik denk dat we worden gevolgd. Je moet wakker worden, ik weet niet wat ze willen.'

Flavians woorden hadden het gewenste effect, want Liza zat meteen rechtovereind en keek schichtig om zich heen.

'Achter ons, die zwarte auto,' lichtte Flavian toe.

Liza draaide zich om en Flavian hoorde dat ze haar adem kort inhield. 'Die auto die me vorig jaar aanreed. Dat was net zo'n auto.'

'Weet je dat zeker?'

'Hij lijkt er in elk geval heel erg op.'

'Kun je het kenteken lezen?'

Liza ging op haar knieën achterstevoren op de achterbank zitten. De lantaarns die net waren aangesprongen, maakten het haar een stuk makkelijker. Een gele gloed verlichtte de kentekenplaat kort, maar het was genoeg om de letters en cijfers te kunnen lezen.

'KYK-6949,' las ze op.

Flavian noteerde het in zijn telefoon. 'Ik zal Delia vragen of ze het kan natrekken. Ik bel haar straks meteen even. Het is jammer dat je geen kenteken hebt van de auto die je destijds aanreed.'

'Ik ben al blij dat ik me de auto sowieso weer herinner, maar een kenteken is echt te veel van het goede. Sorry.'

'Het geeft niet,' stelde Flavian haar gerust. Hij realiseerde zich dat het tijdelijke geheugenverlies na het ongeluk Liza een zware tijd had bezorgd. Toen ze zich weer dingen begon te herinneren en constateerde dat ze opzettelijk was aangereden, had ze met haar verhaal nergens terechtgekund. Met Nikoloupolos aan het roer, had ze geen enkele kans van slagen gehad. Ze had het moeten laten rusten. Tot nu toe, dacht Flavian, want als het aan hem lag zou hij proberen ook dat raadsel op te lossen. Het kon bijna niet anders dan dat haar aanrijding te maken had gehad met haar zoektocht naar Mark. En nu, een jaar later, achtervolgde heel toevallig precies zo'n auto hen beiden, net nu ze probeerden te achterhalen wat er precies met Mark was gebeurd en wat tot zijn dood had geleid. Deze zaak begon steeds meer te stinken, Flavian kon de geur van een samenzwering bijna letterlijk ruiken.

'Oef, ik moet weer even gewoon gaan zitten. Ik word een beetje misselijk in deze houding,' kreunde Liza. Ze draaide zich om met haar hand voor haar mond en de chauffeur keek angstvallig naar de achterbank.

'Niet overgeven.' Het klonk als een bevel.

Flavian bedacht dat Liza de komende tijd ook niet meer dan één glaasje per dag zou moeten drinken. Als ze op dit moment te voet zou moeten vluchten, maakte ze geen enkele kans op haar zwabberende benen. Het was oerstom van hem geweest om nog een extra fles wijn te bestellen, maar dat was wijsheid achteraf waar hij nu niets aan had. Hij richtte zijn ogen op de zijspiegel, waarmee hij de zwarte auto goed in de gaten kon houden. Hij baalde dat hij zijn dienstwapen thuis in de kluis had liggen. Hij zou zich een stuk prettiger voelen als hij zijn hand even op het geruststellende koude metaal kon leggen. Hoe zouden hun achtervolgers reageren zodra ze uit de taxi stapten? Als ze agressief werden, had hij alleen maar zijn vuisten om zichzelf en Liza te verdedigen en hij wist zeker dat dat niet genoeg zou zijn. Hij kon het onmogelijk in zijn eentje opnemen tegen twee ongetwijfeld sterke kerels die in tegenstelling tot hijzelf misschien wel gewapend waren. Als de auto die hen achtervolgde inderdaad dezelfde auto was die Liza destijds opzettelijk had aangereden, dan schuwden de heren en hun opdrachtgevers geweld duidelijk niet. Liza had mazzel dat ze het ongeluk overleefd had en uiteindelijk weer helemaal was hersteld. Het had ook heel anders kunnen aflopen.

Het geluid van een mobiele telefoon vulde de auto en aan de ringtone hoorde hij dat het niet de zijne was, maar die van Liza. Ze graaide in haar tas en haalde het toestel eruit. Op het verlichte scherm was de naam Stavros Kafes te zien.

'Het is die privédetective die ik een jaar geleden heb ingehuurd. Geen idee waarom hij me belt.'

'Er is maar één manier om daarachter te komen en dat is opnemen,' antwoordde Flavian droog.

'Liza Roozenboom,' hoorde hij haar twee seconden later zeggen.

Flavian hoorde vaag een mannenstem uit het toestel komen.

'Ah, meneer Kafes. U bent wel de laatste die ik aan de telefoon dacht te krijgen. En zo laat ook nog.' Liza klonk minder aangeschoten dan ze in werkelijkheid was.

Flavian hoorde dat Kafes reageerde, maar kon niet verstaan wat hij zei. Zou het toeval zijn dat de privédetective juist nu belde met Liza? Hij dacht van niet, mede omdat de man zijn klus voor haar had afgerond en niet langer door haar betaald werd.

'Heel aardig dat u aan me gedacht hebt,' hoorde hij Liza reageren op het gemurmel aan de andere kant van de lijn. 'Ja, dat klopt, ik ben onderweg. Ik zit in een taxi. Ik ben samen met een vriend op Corfu.'

Flavian gebaarde naar Liza dat ze hem verder geen informatie moest geven. Eigenlijk had ze al te veel gezegd.

'Terug zijn op het eiland is fijn, het blijft prachtig, maar de reden van mijn komst is minder mooi.'

Opnieuw maakte Flavian wilde handgebaren naar Liza dat ze

haar mond nu echt moest houden. Deze keer pikte ze zijn boodschap wel op. Abrupt zei ze: 'Meneer Kafes, ik moet ophangen. Ik ben op de plaats van bestemming en moet mijn taxi betalen.' Midden in het antwoord dat Kafes haar gaf, hing ze op.

'Je moet echt voorzichtiger zijn met wat je die man vertelt,' berispte Flavian haar. 'We weten niet of we hem kunnen vertrouwen.'

'Sorry, ik ben niet zo scherp als ik zou willen,' verontschuldigde ze zich.

'Nou ja, als mijn vermoeden klopt en Kafes inderdaad niet te vertrouwen is, dan weet hij sowieso allang dat je hier bent en waarom. Niks meer aan te doen. Die auto die achter ons reed is trouwens net afgeslagen, dus óf ik heb me iets ingebeeld, óf ze hebben ons bewust laten gaan.'

'Dat eerste geloof je toch zeker niet?'

'Nee, inderdaad niet.'

'Dus wat nu?'

'Het is duidelijk dat ze weten dat jij op het eiland bent en ze hebben jou nu met mij gezien, dus ze weten dat wij samen op onderzoek uit zijn. En gezien wat er vorig jaar met je is gebeurd...' Hij zweeg even en keek haar toen aan. 'Het is echt te gevaarlijk voor je hier, Liza. Ik denk dat je serieus moet overwegen om terug te keren naar Nederland. Laat mij alsjeblieft het onderzoek uitvoeren, ik beloof je dat ik er alles aan zal doen om de waarheid boven water te krijgen.'

'We hebben het hier al over gehad, Flavian. Ik blijf. Ze maken mij niet bang. Niet meer. Wat er ook met Mark is gebeurd, ik zal erachter komen en als iemand hem iets heeft aangedaan, dan zal diegene daarvoor moeten boeten.'

'Maar ik kan je niet beschermen.'

'Dat hoeft niet, ik kan echt wel op mezelf letten.'

Flavian zuchtte. Wat was deze vrouw eigenwijs, maar hij snapte het eigenlijk ook wel. De jongen was haar enig kind geweest.

Ze waren intussen bij Liza's hotel aangekomen en de taxi stopte. Flavian keek naar buiten en zag nergens de auto staan waarvan hij had gedacht dat hij hen gevolgd had. Maar betekende dat ook dat hij er niet was? Stond hij misschien ergens verdekt opgesteld en wachtten de twee mannen tot hij was vertrokken voordat ze het hotel zouden binnensluipen? Liza zou kansloos zijn.

'Goed, maar dan wil ik dat je vannacht in elk geval bij mij logeert, en misschien de komende nachten ook wel. In zo'n hotel kan ik je nooit beschermen als het moet, bij mij thuis hebben we tenminste nog een kans.'

Liza keek hem aan en zweeg. Wat zou er door haar hoofd gaan, dacht Flavian. Zou ze soms denken dat hij haar onder valse voorwendsels naar zijn huis probeerde te lokken? Om haar dan...

'Oké, dan doen we het zo.' Ze keek hem vastberaden aan. 'Ik zal mijn spullen ophalen en uitchecken. Over vijf minuten ben ik terug.'

Voordat hij nog iets kon zeggen, stapte ze uit en liep met veel vastere tred dan hij voor mogelijk had gehouden naar de ingang van het hotel. Ze verdween naar binnen en toen was hij ineens alleen in de taxi met de chauffeur. Die keek hem vragend aan en snel legde Flavian uit dat de andere passagier binnen enkele minuten zou terugkeren en dat ze dan naar een ander adres zouden rijden. De man grijnsde alleen.

Een paar minuten later keerde Liza terug met haar koffertje, dat ze, voordat een van de mannen kon uitstappen, zelf in de kofferbak legde. Toen stapte ze in en nadat Flavian zijn adres aan de chauffeur had doorgegeven, vertrokken ze weer.

'Wat ik je nog wilde vragen...' zei Flavian na een tijdje. 'Vertelde Kafes je voor of na Marks e-mail over die zeiltocht naar Antalya?'

'Ervoor,' zei ze na even te hebben nagedacht. 'Hoezo?'

'Denk eens na. Hoe kon hij dat weten? De e-mail die je namens Mark hebt gekregen was vals.'

'Denk je echt... denk je echt dat het mogelijk is dat Kafes me die e-mail heeft gestuurd?'

'Hoe kan hij anders op de hoogte zijn van de inhoud? Het verhaal in de mail klopte immers niet.'

'En die visser dan?'

'Die kan betaald zijn. In tijden van economische crisis blijft er van principes bij de meeste mensen niet veel over. Maar Kafes tolkte toch ook zelf?'

'Ja...'

'Dan kan hij je toch van alles hebben wijsgemaakt zonder dat jij dat kon controleren?'

'Maar waarom belt hij me dan met een lulsmoesje dat hij aan me moest denken omdat Marks zaak hem nog steeds vers in het geheugen zat?'

'Om te peilen wat je weet en te checken of je hem nog vertrouwt, natuurlijk. Wilde hij met je afspreken?'

'Dat probeerde hij toen ik aangaf dat ik moest ophangen. Ik heb hem niet laten uitpraten.'

'Hij hoopt natuurlijk dat je in een persoonlijk gesprek het achterste van je tong laat zien. Door weer contact met je te hebben en je vertrouwen te winnen, kan hij je ook beïnvloeden en eventueel een andere richting op duwen in het onderzoek naar Marks dood.'

'Het klinkt allemaal heel logisch wat je zegt, maar ik heb er wel wat moeite mee om het te geloven. Denk je echt dat er een complot met meerdere mensen gaande is om de waarheid rond Marks dood te verbloemen en dat Kafes daar onderdeel van uitmaakt? Ik blijf het vergezocht vinden. Mark was een heel gewone jongen. Iemand die nooit ruziemaakte.'

'Behalve met zijn beste vriend Fedde,' hielp Flavian haar herinneren.

'Dat is waar. Maar in zijn algemeenheid dan. Mark was iemand die altijd voor anderen klaarstond en hielp waar hij kon. Daarom is hij ook vrijwilligerswerk in dat vluchtelingenkamp gaan doen.'

'Ook aardige, gewone jongens komen weleens in ongewone situaties terecht.'

'Dat is waar, maar het is moeilijk om zoiets te geloven als het om je eigen zoon gaat.'

'Dat vluchtelingenkamp, dat is eigenlijk een beetje ondergesneeuwd in het geheel,' zei Flavian. 'Is Mark daar via een organisatie naartoe gegaan?'

'Ja, met de stichting Get Them Out the Water. Alle vrijwilligers die daar op dat moment zaten, waren daar onder auspiciën van deze stichting.'

Flavian ging rechterop zitten. 'Is dat zo? Waarom heb je me dat niet eerder verteld?'

'Ik wist niet dat het belangrijk was.'

'Maar denk eens even na. De gegevens van Thera, het meisje met wie Mark is vertrokken, zouden dan toch ook bij die stichting bekend moeten zijn? Als we haar weten op te sporen, dan is de kans groot dat we meer te weten komen over wat er met Mark is gebeurd.'

'Shit, ja, daar had ik nog niet eens aan gedacht. En dat terwijl het zo voor de hand ligt! Waar zat ik met mijn gedachten? Dat had ik al een jaar eerder kunnen checken!'

'Het is niet zo dat je op dat moment geen andere dingen aan je hoofd had. Ook letterlijk.'

'Klopt, maar ik had er later toch aan kunnen denken? Fedde had geen gegevens van Thera en beweerde alleen haar voornaam te weten. Ik heb dat voor waar aangenomen en me erbij neergelegd zonder er verder over na te denken. Wat een ongelofelijke blunder.' Liza stootte een gefrustreerde kreet uit.

De taxichauffeur keek geërgerd achterom. Aan zijn gezicht te zien was hij zijn klanten meer dan zat. Hij gaf wat gas bij en na vijf minuten reed hij Flavians straat in. Flavian gaf hem een extra fooi. Ineens realiseerde hij zich dat dit soort dingen er niet meer in zaten als hij ontslagen zou worden, dan zou hij een taxi misschien niet meer kunnen betalen en noodgedwongen zijn alcoholgebruik moeten beperken. Hij schudde de nare gedachten van zich af. Hij moest zich concentreren.

De zwarte auto was nog steeds nergens te bekennen, maar toch maande Flavian Liza om zo snel mogelijk uit te stappen en naar de portiek te rennen die toegang gaf tot zijn appartement op de begane grond. Hij checkte de straat nog een keer en gebaarde dat ze uit kon stappen. Razendsnel volgde hij haar voorbeeld met zijn huissleutel al in zijn hand. Vlug haalde hij Liza's koffer uit de achterbak en met enkele grote stappen was hij bij zijn voordeur. Hij maakte de deur open en duwde Liza naar binnen. Zelf keek hij nog een keer om en zag de taxi wegrijden. Verder was er niets verdachts te zien. Hij sloot de deur en draaide hem aan de binnenkant op slot. De sleutel liet hij erin zitten om het slot te blokkeren voor indringers van buitenaf. Toen trok hij zijn schoenen uit en zette ze naast de pumps van Liza onder de kapstok. Zij was al op blote voeten doorgelopen naar de woonkamer. Het was toch verbazingwekkend dat vrouwen op die pinnen konden lopen en hij prees zich gelukkig dat hij een man was.

Flavian liep door naar de keuken en vulde een grote kan met water. Hij zou zichzelf en Liza dwingen om minstens een liter te drinken voordat ze zouden gaan slapen. Toen hij de woonkamer in liep, zag hij dat Liza het licht al had aangedaan en met haar benen onder zich getrokken op de bank zat.

'Ik heb even wat water voor ons ingeschonken, dan worden we morgen tenminste wat helderder wakker.'

Ze glimlachte. 'Goed idee, dat kan ik wel gebruiken. En Flavian, dank je wel dat ik hier mag loge...'

Uit het niets klonk een keiharde klap en van schrik liet Flavian de kan met water uit zijn handen vallen. Hij dook in een reflex naar de grond. Liza gilde en had zich van de bank laten vallen. Ze was bedolven onder de glassplinters en vlak naast haar lag een grote baksteen. Het geluid van piepende banden klonk en Flavian sprong op en rende langs Liza heen en trok het gordijn open. De straat was leeg. Hij draaide zich weer om en zag dat Liza trillend op de grond zat en hem met een bleek gezicht aankeek.

'Gaat het met je? Ben je gewond?'

Geen reactie.

'Liza! Ben je geraakt?'

'Nee. Niet door de steen, wel door glassplinters.' Ze had een bloedende schram op haar wang.

'Oké, blijf even stilzitten.' Hij rende naar de kast waar hij zijn schoonmaakspullen in bewaarde, rukte de stofzuiger en de dweil eruit en holde terug. Zo goed en zo kwaad als het ging, zoog hij de glassplinters rond Liza weg. Die in haar haren verwijderde hij met de hand. Toen haalde hij de verbandtrommel tevoorschijn en ontsmette de snee op haar wang en deed er een pleister op. Daarna dweilde hij het water op.

Liza stond op en pakte de baksteen. Er was een briefje op vastgezet met twee schroeven. Ze las de boodschap en gaf hem toen aan Flavian. De tekst luidde: *Als je erger wilt voorkomen, kun je je beter met je eigen zaken bemoeien!!! Dat geldt ook voor die Nederlandse trut.*

'De klootzakken.' Met een grimmig gezicht verliet hij de kamer om even later met een stuk bordkarton terug te keren. Hij sloeg de restanten glas uit het raam en schroefde het bordkarton in de kozijnen. 'Zo. Het verdient niet de schoonheidsprijs, maar het is in elk geval dicht.'

Liza was intussen op de bank gaan zitten en leek weer een beetje bij haar positieven te zijn gekomen. 'Het is ze menens, hè? Ze willen echt niet dat wij te weten komen wat er met Mark is gebeurd.'

'Dat is wel duidelijk, ja. Maar het betekent ook dat we op de goede weg zijn, dat we in de buurt van de waarheid komen.'

'Daar lijkt het wel op. En wat nu?'

'Nu lijkt het me verstandig dat we gaan slapen.'

'Hè?! Moet je niet iemand bellen of zo?'

'Wie dan?'

'De politie?'

'Wat denk je zelf? Dat mijn collega's met zwaaiende sirenes hiernaartoe komen? Ik ben geschorst en heb me beziggehouden met een illegaal onderzoek, wat me strikt verboden was door de vorige grote baas. De ex-baas aan wie ze nog steeds loyaal zijn. De ex-baas die dikke vriendjes is met de man die ik vanmiddag aan de tand heb gevoeld en die daar op zijn zachtst gezegd niet blij mee was. Denk je dus echt dat mijn collega's me komen helpen? Dat ze het risico willen lopen om hun baan kwijt te raken? Ik weet nog niet precies hoe de hazen lopen in dit hele verhaal, maar dat ze samen lopen lijkt me een uitgemaakte zaak.'

'Maar ga je dan helemaal niets doen? Dit kan toch niet?'

'Weet je wat ik ga doen? Slapen. En dat zou jij ook moeten doen. Dus als je het niet erg vindt... je zit op mijn bed.' Flavian wees naar de bank. 'Mijn slaapkamer is boven, daar kun jij de nacht doorbrengen, en de badkamer vind je daar ook.'

Liza keek hem nog wat verwilderd aan, maar leek zich toen bij zijn besluit neer te leggen. 'Goed, welterusten dan.'

'Ik zie je morgen.'

Ze tilde haar koffer op en liep ermee de trap op. Zodra hij haar boven op zijn slaapkamer hoorde stommelen, ging hij naar zijn kluis en haalde zijn privépistool tevoorschijn. Zijn dienstwapen liet hij liggen. Daarna belde hij Delia om haar te vragen het kenteken van de auto na te trekken, maar ze nam niet op. Hij sprak haar voicemail in en krulde zich toen op op de bank. Het pistool legde hij onder zijn hoofdkussen. Hoewel het erop leek dat de steen louter en alleen als waarschuwing was bedoeld, was hij er niet helemaal gerust op. Maar wat er ook zou gebeuren, Flavian liet zich niet intimideren. Hij ging zo comfortabel mogelijk liggen en bereidde zich voor op een nacht zonder slaap. Ze hadden hem een keer verrast, maar als ze het nog eens zouden proberen, was hij er klaar voor.

40

Met een verbeten uitdrukking op zijn gezicht zat Flavian de volgende ochtend in een taxi. Samen met Liza was hij op weg naar George & Elena's Taverna om zijn auto op te halen. Voordat ze waren vertrokken, had hij de kapotte woonkamerruit laten vervangen. Hoewel het eventuele belagers niet zou tegenhouden, gaf het hem toch een geruster gevoel, had hij Liza toevertrouwd. Het zou in elk geval meer moeite kosten om een ruit te slopen dan een stuk bordkarton, en het zou sowieso meer lawaai maken en rotzooi geven, waardoor alerte buren sneller gealarmeerd zouden worden. Flavian verwachtte niet dat hun aanvallers vandaag weer op de stoep zouden staan, maar je wist maar nooit. Hij had Liza verteld dat hij een wapen bij zich droeg en dit had haar enigszins gerustgesteld. Hemzelf ook. In noodsituaties was het in elk geval iets.

De chauffeur reed een smalle straat in en stopte de taxi voor de ingang van de taverna. Hij had een aanzienlijk beter humeur dan zijn collega van de avond daarvoor en de fooi die hij ontving, beantwoordde hij met een brede lach. Flavian stapte uit terwijl de chauffeur galant de deur voor Liza openhield. Ze knikte hem vriendelijk toe.

'Laten we even kijken of Delia er is. Ik praat haar liever face to face bij dan over de telefoon.'

'Hebben we daar tijd voor? Hoe laat moet je je spullen inleveren?'

'Ze wachten maar.'

Er zaten nog een paar gasten te ontbijten op het overdekte terras van George & Elena's. Flavian opende de deur van de taverna en Liza liep langs hem heen naar binnen. Delia's oom stond wat tafeltjes af te nemen en begroette hen vriendelijk.

'Is Delia toevallig thuis?'

'Jazeker, ik zal haar even halen.' George verdween en Flavian wees naar het tafeltje dat George net had gepoetst. 'Ik heb wel trek in een ontbijtje, jij?'

'En koffie. Veel koffie.'

'Zeker ook wakker gelegen vannacht?'

Liza knikte. 'Helaas wel.'

Ze zag er moe uit. Haar ogen waren gezwollen, met grote donkere wallen eronder. De schram op haar gezicht had ze redelijk succesvol weten weg te werken met een camouflagestift, maar al met al leek Liza in de afgelopen paar dagen minstens tien jaar ouder te zijn geworden. *Nou ja, zelf zal ik er ook wel niet erg florissant uitzien,* dacht Flavian.

Ze gingen aan het tafeltje zitten dat Flavian had uitgekozen en een paar minuten later kwam George aanlopen met een er al net zo slaperig uitziende Delia. Ze had haar lange haar in een vluchtige scheve staart gebonden en droeg een kort zwart joggingbroekje met een geel T-shirt. Al met al had ze wel wat weg van een net ontwaakte Maja de Bij. Ze plofte naast Liza neer.

'Ook nog niet ontbeten zeker?' vroeg Flavian. Delia schudde haar hoofd en Flavian bestelde drie porties *scrambled eggs* bij George en een kan koffie. Delia staarde intussen wat voor zich uit, ze was duidelijk nog niet helemaal wakker en waarschijnlijk nog aan het bijkomen van de alcohol van de avond daarvoor.

'En, heb je wat gevonden?' vroeg Flavian haar voorzichtig na een poosje.

Haar wangen kleurden donkerrood terwijl ze speelde met de servet die op tafel lag. 'Ik ben in slaap gevallen,' zei ze met een benepen stemmetje. 'Dat is me nog nooit gebeurd, ik ben een nachtdier. Ik drink normaal geen alcohol, alleen sloten zwarte koffie. Mijn hoofd voelt aan als een bouwplaats waar een heipaal op staat te rammen.'

Haar oom kwam aanlopen met drie borden scrambled eggs en een goedgevuld mandje met toast. Delia sloeg haar hand voor haar mond en trok wit weg toen hij de borden op tafel zette. ‘O, die geur,’ kreunde ze. Ze schoof het bord van zich af.

‘Opeten,’ zei Flavian streng. ‘Met een lege maag voel je je alleen maar beroerder.’ Hij riep George terug en vroeg om een kan water met drie glazen. Delia pakte een stukje roerei tussen haar vingers, bekeek het uitvoerig en stopte het toen met lange tanden in haar mond. Flavian besmeerde een stuk toast royaal met boter, legde er ei op en nam een flinke hap.

‘Dus je hebt nog niks kunnen doen?’ vroeg hij Delia toen hij was uitgekauwd.

‘Sorry. Ik ga vandaag meteen aan de slag. Ben vrij.’

‘Heb je mijn voicemail van vannacht nog gehoord?’

‘Nee. Waar ging het over?’

‘Ik heb nog een klusje voor je. Gisteravond werden Liza en ik tot aan mijn straat gevolgd door een zwarte auto met kenteken KYK-6949. Toen we eenmaal binnen waren, werd er een baksteen door de ruit gegooid met een briefje erop.’ Hij liet Delia de foto’s zien die hij de avond daarvoor nog had gemaakt.

‘Iemand is niet blij met jullie,’ concludeerde ze droog.

‘Klopt. Ik wil weten van wie die auto is. Aangezien ik geschorst ben, kan ik hem zelf niet natrekken.’

Delia stond op en liep naar de bar om een pen te halen. Toen tikte ze op de servet waar ze eerder mee had zitten spelen. ‘Schrijf maar op.’

‘Je oom houdt geen servetten meer over,’ grinnikte Liza.

‘De servetten zitten bij de huurprijs inbegrepen.’

Flavian krabbelde het kenteken neer. ‘Kun je dit zo lezen?’

Delia stak haar duim naar hem op en propte de servet in haar broekzak op hetzelfde moment dat George kwam aanlopen met een kan water en glazen. Flavian schonk ze vol en keek op zijn horloge. ‘We moeten een beetje vaart maken, Liza, want we hebben een hoop te doen vandaag. Ik lever zo mijn troep in bij het bureau en dan gaan we naar Kefalonia. Kijken of iemand daar zich Mark of Thera nog herinnert.’

‘Oké, prima. En stichting Get Them Out the Water?’

‘Die gaan we in eerste instantie bellen. Als ze bereid zijn om telefonisch gegevens te verstrekken, dan scheelt dat weer een trip naar Lesbos. Maar eerst Kefalonia.'

'Ik trek dat kenteken na en ga aan de slag met die mailtjes. Nu echt.' Delia schonk zichzelf een kop gitzwarte koffie in en dronk hem achter elkaar leeg.

'Hou bij het natrekken van de mailtjes in je achterhoofd dat ze misschien wel zijn verstuurd door ene Stavros Kafes, een privédetective die Liza vorig jaar heeft ingehuurd om de verdwijning van Mark te onderzoeken. Ik denk dat hij niet te vertrouwen is.'

Delia floot tussen haar tanden. 'Waarom denk je dat?'

'Omdat hij eerder met het verhaal aankwam dat Mark en Thera naar Antalya zeilden dan dat Liza de mail daarover ontving.'

'En jij vraagt je af hoe het kan dat die detective van tevoren op de hoogte was van de inhoud van een e-mail die overduidelijk vals is.'

'Exact. In mijn ogen kan dat eigenlijk maar één ding betekenen.'

'Ik ga het uitzoeken.'

41

Liza zat met een knoop in haar maag naast Flavian. Nadat Flavian zijn dienstwapen en penning had ingeleverd op zijn werk, hadden ze het vliegtuig naar Kefalonia gepakt. Daar aangekomen hadden ze de auto gehuurd waarmee ze nu op weg waren naar Myrtos Beach. Even hadden ze overwogen om de reis van Corfu naar Kefalonia per boot af te leggen, maar gezien de tijdsdruk was vliegen toch de beste optie geweest.

Liza was als de dood dat deze trip hun niet zou brengen wat ze hoopte. Zou iemand zich Mark na een jaar nog herinneren? Flavians gezicht stond net als het hare zorgelijk.

'Hoe groot denk jij dat de kans is dat we hier informatie vinden waar we echt wat mee kunnen?'

'Eerlijk antwoord?' Hij keek haar even kort aan.

'Ja.'

'Heel klein, maar we moeten dit doen. Dat ben je toch met me eens?'

'Jazeker. We moeten zelfs het meest onbeduidende spoor dat we hebben tot achter de komma natrekken.'

'Fijn dat je er ook zo over denkt. Ik ga de auto hier parkeren. Het laatste stukje doen we te voet.'

Flavian zette de auto aan de kant en Liza was blij dat ze haar benen even kon strekken. Thuis in Nederland deed ze zo veel mogelijk op de fiets, maar in Griekenland had ze de afgelopen dagen voornamelijk binnen of in een auto gezeten. Ze miste de buitenlucht en de dagelijkse beweging die ze normaliter kreeg. Ze was hier volledig uit haar ritme. Heel even verlangde ze hevig naar huis, maar een opkomend schuldgevoel drukte dat verlangen meteen weer weg. Ze moest hier zijn voor Mark. Hij verdiende het dat de waarheid rond zijn dood boven tafel kwam.

Ze liep achter Flavian aan en hield toen plots haar adem in. Voor haar lag het mooiste strand dat ze ooit had gezien. Ze trok haar schoenen uit en zette haar blote voeten op de ragfijne witte kiezeltjes. Ze voelden warm aan. Flavian volgde haar voorbeeld, pakte zijn veters vast en gooide zijn schoenen over zijn schouder. Zijn shirt plakte aan zijn lijf en op zijn rug tekenden zich zweetplekken af. Er waaide een lichte zeebries door Liza's haar terwijl ze uitkeek over de aquamarijnblauwe zee.

'Wat is het hier prachtig,' verzuchtte ze. 'De zee is hier intenser blauw dan ik ooit heb gezien.'

Flavian kwam naast haar staan. 'Dit strand wordt ook wel "het Paradijs" genoemd.'

Liza keek nog eens goed om zich heen. 'Wacht eens...' Haar ogen bleven hangen bij de groene steile helling waar het strand aan grensde.

'Wat?'

'Ik ben zo terug.' Ze rende richting de helling en juichte verheugd toen ze het paadje vond waar ze naar op zoek was. Ze volgde het tot aan de opening in de rots en stapte de kloof binnen. Een bedompte geur van vocht en alcohol kwam haar tegemoet. Vierentwintig jaren leken weg te vallen en ze was weer terug in het moment dat ze zelf zo vrij als een vogeltje naar Griekenland was vertrokken. 'Dus toch,' mompelde ze.

Op de wanden was schreeuwerige graffiti aangebracht en op de grond lag een berg lege blikjes. Er waren duidelijk meer mensen geweest die deze plek in de tussenliggende periode hadden ontdekt. Met haar hand streek Liza over de koele rotswand, terwijl ze een paar blikjes aan de kant schopte. Als ze haar ogen dichtdeed, kon ze de scherpe uitsteeksels van de ruwe grond nog in haar rug voelen en als een mokerslag werd ze getroffen door herinneringen. Levend van de zon en de wind, zich vergapend aan de schoonheid van de eilanden en de bevolking. De ontmoeting op het strand beneden haar die was geëindigd op deze plek, en die haar leven voorgoed had veranderd. Verdriet om Mark overmande haar en ze liet haar tranen even de vrije loop.

'Ik zal erachter komen wat er met je is gebeurd, jongen,' fluisterde ze. Daarna veegde ze de tranen uit haar ogen en pakte een scherpe steen van handzaam formaat van de grond. Ze kerfde Marks naam en geboortedatum in de rotswand; een geboortekaartje dat voor altijd zou blijven bestaan. Ze drukte er een kus op en verliet de grot voordat een nieuwe tranenstroom haar uit haar evenwicht zou brengen. Beneden op het strand zag ze Flavian met zijn hand boven zijn ogen haar kant op turen. Ze gebaarde dat alles goed was. Waakzaam op oneffenheden volgde ze het pad weer naar beneden, tot ze haar voeten weer voelde wegzakken in de warme kleine kiezeltjes. Flavian kwam op haar af lopen.

'Waar was je nou ineens?' Toen bemerkte hij klaarblijkelijk dat ze gehuild had. 'Gaat het wel?'

Er verscheen een glimlach op haar gezicht. 'Ik ben hier eerder geweest. Ik herkende het in eerste instantie niet, omdat het de vorige keer donker was, maar die begroeide berghelling, de vorm van de baai... Ineens zag ik het. Ik was vierentwintig jaar geleden met een paar vrienden aan het zeilen en we waren hier in de baai voor anker gegaan. 's Nachts toen iedereen sliep ben ik naar de kust gezwommen. Er was een man op het strand en toen... Tijdens die nacht is Mark verwekt op de plek waar ik net ben gaan kijken.'

Ze keek Flavian ongemakkelijk aan. Op zijn gezicht was geen enkele reactie te zien, maar toch voelde ze zich verplicht hem meer uitleg te geven. 'Ik was achttien en high en aangeschoten, ik heb hem daarna nooit meer gezien. Maar ik heb er geen spijt van, Mark is het mooiste wat me ooit is overkomen. Zodra ik wist dat ik zwanger was, heb ik geen drank of drugs meer aangeraakt. Ik was echt losgeslagen in die tijd – foute vrienden, drank, verdovende middelen, diefstal – en ik weet werkelijk niet wat er van me zou zijn geworden als ik niet zwanger was geraakt van Mark.'

'Je bent me geen uitleg verschuldigd. Het moet zwaar voor je zijn geweest om hem alleen op te voeden.'

'Ik heb veel hulp van mijn ouders gekregen. Doordat zij vaak op hem pasten, kon ik naast het moederen een studie Engelse literatuur doen en ben ik me gaan toeleggen op het vertalen van teksten. Ik was zo trots toen ik mijn eerste opdracht binnen had.'

'Je glundert er nog steeds van,' grinnikte Flavian. 'Mooi om te zien.'

'Het was echt een overwinning voor me. De eerste stap naar zelfstandigheid.' Ze glimlachte en pakte een hand zand. 'Het valt me nu pas op hoe wit het eigenlijk is.'

'Ja, mooi hè? Een van de unieke dingen van deze plek. Zullen we aan de slag gaan? Als jij die kant van het strand pakt, dan doe ik de rest.'

Liza knikte, liet het zand door haar vingers glippen en veegde haar handen af aan haar short. Daarna zette ze een foto van Mark en Thera op het scherm van haar telefoon en liep in tegengestelde richting van Flavian. Voortvarend liep ze op een jongen en een meisje af die in elkaar verstrengeld op een grote handdoek lagen.

'Hallo, mag ik jullie iets vragen?'

Met duidelijke tegenzin maakten ze zich van elkaar los en keken haar verstoord aan. Liza duwde hun de foto van Mark onder hun neus. 'Kennen jullie deze man? Hebben jullie hem weleens gezien, hier op het strand of ergens anders?'

Het meisje bestudeerde de foto en schudde toen haar hoofd. 'Nee, het spijt me,' zei ze. 'Jij?'

De jongen schudde ook van nee.

'Oké, bedankt. Fijne dag nog.'

Liza liep door naar de volgende strandganger, maar ook die herkende Mark niet. En degene daarna ook niet en die daarna ook niet. Ze zuchtte – het zou weleens een heel teleurstellende middag kunnen worden. Maar ze was vastbesloten om door te gaan totdat ze iedereen had gesproken.

Een uur later troffen Liza en Flavian elkaar weer.

'Nog geen enkel resultaat,' zei Flavian. 'En jij?'

'Nee. Niemand heeft Mark hier ooit gezien. Wat we eigenlijk al hadden verwacht. Misschien heeft het meer zin als we naar die stad gaan, Assos?'

'Goed idee, laten we dat maar doen.'

Samen liepen ze terug naar de auto en trokken daar hun schoenen weer aan. Flavian kroop achter het stuur en Liza liet zich op de passagiersstoel glijden in de kokendhete auto. Flavian zette de airco op vol vermogen en reed een paar kilometer in noordelijke richting naar het schiereiland waar Assos op lag. Liza slaakte een bewonderende zucht toen ze de groene heuvel met sparren en dennen zag afsteken tegen de azuurblauwe zee. Huizen in pastelkleuren waren tegen de heuvel aan gebouwd en omringd door twee baaien. Woekerende bougainville in alle kleuren groeide omhoog tegen muren en balkons.

'Ik zou hier zo kunnen wonen,' verzuchtte ze.

'Idyllisch, hè?'

'Dat kun je wel zeggen.'

'Hoe laat is het eigenlijk? Ik begin honger te krijgen.'

'Geen idee.' Liza keek op haar horloge. Tot haar verbazing zag ze dat het al tegen vijven liep. 'Misschien moeten we zo eerst even ergens een hapje gaan eten? We hebben op het ontbijt na de hele dag niets meer gehad.'

'Begin je eindelijk ook een beetje honger te krijgen?' vroeg Flavian goedkeurend.

'Dorst in elk geval. Water. Alleen water,' voegde ze er snel aan toe.

'Laten we beginnen met een hotelletje te zoeken voor vannacht. Dan kunnen we vanavond de kroegen, clubs en restaurants afgaan met Marks foto. Daar hebben we waarschijnlijk meer kans dan op het strand. Barpersoneel en de mensen in de bediening van horecagelegenheden hebben vaak een heel goed geheugen als het om klanten gaat die hun tent bezocht hebben. Hopelijk heeft Mark destijds met een van hen een praatje aangeknoopt en iets gezegd wat is blijven hangen. En anders kunnen ze zich Thera misschien nog herinneren. Een mooie blonde dame maakt vaak een blijvende indruk. Kun jij misschien iets voor de nacht zoeken?'

Liza knikte en haalde haar telefoon tevoorschijn. Op Booking.com kwam ze na enige tijd bij Sofia's Studios uit, in het stadscentrum van Assos. 'Vrijwel alles zit vol, maar er is nog precies één vierpersoonsappartement vrij, midden in het centrum.'

'Perfect.'

Ze boekte het appartement snel en was daarmee de vijf andere geïnteresseerden die het op dat moment bekeken te snel af. 'Gelukt. Op het nippertje!'

'Mooi. Heb je een adres voor me?'

'Ja, wacht maar, ik navigeer je er met mijn telefoon wel naartoe.'

Liza zette het adres in haar route-app en loodste Flavian in één keer naar hun overnachtingsplek. Ze konden de auto gelukkig makkelijk kwijt. Nadat ze betaald hadden bij de receptie en hun spullen in de kamer hadden gezet, liepen ze vervolgens meteen door naar restaurant Platanos, dat hun was aangeraden door de eigenaresse van hun appartement met de woorden: 'Twee Kefaloniaanse huisvrouwen die heerlijk kunnen koken.'

Platanos lag vlak bij de kleine vissershaven van Assos en keek uit op een kiezelstrand. Het terras zat behoorlijk vol, maar Flavian wist nog een tafeltje te bemachtigen. Ze wierpen een vluchtige blik op de kaart en wenkten de ober, die meteen aansnelde. Flavian bestelde kip en Liza tonijn. De wijn die de ober aanprees weigerden ze resoluut en ze verzochten om cola en een grote kan water.

'Ik ga nog even gauw een toilet opzoeken voordat het eten komt,' zei Liza.

'Goed idee. Dan ga ik na jou.'

Ze stond op en baande zich een weg door het overvolle terras. Toen ze de deur naar de ingang van het restaurant had gevonden, vloog die open. Een man die er duidelijk niet bij was met zijn gedachten kwam naar buiten en liep recht tegen haar op. Liza wankelde en kon zichzelf net staande houden, maar de man verloor wel zijn evenwicht en viel met een smak op de grond.

Geschrokken knielde ze bij hem neer. De man rook naar drank en tastte paniekerig om zich heen, terwijl hij steeds iets riep in het Grieks dat Liza niet verstond. Ze probeerde in het Engels zijn aandacht te vangen en de man keek haar verward aan.

Liza deinsde terug. Er was iets in zijn ogen wat haar bekend voorkwam, maar ze wist niet wat.

'Mijn medaillon!' riep hij, nu in het Engels. 'Ik ben hem kwijt. Waar is hij?'

Zijn handen graaiden nog steeds in het wilde weg over de grond. De deur ging weer open en Liza probeerde de man aan de kant te trekken. Hij liet zich door haar overeind helpen en toen zag ze vlak naast het looppad iets glinsteren. Het was een zilveren medaillon dat door de val was opengesprongen. Ze bukte om het op te rapen en op dat moment stokte haar adem.

Mark.

Nee, niet Mark. Een jongeman met donker haar staarde haar vanaf de foto aan en de gelijkenis met Mark was bijna eng te noemen. Maar het was niet haar zoon. Langzaam stroomden herinneringen van lang geleden terug in haar hoofd. Ze kende deze man, sterker nog, ze wist precies wie hij was. Ze had misschien de waarheid over Marks lot nog niet gevonden, maar wel de man die zijn vader was.

De man die haar omver had gelopen reikte naar het medaillon in haar handen en ze gaf het terug aan hem.

'Wie is dit?' vroeg ze hem.

'Mijn zoon. Angelos. Waarom?'

'Ik denk dat ik hem ken, van heel lang geleden. Hoe gaat het met hem?' vroeg ze in een opwelling.

De ogen van de man straalden zoveel verdriet uit, dat ze er een brok van in haar keel kreeg. 'Hij is dood,' zei hij.

Ongewild sprongen Liza de tranen in de ogen. Marks vader was dood, net als Mark zelf. 'Het spijt me. Ik wist het niet. Hoe is hij gestorven?'

De Griek keek haar nu bevreemd aan. 'Waarom wil je dat weten? Wie ben jij? Waar ken je mijn zoon van?'

'Zullen we even rustig gaan zitten, dat praat wat makkelijker. Ik heb daar een tafeltje samen met een vriend.'

De man bewoog niet, maar bekeek aandachtig de tatoeage op haar pols. 'Wie ben jij?' vroeg hij toen nogmaals.

'Mijn naam is Liza Roozenboom.'

'Rose? Ben jij Rose uit Nederland?'

Nu viel Liza bijna om van verbazing. Niemand wist van die naam, dat was haar geheim. Ze had die naam al zo lang niet meer gebruikt. 'Ik kom inderdaad uit Nederland en het is al heel lang geleden dat iemand me bij die naam heeft genoemd. Ik heet eigenlijk Liza.'

De man pakte haar hand en streek met zijn vinger over de tatoeage op haar pols, net als zijn zoon zoveel jaar geleden had gedaan. De aanraking bracht de herinneringen aan de nacht waarin Mark was verwekt in volle hevigheid terug.

'Het laatste jaar van zijn leven heeft hij alleen maar over jou gepraat. Hij vertelde me dat hij de mooiste vrouw had ontmoet die hij ooit had gezien. Tot over zijn oren verliefd was hij. Hij wist amper iets van je, behalve dan dat je Rose heette, uit Nederland kwam en een tatoeage van een roos op je pols had.'

Liza voelde zich meteen schuldig. Terwijl Angelos blijkbaar aan niets anders kon denken, was zij hem al snel vergeten en doorgegaan met haar leven. Het was nooit in haar opgekomen om hem te gaan zoeken en hem te vertellen van hun zoon. Dat had toen het beste geleken voor iedereen. Ze kon toch niet anders? Het was anders toch zeker veel te ingewikkeld geworden? Maar nu twijfelde ze en Flavians commentaar van eerder die week schoot haar te binnen. Volgens hem had zij de hele situatie juist ingewikkelder gemaakt door Mark niet de waarheid te vertellen.

Ze keek in de richting van haar tafeltje, waar Flavian was gaan staan en met zijn ogen het terras afspeurde op zoek naar haar. Ze zwaaide en stak haar duim omhoog toen zijn blik de hare ving. 'Wilt u met mij meekomen naar mijn tafeltje, dan kunnen we verder praten,' vroeg ze toen aan de oude Griek.

De man knikte en samen liepen ze naar Flavian.

'Dit is...' begon Liza, maar ze zweeg toen ze zich realiseerde dat ze de naam van de man nog niet wist.

'Kyrios Charistos,' stelde de man zich voor.

'En je zult het niet geloven, maar dit is de grootvader van Mark.'

'Wat? Je bedoelt...'

'Zijn zoon is de vader van Mark, inderdaad.'

'Maar hoe...'

'We botsten tegen elkaar op. Hij liep het restaurant net uit toen ik naar binnen wilde gaan. Hij had een ketting met een medaillon in zijn hand die hij liet vallen en in dat medaillon zat een foto en dat was sprekend Mark.'

'Ik dacht dat jij je die vent niet meer voor de geest kon halen,' fluisterde Flavian, zodat de oude Griek het niet zou horen.

'Klopt. Dat dacht ik ook, maar toen ik die foto zag, herkende ik hem meteen.'

Kyrios keek hen vertwijfeld aan. Hij verstond duidelijk niets van hun gesmoes en Liza realiseerde zich dat het niet erg beleefd was wat ze deden. Onmiddellijk bood ze hem een stoel aan en de man maakte er dankbaar gebruik van.

'Kan ik iets te drinken voor u halen?' vroeg Flavian.

'Een glas ouzo, graag.'

Flavian stond meteen op om binnen aan de bar de bestelling te plaatsen, Liza en Kyrios even onder vier ogen achterlatend. Liza schraapte haar keel en aarzelend begon ze te vertellen. 'Ik weet niet wat Angelos u allemaal heeft verteld over mij, maar hij en ik hebben vierentwintig jaar geleden samen de nacht doorgebracht. Eén nacht. Ik ben daarna doorgereisd en we hebben elkaar nooit meer gezien.'

De Griek reageerde niet en Liza voelde haar wangen kleuren. Het voelde heel vreemd om tegen deze man die ze niet kende, maar die ergens toch ook heel dicht bij haar stond, te vertellen dat ze seks had gehad met zijn zoon.

'Toen ik terug was in Nederland ontdekte ik dat ik zwanger

was. Het kon alleen maar van Angelos zijn omdat hij de enige was met wie... Nou ja, u begrijpt me wel.'

Kyrios zat muisstil naar haar te luisteren. Met een ernstig gezicht keek hij haar aan. Liza zocht naar woede in zijn ogen, in zijn gezichtsuitdrukking, maar vond die tot haar verbazing niet.

'Het spijt me, maar ik heb mijn zoon nooit verteld dat Angelos zijn vader was.' Ze sprak nu zo zachtjes dat Kyrios zich naar haar toe moest buigen om haar te kunnen verstaan. 'Ik wist niet waar ik Angelos moest zoeken en om eerlijk te zijn heb ik daar ook nooit moeite voor gedaan. Ik zag geen heil in een langeafstandsrelatie. Ik zag het samenzijn met Angelos als een eenmalig iets. We hadden gedronken en waren high. Dat iets wat op dat moment totaal onschuldig leek zulke grote consequenties zou hebben, was nooit in me opgekomen.'

Ze keek naar de oude Griek op en zag dat zijn ogen vochtig waren. Haar hart brak en ze voelde de tranen in haar ogen springen. 'Het spijt me zo verschrikkelijk. Het spijt me dat Angelos nooit zijn zoon heeft gekend. Dat u Mark nooit heeft kunnen ontmoeten.'

Liza durfde Kyrios amper nog aan te kijken. Hij moest haar wel haten, haar een vreselijke vrouw vinden door de keuzes die ze had gemaakt. Dat kon niet anders. Toen voelde ze een door de zon gelooide hand op haar arm.

42

‘Ik heb Mark ontmoet,’ zei Kyrios zacht.

Flavian kwam net aangelopen met een glas ouzo, en viel midden in het gesprek tussen Liza en de oude Griek.

‘Hè? Wanneer? Wat... Hoe?’ stamelde Liza.

‘Ongeveer een jaar geleden.’

Flavian ging snel zitten en keek de oude man aan. ‘Hoe weet u zo zeker dat het om Liza’s zoon gaat? Uw kleinzoon? Voor zover ik heb begrepen heeft Mark nooit geweten dat zijn vader Grieks was.’

‘Dat klopt,’ zei Liza.

‘Ik was een jaar geleden aan het wandelen op Myrtos Beach. Dat doe ik regelmatig, omdat het een van de favoriete plekken van mijn zoon was. En toen ik over dat strand liep, zag ik een groep jongemannen een jongen en een meisje lastigvallen. Ik herkende een van de jongens uit de groep als Nikos Tziolis,’ – Kyrios’ stem kreeg een bittere klank – ‘een vreselijk sujet uit een nog vreselijkere familie.’

Bij het horen van de naam Tziolis ging Flavian op het puntje van zijn stoel zitten. Het kostte hem moeite om Kyrios niet te onderbreken om hem het hemd van het lijf te vragen, maar hij hield zijn mond. Liza had er recht op om eerst te weten te komen wat Kyrios een jaar geleden had gezien. Zijn eigen vragen kwamen daarna wel.

‘Deze Nikos viel op dat moment net die jongen aan en ik was behoorlijk van slag toen ik zag dat hij als twee druppels water op Angelos leek.’

‘Mark!’ riep Liza.

‘Ja, dat bleek later. Hij had dezelfde bouw, hetzelfde postuur en dezelfde ogen. Ik kreeg een waas voor mijn ogen toen Nikos hem probeerde te slaan en zonder na te denken heb ik hem een paar klappen verkocht met een stok die daar lag en hem daarna te kennen gegeven dat hij beter kon maken dat hij wegkwam voordat er echte ongelukken gebeurden.'

Hij onderbrak zijn verhaal even om een slok ouzo te nemen en Flavian zag hoe Liza ongedurig zat te wachten tot Kyrios verderging. Maar ze zei niks. Toen smakte de oude man even met zijn lippen en vervolgde zijn verhaal.

'Ik was op dat moment echt in staat om Nikos te vermoorden en dat zag hij waarschijnlijk, want hij en zijn vriendjes dropen af. De jongen en het meisje bedankten me vervolgens en toen stelde hij zichzelf voor als Mark Roozenboom uit Nederland. Het meisje heette Thera. Mark vertelde me dat ze meevoeren met een flottielje-zeiltocht die werd georganiseerd door Ilios Sailing, het bedrijf van Nikos' vader, en dat ze waren afgeweken van de route om een stop te maken op Myrtos Beach. Mark wilde zijn vriendinnetje het Paradijs laten zien en had hun boot voor de kust voor anker laten gaan. De boot van Nikos dobberde er vlak achter.'

'Sorry, mag ik u even onderbreken?' vroeg Flavian.

'Zeg het maar.' Kyros pakte het glas ouzo en sloeg de rest van de inhoud in één keer achterover.

'Mark heeft u dus verteld dat hij meedeed aan een flottieljetocht die werd georganiseerd door Ilios Sailing?' vroeg Flavian. 'Zijn boot was van Ilios Sailing? Dat weet u zeker?'

'Honderd procent. Ilios Sailing is een bekende organisatie in deze wateren en ik heb in het verleden zelf ook zeiltochten begeleid, dus dan let je daar automatisch op. Ik heb nog een foto van het schip gemaakt, het lag er zo fraai bij in de baai.'

'Hebt u vroeger ook voor Tziolis gezeild?'

'Nee, Petros zat in die tijd alleen nog in de bouw en het vastgoed. Een oud-collega van me is wel voor hem gaan werken. Maar waarom bent u zo geïnteresseerd in Tziolis? Hebt u problemen met hem?

'Ik weet niet of Liza het u al heeft verteld, maar Mark is dood. Verdronken.'

Uit de schrikreactie van de man kon Flavian afleiden dat deze mededeling nieuw voor hem was en hij kon zichzelf wel voor zijn kop slaan dat hij dit op zo'n botte wijze te berde had gebracht.

'Het spijt me, ik dacht dat u het al wist. Ik doe samen met Liza onderzoek om erachter te komen wat er precies is gebeurd en we beginnen steeds meer te vermoeden dat Petros Tziolis er meer over weet, vandaar onze interesse.'

'We weten in elk geval zeker dat Mark verdronken is,' nam Liza het over. 'Op Corfu is daar bewijs van aangespoeld.'

Kyrios staarde voor zich uit naar een plek die alleen hij leek te zien. Daarna legde hij zijn gezicht in zijn handen en begon te huilen. Liza stond op en sloeg haar arm om de schokkende knokige schouders. Flavian zweeg ongemakkelijk. Huilende mannen waren niet zijn ding en hij was blij dat Liza de troostende taak op zich nam.

'Mijn zoon en mijn kleinzoon?' zei de oude man toen zachtjes.

Flavian zei nog steeds niks.

'En Tziolis heeft ook met de dood van Mark te maken?'

'We vermoeden van wel,' zei Liza.

Kyrios zweeg en Flavian keek even naar Liza. De man had zijn kleinzoon slechts eenmaal ontmoet en zojuist te horen gekregen dat het ook bij die ene keer zou blijven. Wat zou dat met hem doen? Hoe ging je met zoiets om? Toen pas drong tot Flavian door wat Kyrios zojuist had gezegd.

'Wat bedoelde u met "ook"?'

De man keek hem vragend aan.

'U vroeg of Tziolis óók met Marks dood te maken had. Met wiens dood nog meer dan?'

'Voordat hij met Ilios Sailing begon, had Petros Tziolis een bouwbedrijf en Angelos was bij hem in dienst. We woonden toen nog op Corfu. Op een dag was hij aan het werk op een steiger en dat ding stortte in. Angelos viel er ongelukkig vanaf en kreeg vervolgens die hele steiger op zich. Hij was op slag dood. Later bleek dat de steiger niet in orde was. Het materiaal was zo verouderd dat hij niet veilig meer was. Tziolis was daarvan op de hoogte, maar vond het niet nodig om het ding te vervangen. Als hij dat wel had gedaan, dan had mijn zoon nog geleefd. Het geld voor goed en veilig materiaal stak hij liever in zijn eigen zak, ten koste van mijn zoon en zijn andere personeel. Ik heb geprobeerd Tziolis aan te klagen voor doodslag, maar de politie heeft nooit fatsoenlijk onderzoek willen doen. Het werd afgedaan als een ongeluk en daar moest ik het mee doen.'

'Had commissaris Nikoloupolos deze zaak soms onder zijn hoede?'

'Ja,' antwoordde de oude Griek verrast. 'Dat klopt. Vreselijke man. Hij deugt niet. Veel te close met Tziolis.'

Flavian richtte zich tot Liza. 'Zie je, het heeft allemaal met elkaar te maken. Het is één grote beerput en die Petros Tziolis en zijn zeilbedrijf spelen een cruciale rol. We moeten echt meer te weten komen over die zeiltocht die Mark heeft gemaakt. Er moet daar iets gebeurd zijn en iemand moet toch zeker iets weten of gezien hebben?'

'Als u wilt, kan ik mijn oud-collega die voor Ilios Sailing werkt eens bellen en vragen of hij weet wie die zeiltocht van vorig jaar heeft begeleid?' bracht Kyrios in. 'Als ik de naam van de schipper voor u kan achterhalen, dan kan die misschien opheldering geven over wat er destijds volgens hem is gebeurd.'

'Dat zou heel fijn zijn!' zei Liza enthousiast.

'Heel nuttig,' beaamde Flavian. 'En om nog even terug te komen op wat u eerder zei over het maken van een foto van de zeilboot van Mark en van die zoon van Tziolis, hebt u die foto nog?'

Liza keek hem aan en hij kon in haar ogen lezen dat zij hetzelfde dacht. Die foto zou aantonen dat Petros Tziolis loog en dat Mark wel degelijk een boot van hem had gehuurd.

'Vast wel. Ik heb al mijn foto's opgeslagen op een harde schijf, dus als ik ga zoeken dan kom ik hem vast tegen.'

'Het is heel belangrijk dat ik die foto krijg,' drukte Flavian Kyrios op het hart. 'En om nu nog even terug te komen op Mark, u hebt hem dus behoed voor een paar flinke klappen van de zoon van Tziolis. Wat was diens naam ook alweer?'

'Nikos. Al net zo'n klootzak als zijn vader.'

'Was er toevallig nog iemand bij Mark en Thera, of waren ze samen op het strand?'

'Samen. Wie zou er nog bij moeten zijn geweest dan?'

'Ze reisden met z'n drieën. Een vriend van Mark met de naam Fedde zou er ook bij moeten zijn geweest. Een jongeman met donkerblond krullend haar. Hij had samen met Mark en Thera de zeilboot gehuurd en voer met hen mee, maar ze kregen ruzie. We weten alleen niet of hij de hele tocht heeft meegevaren of dat hij voortijdig van boord is gestapt. We proberen erachter te komen wanneer hij precies naar Nederland is vertrokken. Stel dat het voor het einde van de reis was, dan kan er dus iets met Mark zijn gebeurd zonder dat hij ervan wist.'

'Ik heb hem destijds niet gezien. Ook niet op de zeilboot. Die lag voor de kust, samen met een paar andere boten waaronder die van Nikos en ik zag niemand aan boord. Mark heeft het in het gesprek dat we op het strand hadden ook niet over zijn vriend gehad. Kan het misschien zijn dat hij was overgestapt op een andere boot? In het kader van de onenigheid?' opperde Kyrios behulpzaam.

'Dat strookt niet met wat Fedde tot nu toe zelf heeft beweerd. Hij zegt zelf dat hij de zeiltocht helemaal heeft afgemaakt met Mark en Thera en daarna pas is vertrokken. Maar waar was Fedde dan op het moment dat Mark en Thera ruzie kregen met die Nikos Tziolis op Myrtos Beach?'

'Niet bij hen in elk geval.'

'Daarom neig ik er eerder naar te geloven dat hij al naar huis was. Dat gevoel heb ik de hele tijd al gehad en dat zou hiermee bevestigd zijn.'

'Waarom vraag je het niet na bij die vriend?'

'Dat zal ik met deze nieuwe informatie zeker gaan doen.'

'En Ilios Sailing? Zijn jullie daar al langs geweest?'

'Dat is nou juist het probleem. Ilios Sailing en Petros Tziolis weigeren tot nu toe onze vragen fatsoenlijk te beantwoorden. Sterker nog, ze beweren nog nooit van Mark, Thera of Fedde gehoord te hebben. Ze blijven volhouden dat er in hun administratie niets over hen is terug te vinden en dat ze een boot bij een andere verhuurder hebben gehuurd.'

'Dat is pertinent onwaar. Marks boot was van Ilios. Dat weet ik honderd procent zeker.'

'Daarom hebben we die foto van u ook nodig.'

'Als ik thuis ben, zal ik hem meteen gaan zoeken. Maar wat ik niet begrijp, is dat u de administratie van Ilios Sailing niet gewoon vordert.'

'Het onderzoek dat ik doe is niet officieel,' legde Flavian uit. 'Oud-commissaris Nikoloupolos heeft me verboden in deze zaak te duiken en mijn baas is daarin meegegaan. Dat politiekorps is echt zo corrupt als de pest. Ze kruipen allemaal voor Nikoloupolos, zelfs nu hij officieel met pensioen is. Ik heb echt het heel sterke vermoeden dat iets in de doofpot wordt gestopt. Maar het is heel moeilijk om iets hard te maken, daarom heb ik die foto van u nodig, als bewijs dat Tziolis liegt over het feit dat Mark heeft deelgenomen aan de flottielje-tocht van Ilios.'

'Waarom liegt Tziolis daarover? Wat is zijn belang daarbij?'

'Op dit moment heb ik alleen maar vermoedens en geen concrete antwoorden, maar die ga ik nog wel vinden.'

'Maar wat denk je dat er is gebeurd?'

'Ik denk niet per se dat er opzet in het spel is. Mark zou per ongeluk te water kunnen zijn geraakt en toen zijn verdronken. Tziolis maakt zich vermoedelijk vooral zorgen om reputatieschade en zal er alles aan doen om te voorkomen dat Mark wordt gelinkt aan Ilios.'

'Dat klinkt wel als Petros Tziolis. Die man doet alles voor geld.'

'Maar het blijven speculaties. Totdat ik hard bewijs heb gevonden, kan ik er helemaal niets mee.'

'Maar stel dat Mark is verdronken op de manier zoals jij suggereert, wat is er dan met het meisje gebeurd dat bij hem was?'

'Dat is een heel goede vraag die ik ook nog niet kan beantwoorden. We zijn nog bezig haar gegevens te achterhalen, maar tot op heden is dat nog niet gelukt. De vluchtelingenorganisatie waar ze voor werkte wil om privacyredenen haar gegevens niet prijsgeven. We weten vooralsnog alleen haar voornaam. Het enige wat we vrij zeker weten in dit hele verhaal is dat Mark dood is, vermoedelijk verdronken, maar zelfs dat kunnen we niet met zekerheid vaststellen.'

'Maar hoe hij te water is geraakt, daar ben ik inmiddels net zo benieuwd naar als jullie,' zei Kyrios. 'Als jullie dus nog een ogenblikje hebben, dan probeer ik meteen mijn oud-collega even te bellen.'

'Dat zou heel fijn zijn.'

Kyrios stond op en liep naar de straat om even rustig te kunnen bellen. Liza hield hem nauwlettend in de gaten en zuchtte opgelucht toen ze zag dat hij iemand aan de lijn had. Flavian zag dat ze haar rechterwijsvinger in haar mond stopte en gespannen op haar nagels begon te kauwen.

Enkele minuten later sloot Kyrios zijn gesprek af en liep weer naar hen toe. 'Mijn oud-collega wist te vertellen dat de flottielje van Ilios die van Corfu langs Assos gaat, altijd wordt begeleid door Aias Manolas.'

'En kunnen we deze Aias Manolas te spreken krijgen?'

'Dat is het hem nou net. De beste man is al een week spoorloos en niemand weet waar hij is.'

43

Flavian en Liza liepen met hun rolkoffers naar de parkeerplaats waar Flavians auto stond. Ze waren net geland op Corfu. 'Linea recta naar Ilios lijkt me,' stelde Flavian voor. 'Kijken of zij weten waar Aias Manolas is.'

'Goed plan.'

Flavian gooide hun handkoffers in zijn auto en wilde net instappen, toen hij iets onder zijn ruitenwisser zag zitten. Ervan uitgaande dat het iets van reclame was, pakte hij het briefje zonder verder te kijken en verfrommelde het in zijn hand. Hij gooide de prop in de uitsparing onder het dashboard waar ook wat muntgeld lag, startte de motor en reed vervolgens richting de uitgang van het parkeerterrein. Liza pakte het propje papier echter op en streek het glad. Ze slaakte een vloek.

'Wat?' Geschrokken keek hij haar aan.

'Ik denk dat je iets te snel was, dit moet je zien.'

Hij stopte de auto en pakte het gekreukelde briefje aan. Het was geen reclame. 'Verdwijn van dit eiland en neem die slet met je mee. Dat is voor iedereen beter. We blijven niet waarschuwen,' las hij. De tekst was in hetzelfde lettertype afgedrukt als het briefje dat eerder met baksteen en al door zijn ruit was gegooid.

'Denk je dat we gevolgd zijn naar Kefalonia?' vroeg Liza.

Flavian schudde zijn hoofd. 'Nee, dat hadden we gemerkt.'

'Maar ze moeten ons in elk geval naar de luchthaven zijn gevolgd toen we vertrokken.'

'Niet dat ik weet. Ik heb alles scherp in de gaten gehouden.'

'Toch weten ze dat je auto hier stond. Hoe komt dat briefje er anders op?'

'Ik kan het me niet voorstellen, maar misschien heb ik iets gemist.'

'Denk je dat ze ons echt iets aan zullen doen?'

Het verbaasde Flavian dat Liza zo rustig bleef en niet in paniek raakte. Wederom had hij bewondering voor deze vrouw. Hij dacht na over haar vraag. Zolang hij niet zeker wist uit welke hoek de bedreigingen kwamen, wist hij ook niet hoe gevaarlijk hun vijand echt was. Bleef het bij loze woorden, of waren ze echt in staat tot geweld of erger? Het was aannemelijk om te denken dat Tziolis of Nikoloupolos hen op de hielen zat, maar het concrete bewijs ontbrak. Het was echt te hopen dat Delia inmiddels informatie had gevonden waar ze wat mee konden.

'Ik weet het niet,' zei hij in alle eerlijkheid.

Hij gooide het papiertje weer in het muntenbakje en reed met een grimmig gezicht het parkeerterrein af. In zijn achteruitkijkspiegel zag hij dat ze werden nagekeken door een beveiliger van de luchthaven. Toen ze bijna uit het zicht waren verdwenen, pakte de man zijn telefoon. Het hoefde niets te betekenen te hebben, maar de timing was wel erg toevallig. Had degene die hen bedreigde werkelijk overal zijn mannetjes? Was dat Nikoloupolos? Reikte zijn invloed echt zo ver? Nee, er was er maar één die bijna het hele eiland in zijn zak had en dat was Petros Tziolis, Flavian raakte er steeds meer van overtuigd dat Nikoloupolos minder machtig was dan hij leek. Hij was de loopjongen van Tziolis en handelde waarschijnlijk volledig in zijn opdracht. Maar één ding wist Flavian zeker: de oud-commissaris zou dat niet voor niks doen, hij werd er goed voor betaald. Hij moest eraan denken Delia te vragen of ze geldstromen tussen de twee kon ontdekken. De kans was klein, want ze zouden hun zaakjes vast goed geregeld hebben, maar als er ook maar het minste bewijs was dan zou Flavian dat vinden. Met hulp van Delia uiteraard. Hij had niet kunnen denken, toen hij haar de eerste keer zag, dat ze zo onmisbaar zou worden. Zonder haar kon hij weinig, dat besefte hij maar al te goed.

'Ik bel Delia even om te horen of ze al wat verder is gekomen,' liet hij Liza weten.

'Prima. Doe haar de groeten.'

Flavian toetste haar nummer in en kreeg haar vrijwel meteen aan de lijn. Voordat hij iets kon zeggen, nam zij echter het woord. 'Ik ben aan het werk, kan nu niet praten. Kom vanavond naar de taverna. Ik heb jullie wel wat interessante dingen te vertellen.' Toen werd de verbinding verbroken.

Vanuit zijn ooghoek zag hij dat Liza hem verbaasd aankeek.

'Ze was aan het werk,' verduidelijkte hij haar. 'We zien elkaar vanavond in de taverna. Ze heeft nieuws.'

Liza verschoof meteen naar het puntje van haar stoel. 'Heeft ze geen enkele hint gegeven?'

'Nee, en dat is ook heel verstandig van haar. Wie weet tapt Nikoloupolos onze telefoons af.'

'Toen ik hem vorig jaar vroeg om op die manier Marks toestel te traceren, kon dat allemaal niet,' zei Liza bitter.

'Nee, natuurlijk niet. De man is een ras-opportunist en doet alleen maar dingen waar hij zelf iets aan heeft. De boel bagatelliseren paste beter in zijn straatje. Bovendien is hij liever lui dan moe. Werk dat niet per se hoeft, wordt niet gedaan.'

'Denk je dat hij vorig jaar al meer wist over het lot van Mark?'

'Ik weet het niet, maar dat gaan we proberen uit te vinden.'

Flavian parkeerde de auto bij het hotel waar Liza een jaar geleden had verbleven. Van daar liepen ze naar de jachthaven van Gouvia, waar Ilios Sailing was gevestigd. Aan iedereen die ze tegenkwamen vroeg Flavian of ze Aias Manolas kenden en zo ja, of ze wisten waar hij was. De vissers in de haven kenden hem allemaal, maar geen van hen had hem de afgelopen week gezien of iets van hem gehoord. Ze verwezen allemaal naar zijn werkgever, Ilios Sailing. De foto van Mark, die Flavian voor de zekerheid ook liet zien, leverde echter geen tekenen van herkenning op.

Toen Flavian en Liza teleurgesteld doorliepen naar het kantoor van Ilios, maakte een van de vissers zich los uit het groepje en ging een stukje verderop staan bellen. Flavian zag het echter niet en spoorde haar aan om door te lopen. Hij hield de deur voor haar open en toen ze het kantoor binnen liep, kreeg ze een déjà vu. Hetzelfde meisje stond achter de balie en de receptieruimte had nog precies dezelfde look-and-feel. Het meisje groette hen en leek Liza niet te herkennen. Hoe heette ze ook alweer? Iets met een c. Carolien? Christine? Cato, dat was het!

Flavian liep naar de balie. 'We zijn op zoek naar Aias Manolas en als mijn informatie correct is, dan werkt hij hier. Enig idee waar ik hem kan vinden?'

'Wie zei u?'

'Aias Manolas. Hij is een van de begeleiders van jullie flottieljetochten,' lichtte Flavian toe.

'Ik kijk even in de computer. Als u een ogenblikje hebt?'

Flavian knikte en week geen millimeter van de balie terwijl Cato's vingers over het toetsenbord raasden.

'Er is inderdaad een Aias Manolas bij ons in dienst. O, wacht even, niet meer. Hij heeft een week geleden ontslag genomen.'

'O? Waarom?'

'Geen idee, dat staat er niet bij.'

'Dus u weet niet waar we hem kunnen vinden?'

'Nee, ik ben niet op de hoogte van de verblijfplaatsen van onze werknemers. Of ex-werknemers. Dat zou wat zijn, toch?'

'Hebt u dan zijn adres of telefoonnummer voor me?'

'Nee. Of nou ja, die heb ik wel, maar die krijgt u niet. Hoe weet ik nou of u geen kwade bedoelingen in de zin hebt. Misschien wilt u hem wel vermoorden.'

Cato lachte hysterisch en Flavian werd rood in zijn gezicht. Heel even was Liza bang dat hij het meisje over de balie zou trekken, net zoals zijzelf een jaar geleden bijna had gedaan. Ook toen had het meisje een soortgelijk antwoord gegeven toen ze naar de gegevens van Thera vroeg.

Cato stapte achteruit, kennelijk had ze Flavians irritatie opgemerkt. 'Het lijkt me verstandig als u nu weggaat. Wij geven nooit adres- of andere gegevens door aan derden. Ik ben waarschijnlijk al buiten mijn boekje gegaan door u te vertellen dat Aias Manolas hier heeft gewerkt. Ik wens u nog een prettige dag.'

Het was duidelijk dat ze hier niet verder zouden komen en Liza trok Flavian mee naar de deur en duwde hem naar buiten.

'Zeg maar niks,' zei hij nors. 'Ik haat het als ik met lege handen terugkom terwijl ik zeker weet dat er wat te halen valt. Laat me maar even.'

Hij beende voor Liza uit en ze respecteerde zijn behoefte om even tot zichzelf te komen. Ze hield haar pas in. Flavian had het groepje vissers al bereikt en tegen de tijd dat zij erlangs liep, had hij al bijna het havengebied verlaten. Terwijl ze de vissers passeerde, maakte een van hen zich los uit het groepje. Het was de beller en hij wenkte haar zo subtiel, dat ze het bijna had gemist. Wat moest hij van haar? Flavian was al uit het zicht verdwenen en ze moest denken aan de dreigementen die waren geuit. Toen dacht ze aan Mark.

Ze liep op de visser af en toen ze vlak bij hem was en hem wilde begroeten, legde hij zijn vinger op zijn lippen. Ze slikte de woorden in en de man pakte haar hand en duwde daar een opgevouwen papiertje in. Hij sprak geen woord. Liza wilde het papiertje openvouwen, maar de schipper wees naar de zak in haar short en maande haar weer tot zwijgen door zijn vinger op zijn lippen te leggen. Daarna duwde hij haar zacht bij hem vandaan ten teken dat ze door moest lopen.

Wat had dit nu weer te betekenen? Het papier brandde in Liza's broekzak, maar ze besloot er pas naar te kijken als ze alleen was. Op de een of andere manier voelde ze dat het heel belangrijk was. Ze liep snel door naar de auto, waar Flavian op haar wachtte.

'Gaat het weer een beetje met je?' vroeg ze.

'Dat is een vraag die ik aan jou zou moeten stellen. Voor jou moet dit allemaal nog veel frustrerender zijn. Ik vind het knap dat je zo kalm kunt blijven.'

'Allemaal uiterlijke schijn,' vertrouwde ze hem toe.

Hij grinnikte. 'Dat zal wel. Zullen we weer gaan?'

'Vind je het heel erg als ik nog even naar het toilet ga?'

'Nee, natuurlijk niet.'

Liza rende op een drafje de lobby van het hotel binnen en verdween in het damestoilet. Ongeduldig haalde ze het briefje uit haar broekzak en las wat erop stond:

Als je meer wilt weten over Aias Manolas, kom dan vannacht om drie uur ALLEEN *naar de ruïnes van het Venetiaanse wapenarsenaal, naast de jachthaven. Als je iemand meeneemt, ben ik weg.*

44

Flavian keek ongeduldig op zijn horloge en ijsbeerde door zijn woonkamer. Hij kon niet wachten tot de avond inviel en ze Delia zouden ontmoeten in de taverna van haar oom. Ook Liza zat op hete kolen, maar om een heel andere reden. Ze had inmiddels bedacht hoe ze zonder medeweten van Flavian naar de ruïnes kon gaan, maar ze had nog niet de juiste woorden gevonden om hem om de tuin te leiden. Maar de tijd begon te dringen, dus ze moest wel.

‘Ik ga vanavond niet mee naar Delia.’

Flavian staakte zijn zenuwachtige loopje en keek haar verbaasd aan. ‘Hè? Waarom niet?’

‘Weet je nog dat ik vandaag tegen je zei dat ik niet zo sterk ben als jij denkt? Dat het schone schijn is dat ik me staande houd?’

‘Eh, ja...’

‘Ik heb even rust nodig in mijn kop om alles op een rijtje te krijgen. Ik ben zo druk met achterhalen wat er met mijn zoon is gebeurd, dat ik helemaal geen tijd heb gehad voor het verdriet dat ik voel. En nu sta ik op springen. Ik heb even een break nodig van alles.’ Ze keek Flavian met grote, waterige ogen aan. ‘Dus heb ik besloten dat ik in elk geval vannacht in een hotel doorbreng om even helemaal op mezelf te zijn. Bovendien ben ik ervan overtuigd dat jij en Delia je vanavond prima redden zonder mij. Jullie zijn de professionals. Ik heb weinig toe te voegen.’

‘Wat een onzin, je hebt juist heel veel toe te voegen!’

‘O ja, wat dan?’ Het bleef stil. ‘Precies, dat bedoel ik. Als je me even de tijd gunt, dan heb je meer aan me dan aan het wrak dat ik nu ben.’

‘Maar waar ga je dan slapen?’

‘In het hotel bij de jachthaven van Gouvia waar ik vanmiddag naar het toilet ben gegaan. Ik heb daar eerder gelogeerd en het is voor mij de meest vertrouwde plek op dit eiland.' Flavian keek gekwetst. 'Op jouw huis na,' voegde ze er snel aan toe. 'Echt Flavian, ik waardeer het ontzettend wat je allemaal voor me doet en de gastvrijheid die je me hebt geboden. Daar ligt het ook niet aan, maar ik moet die waas uit mijn hoofd laten wegtrekken. Even ongestoord mijn ogen uit mijn kop janken. Alsjeblieft, het heeft niets met jou te maken.'

Ze keek hem nogmaals smekend aan en zag hem zwichten.

'Ik breng je wel.'

'Dan ga ik mijn spullen pakken. En Flavian?'

'Ja?'

'Dank je wel.'

'Het is al goed.'

Flavian liep met een nors gezicht de taverna binnen. Zijn humeur was er niet beter op geworden sinds Liza's vertrek. Delia zat al aan hun gebruikelijke tafeltje. Ze had rode blossen van opwinding op haar wangen.

'Zo, jij ziet er lekker vrolijk uit,' merkte ze op. 'Waar is Liza?'

'In een hotel,' antwoordde Flavian kortaf.

'Hebben jullie ruzie gehad?'

'Nee. Nee, dat is het niet. Liza had even wat tijd voor zichzelf nodig om alles op een rijtje te zetten.'

'Niet zo verwonderlijk toch? Er is ook zoveel gebeurd. Maar jij had natuurlijk liever gezien dat ze op jouw schouder zou uithuilen in plaats van zich terug te trekken.' Delia keek hem onderzoekend aan. Het was duidelijk dat ze hem uit zijn tent probeerde te lokken.

'Natuurlijk niet. Liza kan heel goed haar eigen boontjes doppen. Bovendien denk ik dat wij het ook heel goed met zijn tweetjes redden.' Flavian trok zijn wenkbrauwen op en keek Delia lachend aan. Ze beantwoordde zijn lach en sloeg even haar ogen neer. Het viel Flavian op hoe lang haar wimpers waren. Puur natuur, niet van die opplakdingen.

'Je ziet eruit alsof je wel een borrel kunt gebruiken.'

'Wat voel je me toch goed aan.'

'Jazeker, maar je krijgt toch alleen water. Ik wil dat elke hersencel die je hebt paraat staat als ik je mijn bevindingen vertel.' Ze schonk een glas vol en gebaarde dat hij moest gaan zitten. 'Ik neem aan dat je nog niet gegeten hebt, dus ik ben zo vrij geweest alvast wat te bestellen.'

Flavian stak zijn duim naar haar op. 'Voordat we jouw bevindingen bespreken, wil ik je eerst even op de hoogte brengen van wat Liza en ik te weten zijn gekomen. Dat is namelijk nogal wat.'

'Goed.'

Flavian nam een slok water en stak toen van wal. Hij had altijd al het vermogen gehad om complexe zaken tot de basis terug te brengen en het was dan ook geen enkel probleem voor hem om de gebeurtenissen van de afgelopen twee dagen bondig samen te vatten. Binnen twee minuten was hij klaar.

Delia keek hem aan. 'Was dat het?'

'Ja.'

'Oké. Waar wil je dat ik mee begin, met de mailtjes of met Nikoloupolos?'

'De mailtjes graag. Maar misschien kun je eerst je benen onder je eigen tafel houden. Ik kan echt niet nadenken als ik daar de hele tijd mee in aanraking kom.'

Van het ene op het andere moment leek het alsof er een muur tussen hen was opgetrokken. Delia verontschuldigde zich met een rood hoofd en trok haar benen terug, en het duurde even voordat Flavian besefte dat ze zijn woorden misschien verkeerd had opgevat.

'Sorry, ik bedoelde het niet onaardig, het was juist een compliment. Ik vind het best fijn om je zo dicht bij me te voelen, alleen zei je net nog dat ik helder moest zijn voor wat je te vertellen had. En...' Hij wist niet meer wat hij ook alweer wilde zeggen.

Delia's gezicht klaarde weer wat op, maar Flavian zelf had het er intussen behoorlijk warm van gekregen. Hij besloot hen beiden uit hun lijden te verlossen. 'Nou, wat heb je voor me?'

Ze haalde even diep adem en stak toen van wal. 'Het is me

gelukt om het IP-adres te achterhalen waarvandaan de mailtjes worden verstuurd. Ze komen niet zoals jij vermoedde bij Stavros Kafes vandaan.'

'Niet?'

'Nee, ze zijn verzonden via een wifiverbinding die gekoppeld is aan een adres in Nederland.'

'Het thuisland van Liza!'

'Precies. En ik heb ook ontdekt met welk apparaat de berichten worden verzonden.'

'Een iPhone, dat wisten we al. Dat stond onder die berichten.'

'Het is inderdaad een mobiele telefoon van het merk iPhone, maar vreemd genoeg is daar geen telefoonnummer aan gekoppeld, dus heb je er verder niet zoveel aan. Maar... ik heb wel het IMEI-nummer van het toestel voor je. Dat is een vijftiencijferig uniek nummer dat gekoppeld is aan dat specifieke toestel. Via dat IMEI-nummer kun je vanaf dat toestel, mocht je dat willen, toch e-mail-berichten sturen zonder dat je een gsm-nummer hebt.' Ze schoof hem een briefje toe waar vijftien cijfers en een adres op stonden. 'Het huis staat op naam van een mevrouw Hagenaar. Zegt die naam je iets?'

'Nee. Misschien dat Liza die naam kent, maar ik heb haar er in elk geval nooit over gehoord. Ik zal het haar morgen vragen.'

'Uitstekend.' Delia goot de koud geworden espresso die voor haar neus stond in één keer achterover en Flavian keek het met verbazing aan.

'Dat jij nog een maag overhebt!'

Ze grijnsde.

'Goed. Nikoloupolos. Wat ben je over hem te weten gekomen?'

'Ik heb specifiek gekeken naar de nacht waarop hij ineens in je kantoor stond. Hij heeft net als jij ingelogd in de database met vermissingen, maar na jou.'

'Hoe laat was dat?'

'Vijf uur in de ochtend.'

'Hij stond rond halfvier in mijn kamer. Rond vijf uur stond mijn computer weer uit.'

'Nikoloupolos heeft een minuut of tien in het bestand zitten neuzen en heeft toen weer uitgelogd. Nergens aan gezeten en niks veranderd. Maar, en nou komt het, op de dag dat jij bij Petros Tziolis bent geweest, is hij 's nachts weer naar het bureau gegaan. Hij heeft de foto van Mark én alle informatie over hem uit de database gewist om 4.31 uur.'

'Hij heeft wát gedaan?'

'Mark bestaat niet meer in het systeem. Weg, foetsie, verdwenen. Ik zou zeggen dat dat op zijn minst verdacht te noemen is en dat het wel degelijk bewijst dat iemand heel zenuwachtig wordt van jouw onderzoek.'

'En hij heeft die bestanden dus gewist in de nacht nadat ik bij Tziolis ben geweest?'

'Yep.'

'Dan moet Tziolis hem daartoe die opdracht hebben gegeven, dat kan niet anders.'

'Dat lijkt mij ook.'

'Goed gedaan, uitstekend werk.'

Delia zat met een stralend gezicht tegenover hem. 'Ach, het was een makkie,' zei ze.

'Ik ben trouwens nog wat vergeten te zeggen. Kyrios, die grootvader van Mark, heeft een foto gestuurd van de zeilboot waarmee Mark bij Myrtos Beach voor anker was gegaan. Het blijkt inderdaad een boot van Ilios te zijn.'

'Dus weten we nu zeker dat er bij Ilios gelogen wordt.'

'Inderdaad.'

'Weet je wat ik dan interessant zou vinden? Om toch nog eens in die administratie van Ilios Sailing rond te snuffelen.'

'Je weet toch dat ze zich tot nu toe niet bepaald bereidwillig hebben getoond?'

'Nee, maar we kunnen ze toch een handje helpen? Er zijn vele wegen die naar Rome leiden.'

'Wil je nu ook al inbreken in de computer van Ilios Sailing?'

'Nou, om precies te zijn wilde ik een kijkje nemen bij Ilios Sailing zelf...'

‘Je bedoelt...’

‘Ik kan het natuurlijk doen vanaf mijn zolderkamertje, maar het is veel sneller als ik rechtsreeks op hun computer kan werken. Het wachtwoord heb ik zo gekraakt.’

‘En hoe dacht je daar binnen te komen zonder dat er alarmen en toeters en bellen afgaan?’

‘Ik heb de code van het alarm, dus dat zet ik meteen uit als jij de deur hebt opengemaakt.’

‘Hoe kom je daar nou weer aan?’

‘Die is tot mij gekomen.’ Ze knipoogde naar hem.

‘Je wilt dus serieus dat we gaan inbreken? Delia, ik ben een politieman!’

‘Ja, en ik zit zeker niet bij de politie. En jij bent trouwens een politieman die probeert een zaak op te lossen die aan alle kanten stinkt, mede dóór de politie.’ Triomfantelijk keek Delia hem aan. ‘Heb jij niet zo’n lopersetje waar je deuren mee open kunt maken?’

‘Jawel, maar...’

‘Nou dan.’

‘En wanneer had je gedacht een “kijkje” te nemen bij Ilios?’

‘Vannacht.’

‘Je beseft dat we allebei een heel groot probleem hebben als we betrapt worden?’

‘Dan kunnen we beter niet betrapt worden, hè? En ja, Flavian, ik ben me bewust van het risico.’

‘Waarom ben je toch zo betrokken bij deze zaak?’

‘Waarom ben jij zo betrokken?’ pareerde ze.

Hij ging niet in op haar poging onder de vraag uit te komen en keek haar zwijgend aan.

‘Liza’s verhaal grijpt me aan. Ze heeft recht op antwoorden. Bovendien werkt er een leuke inspecteur mee aan het onderzoek...’

Flavian voelde Delia’s voet tegen zijn been. ‘Eh, je oom komt eraan met het eten.’

‘Ha, fijn! Daar ben ik wel aan toe.’

Flavian zat er een beetje beduusd bij. De verlegen Delia die hij had leren kennen, was steeds minder onderdanig. Zonder dat hij het doorhad, had ze de teugels in handen genomen en het was duidelijk dat ze in haar element was sinds Liza haar bij de zaak had betrokken. Wat een heel goede zet was geweest, moest hij toegeven, want dankzij haar handigheid met computers hadden ze nu eindelijk concrete informatie in handen waar ze verder mee konden. Maar hij moest ook toegeven dat dat niet de enige reden was dat hij blij was met haar aanwezigheid. Nu zij zo overduidelijk liet blijken dat ze hem leuk vond, hoefde hij zich ook niet meer in te houden. Vanaf het eerste moment dat hij haar zag, had hij haar aantrekkelijk gevonden, maar hij had haar snel uit zijn hoofd gezet omdat daten met een collega not done voor hem was. Maar nu hij was geschorst en dus geen volwaardige collega meer was van Delia, was er een opening.

'Wat zit je te grijnzen?' vroeg Delia.

'O, niks.' Hij voelde hoe hij rood werd.

Delia's oom George zette een dampend bord voor hem neer en Flavian hief zijn glas met water. 'Op Delia.'

Ze keek hem aan en even was daar weer een spoor van dat schuchtere meisje.

45

Liza zat ineengedoken op het bed in haar hotelkamer in Gouvia. Ze was de hele avond al op van de zenuwen. Het ene moment vond ze dat ze er goed aan deed om zo in haar eentje naar de oude ruïnes te gaan, het andere moment vond ze zichzelf de stomste vrouw op aarde. Haar schuldgevoel naar Flavian toe was ook enorm. Ze had het gevoel dat ze hem bedroog en dat verdiende hij niet. Maar de instructie op het briefje was heel helder geweest: kom alleen of het feest gaat niet door. Ze moest daar wel gehoor aan geven, want juist omdat het allemaal zo schimmig ging, had ze goede hoop dat de visser echt iets te vertellen had.

Voor de zoveelste keer checkte ze of het steakmes dat ze vanavond uit het hotel-restaurant had meegenomen nog in haar tas zat. Het was vlijmscherp en het beste verdedigingswapen waar ze op dit moment over kon beschikken. Behalve dat ze zenuwachtig was voor de komende ontmoeting, was ze ook ontzettend nieuwsgierig naar wat Delia die avond aan Flavian had verteld. Omdat Liza zogenaamd zo'n behoefte aan rust had gehad, had hij gezegd dat hij haar pas de volgende ochtend zou bellen. Ze had daarmee moeten instemmen om haar verhaal geloofwaardig te maken.

Het was tijd om te gaan. In haar hoofd had ze de route naar de ruïnes al tig keer gelopen. Ze hield haar tas stevig tegen zich aan gedrukt toen ze de deur van haar hotelkamer afsloot. Vastberaden ging ze op pad. Ondanks het nachtelijke tijdstip was het nog steeds behoorlijk warm buiten. Toch hield ze haar jasje aan voor de rillingen van de spanning. In haar eentje op pad in het donker was niet bepaald haar favoriete bezigheid. Zo snel en stil mogelijk liep ze naar het pad dat achter de haven doorliep en haar naar de ruïnes moest leiden. Voortdurend keek ze om zich heen of ze niet gevolgd werd. Toen de weg achter haar leeg bleef en ze verder ook geen verdachte geluiden hoorde, ontspande ze een beetje. De spieren in haar nek hadden zo strak gestaan dat ze er pijn van deden.

Ze liep door, want de tijd begon te dringen. Het pad liep een klein beetje omhoog en in de verte zag ze met behulp van de maan de contouren van de ruïnes al dreigend oprijzen in de duisternis. Er liep weer een rilling over haar rug en even overwoog ze om terug te gaan. Het was onverantwoord en gevaarlijk wat ze deed en Flavian zou woedend zijn als hij het hoorde. Toch liep ze door. Ze was al zo ver gekomen. De wind ritselde door het droge gras en verschrikt keek ze om zich heen. Was het echt de wind of was het iets of iemand anders? Ze moest zich bedwingen om niet te gaan gillen.

Plots zag ze bij de haven twee mensen aankomen. In een reflex liet ze zich plat voorovervallen om te voorkomen dat ze haar zagen. Doodstil bleef ze op haar buik liggen. Hadden ze iets gezien? Ze durfde amper adem te halen. Voorzichtig hief ze haar hoofd een klein beetje op. De twee liepen door en hadden klaarblijkelijk niets gezien. Ze haalde opgelucht adem en keek toen nog eens wat beter naar de twee figuren. Dat kon toch niet? Er ging een schok door haar buik. Ze kende de mensen die daar liepen, het waren onmiskenbaar Flavian en Delia. Flavians karakteristieke loopje kon ze sinds een paar dagen wel dromen en de lange donkere haren en het kleine postuur van Delia waren ook zeer herkenbaar. Wat deden die nou hier? En waarom wist zij daar niets van?

Misschien omdat je zelf ook geen openheid van zaken hebt gegeven...

Nieuwsgierig volgde ze waar ze naartoe liepen. Ilios Sailing? Zag ze dat nou goed? Wat gingen ze daar doen? Ze werd steeds nieuwsgieriger, maar tegelijkertijd begon de tijd te dringen. Ze moest naar die ruïnes. Wat Flavian en Delia van plan waren, zou ze nu niet te weten komen, maar feit was dat de twee duidelijk hun eigen plan aan het trekken waren en daardoor voelde ze zich meteen vrijer om hetzelfde te doen. Ze kwam overeind, klopte het stof van zich af en vervolgde haar route.

Hoe dichter ze de ruïnes naderde, hoe zenuwachtiger ze werd. Ze had haar hand in haar tas gestopt en hield de handgreep van het steakmes stevig vast. Bij de minste of geringste dreiging zou ze het tevoorschijn trekken. Ze stond even stil om te luisteren. Geen verdachte geluiden. Ze liep met aarzelende stappen door naar het eerste boogvormige restant uit vroegere tijden. Het bestond uit gemetselde stenen die veel weg hadden van oude vijfduimers en grove brokken. Ze was nu zo dichtbij dat ze de stenen kon aanraken. Ze keek om zich heen. Er was niemand te zien. Moest ze roepen om haar komst aan te kondigen, of kon ze beter haar mond houden? Ze besloot tot het laatste. Ze wilde niet het risico lopen dat ze door iemand gehoord werd die niets van haar nachtelijke bezoekje wist. Het volgende dilemma was of ze hier open en bloot moest blijven staan of beschutting moest zoeken bij de eerste ruïneboog. Open en bloot betekende dat ze eerder gezien werd door de man met wie ze een afspraak had, maar ook dat ze veel kwetsbaarder was. Rugdekking had toch haar voorkeur. Maar eerst zou ze het terrein verkennen.

Ze liep verder onder de bogen door en hield haar ogen open en haar oren gespitst. Voor zover ze kon zien was ze nog steeds alleen. Ze liep buitenom terug naar de eerste boog en ging er met haar rug tegenaan staan. Op die manier kon ze iedereen die aan kwam lopen ruim op tijd zien. Haar tas hield ze tegen haar buik, het mes dat erin zat had ze nog steeds stevig omklemd. Het enige wat ze nu nog kon doen, was wachten en hopen dat ze niet voor niks naar deze verlaten plek was gekomen.

Het brokkelige metselwerk schuurde onaangenaam tegen haar rug. Ze kneep haar ogen tot spleetjes en tuurde over het vlakke landschap, alert op elke schim en elk geluid. Niets. Ze keek op haar horloge. De verlichte wijzers gaven kwart over drie aan. Er was al een kwartier voorbijgegaan en haar gedachten gingen uit naar Flavian en Delia. Ze hoopte maar dat ze zichzelf niet in de problemen brachten. Flavians baan bungelde al aan een zijden draadje nu hij geschorst was en het laatste wat ze wilde, was dat hij alles voor haar op het spel zette door nog verder buiten zijn boekje te gaan. En dan Delia. Ook zij liep een groot risico en Liza nam zich voor om wanneer ze hen beiden weer zag, nogmaals haar waardering voor hen uit te spreken. Het was eigenlijk wel heel bijzonder dat twee in wezen wildvreemde mensen hun nek uitstaken om haar te helpen.

'Pssst,' klonk het ergens achter haar. Ze draaide zich razendsnel om. Op haar hele lijf stond kippenvel. Haar ademhaling versnelde en haar hartslag schoot omhoog, aangejaagd door de adrenaline die in grote hoeveelheden door haar lijf golfde. In een reflex trok ze het mes uit haar tas en hield het zwaaiend voor zich uit om de persoon die haar zo had laten schrikken op afstand te houden.

'Wie is daar?' vroeg ze met bibberende stem.

'Rustig, alsjeblieft. Ik ben het maar.' De visser die haar bij de haven het briefje had gegeven, stak afwerend zijn handen op.

Toen Liza hem herkende, liet ze het mes vallen. Daarna boog ze voorover en steunde met haar handen op haar knieën. Langzaam kwam haar ademhaling weer tot rust en trok de duizeligheid weg. Haar mond voelde kurkdroog aan. 'U maakte me echt enorm aan het schrikken,' bracht ze uit.

'Dat was niet de bedoeling, maar ik moest eerst zeker weten dat u niemand bij u had. Ik sta hier al vanaf middernacht.'

'Het was toch de afspraak dat ik alleen zou komen?' zei Liza. De ergernis viel duidelijk te horen in haar stem. Het mes lag nog voor haar op de grond en ze raapte het op en stopte het terug in haar tas.

'Ik kon geen risico nemen. Ik heb sinds ik u dat briefje heb gegeven onafgebroken getwijfeld of ik er wel goed aan heb gedaan. Het is niet zonder gevaar. Maar ik doe dit voor mijn vriend Aias. Hij is bang en hoopt dat u hem kunt helpen.'

Liza kon een gevoel van teleurstelling niet onderdrukken. Het was toch de bedoeling dat Aias haar zou helpen? Wilde hij alleen met haar praten uit eigenbelang?

'Ik waardeer het dat u toch bent gebleven om me te ontmoeten. Ik ben Liza Roozenboom.' Ze stak hem haar hand toe en de man schudde deze, maar zei verder niets. 'En u bent?'

'Het doet er niet toe wie ik ben.'

'Waar bent u bang voor? Waar is Aias bang voor?'

'Dat wil hij u graag zelf vertellen.'

'Oké, laat hem dan maar tevoorschijn komen.' Liza keek om zich heen.

'Hij is niet hier.'

'O? Waar is hij dan? Is het wel op loopafstand?'

'Hij is niet op Corfu.'

Liza dacht even dat ze zou ontploffen. 'Dus u laat me midden in de nacht hiernaartoe komen om te horen dat Aias niet op het eiland is,' zei ze met veel luidere stem dan ze bedoeld had. Ze schrok er zelf van en ging meteen weer op fluistertoon verder. 'Dat had u er weleens bij mogen vermelden op dat briefje.'

'Te gevaarlijk. Als u die boodschap was kwijtgeraakt en ze was in verkeerde handen gevallen...'

'Zou u me willen vertellen wat er aan de hand is? Loop ik ook gevaar?'

'Ik zal u naar Aias toe brengen, dan wordt alles duidelijk.'

'Wanneer?'

'Nu, natuurlijk.'

'Maar waar gaan we dan naartoe?'

'Ik breng u naar het eiland Paxos. Eigenlijk heb ik nu al te veel gezegd.'

'En hoe lang is dat varen? Brengt u me als ik Aias heb gesproken ook weer terug naar Corfu? Ik heb morgenochtend een afspraak en als ik niet op kom dagen, dan hebben u en ik een probleem.'

'Het is een halfuurtje varen. Na uw ontmoeting met Aias breng ik u weer terug. Dat zweer ik. Uiterlijk om zes uur moet ik alweer uitvaren met mijn vissersboot, dus we moeten opschieten. Volgt u mij maar.'

'We gaan met uw vissersboot? Hoe snel gaat die dan?'

'Nee, ik heb een boot kunnen lenen. Een snelle boot.'
'En waar ligt die snelle boot van u dan?'
'Hier in de haven natuurlijk.'
Shit. Ze hoopte dat Flavian en Delia nog even heel druk waren met hun eigen zaakjes en dat ze hen niet opnieuw tegen het lijf zou lopen. Dat zou een hoop gedoe opleveren en waarschijnlijk ook haar gesprek met Aias op losse schroeven zetten. Maar goed, ze moest de gok maar nemen. Het was tenslotte haar enige kans.
'Oké, laten we gaan.'
De visser liep meteen weg en Liza kon hem amper bijhouden. Toen ze bij de haven waren aangekomen, keek ze goed om zich heen. Flavian en Delia waren nergens te bekennen. Waren ze misschien alweer vertrokken? Ze volgde de schipper verder naar de uiterste hoek van de haven en zette voorzichtig haar voeten op de houten loopplank die naar de boot leidde. Het was een kleine witte speedboot die haar inderdaad ongetwijfeld in recordtempo op de plaats van bestemming zou brengen. De man stak behulpzaam zijn hand uit zodat ze in de deinende boot kon stappen.
Wit. Lekker opvallend kleurtje voor de nacht...
'Als je het koud krijgt, liggen daar dekens.' Hij wees naar een afgesloten waterdichte ton terwijl hij haar een zwemvest aanreikte.
'Het is oké,' liet ze hem weten. 'Misschien later.'
De visser maakte de touwen los en startte de boot. De motor maakte gelukkig nog niet overdreven veel geluid, maar in de stille haven klonk het Liza toch als een bak herrie in de oren. Bedreven werd de boot een stukje achteruitgevaren en vervolgens zetten ze koers naar de open zee. Toen ze ver genoeg bij de haven vandaan waren, zei de visser: 'Hou je vast.' Meteen daarna gaf hij vol gas en de boot schoot vooruit. Zilte nevel en wind teisterden Liza's gezicht. Het kippenvel stond in een mum van tijd op haar blote benen en armen en ze had meteen spijt dat ze die deken niet uit voorzorg al had gepakt. Nu met die ton in de weer gaan terwijl de boot als een dolle over het water stuiterde,

was niet verstandig. Een halfuurtje, had de schipper gezegd. Dat moest ze dan maar volhouden.

Bibberend van de kou stapte Liza dertig minuten later van boord, blij dat ze weer vaste grond onder haar voeten had. Haar lange haar hing in natte slierten rond haar gezicht en ze wist zeker dat ze de nodige blauwe plekken had opgelopen. De wind had de golven behoorlijk opgestuwd, waardoor de boot steeds weer met een enorme klap op het water terecht was gekomen. Ze had zich zo goed mogelijk vastgehouden, maar desondanks had ze een paar keer een flinke tik in haar rug gehad. Ze zag nu al op tegen de terugreis.

De visser wenkte met een zaklantaarn dat ze hem moest volgen en hij leidde haar de haven uit. Hij sloeg een donkere weg in die na enkele honderden meters uitkwam bij een huis met een klein schuurtje. Tot Liza's verbazing liep de man niet naar het huis, maar klopte hij drie keer op de deur van de schuur. De krakende deur werd een stukje opengedaan en een streepje licht vond zijn weg naar buiten. Er keek iemand door de kier. Op verzoek van de visser ging Liza een klein stukje verderop staan en ze hoorde twee mannen in het Grieks praten. Toen werd de deur iets verder opengezet en wenkte de visser haar. Vlug liep ze achter hem aan en zodra ze binnen was, werd deur weer dichtgedaan en vergrendeld. Het angstzweet brak haar meteen weer het uit. Maar toen ze de man zag die voor haar stond, kalmeerde ze ogenblikkelijk.

Het was een tanige, kwetsbare man. Knokige armen staken uit een smoezelig wit T-shirt dat strak in een blauwe kniebroek was gepropt. Over het gezicht van de man liepen diepe groeven die leken uitgesleten door de zee. Zijn witte stoppelbaard stak opvallend af tegen zijn bruine huid. Zijn schouderlange haar was achterovergekamd en hing in een dun staartje op zijn rug.

'U moet Aias zijn,' probeerde ze het gesprek op gang te brengen.

De man knikte en gaf haar een hand.

'U wilde mij spreken? Hebt u informatie over mijn zoon?'

De man staarde haar glazig aan, maar zei geen woord. Liza haalde haar telefoon uit haar leren handtas en zocht Marks foto op. Ze hield haar telefoon op naar de man. 'Dit is mijn zoon. Als u ook maar iets over hem weet, vertelt u het me dan alstublieft.'

De man reageerde nog steeds niet en Liza vroeg zich af of hij haar wel verstond. Ze keek naar de man die haar zojuist hierheen had gebracht. 'Wat is dit? Hij wilde me toch spreken? Waarom zegt hij dan niks? Verstaat hij me wel?'

'Hij wil zeker weten of u te vertrouwen bent.'

'Dat ben ik echt. Zegt u dat alstublieft tegen hem.'

'Gun hem even de tijd. U moet niets willen forceren.'

'O nee? Ik ga hier anders pas weg als hij gepraat heeft.' Demonstratief ging Liza op de grond zitten.

De visser liep naar zijn vriend toe en fluisterde hem iets in het oor. Die bewoog zijn hoofd en fluisterde vervolgens iets terug.

'Hij wil de foto nogmaals zien,' zei de visser.

Liza stond meteen op en liep met haar mobiel naar de man toe. 'Dit is mijn zoon. Hebt u hem weleens ontmoet?' vroeg ze met zachte stem.

De man pakte het toestel uit haar handen en bekeek de foto. Toen knikte hij en de tranen sprongen Liza in de ogen. Eindelijk had ze iemand gevonden die zich Mark herinnerde. Eindelijk zou ze antwoorden vinden op de vele vragen die haar nu al maanden kwelden. Ze keek naar de oude man, die nog steeds zweeg en voor zich uit staarde. 'Wilt u het me vertellen?'

Hij keek haar aan en schraapte toen zijn keel. 'Uw zoon deed vorig jaar mee aan een flottielje-tocht die ik begeleidde. Hij voer samen met een vriend en een vriendin op een zeilboot met de naam The Whale. Het waren alle drie ervaren zeilers en ze kozen af en toe dan ook hun eigen route. Uw zoon en dat meisje waren helemaal weg van Myrtos Beach op Kefalonia. En van elkaar. De andere jongen had daar wat moeite mee, kreeg ik de indruk. Hij was heel gezellig en sociaal in de groep, maar liet uw zoon en dat meisje vrijwel links liggen. Ik heb ze nooit ruzie zien maken, maar het was duidelijk dat er iets niet helemaal goed zat. De ochtend nadat we met de hele groep de nacht in Assos hadden doorgebracht, gaf uw zoon aan nog een keer met het meisje naar Myrtos Beach te willen, voordat hij net als de groep terug zou varen naar Corfu. Ik heb daar toestemming voor gegeven. Ik heb zijn vriend nog aangeboden om op een andere boot te stappen, maar die weigerde dat en wilde gewoon meevaren op The Whale. Dus toen ik met de rest van de flottielje-groep aan de terugreis naar Corfu begon, zijn zij naar Myrtos vertrokken. En dat is de laatste keer dat ik uw zoon, het meisje en die andere jongen heb gezien.'

Liza zette een stap naar hem toe. 'Maar wat is er dan gebeurd?'

'Dat weet ik niet.'

Liza's hoop was in één keer vervlogen. Ze zakte op haar hurken. 'Ben ik in het holst van de nacht helemaal naar dit eiland gekomen om te horen te krijgen dat jullie niets weten? Ik had mijn hoop volledig op dit gesprek gevestigd. Waarom doen jullie me dit aan?'

'Ik was nog niet klaar met mijn verhaal,' zei de man. 'Wat er precies met uw zoon is gebeurd, kan ik u niet vertellen. Maar ik weet wel dingen waar u misschien verder mee komt.'

Ze hief haar hoofd op. Zou het dan toch...

'Toen ik met alle flottielje-boten tegen de avond aankwam op Corfu en ik afscheid nam van alle deelnemers, kwam The Whale aanvaren. Tot mijn verbazing stond echter niet uw zoon of zijn vriend aan het roer, maar een vriend van Nikos Tziolis. Nikos is de zoon van Petros Tziolis en Petros Tziolis is...'

'... de eigenaar van Ilios Sailing,' zei Liza ongeduldig. 'Ja, ja, dat weet ik, maar die vriend van die zoon... Ga verder.'

'Verbaasd wachtte ik de jongen op en vroeg hem wat er aan de hand was. Hij vertelde me dat degenen die het schip hadden gehuurd – uw zoon, zijn vriend en dat meisje dus – wegens ernstige familieomstandigheden per direct terug hadden moeten gaan naar Nederland, dat ze het eerste vliegtuig richting Amsterdam hadden moeten pakken. Nikos en zijn makkers waren toevallig ook op Myrtos Beach toen ze dat telefoontje kregen en Nikos had zijn hulp aangeboden zodat ze meteen weg konden. Hij beloofde verder zorg te dragen voor de boot van zijn vader en gaf zijn vriend de opdracht de boot terug te varen naar Corfu. Het was een vreemd verhaal, maar ik was eerlijk gezegd gewoon blij dat het zo goed was afgelopen. De boot was veilig teruggekeerd en alles was al betaald, dus verder maakte ik me er niet druk over.

Maar het werd allemaal nog wat vreemder. In de week erna had ik administratiedienst, wat ik als bijverdienste deed wanneer ik niet hoefde te varen. Ik kreeg toen een telefoontje van Petros Tziolis zelf met het verzoek om uw zoon, zijn vriend en vriendin te verwijderen uit de deelnemerslijst van die flottieljetocht en ook The Whale op papier uit de vaart te halen. Die vriend van Nikos had tijdens het terugvaren wat mankementen gevonden en de boot zou een tijdje weg zijn voor onderhoud. Ik was daar wel verbaasd over, want de laatste keer dat ik The Whale zelf had gecheckt was er niets aan de hand geweest. Toen ik aangaf dat ik het wel raar vond dat ik die huurders van The Whale uit het bestand moest halen, kreeg ik als verklaring te horen dat Tziolis hen uit coulance alle kosten had kwijtgescholden en dat ze daarom ook uit de administratie moesten worden gewist, anders klopten de boeken niet meer en kon hij problemen krijgen.'

'En u geloofde dat niet?'

'Nee. Het waren twee argumenten die ik niet vertrouwde. Punt één: Tziolis is de gierigste man die ik ken en hij zou nooit uit coulance een som geld laten schieten. En twee: die boeken? Er is niemand op het eiland die het lef heeft om hem of zijn administratie te controleren.'

'Wat hebt u toen gedaan?'

'Uiteindelijk de opdracht uitgevoerd, hij was mijn baas en ik kon geen enkel risico lopen om mijn baan kwijt te raken. Mijn vrouw en ik hadden het geld heel hard nodig. Ik had ook niet het idee dat er iets ernstigs aan de hand was, hooguit dat Tziolis wat met de boeken knoeide, en het gebeuren raakte naar de achtergrond. Maar ergens bleef het toch wel in mijn hoofd zitten. Een maand of twee later informeerde ik eens naar de status van The Whale en toen kreeg ik te horen dat hij niet meer te repareren was geweest. Er was een vervangende boot besteld die binnen zes weken geleverd zou worden. Ik hield er een rare smaak aan over, maar wat kon ik doen? Ik had geen enkel bewijs dat er iets was gedaan wat niet door de beugel kon en ik besloot het te laten rusten, ervan uitgaand dat daarmee de kous af was.'

'Maar de kous was daarmee niet af?'

'Helaas niet. Een week geleden kreeg ik een telefoontje van Petros Tziolis dat er een vrouw en een man aan het rondvragen waren over een flottielje-tocht die ik een jaar geleden had begeleid en dat het heel verstandig zou zijn als ik mijn mond hield. Toen ik vroeg om welke tocht het ging, wilde hij eerst niets zeggen. Ik ben toen zelf maar gaan gissen en het eerste wat in me opkwam was de tocht waar uw zoon destijds aan mee had gedaan. Toen ik Tziolis vroeg of het klopte dat het om die specifieke tocht ging, werd hij woedend. Ik kon maar beter mijn mond houden, anders zorgde hij er wel voor dat ik zou zwijgen. Voor een heel lange tijd. Vanaf nu zou hij me in de gaten houden.'

'Hij heeft u dus bedreigd.'

De oude man knikte. 'En het was geen loze bedreiging. De toon waarop hij het zei, zijn woede: ik was doodsbang dat hij me zou vermoorden. Correctie: laten vermoorden, want Petros Tziolis heeft genoeg loopjongens om zijn handen zelf niet vuil te hoeven maken. Sinds dat telefoontje werd ik overal waar ik ging gevolgd.'

'Gevolgd?'

'Ja, waar ik ook was of heen ging, telkens weer dook er een zwarte auto op.'

'Bij u ook al. Dat verklaart een hele hoop.'

'Bent u ook gevolgd?'

'Ja, en het is niet bij volgen gebleven, maar dat doet er even niet toe. Verbergt u zich hier in deze schuur om aan Tziolis te ontsnappen?'

'Ja. Als ik maar uit zijn buurt blijf, dan laat hij me misschien met rust. Alleen mijn vriend hier, mijn neef van wie deze schuur is en u weten waar ik ben. Ik hoef u niet uit te leggen hoe belangrijk het is dat dat zo blijft.'

'Ik begrijp het helemaal, maar ik zal deze informatie wel moeten delen met een politieagent die in zijn vrije tijd onderzoek naar deze zaak doet. Hij is te vertrouwen en zal het voor zich houden. Hij zou nooit iets doen wat u in gevaar brengt.'

De man keek haar angstig aan. 'Ik heb u toch niet voor niets alleen hiernaartoe laten komen?'

'Ik steek mijn hand voor hem in het vuur, u kunt mij en hem vertrouwen.'

'Heb ik een keus?'

'Niet echt, vrees ik. Uw informatie kan het onderzoek een eind op weg helpen. Hebt u voor mij de naam van de jongen die The Whale heeft teruggevaren naar Corfu?'

'Cosmo Basinas.' Met het geven van de naam gaf Aias zich duidelijk over aan de situatie en legde hij zijn lot in Liza's handen. Ze was zich daar zeer van bewust en zou er alles aan doen om deze man te beschermen. Hij had zijn nek voor haar uitgestoken zonder dat hij haar kende en dat raakte haar zeer. Weer was er een wildvreemde die bereid was zijn eigenbelang voor haar opzij te zetten.

'Waarom praat u ondanks alle risico's toch met mij?' vroeg ze hem.

Hij keek haar aan en ze zag een vuur in zijn ogen branden dat ze nog niet eerder had opgemerkt. 'Omdat dat corrupte zootje nu eindelijk maar eens moet worden gestopt. Wij eilandbewoners krijgen dat niet voor elkaar zonder hulp van buitenaf. Iemand anders moet de kar trekken. Mijn hoop is op u gevestigd.'

46

Flavian en Delia slopen om het gebouw van Ilios Sailing heen. Aan de voorkant werd het gebouw te veel verlicht door de lampen in de haven, waardoor het onmogelijk was om aan die kant onopvallend binnen te dringen. Op het eerste gezicht hadden ze geen mensen kunnen ontdekken in de haven, maar ze konden het risico niet nemen dat ze het mis hadden. Er waren genoeg schippers die de nacht doorbrachten op hun boot. Geruisloos slopen ze dus naar de achterkant – Flavian voorop, Delia er vlak achteraan. Het zicht op het gebouw werd gedeeltelijk onttrokken door een schutting, de enige verlichting kwam van de maan.

'Perfect,' fluisterde Flavian. 'Door die schutting kunnen we ongezien onze gang gaan.'

Delia probeerde de bovenkant van de schutting vast te pakken zodat ze zichzelf omhoog en eroverheen kon hijsen, maar ze was te klein. Flavian vouwde daarom zijn handen tot een kommetje en Delia zette haar voet erin. Nu lukte het wel om de schutting vast te pakken en met een soepele zwaai vloog ze eroverheen. Pas toen Flavian een plof hoorde als bevestiging dat Delia goed was geland op het binnenplaatsje, klom hij zelf over de schutting.

Op de achterdeur zat net als op de voordeur een alarm. Flavian pakte een set steriele handschoenen voor zichzelf en gaf ook een set aan Delia. Ze trokken zwijgend hun handschoenen aan en daarna pakte Flavian zijn lopersetje en begon het slot voorzichtig open te maken. Hij had het snel voor elkaar en met een simpele klik gaf het slot zich gewonnen. Delia stapte soepel langs hem heen en toetste vliegensvlug de code in om het alarm uit te schakelen. Het rood knipperende lampje veranderde in een groene gloed. Flavian haalde opgelucht adem en sloot zachtjes de deur. Natuurlijk had hij niet getwijfeld aan haar kunsten, maar toch. Hij liep achter Delia aan naar binnen. Aangezien de ramen aan de voorkant waren afgedekt met rolluiken, was het binnen pikkedonker. Op de tast vond Flavian een lichtknop. Delia knipperde met haar ogen toen een felle lamp de ruimte verlichtte.

'Als jij eens kijkt wat er in die rolkasten zit, dan ga ik vast aan de slag met de computer,' nam Delia de leiding. Flavian moest inwendig lachen, maar liep toen braaf naar de twee rolkasten in het vertrek. De sleuteltjes om ze af te sluiten staken nog gewoon in het slot. Hij deed de eerste kast open en zag meteen dat het een voorraadkast was voor kantoorspullen. Printpapier, plakband, nietjes. Niet interessant. Hij sloot de kast en opende de tweede. Nu keek hij tegen rijen ordners aan waar op de rug een jaartal op was gezet. Dat leek er meer op. Hij pakte de map waar *2016* op stond en sloeg hem open. Bingo, de papieren administratie van alle flottielje-tochten die Ilios in 2016 had georganiseerd. Achter zich hoorde hij Delia's vingers over een toetsenbord vliegen. Hij legde de map op de receptiebalie om beter te kunnen bladeren en vond het tabblad met de maand juni. Zijn gretige handen scheurden bijna een pagina uit de map. *Rustig, Flavian!* Voorzichtiger sloeg hij blad na blad om tot hij bij de tocht uitkwam waar Mark, Thera en Fedde aan hadden deelgenomen. Hij liet zijn vinger langs de lijst met boten en opvarenden gaan. De namen van Mark en zijn vrienden stonden er niet tussen. Voor de zekerheid nam hij de deelnemerslijst nog drie keer door, om zeker te weten dat hij niets over het hoofd had gezien.

'In de papieren administratie is Mark niet terug te vinden.'

'In de digitale administratie ook niet,' antwoordde Delia.

'Dat meen je niet. Ik dacht toch echt dat we op het goede spoor zaten.'

'Ik was nog niet klaar. Ik zit nu wat dieper in het systeem te wroeten en ik kan zien dat er vorig jaar een paar dagen na de bewuste tocht data uit het bestand zijn verwijderd.'

'Kun je ook zien wat er precies is verwijderd?'

'Hé, tegen wie denk je dat je het hebt? Natuurlijk kan ik dat. Er is een boot die deelnam aan de flottielje met de naam The Whale virtueel uit de vaart gehaald. Ook de schippers van die boot zijn uit het systeem gehaald. Drie keer raden wie dat waren...'

'Mark en co?'

'Mark Roozenboom, Fedde Jonkman en Thera de Jong. Bij Mark en Fedde staat hetzelfde adres in Nederland, ze woonden in de stad Utrecht.'

'Dat was dezelfde plaats die Liza noemde. Mark en Fedde hadden daar allebei een kamer in een studentencomplex. En Thera? Heb je daar een adres van?'

'Nope. Volgens deze gegevens heeft ze geen adres. "Wereldreis" staat er tussen haakjes achter haar naam.'

'Iets van een paspoort- of identiteitsnummer?'

'Dat dan weer wel.'

'Had ik al gezegd dat ik heel blij van je word?'

'Nee.' Delia glimlachte triomfantelijk. 'Maar dank voor het compliment en blijf dat vooral herhalen.'

'Kun je nog iets terugvinden over de schipper die de flottielje destijds zou hebben begeleid, Aias Manolas?'

'Zijn naam is vorig jaar vervangen door die van een andere schipper en als ik verder zoek op Manolas' naam dan zie ik dat hij vorige week is ontslagen door Ilios Sailing.'

'Dat zei dat meisje aan de balie ook al. Interessant. Ilios is duidelijk actief bezig geweest om meneer Manolas op een zijspoor te zetten. Waarom zouden ze dat doen?'

'Omdat ze iets te verbergen hebben. Ik denk dat we genoeg hebben gezien om mee verder te kunnen. Ik ga uitloggen.' Delia's vingers ratelden weer voort. Het scherm werd zwart en de computer stopte met zoemen.

'Heb je eraan gedacht om...'

'Flávián, kom op nou, een beetje meer vertrouwen.' Ze stak een USB-stick in de lucht.

'Sorry.' Flavian fotografeerde snel de pagina's in de ordner die betrekking hadden op de bewuste flottielje-tocht en zette de map toen weer terug in de kast. Hij sloot die keurig af en liep achter Delia aan naar de deur. Delia schakelde het alarm weer in en stapte na Flavian naar buiten. Toen ook de achterdeur weer was afgesloten, liepen ze naar de schutting.

'Oké, zelfde principe.' Flavian hield zijn handen weer bij elkaar en hielp Delia omhoog. Ze hing net aan de schutting en wilde verder klimmen, toen het geluid van brekend glas klonk. Tegelijkertijd sprong een lamp aan door een bewegingsmelder op het plaatsje in de tuin naast het pand van Ilios Sailing. Van schrik liet Delia de schutting los en viel boven op Flavian.

'Wat was dat?' fluisterde hij.

Delia verroerde zich niet en gaf geen antwoord. Hun adem inhoudend, wachtten ze tot de lamp weer uitging. Een kat miauwde klaaglijk van achter de afzetting.

'Een kat die iets omver heeft gelopen.' Delia stond onhandig op van Flavians schoot. 'Ik schrok me kapot.'

Driftig klopte ze het zand van haar kleren en vermeed oogcontact met Flavian. Hij liet haar maar even. Het was duidelijk dat ze zich wat ongemakkelijk voelde bij de situatie.

'Nieuwe poging wagen?'

'Goed plan, maar dan wel graag thuis bij jou op de bank.'

Flavian kreeg het er warm van. Hij had het totaal verkeerd ingeschat – ze had zich helemaal niet ongemakkelijk gevoeld. Zou ze echt met hem mee naar huis willen straks? De afgelopen dagen had hij steeds meer waardering voor haar gekregen. Voor haar lef, haar doortastendheid, de manier waarop ze zich net als hij vol op deze zaak had gestort. Ze had zich ontpopt als een totaal andere vrouw dan hij na de eerste kennismaking had ingeschat. Een vrouw die hij steeds leuker begon te vinden.

'Zeg, komt er nog wat van? Ik ben geen flamingo.' Delia stond op één been te wachten tot hij haar omhooghielp.

'O ja, sorry. Natuurlijk.' Hij bukte zich net om haar een steuntje te geven toen hij in zijn ooghoek twee zwarte gedaanten over de schutting heen zag komen. 'Delia, kijk uit!'

Ze reageerde razendsnel en dook weg. Flavian was veel trager en een vuist schampte zijn schouder. Hij wankelde even, maar herstelde zich snel. Veel tijd om zich om Delia te bekommeren was er niet, want hij zag opnieuw een vuist zijn richting uit komen die hij maar ternauwernood wist te ontwijken. Aan het postuur van zijn tegenstander te zien was het een man. Zijn gezicht was bedekt met een bivakmuts. Hij brieste als een wilde stier toen hij weer op Flavian af dook, maar die was nu beter voorbereid. Met een handige beweging ontweek hij de volgende klap en wist hij er zelf een uit te delen. De man brulde van woede en haalde blind uit. Hij schampte Flavians kaak met een grote vuist en sloeg hem met zijn andere vuist op zijn oor. Het duizelde Flavian, maar desondanks wist hij zijn aanvaller met een uppercut onder zijn kaak te raken en hij hoorde hoe de tanden van de man tegen elkaar sloegen. Het vertraagde zijn tegenstander dusdanig dat Flavian vlug een blik op Delia durfde te werpen, die net een indrukwekkende trap uitdeelde die haar tegenstander vol in het middenrif raakte. Alle lucht sloeg uit de longen van de man en met een enorme zucht zakte hij in elkaar. Delia maakte meteen gebruik van het moment om een nekklem in te zettten en toen ging bij Flavian het licht uit.

'Flavian!'

Hij voelde getik tegen zijn wang en deed zijn ogen open. Zijn kop leek uit elkaar te barsten. Zijn zicht was troebel, maar langzaam maar zeker werd het beeld wat scherper en toen keek hij in een paar bezorgde ogen met prachtige lange wimpers.

'Flavian, gaat het? Kun je overeind komen? We moeten hier weg voordat ze bijkomen.' Ze hielp hem overeind en hij kreunde.

'Wat is er gebeurd?'

'Je bent even out gegaan na een klap tegen je hoofd.'

Flavian keek om zich heen en zag twee mannen bewusteloos in de tuin liggen. Zonder bivakmuts.

'Dat doen ze niet nog een keer,' grinnikte Delia. 'Had ik al gezegd dat je mij niet boos moet maken?'

Flavians mond viel open. ‘Hè? Wat? Hoe heb je die twee beren van kerels kunnen vloeren?’

‘Zwarte band jiujitsu. Het was al een tijdje geleden dat ik had geoefend, maar ik geloof dat ik het nog wel kan.’ Tevreden wierp ze een blik op het resultaat van haar inspanningen. ‘Kom, we moeten gaan,’ zei ze toen.

‘We moeten even een foto van ze maken.’

‘Zeg, wie is hier nou de fotograaf? Dat heb ik allang gedaan terwijl jij lag te slapen. Volgens mij waren we net op het punt aanbeland dat jij me over de schutting ging helpen toen deze mafkezen boven op ons doken.’

‘Volgens mij heb jij helemaal geen hulp nodig.’

‘Klopt,’ grinnikte ze, ‘maar ik wilde je de kans bieden om galant te zijn.’ Ze stak hem uitnodigend haar been toe en greep de rand van de schutting vast. Hij gaf haar hoofdschuddend een zetje. Hij hoorde haar aan de andere kant neerkomen en klom toen achter haar aan.

Zijn hoofd bonkte verschrikkelijk en hij kon zich niet herinneren wanneer hij voor het laatst zo’n hoofdpijn had gehad, maar dat alles was in één klap voorbij toen ze zijn hand pakte. ‘Nou, zullen we dan nu maar naar jouw huis gaan? Dan zal ik je laten zien hoe soepel ik echt ben.’

47

Liza zat met rode wangen van de spanning op haar hotelbed te wachten tot Flavian haar kwam ophalen om samen te ontbijten. Ze had hem zoveel te vertellen. En andersom zou waarschijnlijk hetzelfde gelden. Ze vreesde niet meer dat hij erg boos zou worden over haar geheime missie, aangezien hij zelf ook zijn eigen plan had getrokken zonder haar dat te laten weten. Wat hadden hij en Delia uitgespookt in de haven toen zij daar rondliep voor haar ontmoeting met de vriend van Aias? Hoewel ze nog steeds niet precies wist wat er met Mark was gebeurd, had Aias haar voldoende informatie gegeven waar Flavian wat mee kon. Ze kon niet wachten totdat hij ermee aan de slag zou gaan.

Er werd op haar kamerdeur geklopt en ze schoot overeind. Ze streek haar haren glad en trok de opgekrulde broekspijp van haar bermuda naar beneden. Met haar tas in de hand deed ze verwachtingsvol de deur open en keek recht in het gehavende gezicht van Flavian. Delia stond naast hem te stralen.

'Mijn hemel, Flavian, wat is er met je gezicht gebeurd?'

Toen pas zag ze dat ze elkaars hand vasthielden.

'Tegen een vuist op gelopen. Beetje beurs, maar verder niks ernstigs. Er wordt goed voor me gezorgd.' Hij keek naar Delia en de blik in zijn ogen sprak boekdelen.

Liza keek van de een naar de ander en moest toen lachen. 'Nou, dat is nog eens een nieuwtje om mee wakker te worden op de vroege ochtend. Kom binnen.'

Delia lachte verlegen.

'We hebben nieuwe informatie die we met je willen delen,' viel Flavian met de deur in huis.

'Ik heb zelf ook veel te vertellen. Ik heb vannacht Aias Manolas gesproken.'

Flavians ogen werden groter.

'Ik heb vannacht eerst een ontmoeting gehad met een vriend van Aias bij de ruïnes achter de haven. Toen hij me genoeg vertrouwde, heeft hij me met een speedboot naar Aias gebracht.'

'Met een speedboot?'

'Hij verbergt zich in een schuur op Paxos.'

'Maar wacht even, zeg je nou dat je in je eentje in het holst van de nacht met een wildvreemde man hebt afgesproken? En je vond het niet nodig om mij mee te nemen of in te lichten? Weet je wel hoeveel risico je hebt genomen?'

'Ho, wacht eens even. Volgens mij ben ik niet degene hier in de kamer die bont en blauw is. Met mij is niks gebeurd, er is niks aan de hand.'

'Maar wat als het een val was geweest van Tziolis om je in je eentje naar een donkere plek te lokken? Ik moet er niet aan denken wat er had kunnen gebeuren!'

'Doe dat dan ook niet, er ís niets gebeurd.'

'Wanneer heb je die afspraak achter mijn rug om gemaakt?'

'Toen we gisteren na ons bezoekje aan Ilios terugliepen door de haven en jij vooruitliep, kreeg ik van een van de vissers een briefje in mijn handen geduwd. Daarop stond dat ik vannacht om drie uur naar de ruïnes moest komen als ik Aias wilde spreken. De voorwaarde was dat ik het niemand zou vertellen en alleen kwam, anders ging het hele feest niet door. Wat had ik voor andere keus dan te gaan? Ik kon die kans om Aias te spreken niet aan me voorbij laten gaan, dat begrijp je toch wel? Bovendien had ik een mes bij me.'

Flavian begon te lachen. 'Jij begint helemaal niets met een mes als er een grote foute kerel voor je staat. Binnen een mum van tijd heeft hij je dat mes afhandig gemaakt en staat het op je eigen keel.'

'Een beetje meer vertrouwen zou je niet misstaan, hoor,' mopperde Liza, maar ze wist dat hij gelijk had. 'Maar als we het toch over vertrouwen hebben, waarom heb je mij niet verteld dat jij en Delia gisternacht naar de haven gingen?'

Flavian keek haar verbaasd aan.

'Ik heb jullie rond zien sluipen toen ik op weg was naar mijn eigen afspraak.'

'Oké, betrapt.' Flavian hield zijn handen in de lucht. 'Net als jij hadden ook wij een goede reden om daar te zijn. We hebben ingebroken bij Ilios en de administratie bekeken.'

'Nee!'

'Jazeker wel. En we hebben wat interessante dingen ontdekt.'

'Maar was het gebouw dan niet beveiligd?'

'Delia blijkt ook heel goed te zijn in het kraken van codes. Ik begin me zo langzamerhand af te vragen wat ze niet kan.'

Delia wist zich duidelijk geen raad met de complimenten. 'Zeg, ik heb ontzettende behoefte aan heel veel koffie, zullen we eerst ergens naartoe rijden of hebben ze hier ook roomservice?' zei ze ongemakkelijk.

'Ik vind het prima om hier op de kamer wat te eten. Wat we te bespreken hebben is absoluut niet voor vreemde oren bestemd. Liza? Jij mag beslissen.'

'Ja hoor, prima.' Ze belde de receptie en bestelde croissants, Griekse yoghurt met honing, fruitsalade en twee kannen koffie. Het zou er allemaal over een kwartiertje zijn.

'Mooi,' zei Flavian. 'Zullen we dan in de tussentijd elkaar alvast inlichten over wat we vannacht hebben meegemaakt?'

'Prima, laat mij maar beginnen,' antwoordde Liza en ze vertelde hun het verhaal dat Aias haar had verteld. Halverwege haar verhaal kwam het ontbijt en Delia stortte zich ogenblikkelijk op de croissants en de gloeiend hete koffie, die ze naar binnen goot alsof het lauw water was.

Toen Liza was uitverteld, nam Flavian het woord. 'Dit alles komt grotendeels overeen met wat Kyrios heeft beweerd en met de concrete bewijzen die wij gisteren bij Ilios Sailing hebben gevonden. De enige tegenstrijdigheid zit hem in het feit dat Aias beweert dat Mark en Thera samen met Fedde naar Myrtos Beach zijn vertrokken, maar Kyrios zegt Fedde niet gezien te hebben. Waar was hij toen Mark en Thera ruzie kregen met die jongens op het strand? En wat is er de dag erna gebeurd? Ze zijn toen volgens Aias met zijn drieën nogmaals naar Myrtos vertrokken, maar ze zaten geen van allen meer op de boot toen die Cosmo Basinas de haven van Gouvia binnenvoer. Er moet tussen Myrtos en Gouvia iets gebeurd zijn, maar wat?'

'Inderdaad: maar wat? Want we hebben op dit moment nog steeds geen idee wat er nou toch met Mark is gebeurd. En waar die Thera heen is.'

'Het lijkt me goed als ik die Aias zelf ook spreek. Als we de zaak rondkrijgen, wil ik hem kunnen opvoeren als getuige.'

'Ik wil geen spelbreker zijn, maar ik schat de kans dat Aias tegen Petros getuigt niet heel groot in op het moment. De man is wanhopig, Flavian. Hij is als de dood dat Petros hem echt wat aandoet als hij zijn mond opendoet. Daarom wilde hij ook alleen off the record met mij praten, omdat ik Marks moeder ben. Praten met een politieman zou het allemaal te officieel maken en geen weg terug meer voor hem openlaten.'

'Ik hoef hem niet meteen nu te spreken,' stelde Flavian haar gerust. 'Dat kan best nog even wachten.'

'En zelfs áls Aias wil getuigen, dan nog moeten we maar zien of we iemand op dit eiland kunnen vinden die zich niet door Tziolis laat intimideren of omkopen en hem sowieso wíl oppakken. Dat is een probleem dat we ook niet moeten onderschatten.'

'Ik zou me op dit moment vooral focussen op het rondkrijgen van de zaak,' zei Delia, terwijl ze het laatste restje uit de yoghurtschaal lepelde. 'Als je nu al beren op de weg gaat zien, kun je net zo goed meteen stoppen en verdergaan met je leven.'

'Misschien niet helemaal tactvol verwoord, maar ik denk dat Delia wel gelijk heeft,' vulde Flavian aan. 'Bovendien zijn er ook wel manieren te verzinnen om Tziolis, mocht het nodig zijn, op te pakken met hulp van buitenaf. Maar dat is echt van later zorg. Ik wil het nu graag hebben over wat Delia heeft ontdekt over de e-mails die je het afgelopen jaar van Mark zou hebben gekregen. De berichten zijn verstuurd vanaf een adres in Nederland. Zegt de naam "Hagenaar" je iets?'

Flavian deed zijn best om de Nederlandse naam zo goed mogelijk uit te spreken, maar Liza twijfelde of ze hem goed had verstaan. 'Kun je het voor me spellen?'

Flavian deed wat hem werd gevraagd.

'Ah, Hagenaar! Nee, ik ken niemand die zo heet. Heb je een adres?'

Flavian haalde een briefje uit zijn broekzak en gaf het aan Liza.

Ze las het hardop voor. 'S.A.J. Hagenaar, Zeswielen 5, 1823 DJ Alkmaar, +3172-2846391. Zeswielen 5? Dat is volgens mij het ouderlijk huis van Marks vriend Fedde.' Liza werd bleek. 'Weet je zeker dat dit klopt?'

'Als een bus,' antwoordde Delia terwijl ze aan de fruitsalade begon.

'Maar op dit adres woont Feddes moeder Susan. Althans, ik neem aan dat ze er nog steeds woont. Ik ken haar als Susan Jonkman, maar Hagenaar moet haar meisjesnaam zijn die ze na de scheiding van Feddes vader weer heeft aangenomen. Waarom zou zij me in godsnaam mailtjes sturen? Ik kan het gewoonweg niet geloven.'

'Misschien moet je het haar gewoon vragen.'

Delia zei het alsof het de gewoonste zaak van de wereld was en Liza keek haar verbaasd aan. Ze had natuurlijk volkomen gelijk. Met trillende hand pakte ze haar telefoon en toetste het nummer in dat op het briefje stond. Gespannen wachtte ze tot er werd opgenomen.

'Fedde Jonkman.'

Liza moest even schakelen. Waarom kreeg ze Fedde aan de lijn?

'Hallo? Met wie spreek ik?'

'Fedde, met Liza Roozenboom.'

Het viel even volledig stil aan de andere kant van de lijn. Fedde had haar duidelijk net zomin verwacht. 'Waarom belt u?'

'Is je moeder thuis?'

'Nee.' Stilte. 'Waarom belt u?' Dringender deze keer.

'Ik, eh, belde eigenlijk om te vragen hoe het met haar ging.'

'Nou, ze is er niet.'

'Ja, dat zei je al. En jij, hoe is het met jou?'

'Hoezo?'

'Ik heb je het afgelopen jaar regelmatig proberen te bellen, maar de eerste tijd nam je niet op en belde je niet terug en daarna was het nummer dat ik van je had niet meer in gebruik. En... Ik...'

'Ja?'

'Om eerlijk te zijn belde ik je moeder omdat ik op zoek was naar jou.'

'Waarom?' klonk het achterdochtig.

'Nou, het loopt tegen Marks verjaardag en ik had behoefte aan contact met iemand die hem heel goed gekend heeft.'

'Hoezo gekend "heeft"?'

Shit, ze had zich versproken. Liza moest snel schakelen, want ze wilde de confrontatie met Fedde niet telefonisch aangaan. En als ze iets zou zeggen wat hem niet beviel, zou Fedde de verbinding meteen verbreken. Dat had ze in het verleden vaker met hem meegemaakt.

'Sinds Mark terug is in Nederland, heb ik nauwelijks nog contact met hem gehad. Hij is zo veranderd. Jij bent de enige die de oude Mark ook heel goed heeft gekend. Jij hebt hem toch ook niet meer gesproken?'

'Nee.' Feddes stem haperde en Liza veranderde snel van onderwerp om hem niet te verliezen.

'Maar hoe gaat het met je? De laatste keer dat we elkaar spraken, was je niet in goeden doen en heb je me geblokkeerd op Facebook, Instagram en Twitter. Je woont niet meer in Utrecht, toch?'

'Ik woon weer bij mijn moeder,' antwoordde hij nors.

'Wat gezellig voor haar. Hoe lang al?'

'Sinds ik weg ben uit Utrecht, hoezo?'

'Gaat het goed met je moeder? Zo rot voor haar, die scheiding.'

'Ja. Ze huilt nogal veel.'

'Triest hoor, doe je haar de groeten van mij?'

‘Oké.’

‘Dank je wel, Fedde. Maak er wat van, hè.’ Ze wilde ophangen.

‘Wacht even!’ Hoorde ze paniek in zijn stem? ‘Wanneer hebt u Mark voor het laatst gesproken, zei u?’

‘Ik heb niet gezegd wanneer, maar als je het per se wilt weten: een paar maanden geleden. We hebben heel weinig contact.’

Stilte.

‘Gaat het goed met hem?’

‘Misschien moet je hem eens bellen? Zal ik je zijn nieuwe nummer geven?’

‘Nee, hoeft niet. Later misschien.’ Feddes stem had een hogere klank gekregen en hij ademde snel in de hoorn.

‘Fedde?’

Stilte. Hij had opgehangen. Liza keek vol afschuw naar de telefoon in haar hand.

‘En? Wat zei hij?’ vroeg Flavian ongeduldig.

‘Hij deed net of Mark nog leeft, maar toen ik begon over mijn contact met Mark, werd hij heel nerveus. Wat me ook duidelijk werd, is dat Fedde na zijn vertrek uit Utrecht weer bij zijn moeder is ingetrokken. Hij woonde daar dus al die tijd dat ik nepmailtjes van Mark kreeg.’

‘Het abonnement dat gekoppeld is aan het IP-adres waarvandaan die mailtjes werden verstuurd, staat dus op naam van Feddes moeder,’ zei Delia. ‘Het lijkt er dus op dat Fedde Marks mobiele telefoon in zijn bezit heeft. Hij beweert wel dat het toestel destijds gestolen is, maar hij kan het natuurlijk ook zelf van Mark gestolen hebben.’

‘Waarom zou hij dat doen?’

‘Over het antwoord op die vraag moet ik even wat langer nadenken.’

‘Maar je hebt geen telefoonnummer gevonden tussen de gegevens die je hebt gehackt?’

‘Nee, alleen het IMEI-nummer. We moeten dus op de een of andere manier zien uit te vinden of dat van Marks telefoon is. Ik denk dat Fedde met het toestel automatisch in Marks mailbox kan. Veel mensen hebben dat op hun telefoon ingesteld zonder extra wachtwoordbeveiliging. Het oorspronkelijke telefoonabonnement zal niet meer geldig zijn, maar via wifi is het gewoon mogelijk om te internetten en mailtjes te versturen.'

'Klinkt allemaal logisch wat je zegt, maar de vraag blijft: waarom?'

Delia haalde haar schouders op.

'Er is maar één iemand die de antwoorden heeft,' zei Liza, 'en dat is Fedde zelf.'

'Dan wordt het tijd dat we hem gaan confronteren.' Flavian keek naar Liza. 'Het lijkt me beter om dat face to face te doen en niet over de telefoon. Non-verbaal gedrag is bij dat soort gesprekken heel belangrijk en als we voor zijn neus staan, schrikt hij hopelijk zo erg dat hij in paniek vertelt wat hij weet.'

'Of hij klapt dicht,' waarschuwde Liza. 'Die kans acht ik ook niet gering.'

'Misschien, maar dat risico zullen we moeten nemen.'

Liza haalde even diep adem. Ze had extra zuurstof nodig in haar hoofd. 'Ik denk dat Fedde eerder praat als ik alleen naar hem toe ga. Er zal waarschijnlijk geen woord over zijn lippen komen als jij ook meegaat, Flavian. Bovendien lijkt het me veel efficiënter als jij die Cosmo Basinas eens wat vragen gaat stellen. Die zou ons een stuk dichter bij de waarheid moeten kunnen brengen.'

'Dus jij vliegt terug naar Nederland en Flavian en ik praten met meneer Basinas?' vatte Delia samen.

'Correctie: wíj gaan niet met Basinas praten, maar ik,' corrigeerde Flavian haar.

'Waarom?' vroeg Delia.

'Daarom.'

'Ben je bang dat ik misselijk word van een beetje hardhandige ondervraging?'

'Je gaat toch geen geweld gebruiken?' bemoeide Liza zich ermee. 'Je brengt jezelf alleen maar steeds meer in de problemen, Flavian. Inbraak, mishandeling...'

Liza keek hem bezorgd aan en Delia ging naast haar staan.

'Wat is dit? Een samenzwering?'

'Een beetje oestrogeen als tegenhanger van jouw testosteron.'

'Verspilde moeite. Ik ga dit op mijn manier doen. Alleen.'

Liza wilde wat zeggen, maar Flavian gaf haar geen kans. 'Als je wilt weten wat er met je zoon is gebeurd, dan laat je me mijn gang gaan. Ik doe geen onnodige onverantwoorde dingen, dat is het enige wat ik jullie kan beloven.'

Hij keek haar strak aan en uiteindelijk stemde ze in.

'Oké, dan doen we het zo. Liza vliegt dus als het lukt vandaag nog naar Nederland en jij gaat aan de slag met Cosmo Basinas. Dan blijf ik over. Wat wordt mijn taak?' zei Delia.

'Je nagels lakken.'

'Pardon?'

'Ja, want als ik klaar ben met Cosmo dan neem ik je mee uit eten.'

Delia's gezicht klaarde op.

48

Om een uur of vijf stapte Liza nerveus en bezweet op haar fiets. Ze was een halfuur geleden door een taxi bij haar huis afgezet, nadat ze met een lichte vertraging op Schiphol was geland. Meteen bij het verlaten van de luchthaven verlangde ze al terug naar het droge en zonnige Griekse klimaat met de blauwe luchten. Boven Amsterdam hing een dikke wolkenlucht die een meerdaagse broeierige hitte vasthield. Geen zon te bekennen. In Alkmaar bleek het een uur later niet veel aangenamer te zijn. Omdat ze de afgelopen tijd veel voor vervoer per auto had moeten kiezen, had ze zich ontzettend verheugd op een ouderwets fietstochtje door de stad, maar de lol verging haar snel. Een auto had tenminste nog airco. Haar benen voelden aan als lood bij elke trap die ze gaf. Het werd tijd dat ze weer wat aandacht aan haar conditie ging besteden.

Via drukke wegen, smalle fietspaden en handenvol verkeerslichten baande ze zich een weg door de stad. Het gevoel van thuiskomen dat ze had verwacht, bleef uit. Ze voelde zich helemaal niet thuis. De anders zo vertrouwde straten en wijken leken haar niet meer te omarmen. Ze voelde zich de joker in een kaartspel, totaal ontheemd. Nu ze terug was in de stad die eens ‘haar plek’ was, voelde ze pas goed welk gat de dood van Mark had geslagen. En op een druk kruispunt midden in Alkmaar kwam alle emotie er in één keer uit. Ze stootte een dierlijke kreet van pijn en wanhoop uit en tranen stroomden onophoudelijk uit haar ogen. Ze kneep vol in haar remmen omdat ze niets meer zag. Auto’s toeterden en een fietser die bijna tegen haar aan botste vloekte. Het kon haar even niks meer schelen. Ze vreesde voor wat ze zo bij Fedde te horen zou krijgen, maar nog meer vreesde ze voor hem. Als echt bleek dat hij haar die mailtjes had gestuurd, dan stond ze niet voor zichzelf in.

Met het laatste beetje kracht dat ze in zich had, herpakte ze zich en stapte weer op haar fiets. Het resterende stuk naar Zeswielen overbrugde ze zo snel als ze kon. Ze geselde de trappers alsof ze de schuld van alles waren en hijgend zette ze even later haar fiets vast aan een lantaarnpaal. Ze belde aan bij nummer 5. Het was rond etenstijd, dus de kans dat Fedde of zijn moeder thuis was, was groot. Ze bleek gelijk te hebben.

Susan deed de deur open en keek haar verbaasd aan. 'Hé, Liza, jij bent wel de laatste die ik hier had verwacht. Gaat het wel goed met je? Je ziet er zo...'

'Nee, het gaat helemaal niet goed met me.' Haar stem klonk hard en sloeg over. Susan keek bezorgd langs haar heen of er geen buren in de straat waren die het konden horen.

'Weet je wat, kom even binnen.' Ze pakte Liza bij haar arm en trok haar naar binnen. Toen leidde ze haar naar de woonkamer en wees naar de bank. 'Ga zitten, dan schenk ik even wat voor je in.'

Het was duidelijk dat Susan haar zaakjes een stuk beter op orde had dan de laatste keer dat ze hier was geweest. De stapels afwas, de dranklucht, de verloedering – het was allemaal verdwenen. Het huis was opgeruimd, rook fris, had versgestuukte muren en was voorzien van nieuwe meubels. Susans haar zat strak gekapt en de make-up die ze droeg, was subtiel en elegant. Liza pakte een glas water van haar aan en nam een paar slokken.

'Nou, vertel eens, wat is er aan de hand?'

'Is Fedde thuis?'

'Ja. Hij is boven. Al een paar uur druk met het boeken van een reis naar Indonesië. Gisteravond kreeg hij ineens weer de kriebels. Hij heeft het nog steeds moeilijk met de scheiding en kwijnt een beetje weg. Zit veel op zijn kamer, kleedt zich pas fatsoenlijk aan als ik hem dat opdraag, weigert zijn studie weer op te pakken. Om je eerlijk te zeggen zit ik een beetje met mijn handen in het haar. Ik weet gewoon niet meer wat ik met hem aanmoet. Heb jij dat ook met Mark? Is hij ook zo moeilijk?'

‘Mark is dood.’

‘Dood?’ Susan keek haar verschrikt aan. ‘Dat meen je niet! O mijn god, Liza, wat erg. Wat is er gebeurd?’

‘Ik hoop dat Fedde me dat kan vertellen.’

‘Fedde? Wat zou Fedde daarvan moeten weten? Die jongen komt al een jaar nauwelijks de deur meer uit en heeft Mark en ook andere vrienden al zeker zo lang niet gezien, voor zover ik weet.’

‘Zou je Fedde willen halen? Zeg hem nog maar even niet dat ik hier ben. Ik wil niet dat hij de benen neemt.’

‘Wat is hier allemaal aan de hand?’

‘Als je Fedde haalt dan weten we zo allebei hopelijk meer.’

Susan keek haar aan en haar ogen stonden vol ongeloof. Natuurlijk geloofde ze niet dat Fedde hier iets van af zou weten. Zou Liza Susan geloofd hebben als zij Mark van hetzelfde beschuldigd had?

‘Goed, ik zal hem roepen.’ Susan liep naar de trap en riep Feddes naam. Pas na de derde keer kwam er een reactie.

‘Wat?’

‘Het eten is klaar.’

‘Ik kom er zo aan.’

‘Je komt er nú aan.’

Er klonk gestommel op de trap en kort daarna sjokte Fedde de kamer in. Zijn moeder had niets te veel gezegd, hij zag er vreselijk uit. Zijn ogen, waar donkere randen onder zaten, sperden zich open toen hij Liza zag. Met een bleek gezicht draaide hij zich om en wilde de kamer uit rennen, maar zijn moeder sloeg de deur voor zijn neus dicht. ‘Hier blijven jij.’

‘Mam, sodemieter op en laat me erdoor. Ik heb geen enkele behoefte om met haar te praten.’

‘En waarom is dat, Fedde?’ vroeg Liza.

‘Fedde, Mark is dood. Liza is hier om dat te vertellen.’ Susan pakte de hand van haar zoon, maar hij trok zijn hand terug en weerde haar lief bedoelde gebaar af.

‘Je lijkt helemaal niet verrast,’ gooide Liza olie op het vuur.

'Komt dat soms omdat je het al wist? Al een jaar of zo?'

'Hoezo is Mark dood? Hij is op wereldreis met die Thera van hem.'

'Hou toch op, Fedde, met die onzin. Een paar weken geleden is er een witte sportschoen met het restant van een voet aangespoeld op een strand in Corfu.'

Liza hield Feddes gezicht nauwlettend in de gaten en zag hem nog bleker worden. Toen zag ze een kleine verandering in zijn houding, alsof hij ergens in berustte.

'Mam, kun je even een ommetje maken of zo? Ik wil graag even alleen met mevrouw Roozenboom praten.'

'Ik wil dat je moeder dit ook hoort, Fedde. Blijf alsjeblieft, Susan.'

'Ik zeg geen woord totdat mijn moeder weg is,' zei Fedde beslist.

'Kan iemand mij vertellen wat hier gaande is? Fedde?' Susan keek hem onzeker aan.

'Mam, ga effe koffie doen bij de buren of zo.' Er lag nu een dwingende klank in zijn stem.

'Oké, ik rij nog wel even naar de supermarkt voor een extra brood.' Ze keek Liza vertwijfeld aan en verliet toen de kamer. Pas toen ze de voordeur achter zich had dichtgeslagen, richtte Fedde zijn starende blik op Liza.

'Ga verder.'

'O, dus je wilt toch wel horen wat ik te zeggen heb?'

'Ja, want ik heb geen flauw idee waar u het over hebt en waarom u mij dit nu komt vertellen.'

'Is het werkelijk?' zei Liza. Feddes houding was ronduit vijandig maar Liza liet zich niet intimideren. Daar was ze te opgefokt voor.

'U zei iets over een schoen.'

'Ja, een witte sportschoen met het restant van een voet. Het blijkt om Marks voet te gaan.'

'Heeft de politie dat ontdekt?'

'Ja.'

'Er is dus politie bij betrokken?'

'Ja. En de politie wil net als ik heel graag weten hoe Marks voet op dat strand terecht is gekomen en waar de rest van zijn lichaam is gebleven. Weet jij daar toevallig meer van?'

'Waarom zou ik daar meer van weten?' Fedde trommelde met zijn vingers tegen elkaar.

'Misschien omdat je me uit Marks naam het afgelopen jaar een paar mailtjes hebt gestuurd?'

De jongen viel bijna om. 'Wat, eh... Dat is niet waar. Hoe komt u bij die onzin?'

Zijn stem klonk schriel en hij wankelde weer. En Liza wist dat er nog maar weinig voor nodig was om hem over de rand te duwen. 'De politie weet alles, Fedde. Alleen nog niet hoe Mark precies om het leven is gekomen.'

'Waarom kunt u het niet laten rusten?!' schreeuwde hij wanhopig. 'U verpest alles.'

'Hou toch op. Als je weet wat er is gebeurd, dan moet je het me nu vertellen. Daar heb ik recht op. Is Mark per ongeluk in het water terechtgekomen, of was er opzet in het spel? Heb jij hem soms van die boot geduwd omdat je jaloers was op hem en Thera? Omdat je je verraden voelde door je beste vriend, omdat jij haar ook leuk vond?'

'Hoe kunt u dat zeggen? Hoe kunt u denken dat ik Mark voor zoiets onbelangrijks overboord zou gooien? Zo is het helemaal niet gegaan!' Fedde huilde nu.

'Hoe is het dan wel gegaan, Fedde? Vertel het me. Vertel me wat je weet. Alsjeblieft.' Liza dempte haar stem. Het zou waarschijnlijk meer opleveren dan wanneer ze tegen de jongen bleef schreeuwen.

'Ik was gewoon bang. Dat ze mij ook iets zouden aandoen. Ik zag dat ze Mark overboord gooiden en ik was te laf om in te grijpen. Ik had me verscholen in de kajuit en durfde niet aan dek te komen. Thera is tenminste nog achter hem aan gedoken.' Fedde snikte hevig en was amper te verstaan. 'Elke dag moet ik leven met wat er toen gebeurd is, wat ik heb láten gebeuren. Ik heb zoveel vluchtelingen uit zee gehaald, maar mijn eigen beste vriend heb ik niet gered. O man, ik trek dit niet.'

'Wie heeft Mark in zee gegooid, Fedde? Wie was het?'

'Het was allemaal de schuld van die Griekse klojo en zijn vrienden. Ze hadden ruziegemaakt met Mark en Thera.'

'Weet je namen?'

'Alleen van de leider van het groepje. Hij heette Nikos. Hij is degene die Mark heeft geslagen, uit wraak voor de dag ervoor. Hij heeft hem een paar klappen tegen zijn hoofd gegeven en toen viel Mark overboord. Ik dacht dat hij zichzelf wel zou redden, hij kon zwemmen als de beste. Thera stond maar te krijsen dat hij kopje-onder ging en dat ze hem niet meer zag. Hij moet bewusteloos zijn geweest door die klappen. En toen sprong ze hem achterna, maar ze kon hem niet vinden. Ik heb het gewoon laten gebeuren. Ik wilde niet dood. Die vriend van Nikos stapte op onze boot en voer gewoon weg. En Nikos scheurde ervandoor op die speedboot van hem. Ze hebben Mark en Thera gewoon achtergelaten.'

'En jij bent gewoon in die kajuit blijven zitten zonder ze te helpen? Hoe kon je dat doen?'

Fedde snikte nu onophoudelijk. 'Wat had ik kunnen doen? Als ik in het water was gesprongen, was ik ook verdronken. Er was geen boot te bekennen die ons kon redden. Totdat we aangemeerd lagen in Corfu heb ik in de kajuit gezeten en ik ben uiteindelijk op de een of andere manier ongezien weggekomen met al onze spullen. Marks telefoon zat daar ook bij.'

'Waarom heb je mij dit alles niet een jaar eerder verteld? Waarom ben je niet naar de politie gegaan? Heb je enig idee wat ik het afgelopen jaar heb doorstaan?'

'Hoe kon ik nou naar de politie gaan? Hoe kon ik dit nou vertellen?'

'Waarom heb je mij die mailtjes gestuurd?' Liza pakte hem vast en schudde hem door elkaar. Ze kon zich niet langer beheersen. 'Jij was het toch, of niet soms?'

'Ja.'

Zonder na te denken gaf ze hem een klap in zijn gezicht. 'Monster! Je hebt me al die tijd laten denken dat Mark nog leefde, terwijl hij al een jaar dood was. Waarom?! Waarom heb je dat gedaan?!'

Fedde deinsde geschrokken achteruit en kwam tegen de muur te staan. Toen zakte hij langzaam naar beneden tot hij op de grond zat. 'Het was niet mijn idee!'

'O nee, van wie dan wel?'

'Een paar weken nadat ik terug was uit Griekenland stond er ineens een of andere kerel op de deur van mijn studentenkamer te bonken.'

'Een kerel. Wie was het?'

'Dat weet ik niet, maar hij zei dat hij wist wat er op de boot was gebeurd en dat hij vermoedde dat ik dat ook wist omdat mijn naam op de passagierslijst van die boot stond. Hij vroeg waar ik was toen "het ongelukje" gebeurde. "In de kajuit" heb ik toen gezegd. Hij was zo dreigend en dwingend. Hij zei dat hij me zou vermoorden als ik ooit aan iemand vertelde wat er gebeurd was. Daarna begon hij over u en dat u op Corfu aan het rondsnuffelen was en lastige vragen stelde.'

'Hij begon over mij?'

'Ja. Hij zei dat de vader van Nikos het niet zo waardeerde dat u vragen aan het stellen was en dat hij u weg wilde hebben. "Wat bedoelt u met weg?" vroeg ik toen. "Je weet best wat ik bedoel," zei hij toen. "Weg als in wat er met je vriend en zijn meisje is gebeurd." Ik was bang dat hij u wilde vermoorden.'

'Hoe zag die man die je opzocht in Utrecht eruit, Fedde?'

'Hij droeg een hoed en had een sigaar in zijn mond. Niet zo groot. En heel erg kromme vingers...'

Stavros Kafes. Dus toch. Flavian had gelijk gehad dat hij niet deugde. 'En toen?'

'Hij zei dat ik een handje kon helpen om u weg te krijgen van het eiland voordat er serieuze ongelukken gebeurden. Hij liet me een foto van u zien terwijl u bewusteloos op straat lag. Hij zei dat dat een waarschuwing was, maar dat zijn baas nooit twee keer waarschuwde. Toen vroeg hij om het wachtwoord van Marks mailbox. Dat had ik niet, maar ik wist wel een manier om in zijn mailbox te komen. Hij droeg me op om dat te doen en gaf me toen een A4'tje met een Engelse tekst, die moest ik vertalen en naar uw mailadres sturen. Het ging om dat ene mailtje, zodat u zou geloven dat alles goed was met Mark en terug naar huis zou gaan. Het doel was om u weg te krijgen van het eiland. Toen zei die vent nogmaals dat als ik mijn kop niet hield, u en ik allebei uit de weg zouden worden geruimd en toen vertrok hij. Ik heb diezelfde avond nog mijn kamer opgezegd, een ander telefoonnummer aangevraagd en ik ben bij mijn moeder ingetrokken. Ik was bang dat die vent zou terugkomen. Bang dat hij me zou vermoorden.'

'Je moest dus van die man één mailtje aan mij sturen?'

Fedde knikte.

'Maar ik heb er meer gehad.'

'Na dat ene mailtje ben ik zonder medeweten van die man ermee doorgegaan. Ik raakte in paniek toen u steeds maar contact bleef opnemen en wist niet meer hoe ik eruit kon komen. U bleef maar doorvragen. Straks zou die vent nog terugkomen om ons allebei te vermoorden. Dus toen dacht ik: als ik die mailtjes stuur, denkt u misschien dat het goed gaat met Mark en dan hoef ik ook niet de waarheid te vertellen.'

'En hoe lang had je dat vol willen houden? Hoe lang had je de kluit nog willen belazeren? Is het ooit in je opgekomen dat ik er recht op had om te weten wat er met mijn zoon was gebeurd? Heb je enig idee wat je me hebt aangedaan?'

'U denkt dat ik geen spijt heb, maar dat heb ik wel. Ik ben niet zo gewetenloos als u denkt. Ook ik zal dit mijn hele verdere leven met me meedragen. Elke nacht verdrinkt Mark in mijn dromen opnieuw. In die droom probeer ik hem wél te redden, maar het lukt nooit. Ik zou er alles voor geven als ik de tijd kon terugdraaien, maar dat kan ik niet. Het kan niet.'

'Je bent een lafaard.'

'Ja,' klonk het zacht. De gepijnigde uitdrukking op zijn gezicht maakte plaats voor angst. ‘Wat gaat er nou met me gebeuren? Moet ik de gevangenis in?’

‘Ik heb geen idee of je gestraft zult worden, Fedde, dat is aan de politie. Maar ik weet wel dat ik het je nooit zal vergeven dat je die mailtjes hebt gestuurd.’

Ze keek naar het ineengezakte hoopje ellende dat voor haar op de grond zat. Eindelijk wist ze wat er gebeurd was. Eindelijk waren alle raadselen opgelost. Ineens dacht ze aan Flavian en Delia. Ze moest hen bellen! Met de informatie die Fedde haar had gegeven, hoefde Flavian die Cosmo Basinas het verhaal alleen nog maar te laten bevestigen. Fedde had haar alles verteld wat hij wist, voor het eerst was ze daarvan overtuigd, en het had geen enkele zin om hier nog langer te blijven. Als ze naar de jongen keek, voelde ze alleen maar walging en woede. Voor medelijden was het nog veel te vroeg en misschien zou dat wel nooit komen. Fedde had Mark kunnen redden en het niet gedaan. Ze dacht niet dat ze hem dat ooit zou kunnen vergeven.

‘Ik ga,’ zei ze afgemeten. Ze liep zonder om te kijken weg.

‘Wat gebeurt er met mij? Mevrouw Roozenboom! Gaat u aangifte doen?!’ schreeuwde hij haar na, maar ze negeerde hem. Ze rende het huis uit en botste tegen Susan op, die haar verschrikt aankeek.

‘Je zoon zit nog binnen,’ zei Liza. ‘Hij heeft je hulp nodig.’ Toen kotste ze de hele stoep onder.

49

Tegenover de sportschool stond een wit busje zoals er zoveel rondreden in de buurt. De ramen waren geblindeerd om de zon en nieuwsgierige blikken buiten te houden. Een luidruchtig groepje jonge mannen kwam stoeiend naar buiten. Stuk voor stuk hadden ze rode wangen van de inspanning en natte haren van het zweet. De mannen verspreidden zich. Sommigen liepen naar hun auto, anderen naar hun scooter. Ze vertrokken in een groep naar het strand voor een ijskoud drankje in een beachclub.

Slechts een van hen pakte zijn scooter en reed zonder helm de andere kant op. Hij was de enige die nog een middagdienst moest draaien bij de plaatselijke supermarkt. Het busje met stationair draaiende motor trok langzaam op en volgde de scooter nauwgezet, en op een weg langs een verlaten en vervallen industrieterrein werd de jongen klemgereden. Twee volledig in het zwart gehulde mannen met bivakmutsen op en handschoenen aan, sleurden de jongeman van zijn scooter. Voordat hij de kans kreeg om zich serieus te verzetten, trokken ze een zak over zijn hoofd en boeiden zijn handen achter zijn rug. Daarna smeten ze hem in de laadruimte van het busje. Een van de gemaskerde mannen stak een band van de scooter lek, zette hem op zijn standaard en haalde de sleutel uit het contactslot. Het ging allemaal snel en soepel en niemand had iets gezien. De enige getuige was de verlaten scooter, die eruitzag alsof hij stond te wachten tot zijn eigenaar terugkwam met een bandenplakset.

Het busje reed rustig weg en nam de afslag naar het industrieterrein dat ondanks de economische crisis nog floreerde. De jongeman lag op de grond van de laadbak te kronkelen als een aal. Een van de mannen die bij hem achterin was gaan zitten, gaf hem een trap tegen zijn benen en maande hem in het Grieks tot kalmte. Na wat gehobbel en een paar scherpe bochten stopte het busje bij een verlaten loods. De gijzelaar werd ruw naar buiten getrokken met de zak nog steeds over zijn hoofd. Ze sleurden hem de loods in en bonden hem vast aan een paal. De deur werd gesloten, de lichten gingen aan en de zak werd van zijn hoofd getrokken.

Naar adem happend nam de jongen met samengeknepen ogen de ruimte in zich op. Twee mannen met bivakmutsen op stonden voor hem. 'Wie zijn jullie? Wat moeten jullie van me?' Paniek vlamde op in zijn ogen toen een derde man naar hem toe kwam lopen. Ook hij droeg een bivakmuts en was volledig in het zwart gekleed. Hij gooide twee kentekenplaten op de werkbank in de ruimte en pakte twee andere ervoor in de plaats. Toen verliet hij de loods met een schroevendraaier en de nieuwe kentekenplaten. De andere mannen bleven roerloos staan en zeiden niets. Het duurde niet lang voordat de man met de schroevendraaier terugkeerde. Met gekruiste armen ging hij voor de doodsbange jongen staan.

'Luister goed, want ik zeg dit maar één keer. We kunnen dit snel afhandelen en zorgen dat je met niet al te veel vertraging op je werk verschijnt, of we nemen uitgebreid de tijd en dan kun je ervan uitgaan dat je in elk geval de rest van de week niet meer kunt werken.' Hij balde zijn hand tot een vuist en draaide er een leren riem omheen. Vervolgens controleerde hij of deze goed zat. Toen hij tevreden leek te zijn met het resultaat, haalde hij plotseling vol uit. De jongen gilde, maar vlak voordat de vuist hem in zijn gezicht raakte, kwam deze tot stilstand.

Een armzalig gejammer kwam uit de keel van de jongen, het kruis van zijn broek was nat. 'Alsjeblieft, ik heb niks gedaan. Zeg me toch wat jullie willen. Wie zijn jullie? Ik zal jullie alles vertellen.'

De man voor hem wilde net wat zeggen, toen hij werd gestoord door zijn telefoon. Hij haalde het ding uit zijn broekzak en keek op het scherm. Liza. Dat moest wachten. Flavian zette het geluid uit, stopte zijn mobiel weg en focuste weer volledig op de jongen.

'Jij bent toch Cosmo Basinas, nietwaar?'

'Ja.'

'Luister Cosmo, ik heb een paar vragen over iets wat ongeveer een jaar geleden is gebeurd. Het heeft te maken met je vriend Nikos Tziolis en een boot.'

'O shit, man, dat kan ik niet. Ik kan niks zeggen over Nikos, dan ben ik hartstikke dood!'

'Ik denk dat Nikos op dit moment je minste probleem is.' Flavian knakte zijn vingers om te intimideren en het leek te werken. Hij hoopte vurig dat hij de jongen aan het praten zou krijgen zonder hem met een vinger aan te hoeven raken. 'Weet jij hoeveel botten je in iemands lichaam kunt breken zonder dat hij het bewustzijn verliest?'

'O shit. O shit-shit-shit. Wat wil je weten, man? Ik weet echt niks,' piepte Cosmo.

'Ik zal je geheugen even opfrissen. Myrtos Beach, Kefalonia, The Wale. Twee opvarenden, de ene een man van begin twintig en de andere een vrouw van dezelfde leeftijd. Ze namen deel aan een flottielje-tocht die werd georganiseerd door Ilios Sailing. De voet van de mannelijke opvarende is onlangs aangespoeld op Corfu. Alleen zijn voet. Weet jij toevallig wat er met de rest van zijn lichaam is gebeurd en waar de vrouw is die bij hem was?'

'Hoe moet ik dat nou weten?'

'Misschien omdat jij de boot, The Whale, hebt teruggevaren naar Corfu en de oorspronkelijke opvarenden er toen niet meer op zaten?'

'Wie zegt dat?'

'Een heel betrouwbare bron.'

Het bleef stil.

'Goed, dan doen we het op die manier. Ik tel van vijf terug naar nul. Als ik bij nul nog geen antwoord van je heb, dan zit het eerste bot dat we gaan breken hier,' Flavian wees een plek op zijn kaak aan, 'en op een schaal van één tot tien op de pijnschaal is dat een drietje. Een opwarmertje, dus.' Hij begon te tellen. 'Vijf...' De jongen begon als een wilde heen en weer te bewegen, maar zijn boeien zaten zo strak dat hij vrijwel geen bewegingsvrijheid had. 'Vier... drie...' Er kwam een hoog gepiep uit zijn mond en het zweet liep in straaltjes over zijn hoofd. 'Twee... één... nul.' Flavian wachtte geen moment langer en sloeg de knul met volle kracht precies op de plek die hij zojuist had aangegeven. Het hoofd van de jongen schoot naar links en hij gilde het uit van de pijn.

'Mag ik de volgende ronde?' vroeg een van de andere mannen, maar Flavian schudde zijn hoofd. Hij liep naar Cosmo toe, trok zijn hoofd overeind en gaf hem een paar tikken tegen zijn wang. Cosmo keek hem wazig aan.

'Cosmo, ben je daar nog?'

De jongen kreunde.

'Niet in slaap vallen, hè? Goed, we proberen het nog een keer,' zei Flavian. 'Met dezelfde spelregels. Deze keer gaan we voor de neus! En dat is op de pijngrens... een zeven.'

Hij begon te tellen. Bij vier brak de jongen al en vertelde hem alles wat hij wilde weten.

50

Het was muisstil in huis toen Flavian zijn voordeur opende en naar binnen ging. De mannen die hem hadden geholpen om Cosmo Basinas aan de tand te voelen, liepen achter hem aan. Ze waren goed bevriend geweest met Kyrios' zoon Angelos, de vader van Mark, en meer dan bereid om hem te helpen met de ondervraging. Door de stilte was Flavian even bang dat Delia en Kyrios waren vertrokken, maar toen hij de kamer in liep, zaten ze hem op de bank met gespannen gezichten aan te kijken. Kyrios stond op zodra hij hem zag en ook Delia verschoof naar het puntje van de bank. Ze nam hem zorgvuldig op.

'Ik ben oké,' stelde hij haar gerust.

'Geen nieuwe blauwe plekken?'

'Niet bij mij.'

'Ben je iets te weten gekomen over het lot van mijn kleinzoon?' vroeg Kyrios. Flavian knikte.

'Er was weinig voor nodig om Cosmo te laten praten.' Hij wreef kort over zijn hand. Delia trok haar wenkbrauwen op.

Kyrios liep naar Flavian toe en pakte zijn arm vast. 'Vertel het me.'

'Misschien kun je beter even gaan zitten.'

'Je hoeft me niet te betuttelen. Vertel me wat je weet.'

'Goed. Nikos Tziolis was woedend omdat jij hem op Myrtos Beach een pak op zijn donder hebt gegeven. Toen hij Mark en Thera de dag erna weer op Myrtos Beach zag, is hij ze met zijn vrienden gevolgd. In eerste instantie wilde hij op het strand de confrontatie zoeken, maar hij bedacht zich. Hij wist dat ze The Whale die dag moesten terugvaren naar Corfu en hij besloot ze op zee te enteren. Op die manier zouden er geen getuigen zijn. Zijn vrienden zouden hun mond wel houden en Mark kon geen kant op. Hulp van voorbijgangers hoefde hij ook niet te verwachten, dus hij zou hem ongestoord een lesje kunnen leren.

Nikos voer zijn speedboot tegen de zeilboot van Mark aan en klom aan boord. Mark heeft nog geprobeerd op hem in te praten en hem te kalmeren, maar Nikos had een rood waas voor zijn ogen. Hij gaf Mark een paar flinke klappen tegen zijn hoofd en verraste hem daarmee zo dat hij niet de kans kreeg om zich te verdedigen. Thera probeerde Nikos aan te vliegen, maar hij maaide haar volgens Cosmo moeiteloos aan de kant. Ze kwam hard op het dek terecht. Mark probeerde daarna te voorkomen dat Thera opnieuw geraakt zou worden en strompelde op Nikos af, maar die sloeg hem vervolgens vol op zijn slaap, waardoor hij het bewustzijn verloor en overboord viel. Nikos en zijn vrienden deden geen moeite om hem uit het water te halen en in een mum van tijd was Mark onder het wateroppervlak verdwenen.

Thera raakte helemaal in paniek toen ze Mark niet meer zag en dook het water in op de plek waar hij van boord was gevallen, maar ze kon hem niet vinden. Nikos had inmiddels ook wel door dat hij een probleem had. Als Mark zou verdrinken, was het zijn schuld. Thera was inmiddels uitgeput geraakt van het zoeken naar Mark en ze smeekte de jongens om haar aan boord te trekken. Nikos besefte echter dat hij door Thera te redden zichzelf alleen maar in de problemen bracht en verbood zijn vrienden haar te helpen. Zij was getuige geweest van de vechtpartij en zou hem er nooit mee weg laten komen dat hij Mark had laten verdrinken. En dus gaf hij Cosmo, die de beste zeiler van het clubje was, de opdracht om The Whale naar Corfu te varen en zei hem dat hij het verder zelf wel met zijn vader zou regelen.

Het zat Cosmo helemaal niet lekker wat er gebeurd was, maar hij besloot toch maar te doen wat Nikos hem had opgedragen. Als zijn vriend zei dat zijn vader het zou regelen, dan kwam het wel goed. Petros Tziolis regelde altijd alles en haalde Nikos regelmatig uit de problemen. Cosmo had zelf ook geen zin in moeilijkheden, want hij had thuis naar eigen zeggen al genoeg gezeik. En later hoorde hij dat Petros inderdaad alles had geregeld, tot en met de boot, die hij enkele weken later op de zwarte markt had verkocht om eventuele sporen kwijt te raken.'

Kyrios en Delia hadden ademloos naar Flavian geluisterd. Voor Delia vielen er allerlei stukjes op hun plek, maar voor Kyrios was het grotendeels nieuwe informatie. Aangeslagen zat de oude man op de bank het hele verhaal te verwerken.

'Ben je nog iets te weten gekomen over die vriend van Mark, Fedde?' vroeg Delia. 'Kon Cosmo iets vertellen over zijn rol in het geheel?'

'Nee. Fedde was volgens Cosmo niet op de boot aanwezig, en ook die keren op Myrtos Beach was hij niet bij Mark en Thera.'

'Maar waarom heeft hij dan die mailtjes naar Liza gestuurd?'

'Geen idee, maar hopelijk is Liza daar zelf iets meer over te weten gekomen.'

'Heb je al iets van haar gehoord?'

'Ze heeft me een paar keer proberen te bellen, maar geen voicemails achtergelaten. Ik ga haar zo bijpraten als ik al jullie vragen heb beantwoord.'

'Ik ben nu vooral benieuwd naar wat Liza te vertellen heeft,' zei Delia.

'Kyrios?'

De man schudde afwezig zijn hoofd, net toen Flavians telefoon ging.

'Het is Liza,' zei Flavian toen hij op zijn scherm keek. Hij nam op en begroette haar.

Delia kon Liza's opgewonden stem door de telefoon horen, maar helaas geen wijs worden uit wat ze zei. Terwijl ze ingespannen zat te luisteren of ze nog iets kon opvangen, stond Kyrios op en wenkte zijn mannen. Ze keek hem verbaasd aan toen hij langs haar liep en schrok van de blik in zijn ogen.

'Kyrios, gaat het wel goed met je?'

De oude man reageerde niet en verliet met zijn gevolg de kamer. Even later klonk het geluid van een voordeur die in het slot viel.

'Flavian,' zei ze, 'ik denk dat Kyrios iets van plan is.'

Flavian stak zijn hand op ten teken dat ze stil moest zijn. Ze zag aan zijn gezicht dat Liza hem op dat moment iets heel belangrijks vertelde en dus besloot ze zelf poolshoogte te gaan nemen. Ze rende naar buiten in de hoop Kyrios voor de deur aan te treffen – misschien was hij even een luchtje gaan scheppen. Maar natuurlijk was haar hoop ijdel. Ze was net op tijd om hem met zijn huurauto de straat uit te zien scheuren. Hij had de twee mannen bij zich, wat haar enigszins geruststelde. Hopelijk zouden zij hem beschermen, waar hij ook heen ging.

Toen ze de huiskamer weer binnenliep, was Flavian nog steeds in gesprek met Liza. Waarom duurde dat zo lang? Ongedurig liep ze heen en weer, wachtend tot hij eindelijk de verbinding had verbroken.

'Wat was dat met Kyrios?' vroeg hij, toen hij een paar minuten later ophing.

'Die is als een gek vertrokken met zijn auto. Ik heb er geen goed gevoel over, Flavian. Die blik in zijn ogen was echt niet oké.'

'Heeft hij gezegd waar hij naartoe ging?'

'Nee, maar ik heb wel een vermoeden.'

'De familie Tziolis?'

Ze knikte.

'Ik denk dat je gelijk hebt. We moeten achter hem aan voordat hij iets doms doet.'

Met een grimmig gezicht liep Flavian naar zijn kluis en haalde er een pistool uit.

'Gewoon een voorzorgsmaatregel,' zei hij, toen hij de blik op haar gezicht zag. 'Wacht hier op me.'

'Geen sprake van. Ik ga met je mee.'

Hij keek haar aan en kennelijk besefte hij dat hij deze discussie zou gaan verliezen. 'Oké, maar je doet precies wat ik zeg en probeert niet de held uit te hangen. En laat mij mijn gang gaan. Je bent misschien heel goed in een vrouw-tot-man-gevecht, maar tegen kogels ben je niet bestand.'

'Oké.'

'Kom op dan. Ik praat je in de auto bij over Liza.'

51

Flavian scheurde zo hard over het hobbelige weggetje dat naar het huis van de familie Tziolis leidde, dat Delia alle kanten op werd geslingerd.

'Hou je goed vast!' schreeuwde hij, toen er een paar meter voor hen weer een flinke kuil opdook. Hij remde slechts een beetje af en de onderkant van de auto klapte op het wegdek.

'Misschien moet je je vering eens laten nakijken?' opperde Delia. 'Of wat rustiger rijden?'

Flavian gromde wat, maar maakte geen aanstalten om vaart te verminderen.

'Wat als we hem niet bij Tziolis aantreffen?'

'Dan weet ik het ook even niet, maar dat zou in elk geval een grote opluchting zijn.'

Flavian nam de laatste scherpe bocht en zag de huurauto van Kyrios voor het hek staan van Tziolis' huis. De mannen die met Flavian mee waren geweest om Cosmo Basinas aan het praten te krijgen, stonden naast de auto een peuk te roken. Flavian remde met gierende banden en sprong uit de auto.

'Waar is hij?' vroeg hij de mannen.

'Binnen. We hebben hem over het hek geholpen.'

'Waarom hebben jullie hem niet tegengehouden?'

'Omdat wij in zijn situatie precies hetzelfde zouden doen.'

'Hoe lang is hij al binnen?'

'Tien minuten denk ik.'

'Fuck.'

'Hebben jullie schoten gehoord?'

'Nog niet.'

'Dat is tenminste iets,' mompelde Flavian. 'Oké, mannen, geef me even een zetje, dan ga ik kijken of ik de situatie nog kan redden.'

Flavian klom over het hek en kwam met een plof neer aan de andere kant. Delia stond al klaar om hem achterna te klimmen.

'Jij blijft hier,' beet hij haar toe.

'Flavian...'

'Nee, je hebt beloofd dat je zou doen wat ik je zeg te doen.'

Zuchtend gaf ze toe. 'Maar doe voorzichtig,' drukte ze hem op het hart. 'Je hebt geen vest aan.'

Flavian spurtte naar de voordeur van de woning. Net toen hij het bordes had bereikt, vloog de deur open en kwam de huishoudster van de familie Tziolis naar buiten rennen. Haar gezicht was vertrokken van angst.

'Hij heeft een pistool! In de salon. Hij gaat ze doodschieten. O, mijn god, hij heeft een pistool!'

Flavian had geen tijd om zich om haar te bekommeren en brulde in het voorbijgaan dat ze zich bij zijn collega bij het hek moest voegen. Daarna stoof hij met getrokken pistool het huis binnen. Hijgend kwam hij aan bij de salon waar hij eerder met Petros Tziolis had gezeten. De deuren waren gesloten, maar door de ramen aan weerszijden van de deuren kon hij naar binnen gluren en de situatie inschatten.

Kyrios stond midden in de kamer met een pistool met een geluidsdemper erop. Flavians maag trok samen. Het feit dat de mannen geen schoten hadden gehoord, betekende dus niet per definitie dat er ook niet geschoten was. De oude Griek was duidelijk geheel overstuur – de tranen stroomden over zijn gezicht en zijn hand met het pistool zwaaide alle kanten op terwijl hij hysterisch tegen Petros Tziolis schreeuwde. Van de bravoure van de zakenman was niets meer over. Hij stond met een bleek en angstig gezicht voor Kyrios en hield zijn handen trillend in de lucht. De hele situatie zag er explosief uit.

Het was natuurlijk gekkenwerk om zonder kogelvrij vest het vertrek te betreden, maar Flavian had geen keus. Als hij buiten zou blijven staan, dan wist hij zeker dat er slachtoffers zouden vallen. Zo geruisloos mogelijk opende hij dus de deur. Kyrios had het echter meteen door en ging zo staan dat hij Flavian en

Petros allebei in de gaten kon houden. Flavian hield de oude man onder schot terwijl hij hem kalmerend toesprak.

'Doe het niet Kyrios. Je krijgt je zoon en kleinzoon er niet mee terug door wraak te nemen op de familie Tziolis.'

'Je bent te laat,' snikte Petros. 'Hij heeft mijn zoon doodgeschoten.'

Flavian volgde de ogen van de zakenman naar een plek achter een van de fauteuils. Nu pas zag hij de twee onderbenen die achter de fauteuil zichtbaar waren. Het zicht op het bovenlichaam en gezicht van Nikos Tziolis werd hem ontnomen door het zitmeubel, maar de bloedspatten en grijze smurrie op het raam boven de fauteuil maakten duidelijk dat de jongen door zijn hoofd was geschoten. Flavian zette een stap richting het lichaam, maar Kyrios reageerde meteen.

'Niet doen, Flavian. Ik wil je niks aandoen, maar je moet je er niet mee bemoeien. Draai je om en ga weer weg. Laat mij mijn ding doen. Dit is iets tussen mij en die klootzakken.'

'Je weet dat ik dat niet kan doen, Kyrios. Ik ben een politieman.'

'Het eindigt hier en nu. Iemand moet ze stoppen en dit is de enige manier. Mijn leven is toch voorbij. Ze hebben me alles afgenomen en ze komen er niet langer mee weg.'

'Er zijn andere manieren om ze te straffen, Kyrios. Neem het recht niet in eigen hand, maar laat het aan de wet over.'

'De wet,' schamperde de oude man. 'Deze mensen staan al decennia boven de wet en er is niemand die daartegen in geweer komt. Iedereen die ooit een poging heeft gedaan om dit onrecht aan te kaarten, wordt kapotgemaakt of krijgt een zak zwijggeld toegestopt. Dat heb je zelf ondervonden. Na je bezoekje aan hem...' Kyrios spuugde de woorden letterlijk uit en er verschenen bellen speeksel in zijn mondhoeken, '... ben je op non-actief gesteld door je eigen werkgever, de politie. De polítie, nota bene, die de taak zou moeten hebben om de burger tegen dit soort gluiperds te beschermen!'

'Ik snap wat je bedoelt en ik begrijp je frustratie, woede en verdriet, maar dit is geen oplossing, Kyrios. Luister, je hebt hem zojuist zijn zoon afgenomen omdat jij door hem je eigen zoon bent kwijtgeraakt. Betekent dat niet dat jullie quitte staan?'

'Deze familie heeft me mijn zoon én kleinzoon afgenomen. We staan pas quitte als ik wraak heb genomen voor Angelos én Mark.'

'Ik weet zeker dat Angelos niet gewild zou hebben dat je jezelf nog verder in de problemen brengt. Mark zou het daarmee eens zijn geweest.'

'Dat weet je niet. Jij weet niet wat ze wel of niet gewild zouden hebben.'

'Klopt. Maar jij ook niet, Kyrios. Je kunt in het leven niets voor een ander bepalen, alleen voor jezelf.'

'Dat kan wel.' Zijn stem was ineens kalm. 'En ik bepaal dat Petros naar de hel gaat, waar hij zijn zoon zal ontmoeten.'

De oude man haalde de trekker een fractie van een seconde eerder over dan Flavian, die op Kyrios' onderbenen had gericht. Terwijl de oude man op de grond smakte, verscheen er een rond gaatje tussen de ogen van de zakenman waar langzaam bloed uit begon te sijpelen. Flavian was te laat geweest. En toen klonk er nog een schot. Nog voordat het levenloze lichaam van Petros Tziolis de grond had geraakt, had Kyrios voor de laatste keer in zijn leven de trekker overgehaald. Vol afschuw keek Flavian naar het hoofd van de oude man, waar een kring van bloed omheen verscheen.

Hij was te laat geweest. Hij had net te lang geaarzeld met het neerschieten van Kyrios, en dat had twee extra doden tot gevolg had. Een smaak van ijzer vulde zijn mond. Toen herpakte hij zichzelf en checkte volgens de regels alle drie de lichamen op tekenen van leven. Toen hij die niet vond, wist hij dat hem nog maar één ding te doen stond. Hij stuurde een sms naar Delia en de mannen van Kyrios om hun te laten weten dat ze ogenblikkelijk moesten vertrekken en de huishoudster moesten meenemen en kalm moesten houden. Ze zouden hun verhalen later wel op elkaar afstemmen. Toen belde hij Maria Topalidou, waarna hij buiten op het bordes ging wachten op de dingen die gingen komen.

52

De drie lijkwagens hadden zojuist in colonne het terrein van Tziolis verlaten. De lichamen waren meegenomen voor verder onderzoek en de laatste sporen waren veiliggesteld. Maria Topalidou nam Flavians pistool persoonlijk in.

'Moet ik je arresteren of ga je vrijwillig mee voor verhoor?'

'Het laatste. Geloof je niet dat de enige kogel die ik heb afgevuurd in Kyrios Charistos' been is terechtgekomen?' vroeg hij.

'Jawel, maar we gaan dit helemaal volgens het boekje doen. Er is niet zomaar iemand vermoord. De dood van Petros en Nikos Tziolis zal heel het eiland op zijn kop zetten. Machtsverhoudingen die wegvallen, corrupte mensen die eindelijk aangepakt kunnen worden, onderbaasjes die hun koninkrijkjes kwijt gaan raken. Dat zal niet zonder slag of stoot gaan. Je moet goed begrijpen dat Petros Tziolis de mensen en de cultuur op dit eiland helemaal heeft uitgehold en verziekt. Het zal veel tijd kosten voordat er een nieuw evenwicht is ontstaan en iedereen weer bij zinnen is, en pas dan kunnen we gaan bouwen aan een goed functionerend politiesysteem. Maar vanaf nu is er voor rotte appels als Nikolopoulos geen plek meer op dit eiland, daar ga ik persoonlijk voor zorgen. En jij gaat me daarbij helpen.'

'Als je eerder had ingegrepen, waren er mogelijk drie mensenlevens gered.'

Maria hoorde de bittere ondertoon in zijn stem. Flavian had natuurlijk helemaal gelijk. Híj had wél het lef gehad om tegen de stroom in te zwemmen en vol te gaan voor een zaak die op het eerste gezicht geen enkele kans leek te maken. Zijzelf was achter de schermen heel druk geweest, maar dat had niet genoeg resultaat opgeleverd om de zaak tot een goed einde te brengen. Daarom had ze meteen nadat Flavian haar belde ook besloten om uiterst coulant met hem om te gaan. Ze wist zeker dat hij de wet had overtreden, misschien wel meerdere malen, maar ze zou een oogje dichtknijpen. Omdat ze vond dat Flavian dat verdiende, maar ook omdat ze hem keihard nodig had om orde op zaken te gaan stellen.

'Ik wil dat je me straks al het bewijsmateriaal overhandigt, zodat ik er goed naar kan kijken en alles op een rijtje kan zetten,' zei ze.

'Er zit ook illegaal verkregen bewijsmateriaal tussen.'

'Alles is sowieso illegaal verkregen omdat je niet geautoriseerd was om dit onderzoek te doen. Ik ga kijken hoeveel van dat materiaal ik "legaal" kan maken zodat we een aantal mensen kunnen oppakken. In eerste instantie zal ik omzichtig te werk moeten gaan én hulp van buitenaf moeten inroepen zonder dat dit meteen voor iedereen duidelijk is, en ik vraag je dan ook om tot nader order met niemand anders dan met mij over deze zaak te praten.'

'Oké. Wat verwacht je verder nog van mij?'

'Dat je nu met me meegaat zodat ik je ooggetuigenverslag persoonlijk kan optekenen. Zodra het ballistische onderzoek is afgerond, herstel ik je weer in je eer en verwacht ik je meteen weer op de werkvloer. Goede krachten zijn nu onmisbaar en jij bent op dit moment mijn beste kracht.'

Maria zag dat het compliment Flavian weinig deed. Hij deed niet bepaald zijn best om te verbloemen dat hij baalde als een stekker dat hij nu alsnog een stuk van de boemanrol op zich moest nemen. Want dat heel veel mensen op het eiland niet blij met hem zouden zijn als dit allemaal bekend werd, was wel duidelijk. De eilanders hielden niet van onruststokers die de vaste patronen doorbraken en dat was precies wat Flavian had gedaan.

'Zullen we gaan?' Maria liep de salon uit. 'Je mag in je eigen auto achter me aan rijden.'

Terwijl hij achter Maria aan reed, belde Flavian Liza om haar het schokkende nieuws over Kyrios te vertellen. Ook praatte hij haar bij over de verdere gang van zaken. Zoals hij verwacht had, barstte ze in huilen uit, maar gelukkig had ze zichzelf daarna ook weer vrij snel onder controle. Dat pragmatische van haar op cruciale momenten was een van de eigenschappen waar hij mateloze bewondering voor had. Daarom durfde hij haar de volgende vraag ook met een gerust hart te stellen.

'In hoeverre wil je dat ik iets over Fedde vertel aan mijn baas? Alleen jij, Delia en ik kennen zijn dubieuze rol in het geheel. Dat kunnen we zo laten of niet. Ik vind dat jij daarover moet beslissen.'

'En daar heb ik natuurlijk precies een paar minuten voor,' verzuchtte Liza gelaten.

'Ik vrees van wel.'

'Ik wil niet overhaast iets beslissen wat zulke enorme gevolgen kan hebben. Fedde ís nalatig geweest ten aanzien van Mark en Thera en wat hij me heeft aangedaan met die mailtjes, zal ik hem nooit kunnen vergeven. Maar hij heeft nog wel een heel leven voor zich en iets in me zegt dat Mark niet zou willen dat ik hem nog verder in de problemen breng. Mark was extreem vergevingsgezind en hij is tot het laatste moment van Fedde blijven houden, dat weet ik zeker. Fedde was zijn beste makker.'

'Dus...'

'Het kan zijn dat ik me nog bedenk, maar zeg in eerste instantie nog maar niets over Fedde. Basinas en zijn vrienden hebben hem niet gezien, Nikos en Petros zijn dood en ik gok dat Kafes heel druk is met zijn koffer pakken en vertrekken voordat ook hij wordt opgepakt. We hebben genoeg belastend materiaal ten aanzien van hem om hem te laten zwijgen over zijn bezoekje aan en bedreiging van Fedde, en de opdracht om mij die eerste mail namens Mark te sturen. Dan heb ik het nog niet eens over de aanslag die op me is gepleegd, waar hij in elk geval van op de hoogte was, of misschien zelfs wel bij betrokken.'

'Oké, dan doen we het zo. Voor wat het waard is, ik denk dat je een verstandig besluit hebt genomen. Als Fedde zich nu herpakt, kan hij misschien nog echt iets van zijn leven maken. Maar wanneer we zijn aandeel in dit alles onthullen, is dat uitgesloten. In zekere zin is Fedde toch ook een slachtoffer in deze affaire en in alle eerlijkheid had hij echt helemaal niets kunnen doen om Mark en Thera te redden. Vanaf het moment dat Mark bewusteloos overboord viel, was hun lot bezegeld. De overmacht van Nikos en zijn vrienden was te groot. Maar ik begrijp heel goed dat je het hem wel verwijt dat hij het niet eens geprobeerd heeft. En wat echt onvergeeflijk blijft, is wat hij heeft gedaan met die mailtjes. Dat valt op geen enkele manier goed te praten.'

'Er zijn genoeg mensen geofferd voor en door de familie Tziolis en uit naam van Mark zet ik daar nu een punt achter. De cirkel is rond voor mij en dat geeft me troost. Marks laatste goede daad. Klinkt dat gek?'

'Nee helemaal niet. Ik kan alleen maar diep respect voor je hebben, Liza.'

'Dank je wel, Flavian. Dat betekent heel veel voor me.'

'Ik spreek je snel, aan de telefoon of in levenden lijve.'

'Afgesproken. En doe Delia en Julius de hartelijke groeten. Zonder hun hulp en de jouwe was het nooit gelukt.'

Een jaar later

53

'Dus ik lees een stuk uit de proloog voor bij RTL *Late Night*?'

Het marketing- en publiciteitsteam van Uitgeverij Balino zegt volmondig ja. Ze zullen me vanavond vergezellen als ik aanschuif bij Humberto Tan. Mijn uitgever kijkt met een grote grijns op van zijn telefoon.

'We hebben zojuist de derde druk in gang gezet terwijl je boek morgen pas in de winkels ligt. Na je televisieoptreden van vanavond is een topnotering in de bestsellerlijst gegarandeerd. En terecht, want het heeft het allemaal: het is aangrijpend, emotioneel, spannend én goed geschreven. En door je eigen ervaringen te verwerken in een roman die leest als een thriller, ga je een nog groter publiek bereiken.'

Ik laat de woorden over me heen komen en weet eigenlijk niet zo goed wat ik moet zeggen. Ik zou er wat voor geven als Mark bij de boeklancering kon zijn en het eerste exemplaar in ontvangst kon nemen. Maar de trieste waarheid die me elke dag weer naar de keel grijpt, is dat er zonder hem nooit een boek was geweest. Zijn dood is de aanleiding voor dit alles. Mijn kind, mijn alles, is me ontnomen door een verwende Griekse jongen zonder geweten. En door zijn vader, al even gewetenloos, die er alles aan heeft gedaan om de waarheid te verbloemen. Deed de zoon het uit vaderliefde, om de familie-eer te beschermen, of omdat hij zo gewend was om de wereld naar zijn hand te zetten? Ik ben er nog steeds niet uit. De enige man die me echt volledige opheldering zou kunnen geven, is dood.

Mijn vragen blijven onbeantwoord en dat vind ik nog elke dag moeilijk. Ik probeer te begrijpen wat er is gebeurd, maar ik kan het niet begrijpen. Nog steeds snap ik niet hoe een mens in staat kan zijn een ander mens te doden zonder dat er sprake is van zelfverdediging. Wat Kyrios heeft gedaan, kan ik verklaren. Ik keur het niet goed, maar zijn daden kan ik tenminste beredeneren. Hij balanceerde al voor Marks dood op de rand van de afgrond met zijn haat jegens de familie Tziolis. Uiteindelijk heeft hij ervoor gekozen om te springen en twee mensen in zijn val mee te slepen. Twee mensen die ik eerlijk gezegd geen seconde heb gemist, en ik vermoed dat ik niet de enige ben die geen traan om ze heeft gelaten. Kyrios heeft Corfu bevrijd van de terreur en machtsspelletjes van Petros en Nikos, en daar is het grootste gedeelte van de bevolking hem dankbaar voor. Ze draaiden mee in een systeem van corruptie dat tot de definitieve daad van Kyrios niet te doorbreken leek.

Natuurlijk zijn er ook mensen die Kyrios haten om wat hij heeft gedaan. Mensen als Christos Nikoloupolos en Stavros Kafes, die gedijden in hun rol als loopjongen of probleemoplosser en zich daar grof voor lieten betalen, zoals later is gebleken. Het was Nikoloupolos' fout geweest die uiteindelijk tot hun val leidde, want hij had nagelaten Marks foto uit het bestand met vermissingen te wissen nadat hij het er voor de vorm in had gezet om mij te kalmeren. Zijn gemakzucht en slordigheid hebben hem uiteindelijk de das om gedaan, want toen hij de foto met informatie wiste, had Flavian deze al gezien en de schoen herkend. En toen was er geen weg meer terug.

Kafes heeft alles bekend wat hem ten laste is gelegd en ook toegegeven dat hij op verzoek van Nikoloupolos mij van de weg had laten rijden. In de zwarte auto die me aanreed, hadden twee mannen van Kafes gezeten. Het waren dezelfde twee die Flavian en mij een jaar later hadden achtervolgd en bedreigd, en die Flavian en Delia hadden aangevallen na hun nachtelijke inbraak bij Ilios Sailing. Ze hadden alleen niet op Delia gerekend. Flavian heeft me dat verhaal wel tien keer vol trots verteld.

Ook advocaat Galipette Chabrou, die mij geld aftroggelde zodat ik het eiland kon verlaten, bleek niet zuiver op de graat te zijn. Ik heb zitten smullen toen Flavian me vertelde over hun arrestaties. Flavian is volledig gerehabiliteerd en leidt onder toeziend oog van Maria Topalidou het onderzoek naar Petros Tziolis en al zijn smerige zaakjes. De man mag dan zelf niet meer leven, de draden van het corrupte web dat hij heeft gespannen, reiken ver.

Maria weet iets, maar niet alles van wat Flavian en Delia buiten de wet om hebben gedaan om belangrijke feiten en sporen naar boven te halen. Ze heeft er ook nooit tot in detail naar gevraagd en zolang ze dat niet doet, zullen wij er niet met haar over praten. Delia's gehack, de inbraak bij Ilios Sailing en de ontvoering en mishandeling van Cosmo Basinas hebben namelijk Maria's interesse niet. Zij is tevreden met het resultaat, dat uiteindelijk twee belangrijke zaken heeft opgeleverd: het einde van de corruptie op Corfu en de waarheid over wat er precies met Mark is gebeurd. De waarheid was uiteindelijk lelijker dan we allemaal dachten, maar is dat niet vaak het geval? Cosmo heeft zelf ook zijn mond gehouden over zijn 'gesprekje' met Flavian. Zonder steun van zijn grote vriend Nikos heeft hij ineens niet meer zo'n grote mond. Het zou bovendien zijn woord tegen dat van Flavian zijn en de laatste is de grote held in dit hele verhaal, want zo zien veel mensen op Corfu hem. En zolang Maria Flavian de hand boven het hoofd houdt, heeft hij niks te vrezen. Het is niet waarschijnlijk dat ze hem op termijn zal laten vallen. Ze had nog wat goed te maken.

In mijn boek heb ik de rol van Flavian en Delia in het geheel wel gebruikt, maar in goed overleg. Sommige scènes heb ik herschreven tot een versie waar we alle drie mee konden leven. Alleen wij drieën kennen de volledige waarheid en aangezien mijn verhaal geromantiseerd is, kom ik ermee weg. Flavian en Delia sloten samen ook nog een ander verbond. De romantiek die de laatste dagen dat ik met ze optrok al in de lucht hing, heeft zich voortgezet in een relatie. Ik gun het ze van harte.

Met Fedde en zijn moeder heb ik af en toe nog contact. Hij heeft hulp gezocht en het gaat steeds beter met hem. Hij denkt er zelfs over om op termijn zijn studie psychologie weer op te pakken. Omdat ik hem niet verder wil beschadigen, heb ik zijn naam in mijn boek als enige gefingeerd. Verdient hij die bescherming na wat hij me heeft aangedaan? Ik weet het niet, maar ik voel in mijn hart dat Mark het zo gewild zou hebben. Vergeven kan ik hem nog steeds niet, misschien wel nooit. Wat als hij Mark wel had proberen te redden? Wat als hij me die mailtjes niet had gestuurd? Dat zijn vragen die maar in mijn hoofd blijven rondspoken, terwijl ik weet dat ik de antwoorden nooit zal vinden.

Ik koester de foto's die ik heb van de laatste weken van Marks leven, foto's van hem en Thera die Fedde me heeft gestuurd. Zij heeft wel geprobeerd Mark te redden en dat met haar eigen dood moeten bekopen. Ik heb nog geprobeerd haar familie te achterhalen, maar stuitte slechts op een verleden met kindertehuizen en pleeggezinnen. Het is triest dat niemand haar echt mist. Daarom ben ik dubbel zo blij dat ze in de laatste weken van haar leven Mark heeft leren kennen. Zijn hart was zo groot, dat moet overweldigend voor haar zijn geweest.

'Heb je eigenlijk nog iets van Flavian gehoord?' onderbreekt pr-vrouw Mila mijn gedachten. Ik glimlach omdat ik weet dat de dames van de uitgeverij hebben zitten smullen van zijn foto.

'Nee, al een tijdje niet. Ik heb hem voor het laatst gezien bij de begrafenis van Kyrios. Daarna is het contact wat verwaterd.' Ik was volledig gefocust geweest op het schrijven van mijn boek en hij was druk met zijn werk en Delia. Maar dat was prima, zo gaan die dingen. Soms heb je gedurende een bepaalde periode in je leven intensief contact met mensen omdat ze op dat moment heel goed passen bij een levensfase waar je in zit, of ze dezelfde belangen met je delen. Maar, dat wil niet zeggen dat het ook blijvertjes zijn.

'Jammer, het is wel een lekker ding,' grinnikt Lara.

'Dat kan ik niet ontkennen.'

'Zeg dames, zullen we weer aan het werk gaan?' onderbreekt de uitgever ons. 'Die proloog, zullen we het voorlezen even oefenen?'

Ik streel liefkozend de foto van Mark op de cover van mijn

boek, dat net van de drukker is gekomen. Bovenaan prijkt de naam Liz Roozenboom. Liz is hipper dan Liza, vonden ze bij de uitgeverij. Ik sla het boek voorzichtig open om de rugband niet te beschadigen en begin de eerste alinea te lezen:

De oude witte Fiat Panda hobbelde stapvoets over de slechte, onverharde weg en Alisha Christou hield haar handen stevig aan het stuur. Ze had eerder de afslag genomen naar Issos Beach in het zuidwesten van Corfu en was op weg naar de parkeerplaats bij het strand. Ook al was het weggetje tot haar eindbestemming nog maar vierhonderd meter lang, voorzichtigheid was geboden. Argus hijgde intussen al enthousiast in haar nek. Als het even kon, trakteerde ze de labradorkruising elke avond op een flinke wandeling op het lange en brede zandstrand van Issos Beach. Ze rende met hem mee en gooide eindeloos ballen en stokken in het water tot hij helemaal was uitgeraasd.

Epiloog

Het zilte water stroomt over mijn voeten en maakt een terugtrekkende beweging terwijl ik door de branding slenter op Myrtos Beach. Ik woon sinds een aantal maanden op Kefalonia, waar ik rustig werk aan een nieuw boek. Helemaal verzonnen deze keer, een thriller. Mijn uitgever heeft gelijk gekregen. Het optreden bij Humberto Tan gaf een enorme buzz rond mijn boek en maakte er een megabestseller van. Een jaar na verschijnen staat het nog steeds in de bestsellerlijst en het heeft inmiddels zijn vijftiende druk bereikt.

Van de royalty's die ik over het eerste jaar ontving, viel ik stijl achterover. Ik heb geen dag gewacht en meteen een huis op Kefalonia gekocht. Om te ontsnappen aan de hectiek die me al een jaar achtervolgt, maar vooral ook omdat ik dicht bij Mark wil zijn. Hier, op Myrtos Beach, voel ik hem soms bijna letterlijk. Dan is het net of hij een stuk met me meewandelt, onze voeten in dezelfde zee. Soms praat ik tegen hem en dan praat hij terug. Soms zwijgen we en dat is ook prima. De verbondenheid met Mark die ik hier voel, voel ik nergens anders. Op dit strand beleefde hij zijn laatste gelukkige uren samen met Thera. Zijn paradijs is ook het mijne geworden.

Elke ochtend voordat ik ga schrijven, wandel ik hier door de branding. Het zeewater dat over mijn voeten spoelt, werkt reinigend en inspirerend. Je zou verwachten dat de zee mijn grootste vijand is omdat ze me mijn zoon afnam, maar gek genoeg is dat niet zo. Het water biedt troost en verkoeling voor mijn verdriet. Meestal, tenminste, maar soms niet. Op die slechte dagen ga ik juist vaker naar het strand, om rustig te worden en weer contact met mezelf en Mark te krijgen.

Vandaag heb ik een goede dag. Ik bruis van de energie en de ideeën voor mijn nieuwe boek. De dood van Mark heeft de blokkade die ik altijd heb gehad ten aanzien van schrijven, opgeheven. Als er iets goeds voort is gekomen uit zijn dood, dan is het dat. Ik leef nu mijn droom en geniet daar met volle teugen van, hoewel ik dat niet meer tastbaar met hem kan delen.

'Liza, ben jij dat?' roept een stem die me de kriebels geeft. Fijne kriebels in mijn buik, als elektrische schokjes van statische energie. Ik draai me om. Ja, hij is het echt.

'Flavian!' Zonder te aarzelen loop ik naar hem toe en omhels hem. 'Wat zie je er goed uit! Hoe gaat het met je?'

Eigenlijk hoef ik de vraag niet te stellen, want ik zie zo ook wel dat het goed met hem gaat. Hij ziet er fantastisch uit. Bruiner en een stuk relaxter dan de laatste keer dat we elkaar zagen. Hij draagt alleen een short en om zijn nek hangen de oortjes van een iPod. Zijn licht bezwete huid en sportschoenen doen vermoeden dat hij aan het hardlopen was.

'Het gaat heel goed. En met jou? Lekker op vakantie hier?'

'Ik woon hier sinds een paar maanden.' In een notendop vertel ik het succesverhaal van mijn boek. 'En jij? Ben je een dagje aan het uitwaaien op Kefalonia?'

'Een paar dagen zelfs,' grinnikt hij. 'Beetje over het strand kuieren, zwemmen, vissen. Ik heb zo hard gewerkt, ik moest er echt even tussenuit.'

'En hoe gaat het met Delia? Is ze hier ook?'

'Jammer genoeg niet, ze kon geen vrij krijgen. Het gaat nog steeds heel goed tussen ons. We hebben vorige week op Corfu nog samen een duik genomen in het Canal d'Amour. Ken je de legende die daarover de ronde doet?'

'Nee.'

'Nou, wanneer je als vrijgezel daardoorheen zwemt, zul je volgens de overlevering spoedig daarna je ware liefde tegenkomen. Maar als je erdoorheen zwemt met je ware liefde, dan schijnt het zelfs dat je voor altijd bij elkaar zult blijven.'

'En dat hebben jullie uiteraard gedaan,' zeg ik lachend.

Flavian begint helemaal te stralen. 'Ik wil haar volgende week ten huwelijk vragen.'

'Echt waar?!' Ik omhels hem. 'Het is jullie zo gegund.'

'Je komt wel op de bruiloft, hè? Nu je hier woont, kun je niet met de smoes aankomen dat het te ver weg is.'

'Stuur me maar een uitnodiging en dan zal ik er zijn.'

'O, we hebben zoveel bij te praten, Liza, en ik ga over twee dagen al terug naar Corfu. Waarom ga je niet met me mee, dan eten we bij George & Elena's. Delia zal het ook geweldig vinden om je weer te zien.'

'Dat lijkt me hartstikke leuk. Pik me zaterdag maar op bij het plein in Assos. Heb je nog steeds hetzelfde mobiele nummer?'

Flavian knikt.

'Dan sms ik je het mijne straks door en dan kunnen we een concrete tijd afspreken.'

We lachen nog eens en gaan dan ieder onze eigen weg. Voordat ik naar huis ga, besluit ik echter eerst bij het graf van Kyrios langs te gaan. Ik wil hem vertellen dat ik Flavian heb ontmoet en dat het goed gaat met hem en Delia. Dat ze nog steeds een stel zijn en dat Flavian haar ten huwelijk gaat vragen. Maar bovenal wil ik Kyrios vertellen dat het met mij weer goed gaat.

Ik denk dat hij dat fijn zou vinden.